SIMON MASON
Ein Mord im November
Ein Fall für DI Wilkins

Buch

Ein Mord an der University of Oxford – der reinste Albtraum für Sir James Osborne, den Leiter von Barnabas Hall. Zumal das Opfer, eine unbekannte junge Frau, ausgerechnet in seinem Arbeitszimmer gefunden wird. Bei der Aufklärung des rätselhaften Verbrechens in den ehrwürdigen Hallen sind Takt und Feingefühl gefragt. Nicht gerade die Stärken von Ryan Wilkins. Aufgewachsen in einem Trailerpark am Stadtrand hat er es dank seines Talents zwar zum Detective Inspector gebracht, doch er eckt ständig an. DI Ray Wilkins, sein Partner und Namensvetter, stammt aus einer ganz anderen Welt: reiches nigerianisch-britisches Elternhaus, Eliteschulen, Maßanzüge. Die beiden müssen lernen, als Team zu funktionieren, um die Verbindungen zwischen der Toten, einem kostbaren Gegenstand und einer alten Schuld aufzudecken. Da geschieht ein zweiter Mord ...

Autor

Simon Mason wurde in Sheffield geboren und studierte Englische Literaturwissenschaft in Oxford. Er schreibt heute sowohl Kinder- und Jugendbücher als auch Thriller und wurde bereits mehrfach ausgezeichnet, u. a. mit dem Betty Trask Award für das beste Romandebüt. Neben seiner Schriftstellertätigkeit arbeitete Simon Mason einige Jahre als Verlagsleiter von David Fickling Books. Er lebt mit seiner Familie in Oxford. *Ein Mord im November* bildet den Auftakt einer Serie um das ungleiche Ermittlerduo Ray und Ryan Wilkins. Das Werk wurde als bester Spannungsroman des Jahres für den Gold Dagger nominiert.

Simon Mason

Ein Mord im November

Ein Fall für DI Wilkins

Kriminalroman

Aus dem Englischen
von Sabine Roth

GOLDMANN

Die Originalausgabe erschien 2021 unter dem Titel
»A Killing in November«
bei Riverrun, an imprint of Quercus Editions Limited, London,
an Hachette UK company

Der Verlag behält sich die Verwertung der urheberrechtlich
geschützten Inhalte dieses Werkes für Zwecke des Text- und
Data-Minings nach § 44 b UrhG ausdrücklich vor.
Jegliche unbefugte Nutzung ist hiermit ausgeschlossen.

Penguin Random House Verlagsgruppe FSC® N001967

1. Auflage
Deutsche Erstveröffentlichung Mai 2025
Copyright © der Originalausgabe
2021 by Simon Mason
Copyright © der deutschsprachigen Ausgabe 2025
by Wilhelm Goldmann Verlag, München,
in der Penguin Random House Verlagsgruppe GmbH,
Neumarkter Str. 28, 81673 München
produktsicherheit@penguinrandomhouse.de
(Vorstehende Angaben sind zugleich Pflichtinformationen nach GPSR)

Umschlaggestaltung: UNO Werbeagentur, München,
nach einem Entwurf von Andrew Smith
Umschlagmotiv: © Alamy, shutterstock (2)/Ihnatovich Maryia, Bernulius
Redaktion: Claudia Alt
AB · Herstellung: ik
Satz: KCFG-Medienagentur, Neuss
Druck und Bindung: GGP Media GmbH, Pößneck
Printed in Germany
ISBN: 978-3-442-49564-1

www.goldmann-verlag.de

Für Eluned

1

Vom Sicherheitsstandpunkt war Barnabas Hall ein Desaster, jeder sagte das.

Das College mit seinem anmutig verwinkelten Grundriss ein Stück abseits der High Street zählt zu den malerischsten von ganz Oxford. Zu seinen architektonischen Glanzpunkten gehören etwa die elisabethanischen Gebäude des Old Court, deren sanft geneigte Schieferdächer das Alter zu sachten Wellen gewölbt hat und deren Ziegelmauern rostrot schimmern, oder auch die Kapelle mit ihren spätmittelalterlichen Buntglasfenstern und dem Messingpult aus dem sechzehnten Jahrhundert in Gestalt eines Schwans. Aber die verschnörkelte schmiedeeiserne Pforte am Ende der Butter Passage rastet nicht richtig ein, und bei dem viktorianischen »Burgtor« zur Logic Lane mit seinem launischen Schließmechanismus genügt zum Öffnen zumeist ein beherzter Stoß. Den Haupteingang, dessen Torbogen mit Reliefs von Jesu Versuchung in der Wüste geschmückt ist, bewacht ein steifgliedriger Pförtner, der fast so antik wirkt wie seine Loge.

Der Inbegriff eines weltfernen Idylls, möchte man meinen. Doch der Eindruck trügt. Wie sämtliche Oxbridge-Colleges ist auch Barnabas Hall eingebunden in ein globales Netzwerk rasanten Informationsaustausches: ein millionenschwerer kommerzieller Betrieb, der mit Firmen und Regierungen weltweit interagiert und dessen Professoren ihr hoch spezialisiertes Fachwissen an Hunderte der verschiedensten Unternehmen verkaufen. Aus diesem Grund stand an einem verregneten Abend Mitte November, an dem die Nässe als wabernde Masse von den gemeißelten Fensterstürzen und Simsen troff, der Provost von Barnabas Hall in der Burton Suite und machte Konversation mit seinem hochwichtigen Gast, Scheich al-Medina.

Der Burton Dining Room, noch so ein College-Highlight: Am Ende von Aufgang IV im Nordflügel des Old Court gelegen, scheint er auf den ersten Blick aus einem einzigen Stück Holz geschnitzt zu sein, das die Jahrhunderte geschwärzt und gehärtet haben. Alterskrumme Eichenbalken stützen die mit niederländischem Bandelwerk verzierte Stuckdecke ab, die sagenhaft historischen Holzdielen knarzen vom bloßen Hinschauen, und aus dem dunklen Firnis der Wandvertäfelung blicken die Gründerväter von Barnabas Hall: bleiche, gestrenge Herren in Tudorhauben, nüchterne Geschäftsmänner allesamt.

Für diese Gemälde, oder vielmehr die darauf Dargestellten, versuchte der Provost seinen Gast zu interessieren.

»Cropwell«, sagte er, angestrengt blinzelnd. »Bischof von Winchester unter Heinrich VI. Das war der König, der verrückt geworden ist, wie ich schon erwähnt habe. Ein höchst kurioser Fall.«

Der Scheich sagte nichts.

Der Provost, ein kleiner Mann mit großem, altersfleckigem Kahlkopf und einer weichen, aber nervösen Stimme, war Geograf und furchterregend belesen, jedoch von geringem praktischem Verstand und sich nicht zu gut, diesen Mangel durch ein aggressives Auftreten zu kompensieren. Seine kurzfingrigen Hände redeten ausladend mit, wenn er sprach. Der Scheich war groß und gebeugt, mit fleischiger Nase, Hängelidern und einer Neigung, sich in ein irritierendes Schweigen zu hüllen. Er war der Emir des am wenigsten bekannten der sieben Arabischen Emirate, ein Multimilliardär selbstredend, und seit drei Jahren arbeitete der Provost nun schon daran, ihn als Förderer des neu gegründeten Instituts für Friedensforschung zu gewinnen. Noch ließ sich nicht absehen, ob er Erfolg haben würde. Der Scheich war undurchschaubar. Und er war umstritten; hartnäckige Gerüchte sagten ihm Menschenrechtsverstöße im eigenen Land und Gräueltaten in anderen Staaten nach. An der Universität gab es denn auch heftigen Widerstand gegen seine Schirmherrschaft.

Es war schon halb acht. Der Provost geriet immer mehr ins Schwitzen. Das Gespräch mit al-Medina wollte nicht recht in Schwung kommen. Weder der Rundgang durch Barnabas Hall noch die Besichtigung der collegeeigenen Sammlung islamischer Kunst oder der Kapelle, wo ein Orgelschüler mehrere englische Fantasien zum Besten gegeben hatte, schienen den Scheich in irgendeiner Weise beeindruckt zu haben. Er war vor nicht allzu langer Zeit in Istanbul knapp einem Anschlag entgangen, und wenn er den Mund aufmachte, dann in der Regel, um die Sicherheitsvorkehrungen zu monieren; so hatte er die unzureichende Videoüberwachung im College gerügt. Der Provost, der gemeinhin über solch weltlichen Dingen stand, hatte das ungute Gefühl, seine Beteuerungen könnten den gewünschten Effekt verfehlt haben. Während er nun über den säuerlich dreinblickenden Bischof von Winchester dozierte, sah er voll Sorge, dass al-Medinas Leibwächter, ein gut aussehender Mann mit unruhigem Blick, am Kopf der Treppe erschienen war und dort auf und ab ging.

Mit einer minimalen Geste seiner halb unter dem weißen Gewand verborgenen Hand unterbrach der Scheich die historischen Ausführungen seines Gastgebers und trat zu seinem Leibwächter, um sich zum wiederholten Mal mit ihm zu beraten, und der Provost nutzte die Gelegenheit zu einem Telefonat.

In der Pförtnerloge neben dem Haupteingang saß der Pförtner, Leonard Gamp, bei einer Tasse Tee und blickte hinaus auf die Baustelle, deretwegen die Merton Street derzeit gesperrt war. Leonard war vierundsiebzig, ein Cockney, Veteran der Royal Gibraltar Police und der Londoner Polizei, der Met. Er hatte das untadelige Schuhwerk und den akkuraten Haarschnitt des kompromisslosen Traditionalisten. Seine Hochachtung vor der Institution Universität, der er seit nunmehr zwanzig Jahren diente, war grenzenlos. Als das Telefon klingelte, meldete er sich in seinem üblichen öligen Pförtnerston: »Barnabas Hall, die Pforte. Wie kann ich Ihnen behilflich sein?«

Die Stimme des Provosts sagte ungeduldig: »Leonard, haben Sie heute Abend Dr. Goodman gesehen?«

»Da müsste ich lügen, Sir.«

»Wissen Sie, ob er im Haus ist? Ich habe ihn anzurufen versucht, aber er nimmt nicht ab.«

»Am Nachmittag war er auf jeden Fall hier und hat in sein Postfach geschaut. Hier bei mir ist er jedenfalls nicht raus. Soll ich rasch rüberlaufen und nachsehen?«

»Das wäre sehr nett. Ich kann nicht selber gehen, ich bin mit unserem Gast in der Burton Suite.«

»Selbstverständlich.«

»Vielleicht ist er ja noch in der Sammlung. Da könnten Sie es auch versuchen.«

»Sehr gern, Sir.«

»Noch etwas, Leonard. Wir warten auf unsere Getränke aus der Buttery, aber da muss etwas schiefgelaufen sein. Sie hätten vor mindestens einer halben Stunde gebracht werden sollen. Und wenn ich anrufe, hebt keiner ab.«

»Soll ich hingehen und nachfragen, Sir?«

»Wenn Sie so gut wären. Ein Sherry und Mineralwasser – das

Blenheim vorzugsweise. Und bitte, Leonard, machen Sie ihnen Beine. Es ist doch bekannt, wie wichtig unser Gast ist.«

»Bin schon unterwegs, Sir.«

Dieses Küchenpack, dachte Leonard bei sich, als er auflegte, nichts kriegen sie hin. Da sitzt der Provost mit seinem Kameltreiber-Scheich-Dingenskirchen, und die vergessen ihn einfach. Er stellte einen Pappdeckel mit den Worten *Komme gleich* ins Fenster, trat durch den leeren Torbogen hinaus in das nassglänzende Dunkel des New Court und eilte steifbeinig in Richtung Buttery.

Zur gleichen Zeit irrte Ameena Najib, in den Händen ein Tablett mit einem großen Glas Sherry und einer Flasche Blenheim-Mineralwasser, durch die labyrinthischen Gänge zwischen dem mittelalterlichen Stable Yard Block und der neuen Fitzgerald Conference Suite. Sie war erst seit fünf Wochen im College angestellt, die erste Nutznießerin des Barnabas-Hilfsprogramms für syrische Flüchtlinge, und alles war noch fremd für sie. England generell war ihr fremd und in vielerlei Hinsicht unbefriedigend. In Syrien hatte sie Jura studiert; hier war sie eine Küchenhilfe, der man jede noch so niedere Aufgabe aufbürden konnte, die Öfen ausputzen, den Müll wegbringen. Nachher zum Beispiel würde sie noch einen Sack mit Altkleidern vor dem Haus des Provosts abholen müssen wie ein gewöhnliches Dienstmädchen.

Aber der heutige Abend würde anders ausgehen.

Sie hatte ein schmales Gesicht und ablehnende Augen. Ihr tiefbraunes Haar war unter einem eng anliegenden Hidschab verborgen, vom gleichen Dunkelblau wie der Küchenkittel, den sie über ihrer Jeans und dem T-Shirt trug. Nach rechts und links spähend hastete sie mit ihrem Tablett den Korridor entlang. Sie brauchte man nicht daran zu erinnern, wie wichtig der Gast war.

Emir Scheich Fahim bin Sultan al-Medina, der Beschmutzer, der Schänder, war ihr bestens bekannt, auch wenn sie sich nie hätte träumen lassen, dass ihre Wege sich eines Tages kreuzen könnten. Ein Zufall freilich war diese Begegnung nicht. Gott war es, der über alle Gelegenheiten bestimmte. Außerdem hatte sie eine Nachricht von einem Landsmann empfangen, der von einem sicheren Ort in Dubai aus al-Medinas sämtliche Bewegungen überwachte.

Zunächst einmal musste sie aus der Conference Suite herausfinden. Das einzige brandneue Gebäude des Colleges, ein geschmackvoller Anbau aus der Hand einer renommierten französisch-marokkanischen Architektin, roch noch nach Holzöl und gehärtetem Glas. Wenige der Räume waren bisher mit Türschildern versehen. Auf der Suche nach dem Durchgang, der den Neubau mit dem Old Court verband, ging Ameena im Sturmschritt an schilderlosen Türen vorbei zu einem nächsten Korridor mit noch mehr schilderlosen Türen, bis sie an dessen Ende vor einer letzten schilderlosen Tür stand. Einen Moment lauschte sie daran, griff dann nach ihrem Schlüsselbund, nur um zu merken, dass er nicht mehr da war. Sie drehte den Knauf auf gut Glück – und die Tür öffnete sich.

Augenblicklich sah sie, dass sie am falschen Ort war. Dies war weder der Verbindungsgang, nach dem sie suchte, noch sonst ein Gang, sondern ein großer Raum mit Gemälden und Gobelins an den Wänden und Reihen von Vitrinen, die archäologische Fundstücke enthielten. Auf dem Boden kauerte ein Mann mit großen runden Brillengläsern und packte etwas in eine Kiste. Vage erkannte sie ihn als einen der »Dons«, der Dozenten. Telefon zwischen Schulter und Ohr geklemmt, hielt er jemanden an, sich keine Sorgen zu machen. Er lächelte ihr zu, und das Lächeln war so unerwartet und kalt, so voller Vorbehalt und vor allem so *englisch*, dass sie ohne ein Wort kehrtmachte und durch den Gang davoneilte. Es war viertel vor acht, und sie war ihrem Ziel ferner denn je.

In der Burton Suite nahmen der Provost und al-Medina ihre einseitige Unterhaltung wieder auf. Während er die säumige Buttery im Stillen mit Flüchen belegte, sann der Provost auf Wege, das Gespräch fort von den Porträts auf das verheißungsvollere Thema arabische Kunst zu bringen. Darüber wusste er wenig, aber die collegeeigene Sammlung islamischer Stücke, das Vermächtnis eines Ehemaligen, der in den 1930er Jahren Direktor der Iraq Petroleum Company gewesen war, konnte sich sehen lassen, und er hatte sie al-Medina ohne Zeitverlust vorgeführt. Über eine der Illuminationen hatte er sich sogar extra schlau gemacht. Sie entstammte einer spätmittelalterlichen persischen Gedichtsammlung, eine laszive junge Frau, die sich nach dem Bad rekelte; eine Reproduktion davon hatte er in seinem Arbeitszimmer hängen. Aber er wusste nicht recht, wie er ein so sinnliches Thema bei dem Scheich anschneiden sollte, über dessen religiöse Ansichten er sich im Unklaren war.

Er versuchte ein Lächeln, das spurlos in der steinernen Unbewegtheit von al-Medinas Miene unterzugehen schien.

Ehe er etwas sagen konnte, klingelte al-Medinas Handy. Der Scheich zog es aus den Falten seines Gewands und sah den Provost auf seine gewohnte schwerlidrige Art an, ohne zu sprechen.

»Bitte«, sagt der Provost. »Lassen Sie sich von mir auf keinen Fall abhalten.« Und mit einer verdeutlichenden Geste fügte er hinzu: »Wenn Sie ungestört sein möchten, gehen Sie gerne nach nebenan.«

Ohne eine Antwort verschwand der Scheich in dem angrenzenden kleinen Büroraum und schloss die Tür hinter sich, sodass nicht nur der Provost, sondern auch sein eigener Bodyguard das Nachsehen hatten.

Ameena Najib war mittlerweile im New Court gelandet. Sie blieb stehen und orientierte sich. In der vernebelten Dunkelheit ragte vor ihr die Kirche auf, eine gewaltige Steinschnecke mit einem Muster schwach schimmernder pflaumenblauer Fenster. Leer wie immer vermutlich; der Bau diente in erster Linie dekorativen Zwecken. Zu ihrer Rechten warf die Cranmer Library Rauten pelzigen Lichts auf den dunklen Rasen des Hofs. Schon wieder falsch. Mit einer so scharfen Drehung, dass die Getränke fast überschwappten, ging sie durch den Kreuzgang zurück und um die Ecke in den Old Court, wo sie, endlich, den Nordflügel vor sich sah.

Mit einer Willensanstrengung richtete sie ihre Gedanken auf den Emir, der auf seine Erfrischungen wartete. Im Gehen rief sie sich sein Bild vor Augen: ein massiger, schläfrig wirkender Mann, in ihrer Heimat berüchtigt für seine Fähigkeit abzuwarten, den richtigen Moment abzupassen. Und für noch anderes mehr. Im Geist unterlegte sie sein Foto mit einem Hintergrund zerbombter grauer Gebäude, der rauchenden Trümmer von Kafr Jamal, das sie einmal ihr Zuhause genannt hatte. Kein einziges solches Foto existierte; der Scheich war notorisch schwer zu fassen.

Aber Gott hatte ihn aufgespürt.

In der milden, feuchten Dunkelheit einer englischen Stadt fühlte sie sich plötzlich eins mit ihrer verlorenen Familie und mit all jenen, die in den Ruinen ihrer Häuser noch immer ihr Dasein fristeten. Sie war schwach, aber sie war nicht allein. Sie sah den Scheich, wie Gott ihn sah, mit unerbittlichem Urteil. Sie sah ihn, wie möglicherweise ihre Schwester Anushka ihn gesehen hätte, wäre sie am Leben geblieben. Mit unterdrückter Stimme begann sie die Worte zu murmeln:

Allāhu akbar, Gott ist der Größte. *Ana la »kafr Jamal«*, ich kann Kafr Jamal nicht vergessen.

Es war schon fast acht. Doch jetzt war sie bereit.

Der Provost, der einsam und gereizt zwischen der Festtafel und dem Porträt Bischof Cropwells herumstand, wählte ein weiteres Mal die Nummer der Buttery. Keine Reaktion. Er rief Dr. Goodman an, den College-Kurator, und diesmal meldete sich der Mann.

»Wo zum Teufel stecken Sie?«, zischte der Provost. »Sie sollten uns doch Gesellschaft leisten!«

Goodman sagte: »Zu viel zu tun. Eine Führung wie die heute Nachmittag bedeutet für mich eine enorme Mehrarbeit. Falls ich noch rechtzeitig fertig werde, komme ich zu dem Essen dazu.« Sein Ton war unverhohlen feindselig.

»Dann halten Sie sich ran«, sagte der Provost grob. »Und dieses Mal«, fügte er hinzu, »erwähnen Sie vielleicht einmal nicht diesen verdammten Koran. Wenn Sie glauben …«, echauffierte er sich, aber Dr. Goodman hatte schon aufgelegt, und der Provost stand da und starrte zornentbrannt auf sein Telefon. Der Farquar-Koran war Teil der Sammlung, eine der kostbarsten Antiquitäten von Barnabas Hall, aber die Saudis forderten ihn zurück, und Goodman, der einzige Arabist am College, zeigte Verständnis für ihren Wunsch. Der Provost wollte auf keinen Fall, dass das Thema beim Essen aufkam. Seine Stimmung, nie sonderlich gut, sank noch tiefer.

Er warf einen Blick zu der geschlossenen Tür hin, hinter der der Scheich telefonierte, sah dann auf die Uhr und trat, weil ihm nichts anderes einfiel, an den Tisch, um die Gläser und das Tafelsilber zu kontrollieren, die eigens für den Anlass hervorgeholt worden waren. Der Plan war, den prospektiven Gönner mit jener Art von entspannter, intimer, intellektuell hochkarätiger Geselligkeit zu umgarnen, für die Oxford berühmt war, ein abschließender Überzeugungsakt, der ihnen die Unterstützung des Scheichs für das neue Institut sichern sollte. Aber seine Unruhe wollte sich nicht legen. Vor allem wünschte er, sein Gast würde aufhören, sich über die Sicherheitslage zu beschweren. Das zeugte von einer negativen Grundhaltung. Der Leibwächter hatte die Räumlichkeiten der Burton Suite fast eine geschlagene Stunde inspiziert, bevor er den Scheich eintreten ließ, und sich dann in die Küche verfügt, um das Personal zu verhören und das Essen zu untersuchen. Mehrmals hatte sich der Provost versucht gefühlt, dem Mann zu sagen, dass er sich hier in einem Rechtsstaat befand.

Von diesen belastenden Gedanken erlöste ihn das lang überfällige Eintreffen der Getränke.

Die junge Frau trat mit einem Tablett durch die Tür.

»Gott sein Dank!«, rief der Provost, ohne den Ausdruck auf ihrem Gesicht zu bemerken. »Gab es Probleme?«

Sie beachtete ihn nicht. »Ist Mann draußen«, sagte sie mit starkem Akzent, »hat mich gefragt.« Ihr Gesicht war gerötet, ihre Brust hob und senkte sich, als wäre sie gerannt. Hübsche Person, dachte der Provost, gute Figur. Sie sah ihn nicht an, während er sie beäugte, sondern schaute im Raum hin und her, als suchte sie etwas, und murmelte dabei in einem fort rhythmische Silben in sich hinein, die er nicht verstand.

Hinter ihr in der Tür erschien der Leibwächter, aber der entnervte Provost ignorierte ihn. »Kümmern Sie sich gar nicht drum«, sagte er knapp zu der Frau. »Der Amontillado für mich, danke. Und das Mineralwasser …« Er zeigte auf das Nebenzimmer. »Unser Gast telefoniert. Bringen Sie es hinein und stellen es auf dem Tisch ab. Aber dass Sie ihn nicht stören.« Er winkte sie durch.

Ameena Najib atmete tief ein, ging leise durch die Tür und zog sie lautlos hinter sich zu.

Der Schänder saß mit dem Rücken zu ihr in einem Drehsessel und sprach auf Arabisch in sein Handy, sich ihrer Gegenwart so dicht hinter ihm offenbar in keiner Weise bewusst. Sie konnte seine Schultern sehen, die Wölbung seines Schädels, so verletzlich unter der weißen Kufija. Sie tat einen vorsichtigen Schritt auf ihn zu. Dann ließ der Klang ihrer eigenen Sprache sie zögern, ein gebannter Ausdruck trat in ihr Gesicht; wie in Trance lauschte sie.

Als spürte er ihre Nähe plötzlich doch, hörte der Scheich abrupt auf zu reden und drehte sich ruckartig mitsamt dem Stuhl, und sie fixierten einander stumm.

Der Gedanke überfiel ihn mit Macht: Sie haben mich gefunden.

Das Mädchen war nichts – ein bloßes Werkzeug, ein Gesicht ohne Bedeutung.

Mit einem Mal fühlte er sich matt. Erschöpft.

Das Mädchen sagte nichts, sie brauchte nichts zu sagen. Ihr starr auf ihn gerichteter Blick zwang ihn, ihre Gedanken zu lesen, die Worte zu hören, die sie im Geiste sprach. Ebenso gut hätte sie sie laut sprechen können.

Last wahida. Ich bin nicht allein. *Tdhakkar annak batmut.* Denk daran, du musst sterben. Und andere Parolen, andere Schmähungen.

Er beobachtete sie fasziniert, von Furcht gelähmt und doch zutiefst gespannt, wie es weitergehen würde. Sie musste Anweisungen von ihren Genossen haben. Was verbarg sich unter dieser Uniform? Immer noch tat sie nichts. Was war ihre Rolle?

Ein paar endlose, peinigende Sekunden lang rührte sich keiner von ihnen.

Dann weiteten sich ihre Augen jäh, sie sog scharf die Luft ein, und als würde sie ihn ein für allemal aus dieser Welt verweisen, machte sie kehrt und eilte aus dem Zimmer.

Der Provost bemerkte den aufgewühlten Zustand seines Gastes, der unmittelbar nach dem Mädchen aus dem Nebenzimmer kam, zunächst nicht. Er lächelte ihn an und hob sein Glas Amontillado. »Besser spät als nie«, sagte er. »Zum Wohl.«

»Wer ist diese Frau?«, wollte der Scheich wissen.

Der Provost sah ihn neugierig an. »Aus der Küche? Sie ist neu hier im College. Aneesha, glaube ich. Oder war es Anika?«

Der Scheich klatschte in die Hände, und sein Leibwächter kam mit langen Schritten auf ihn zu.

Warum interessierte er sich so für das Mädchen?, fragte sich der Provost, während er an seinem Sherry nippte und den beiden beim Reden zusah. Alle Schläfrigkeit war von al-Medina abgefallen; in heftigen arabischen Wortschwallen sprach er auf den Leibwächter ein, als hätte große Erregung ihn gepackt. Der Provost wusste nichts über al-Medinas Privatleben, gestattete sich jedoch die Annahme, dass der Scheich der Vielweiberei anhing. Er hatte einmal von einem Diplomaten, der sich für sein Thema sehr erwärmte, intime Details über die sexuellen Gepflogenheiten arabischer Fürsten geschildert bekommen und den Mann nicht gebremst.

Al-Medina beendete seine Rede im Befehlston, und der Leibwächter lief aus dem Zimmer und die Treppe hinunter.

Der Provost war verwirrt. »Sie ist geflüchtet«, sagte er, »aus Syrien. Wir haben ein Hilfsprogramm, das wir gerade erst aufgezogen haben. Sie ist erst seit Noughth Week bei uns«, fügte er hinzu. »Sie tut sich noch etwas schwer.«

Der Scheich reagierte nicht.

»Noughth Week«, erklärte der Provost, »ist sozusagen die Woche null, also die Woche unmittelbar vor Beginn des Trimesters. Des Michaelmas-Trimesters in diesem Fall«, fuhr er nach einer kurzen Pause fort, »das immer am ersten Sonntag nach dem Michaelistag beginnt.«

Seine Erläuterung machte wenig Eindruck. Er runzelte die Stirn. Konnte es irgendetwas damit zu tun haben, dass al-Medina Ausländer war? Er versuchte sich auf die obskuren Unterschiede zwischen Schiiten und Sunniten zu besinnen, die sich ihm noch nie so recht erschlossen hatten.

Der Scheich wandte sich um und funkelte ihn an. »Wie ist sie hierhergekommen?«

Der Provost war bestürzt über den scharfen Tonfall. Vorsichtig sagte er: »Einzelheiten kann ich Ihnen nicht nennen. Aber ihr Weg war zweifellos ein sehr mühsamer.«

»Wer sind ihre Genossen?«

Was sollte er mit dieser Frage anfangen? »Ich glaube, ihre Erfahrungen machen es ihr etwas schwer, Anschluss zu finden.«

Langsam fühlte er sich mit seinem Latein am Ende. Ihm fiel auf, wie bleich al-Medina war, wie angespannt seine ganze Haltung. Nun formulierte der Scheich seine Frage neu. »Sind noch andere von ihrer Art hier?«

Verspätet begriff der Provost. Der Mann hatte Angst vor dem Mädchen, er befürchtete ein Komplott von ihr. Wie paranoid! Er antwortete würdevoll: »Sie ist natürlich gründlichst durchleuchtet worden. Gründlichst.«

Der Scheich ging nicht darauf ein. Mit leiser Stimme fragte er: »Wem haben Sie von meinem Besuch erzählt? Wem?«

Der Provost, der sich zu Unrecht attackiert fühlte, erwiderte: »Überhaupt niemandem. Außer denen, die es angeht«, fügte er hinzu.

Al-Medina betrachtete ihn nur stumm. Mit einem leichten

Übelkeitsgefühl verstand der Provost, dass der Mann drauf und dran war zu gehen – mitsamt über fünfunddreißig Millionen Pfund an Fördergeldern. Hilflos stand er da und sah al-Medina zu einer ungeduldigen Gebärde ansetzen, doch in diesem Augenblick kamen zu seiner grenzenlosen Erleichterung die übrigen Essensgäste, angeführt von seiner Frau, die Treppe herauf, und überhastet begann er, alle reihum vorzustellen. Seine Frau, die drei Jahre zuvor einen Schlaganfall erlitten hatte, hinkte mit entschlossener Miene auf den Scheich zu und zog ihn mit einem Lächeln, das ihr Mann als gezwungen erkannte, ins Gespräch. Gefolgt wurden die Gäste von einer Kellnerin mit zwei Flaschen Mumm-Sekt und Kanapees auf einem kleinen Silbertablett. Die Turmuhr von Barnabas Hall schlug halb neun, und al-Medina war von seinen Gastgebern umzingelt und konnte nicht fliehen.

Ameena draußen im Hof sah den Leibwächter näher kommen. Nach allen Seiten um sich schauend, lief er den Kiespfad entlang Richtung Küche. Sie duckte sich in eine Nische im Mauerwerk der Great Hall; dennoch bremste er, als er ihre Höhe erreichte, abrupt ab und spähte in den Schatten. Er machte einen Schritt auf sie zu, noch einen, hielt inne. Ihre Blicke trafen sich, ein kurzer Moment des Erkennens, dann drehte er sich um und ging rasch davon. Sie hob das Gesicht zu dem milden, feuchten Himmel auf und spürte jetzt erst ihr Zittern. Sie war geprüft worden, und sie hatte bestanden. Der erste Teil ihrer Aufgabe war vollbracht. Sie zog ihr Handy hervor und tippte hastig eine Nachricht.

Hadha huwa. Er ist es. *Ihna jahizeen.* Wir sind bereit.

Doch bevor sie sie abschicken konnte, hörte sie ganz aus der Nähe ihren Namen – »Ameena? Bist du das?« – und fuhr erschrocken herum, Handy in der Hand, ihre Nachricht ungesendet.

In der Burton Suite wurde der Sekt in die Gläser geschenkt. Neben dem Provost und seiner Frau hatten sich noch vier weitere Gäste eingefunden, um den Scheich zu unterhalten. Dr. Goodman, der humorlose, aber unverzichtbare Arabist. Der Dekan des Colleges, dessen silberhaarige Eleganz der Öffentlichkeit von seinen vielen Fernsehauftritten her bekannt war. Eine Zoologin namens Arabella Parker, angetan mit einem bunten, wallenden Kaftan. Und ein jüngerer Gastdozent aus den Vereinigten Staaten mit Namen Kent Dodge, ein Kunsthistoriker aus Harvard, der ein Semester lang an der Universität von Abu Dhabi studiert hatte und sich bei der nachmittäglichen Führung durch die Kunstsammlung bereits als sehr nützlich erwiesen hatte. Allen fiel auf, wie unruhig der Scheich war, aber niemandem gelang es während des Aperitifs, ihn aus seinem Brüten herauszuholen. Er ging auf keinen der Gesprächsvorstöße seiner geistreichen, intelligenten Gastgeber ein – Fragen über den Nahen Osten, witziges Geplänkel über den Orientalismus, über die Malaisen der Globalisierung. Als sein Leibwächter zurückkehrte, begann er eine lange, erregte Unterhaltung mit ihm und nahm von niemandem sonst mehr Notiz. Alle atmeten auf, als das Essen kam und man zu Tisch gehen durfte.

Der Provost, der auf einen Neubeginn hoffte, erhob sich mit einem nervösen Lächeln auf seinem geröteten Gesicht und brachte einen Toast auf das enge Verhältnis zwischen Barnabas Hall und dem Hause al-Medina und auf die Fortsetzung ihrer gemeinsamen Bemühungen um den Weltfrieden aus. Aber die höfliche Zustimmung seiner Kollegen und ihr gedämpfter Beifall änderten nichts an der Teilnahmslosigkeit des Scheichs, der unempfänglich und reglos blieb, und aus der Stimme des Provosts klang ein Anflug von Panik, als er sich setzte und seinem Gast alles, was er sich über das Bild der jungen Badenden aus der persischen Gedichtsammlung angelesen hatte, wieder von vorn zu erzählen begann.

Ameena trat aus dem Schatten auf den Kiesweg, wo Jason Birch, das College-Faktotum, stand, täppisch grinsend. Er war ein gedrungener junger Mann mit großen Pranken, rötlichen Bartstoppeln und einem geradezu lachhaft bemühten Ausdruck im Gesicht. Er hatte ein Faible für Ausländerinnen generell und Ameena im Besonderen. Sie war ihm unheimlich, aber er hoffte dennoch. Komisch, dass sie so spät noch arbeitet, dachte er.

»In dem Loch da hast du doch keinen Empfang«, bemerkte er leutselig. Er sprach mit breitem Oxfordshire-Akzent, die Vokale trübe, die Konsonanten verschliffen.

Sie sagte nichts.

»Ich mein nur«, sagte er verlegen. »Weil ich dich da gesehen hab. Brauchst du Hilfe bei irgendwas?«

Sie schüttelte den Kopf. »Ich muss gehen.«

»Alles okay? Du schaust so bisschen … wie sagt man …?«

»Ich war verirrt.«

Er ließ sich durch ihre Kurzangebundenheit nicht abwimmeln. »Kein Wunder hier drin. Wohin wolltest du denn?«

»Burton Room.«

»Ah, dann warst du wahrscheinlich im Nordflügel. Neben der Kapelle. Mit diesen ganzen engen alten Gängen.«

»Nein«, sagte sie ungeduldig. »Conference Suite.«

»Noch schlimmer. Diese ganzen engen neuen Gänge … Ist echt alles okay? Behandeln die Leute dich anständig?«

Er merkte selbst, dass sie nicht reden wollte, aber er glaubte an die Kraft seiner gut gemeinten Zuwendung, und in der Tat wurde er belohnt, denn als brächen sich ihre aufgestauten Gefühle Bahn, sprudelte es plötzlich aus ihr hervor: »Nein, sie behandeln mich nicht!« Gestenreich berichtete sie vom Provost, von dem Ton, in dem er mit ihr sprach, von seinen Blicken.

Jason, beglückt über so viel Vertraulichkeit, verformte sein

Gesicht zu übertriebenen Ausdrücken der Missbilligung. »Wundert mich gar nicht. Da ist er bekannt für. Der betatscht alle.«

Und dann der Mann in dem Raum voller Schätze, der ihr mit seinem bloßen Lächeln Angst eingejagt hatte. Ihre Finger deuteten Brillengläser an.

»In der Kunstsammlung? Das ist Goodman. Noch so ein Spinner. Von denen wimmelt's hier, wenn du's genau wissen willst. So, und jetzt pass auf, dass du von hier nicht gleich wieder falsch gehst.«

Zu seinem Erstaunen füllten sich ihre Augen mit Tränen, und er trat einen beschützerischen Schritt auf sie zu. »Was ist denn?«

Ihre Stimme klang brüchig vor Erregung. »Im Burton Room.«

Jasons Unterkiefer klappte ein Stück auf, als er sich zu ihr vorbeugte, wartend. »Ja? Was?«

»Der Scheich«, flüsterte sie. »Der *Schänder*.«

Sie war bleich, ob vor Angst oder Zorn, konnte Jason nicht sagen. Das Wort »Schänder« überforderte ihn.

»Dieser Mann«, murmelte sie in sich hinein. »Über was hat er telefoniert? Was hat er *gemacht*?« Und mit lauterer Stimme: »Er schändet das Heilige Buch.« Sie starrte Jason an.

»Äh – verstehe«, sagte er nach einer Pause. Er betrachtete Ameena unbehaglich. »Mach dir wegen dem keinen Kopf«, sagte er schließlich. »Das ist nur ein Typ wie jeder andere. Egal, wie viele Frauen er in seinem Harem hat«, fügte er aufs Geratewohl hinzu. Er machte ein mitfühlendes Schnalzgeräusch und blies die Backen auf, während er sein Hirn nach einer nächsten Bemerkung durchforstete. »Aber eins sag ich dir«, äußerte er zuletzt. »Ich hab das schon oft gedacht. Von der Sicherheit her ist das hier ein Witz. Du brauchst bloß reinspazieren. Was ist, wenn ihm was passiert? Dem Emir-Typ, mein ich.«

Sie sah ihn scharf an. »Warum sagst du das?«

»Nur so. Ich hab einfach gedacht …«

»Ich habe keine Zeit, mit dir zu reden«, sagte sie. »Was tust du hier?«

»Nichts, ich wollte nur …«

»Ich habe zu tun. Du hältst mich auf.«

Bedröppelt sah er ihr nach, als sie über den New Court davoneilte, dann drehte er sich um und ging in die andere Richtung. Er sah nicht, wie sie durch den Torbogen in den Fellows' Garden verschwand und dort im Schatten der Bibliothek stehen blieb, sich vorsichtig umschaute und dann endlich ihre Nachricht abschickte.

Sie seufzte erleichtert auf. Der Garten vor ihr war im Dunkeln verborgen, der Pfad um die Rasenfläche kaum zu ahnen im laternenglimmenden Nebel, dennoch glaubte sie am anderen Ende eine Gestalt in einem Küchenkittel weghuschen zu sehen, auf das Haus des Provosts zu. Ameena runzelte die Stirn. Vom Küchenpersonal war heute Abend außer dem Koch als Einzige Ashley Turner eingeteilt, und die bediente im Burton Room. Es verwirrte sie. Mit klopfendem Herzen schlug sie die gleiche Richtung ein.

Unterdessen ging im Burton Room das Festmahl seinen verheerenden Gang. Der Versuch des Provosts, den Scheich mit Betrachtungen über die sich rekelnde Badende aus der persischen Gedichtsammlung zu zerstreuen, endete in einer persönlichen Demütigung, als seine Frau ihn freundlichst bezüglich eines kleinen, aber entscheidenden Details korrigierte und er keinen Widerspruch wagte. Die Unterhaltung schleppte sich, erstarb dann und wurde durch die Kratzgeräusche des Tafelsilbers auf edlem Porzellan ersetzt. Die Foie Gras wurde auf- und wieder abgetragen, ebenso die Hummerravioli, doch bevor das Navarin vom Herdwick-Lamm serviert werden konnte, verkündete der Scheich abrupt, dass er gehen wolle.

Es war erst viertel vor zehn. Betretenheit machte sich breit.

Sein Leibwächter half ihm auf die Füße. Da stand er, schwerfällig und doch erhaben, und betrachtete einen Moment lang ungerührt die anderen Gäste, die alle verstummt waren. Er neigte den Kopf, hob kurz die Arme und wünschte ihnen eine gute Nacht.

Von der anderen Seite des Tisches fragte die Frau des Provosts: »Müssen Sie wirklich schon gehen? Wie schade.« Ihre halbseitige Lähmung verlieh ihrem Gesicht einen grämlichen Ausdruck, aber ihr Ton war aufrichtig und ermutigend.

Der Scheich beachtete sie nicht. Er besprach sich mit seinem Leibwächter. Sein Aufbruch fand früher statt als geplant; die Abläufe mussten vorverlegt werden.

Der Leibwächter trat auf den Provost zu. Der Wagen des Emirs würde in zwanzig Minuten vorfahren. Wie nahe am Collegetor konnte er parken? Die Merton Street war wegen der Bauarbeiten gesperrt.

Der Provost verspürte wenig Lust zu helfen. Ihm wurde immer klarer, dass die drei Jahre, die er den Scheich nun hofiert hatte, Zeitverschwendung gewesen waren. Es kostete ihn Überwindung, dem Mann ins Gesicht zu sehen.

»Sagen Sie dem Fahrer, er soll auf der High Street parken. Dann können Sie die Logic Lane vorgehen.«

Der Leibwächter fragte, ob die Gasse gut ausgeleuchtet sei.

»Nicht besonders.«

Ob es keine bessere Option gebe, wollte der Leibwächter wissen.

Der Provost konnte seine Entnervtheit kaum kaschieren. »Dann nehmen Sie eben das Tor beim Fellows' Garden. Da kommen Sie mehr oder weniger auf der High Street raus. Ich gebe Ihnen den Code. Das Schloss klemmt etwas, aber Sie müssen der Tür einfach nur einen Stoß geben. Das werden Sie ja wohl schaffen.«

Der Leibwächter konferierte mit al-Medina, der sich widerwillig in diesen neuen Plan fügte. Er wirkte so unentspannt wie zuvor. Statt sich vom Provost zu verabschieden, machte er nur eine mehrdeutige Handbewegung und ging mit dem Leibwächter hinaus ins Vorzimmer, um dort die Ankunft des Wagens abzuwarten.

Die übrigen Gäste wussten nicht, was sie tun sollten. Also blieben sie sitzen und unterhielten sich leise, während der Provost ein Stück abseits stand und stumm den Schiffbruch seiner lang gehegten Pläne bedachte.

Nach einer Weile ging er hinüber zu seiner Frau.

»Ich werde hier wahnsinnig«, raunte er ihr zu. »Ich geh mal kurz raus.« Ehe sie etwas einwenden konnte, verließ er den Raum und lief die Treppe hinunter.

Ein nur zu bekannter Drang hatte sich seiner bemächtigt.

Der Regen war stärker geworden. Durch dichtes Geniesel eilte er den Nordflügel entlang und unter einem niedrigen Torbogen hindurch in den Benet's Yard. Im Gemäuer eines Nebengebäudes dort, gleich neben der Butter Passage, war eine von tiefen Schatten verborgene Aussparung. In ihrem Schutz blieb er stehen und steckte sich mit zitternden Fingern – entgegen den College-Vorschriften und, schlimmer noch, gegen den erklärten Wunsch seiner Frau – eine dringend benötigte Parliament Light an.

Auf der anderen Seite des Old Court, in anderen Schatten, wartete derweil Ameena Najib in der feuchten Kälte. Sie zitterte noch immer, nicht weil sie fror, sondern vor Aufregung. Ihr innerer Aufruhr wollte sich nicht legen. Endlich sah sie eine Bewegung am Fuß der Treppe jenseits des Rasenovals und schickte, ohne zu zögern, eine weitere, letzte Nachricht.

Han al-waqt. Es ist Zeit.

Es war vollbracht. Ihre Aufgabe war erfüllt. Der Abend hatte viel mehr Schwierigkeiten bereitgehalten als erwartet, aber sie hatte sie alle gemeistert.

Mit einer enormen Kraftanstrengung lenkte sie ihre Gedanken fort vom Leid des Einzelnen, größeren Dingen zu: Tod und Gericht, Himmel und Hölle. Sie hatte zu Gott um Gerechtigkeit gebetet, und ER würde sie nicht enttäuschen. Sie war frei, sie durfte gehen. Sie verbannte jeden Ausdruck aus ihrem Gesicht, sah sich noch einmal nach allen Seiten um und verließ ihr Versteck.

Der Provost in seinem klammen Mauerwinkel sog den Rauch tief ein und hielt ihn so lange, bis das ersehnte Stillegefühl über ihn kam. Dann nochmals. Und nochmals.

Endlich wurde es ruhig in ihm.

Mehrere Minuten vergingen. Er starrte leeren Blicks in den dunklen Hof vor ihm und ließ seine Gedanken wandern. Einzelne Momente seines langen, zermürbenden Tages kamen zu ihm zurück, irritierende Gesten seitens des Scheichs, seine geringschätzige Miene, als der Provost Konversation über das Bild aus der persischen Gedichtsammlung zu machen versucht hatte; vor allem aber sein ständiges Herumreiten auf den angeblichen Sicherheitslücken.

Er rauchte und ließ dabei vor seinem inneren Auge das Bild des Mädchens auf der persischen Illumination erstehen. Wie immer befriedete es ihn. Er betrachtete es oft, wenn er an seinem Schreibtisch arbeitete, und bewunderte die selbstvergessene Schönheit der Frau. Umrahmt von einer Konzertina aus goldenen Rauten lag sie im Halbschlaf, um ihre Hüften ein blaues, mit goldenen Enten verziertes Tuch, über das die weißen Brüste fielen, ein zierliches Ohr gerade noch sichtbar unter der Kaskade dichten, dunklen Haars. Es war ein erotisches Bild, das er gern mit den Gesichtern verschiedener junger Forschungsstipendiatinnen überblendete. Er seufzte durch die Nase, den Blick ziellos in das nieselige Dunkel der Butter Passage gerichtet, aus dem nun lautlos vier schwarz vermummte Gestalten erschienen, die, aus der Richtung der unzureichend schließenden schmiedeeisernen Pforte kommend, an ihm vorbeitrabten, ohne ihn zu sehen, und einer nach dem anderen durch den Torbogen in den Old Court verschwanden.

Mehrere Sekunden lang rauchte der Provost träumerisch weiter, ohne zu schalten. Dann spie er mit einer Art Rülpser seine Zigarette aus. Vier maskierte Männer, unterwegs zur Burton Suite!

Wie gelähmt vor Entsetzen stand er da und dachte panisch an die anhaltenden Sicherheitsbedenken des Scheichs. Dann machte er einen schlingernden Satz aus seiner Nische, und mit einer unsauberen Drehung auf dem nassen Kies stürzte er ihnen nach.

Im Burton Room schleppten sich die Gespräche unterdessen dahin. Die Frau des Provosts, die mit Kent Dodge über seine Erfahrungen in Abu Dhabi redete, hatte einen unpassend neckenden Ton angeschlagen; der junge Mann genierte sich furchtbar. Er wusste nie, welche Partie ihres Gesichts er ansehen sollte – ihre Augen, die etwas unnatürlich Starres hatten, oder ihren schiefen Mund. Der Dekan und die Zoologin unterhielten sich in leisem, elegantem Murmeln über eine bevorstehende Wahl in der Fachschaft. Dr. Goodman hielt sich in verbittertem Schweigen abseits; sein Vertrag lief aus, und der Provost hatte ihm zu verstehen gegeben, dass man ihn nicht vermissen würde. Er beobachtete die anderen.

Alle vier waren sie überrascht, als auf der Treppe ein lautes Poltern wie von vielen trampelnden Füßen ertönte. Kent Dodge wich unwillkürlich ein Stück zurück, die Gattin des Provosts erhob sich alarmiert, als auch schon ihr Mann mit hochrotem Gesicht zur

Tür hereintaumelte, wild im Zimmer hin und her sah und unartikulierte Laute ausstieß.

»Was um Himmels willen …?«, fragte sie.

Mit wütendem Gefuchtel bedeutete er ihr, still zu sein, zeigte dann auf den Vorraum. Er keuchte etwas hervor, das die Anwesenden schließlich als »Ist er in Sicherheit?« interpretierten.

Seine Frau runzelte die Stirn. »Der Emir? Er ist vor ein paar Minuten gegangen.«

»Aber …«

»Sein Wagen kam verfrüht. Ich habe ihm den Code für das Burgtor gegeben. Ich hätte nicht gewusst, was dagegen spricht. Meine einzige Sorge war, dass der Fellows' Garden zu dunkel sein könnte, um sich als Fremder darin zurechtzufinden. Aber vielleicht zeigt ihnen ja jemand den Weg.«

Einen Moment lang starrte der Provost sie an. Dann warf er sich unter neuerlichem Aufstöhnen herum und stolperte die Treppe wieder hinunter, während die Zurückbleibenden ihm verdattert nachschauten.

Der Fellows' Garden liegt nordöstlich des New Court. Seine eine Seite wird von der Kapelle flankiert, eine weitere von einem Ende der Bibliothek, die dritte von einem hohen Gebäude der Stadtverwaltung, das auf die High Street hinausgeht. An der vierten, zur Logic Lane hin gelegenen Seite zieht sich die niedrige Bruchsteinmauer entlang, die bis zum »Burgtor« und dem neoklassizistischen Torhaus reicht, in dem traditionell der Provost wohnt. Der Kiesweg, der um den Garten führt, mündet ebenfalls dort.

Auf diesem Weg bewegten sich al-Medina und sein Leibwächter vorsichtig vorwärts. Nachdem sie den New Court einmal hinter sich gelassen hatten, war es unerwartet finster. Nur zwei oder drei antike Laternenpfosten neben dem Pfad warfen einen schwachen Lichtschein. Die Nacht war bewölkt. Nebel und Sprühregen trübten die Sicht noch zusätzlich. Vor sich sahen sie nichts als die schwankenden, tintenschwarzen Silhouetten von Büschen und Bäumen in dem parkähnlichen Garten.

Sie gingen dicht nebeneinander, schweigend und horchend. Von Zeit zu Zeit legte der Leibwächter dem Scheich die Hand auf den Arm, um ihn zum Stehen zu bringen, bevor er Entwarnung signalisierte und sie auf die gleiche vorsichtige Art weiterpirschten.

Seit seiner Begegnung mit der jungen Frau aus der Küche hatte al-Medinas Unruhe stetig zugenommen. Die fatalistische Stimmung war dahin; jetzt wollte er die Bedrohung, egal worin sie bestand, um jeden Preis überleben. Seine Verärgerung über die mangelnde Sicherheit in dem englischen College hatte sich zu einem angsterfüllten Zorn ausgewachsen.

Kurz vor der letzten Biegung stoppte der Leibwächter ihn erneut. Er hatte ein Geräusch wie von Schritten gehört. Mehrere Minuten standen sie in dem klammen Dunkel und spähten über ein Eisengitter in ein kleines Gehölz von Ziersträuchern, schwarz und tropfend in der Düsternis. Dann setzten sie sich wieder in Bewegung.

Hinter der Biegung kamen endlich Tor und Torhaus in Sicht. Im selben Augenblick begann die letzte Laterne vor ihnen zu flackern und verlosch dann, worauf der Weg in nahezu vollständiger Finsternis lag.

Verwirrt blieben sie stehen.

Al-Medina fragte gepresst: »Was ist jetzt los?«

Der Leibwächter antwortete nicht sofort. »Nur die Elektrik. Nichts in England funktioniert.«

»Dieser Ort«, sagte al-Medina verächtlich. »Niemand liebt uns hier. Gehen wir weiter.«

Fürs Erste rührte sich keiner von ihnen. Dunkelheit umgab sie, schwarz und kompakt. Dann wurden durch den Dunst allmählich blasse Lichtpünktchen sichtbar: die Fenster des Torhauses. Sie begannen darauf zuzugehen. Für die nächsten zwanzig Meter war kein Laut zu hören außer dem Knirschen und Scharren ihrer Schritte auf dem Kiesweg und al-Medinas schwerem Schnaufen. Und dann brachen in die Stille, jäh und brutal, wildes Rufen und das Stampfen rennender Füße ein.

»Schnell!«, ächzte al-Medina, und sie stürzten beide vorwärts.

Sie rannten vor ihm weg! Der Provost sah es entgeistert. Noch immer abgerissene Warnrufe ausstoßend, so unverständlich wie Tierlaute, stolperte er mit wedelnden Armen den Kiesweg entlang, ihnen nach.

Aber er kam zu spät.

Ohnmächtig musste er zuschauen, wie vier maskierte Männer vor al-Medina aus dem Unterholz sprangen und ihm den Weg versperrten.

»Nein!«, brüllte der Provost, ein letztes verzweifeltes Aufbäumen.

Ein wildes Durcheinander folgte. Der Leibwächter warf sich mit einem Aufschrei vor al-Medina, der in die Knie ging wie ein Elefant, und alles verschwamm und verwirbelte in dem Dunkel, Schatten vermengten sich in einem langen, zerhackten Moment der Panik, bis das Bild endlich klar wurde – und voll Grauen sah der Provost, wie die vier Gestalten sich vornüberbeugten und dem Scheich ihre blanken Hintern zeigten, die blassen Pobacken schimmernd in dem schwachen Lichtschein, der aus den Fenstern des Torhauses fiel.

Als seine Frau ihn schließlich einholte, saß er zusammengesunken vor dem Eisenzaun, außerstande zu sprechen, und im ersten Moment dachte sie, der Schlag habe ihn getroffen.

Hinter ihr kam Kent Dodge, beladen mit einem Armvoll Silbergerät, das seinen Platz im Torhaus hatte. Zu zweit machten sie sich an dem gestürzten Provost zu schaffen, bis er sie beide wegscheuchte und selbst auf die Füße kam.

»Was ist passiert?«, fragte seine Frau ihn. »Bist du hingefallen? Fehlt dir etwas?«

Sein Blick war grimmig. »Diese Drecksstudenten«, murmelte er erstickt.

Seine Frau zog ihn von Kent weg, der verlegen ein paar Schritte zurücktrat.

»Wovon redest du?«

Schmallippig setzte er sie ins Bild. »Das ist nicht komisch«, fügte er hinzu.

»Ach je. War er sehr verstimmt?«

»Verstimmt?« Er rollte mit den Augen. »Würde mich nicht wundern, wenn er uns alle hinrichten ließe. Oder uns die Hände abhacken lässt. So verfahren sie da drüben mit Leuten, die sie in ihrer Ehre gekränkt haben.« Gereizt begann er in Richtung seines Hauses zu schlurfen. »Im besten Fall«, setzte er bitter hinzu, »steigt er einfach nur aus dem Projekt aus.«

»Glaubst du?«

Mit bösen Gesicht drehte er sich zu ihr um. »Du warst auch nicht gerade eine Hilfe.«

»Wie meinst du das?«

»Beim Essen. Als du mich bei dem Bild widerlegen musstest.«

Sie hütete sich, etwas zu erwidern. Nicht ohne Anstrengung erklomm sie die Stufen zu dem kleinen Säulenvorbau und der Außentür ihres Hauses, und der errötende Kent Dodge folgte ihr schüchtern mit dem Silberzeug.

»Jetzt ist es überstanden«, sagte sie über die Schulter zu ihrem Mann. »Du kannst dich entspannen.«

Er murrte etwas in sich hinein.

»Entspann dich«, wiederholte sie. »Er ist weg. In Sicherheit. Ihm kann jetzt nichts mehr passieren.« Sie drückte die Klinke, rüttelte daran. »Seltsam.«

»Was ist seltsam?«

»Es ist abgeschlossen.«

»Was soll daran seltsam sein?«

»Du lässt sie doch immer offen.«

Wieder ein wütender Blick. »Stimmt nicht, ich sperre sie fast immer ab.«

»Hast du sie heute denn abgesperrt?«

»Muss ich ja wohl, oder?«

Wieder biss sie sich auf die Zunge. Seufzend holte sie ihren Schlüssel hervor und schloss auf, ging den Männern voran durch den Vorbau, um auch die Innentür aufzuschließen, und dann traten sie alle drei ins Haus. Kent trug die Silbersachen weisungsgemäß ins Esszimmer. Der Provost stützte sich schwer auf die Kommode in der Diele.

»Dein Zustand gefällt mir gar nicht«, sagte sie zu ihm. »Denk an dein Herz. Du brauchst deine Medizin.«

»Mir geht's gut.«

Aber sein Ton war einlenkend. Es erleichterte ihn ungemein, zurück in der vertrauten Umgebung seines Zuhauses zu sein. Hier war er Herr über alles, die Möbel, die klassischen Tapeten und hellfarbigen Teppiche, die Bilder an den Wänden.

»Komm schon. Die Tabletten sind in deinem Arbeitszimmer.«

Er nickte schwach. Es war alles zu viel gewesen. Er ließ sich die Fürsorge seiner Frau gefallen und duldete ihren stützenden Arm an seinem Ellbogen.

Sein Arbeitszimmer war ein quadratischer, elegant eingerichteter Raum mit hohen Fenstern, bodenlangen Vorhängen aus grauer

Chenille und einem Mahagonischreibtisch, neben dem ein Ledersessel stand. An den cremefarben tapezierten Wänden hingen etliche Gemälde, darunter, etwas versetzt über dem Schreibtisch, ein gerahmter Druck des Bilds aus der persischen Sammlung, das beim Essen Gegenstand ihrer Meinungsdifferenz gewesen war. Doch weder der Provost noch seine Frau hatten Augen für das Bild.

Sie starrten auf den Boden.

Auf dem hellgrauen Teppich lag eine junge Frau in T-Shirt und Jeans. Das T-Shirt war hochgerutscht und gab die Bauchpartie frei. Einer ihrer Schuhe war ihr vom Fuß gefallen und ein Stück weggerollt. Sie lag auf dem Rücken, den Kopf seitlich zur Wand verdreht. Ihr Haar umfloss als tiefbraune Pfütze das Gesicht, das gedunsen und verfärbt war; aus dem weit aufgerissenen Mund zwängte sich dick geschwollen die Zunge hervor.

Sie war ohne jeden Zweifel tot.

Kent Dodge kam von hinten heran, um sich zu verabschieden, und auch ihm blieb der Mund offen stehen.

Die Frau des Provosts sah ihren Mann an. Nach einer Pause sagte sie in beherrschtem Ton: »Nun, mit dem Bild hatte ich recht, wie du siehst. Aber ansonsten kann ich dir nur zustimmen. Wenn das hier herauskommt, kannst du dem Geld dieses Arabers endgültig ade sagen.«

Hinter ihnen ertönte ein scharrendes Geräusch, dann ein Aufprall. Kent Dodge, dieser junge Mensch, war umgekippt.

2

Vier Stunden danach läutete fünf Meilen weiter, in einem unaufgeräumten Zimmer in einem gesichtslosen Backsteinhaus in Bayworth, ein Handy. Aufleuchtend zuckte es zum Beat des »Bad and Boujee«-Klingeltons auf den dunklen Dielenbrettern, und von einer Matratze streckte sich ein Arm und tastete herum. Endlich verstummte das Klingeln. Mit geschlossenen Augen brachte ein Jugendlicher mit dünnem Gesicht und glänzendem Narbengewebe auf der linken Backe das Telefon in Kopfnähe und schnaufte einen Moment lang hinein, bevor er »Ja?« raunzte.

Eine Stimme teilte ihm mit, dass Arbeit anstehe.

»Worum geht's?«

Die Stimme begann zu erklären.

»Wie? Jetzt gleich?«

Die Stimme setzte ihn notdürftig ins Bild, dann war das Gespräch beendet.

Der Jugendliche setzte sich mit hängendem Kopf auf und stöhnte. Mit dem Daumenballen rieb er an der juckenden Narbe herum. Dann hielt er sich das Handy dicht vor die Augen und las blinzelnd die Zeit ab.

»Habt ihr den Arsch offen?«, sagte er laut.

Er wählte eine Nummer, wartete, Augen geschlossen, bis abgehoben wurde.

»Ich bin's«, sagte er gähnend. »Du, ich muss rüberkommen. Ja, jetzt sofort. Ich weiß selber, dass es mitten in der Nacht ist.«

Er stemmte sich von seiner Matratze hoch, stand dann da, eckig und ungelenk in seinem Carling Black Label-T-Shirt, kratzte sich den Schritt und starrte durch das vorhanglose Fenster hinaus auf die Äcker und Wiesen, die jenseits der Straße anstiegen bis zur Hügelkuppe, wo sich Viehunterstände aus Wellblech gegen den Nachthimmel abhoben. Alles war ruhig und still.

Er tappte zu dem Waschbecken in der Ecke, spritzte sich Wasser ins Gesicht und spülte den Mund aus, strich sich mit den noch nassen Händen das Haar glatt und wischte sie dann am T-Shirt ab. Es war kalt im Zimmer, er schauderte beim Anziehen. Pulli über das T-Shirt, Trainingshose, seine Nikes. Die Loop-Jacke.

Mit neuerlichem Gähnen trat er an eine Kommode und holte eine Pistole heraus, eine Glock 26, schwarz und unecht aussehend, so klein und leicht, dass sie in seine Jackentasche passte. Dann ging er leise über den Flur ins zweite Schlafzimmer.

Dieses Zimmer ähnelte in nichts seinem eigenen. Es hatte bunte Möbel und leuchtend gelbe Wände mit einem frisch gemalten Teddybär-Fries auf halber Höhe. In einem Kinderbettchen, unter einer Decke mit roten Treckern auf grünem Grund, schlief ein blonder kleiner Junge von etwa zwei Jahren, und der Ältere bückte sich und hob ihn heraus.

»Hallo«, flüsterte er. »Hallo.«

Das Kind maunzte leise und drückte das Gesicht gegen den Arm des Jugendlichen.

»Hey, Ry, du musst aufwachen. Daddy bringt dich zu Tante Jade. Komm, ja, so ist's brav.«

Aber der Kleine wurde nicht wach. Seine Gliedmaßen waren so schlaff, als wären keine Knochen darin. Fast eine Viertelstunde geduldigen Hantierens war nötig, um ihm Jacke, Schuhe, Mütze und Handschuhe überzuziehen, und es war halb vier vorbei, bis der Jugendliche das schlafende Kind endlich die Treppe hinunter und zu dem Peugeot 306 tragen konnte, der auf einem räudigen Grünflecken vor dem Haus stand.

Das Motorbrummen erschien ihm überlaut, als er den dunklen, stillen Weg zur Foxcombe Road hochfuhr und dort nach rechts bog, an den Villen der Neureichen vorbei Richtung Ring. Im Norden, hinter den undeutlichen Wellenlinien der Felder, kam die Stadt in Sicht, winzig unter dem wolkenverhangenen Himmel, ein Nest trüber, vereinzelter Lichtpunkte. Der Motor spuckte und rasselte, als er auf der leeren Straße Gas gab.

»Hörst du das?«, fragte er den schlafenden Jungen neben sich. »Echt ein Dreck, diese Schüssel.«

Er knatterte den Hinksey Hill hinunter zum Kreisverkehr, über den Ring bis zur Abzweigung und vorbei am Hinksey-Point-Trailerpark, der komatös hinter seinem Wall aus Müll lag. Knatternd fuhr er das lange gerade Band der Kennington Road entlang, rumpelte über die Bremsschwellen alle hundert Meter, die die Raser abschrecken sollten, und erreichte schließlich die Kenville Road, eine kurze Seitenstraße mit verlotterten Doppelhäuschen.

Seine Schwester wartete in der Küche, in einem kurzen Frotteebademantel, eine schmächtige junge Frau mit der gleichen Hakennase wie ihr Bruder und blondem, straff aus dem Gesicht gebundenem Haar.

»Nicht mal vier«, sagte sie bitter.

Er erwiderte nichts.

»Von vier Uhr früh war nie die Rede«, sagte sie.

Sie streckte die Arme nach dem Jungen aus, und ihr Bruder übergab ihn ihr.

»Anruf ist Anruf«, sagte er. »So läuft das nun mal. Die rufen an, und du fährst. Ob du Lust hast oder nicht.«

»Was ist denn passiert?«

»Darf ich nicht sagen. Weißt du doch.«

Sie zog ein Gesicht. »Solang du's nicht wieder verbockst wie beim letzten Mal.«

Er zuckte die Achseln. Dann beugte er sich vor, küsste seinen Sohn auf die Mütze und ging zur Tür.

»Wann holst du ihn ab?«, fragte seine Schwester.

»Nicht so spät.«

»Vor fünf jedenfalls. Dann muss ich arbeiten.«

»Okay.«

»Und wenn du zurückkommst, fährst du rüber und schaust nach Mam.«

»Ja, ja. Morgen.«

»Heute. Du hast es versprochen. Er hat sie wieder in der Mache gehabt.«

Grummelnd drehte er sich um und trat hinaus auf die stille Straße.

Sie rief ihm nach: »Und versieb's nicht, du Knallkopf!«

Er zeigte ihr lässig den Finger. Wieder im Auto, nahm er die Glock aus dem Handschuhfach und steckte sie in die Tasche seiner Trainingshose. Es fühlte sich falsch an, also nahm er sie wieder heraus und klemmte sie sich stattdessen in den Hosenbund. Auch das fühlte sich verkehrt an. Er schob sie in die Jackentasche, wo sie gegen sein Bein drückte.

»Scheiß drauf«, sagte er leise und packte sie zurück ins Handschuhfach.

Dann legte er den Gang ein und knatterte die Kennington Road wieder zurück.

In der Pförtnerloge von Barnabas Hall humpelte Leonard Gamp mit einem Becher Tee auf und ab und überdachte die Lage. Obwohl er jetzt seit über fünf Stunden in Aktion war, empfand er keinerlei Müdigkeit. Im Gegenteil, ihn erfüllte sogar etwas von dem alten Schwung und Selbstvertrauen, mit dem er als Jüngerer in Gibraltar und in Tottenham agiert hatte, wenn es brenzlig wurde.

Der Anruf des Provosts war um halb elf bei ihm eingegangen. Seine erste Aufgabe war es gewesen, sich um den Provost und dessen Frau sowie vor allem um den jungen Amerikaner zu kümmern, der unter Schock stand und verarztet werden musste (kleine Schramme an der Stirn). Den Amerikanern, so seine Erfahrung, fehlte es häufig an Standvermögen. Zu seiner Enttäuschung war Leonard nicht in den Raum vorgelassen worden, in dem die Leiche lag, aber der Provost hatte ihn mit einer sehr ausführlichen Beschreibung entschädigt. Er hatte Leonard sogar um Rat gefragt, seine Antwort jedoch nicht abgewartet. Der Mann war durch den Wind, und kein Wunder. Zweimal hatte er Leonard seltsamerweise als »Wachmann« angesprochen. Sein Anblick war fast zum Fürchten gewesen, die Augen glupschend und unstet, die Stimme heiser. Zuletzt hatte seine Frau ihn mit einem Glas Brandy in einen Sessel verfrachtet und Leonard zurück in die Pförtnerloge geschickt, um den allentscheidenden Anruf bei den Behörden zu tätigen. Ab diesem Zeitpunkt war Leonard unaufhörlich im Einsatz gewesen, erst mit den Kollegen vom Kriminaldauerdienst, die den Tatort gesichert hatten, dann für mindestens eine Stunde mit dem Team von der Spurensicherung, während er gleichzeitig laufende Bulletins an den Provost und seine Frau liefern musste, die ihr Haus geräumt hatten und nun in dem neuen Büro des Provosts im Old Court auf den Ermittlungsbeamten warteten, dessen Ankunft aus unerfindlichen Gründen noch immer ausstand.

Letzten Endes, sagte sich der teetrinkend auf und ab hinkende Leonard, machte es kaum einen Unterschied, dass er den Leichnam nicht mit eigenen Augen gesehen hatte. Den detailreichen, wenn auch teils unzusammenhängenden Schilderungen des Provosts hatte er entnehmen können, dass die junge Frau nicht nur gefesselt und erwürgt worden war, sondern obendrein etwas Entsetzliches in den Mund gepfropft bekommen hatte. Möglicherweise, so überlegte er, war es eins von diesen perversen Sexspielen gewesen. Von solchen Dingen hatte er gehört. Obst schien dabei eine große Rolle zu spielen – warum, das entzog sich seiner Kenntnis. Er befingerte nervös seinen Kiefer, während er über diese Fragen nachdachte, und verzog das Gesicht. Der Provost würde nicht unbeschadet aus der Sache hervorgehen. In seinem Arbeitszimmer auch noch! Über die Ehe des Provosts waren Gerüchte im Umlauf. Und jetzt, wo Leonard an die Szene zurückdachte, schien ihm, es habe eine gewisse Härte – oder Verletztheit, je nachdem – in der Art gelegen, mit der seine Frau es vermieden hatte, ihren Mann anzuschauen, als sie zusammen in der Tür zum Arbeitszimmer standen und ihm die furchtbare Nachricht übermittelten. Hatte der Provost geschrumpft und verwirrt gewirkt, so war sie ingrimmig sie selbst gewesen.

Diese Überlegungen regten ihn an. Er trank seinen Tee und fühlte sich ruhig und hellwach. Dann warf er einen Blick in den Vorraum der Loge und stutzte. Was war das denn?

Er stampfte hin und klopfte scharf an die Scheibe. »He!«, rief er. »He, Sie!«

Da stand ein Jugendlicher. Er suchte offenbar Schutz vor dem Regen. Er war mager und weiß, nachlässig gekleidet auf die für die arbeitslose Unterschicht typische Art, weiße Adidas-Trainingshose, protzige Jacke, Nike-Turnschuhe mit offenen Schuhbändern. Sein helles Haar klebte ihm nass am Kopf. Nase und Kinn schienen zu groß für das schmale Gesicht. Auf seiner Backe glitzerte etwas – Tränen, dachte Leonard im ersten Moment, bis er erkannte, dass es eine Narbe sein musste. Frech wie nur was stand er da, trank irgendeinen Energydrink aus der Dose und spielte an seinem Handy herum.

Leonard schob das Fenster auf. »Das College ist geschlossen«, sagte er laut. »Es ist mitten in der Nacht«, setzte er hinzu.

Der Junge ignorierte ihn.

In Leonard stieg ein gebieterischer Zorn auf. »Kannst du nicht antworten?«

Der Junge trank aus seiner Dose. Sah kurz zu ihm hin, dann wieder auf sein Handy.

»Wundert mich gar nicht«, fuhr Leonard fort. »Eure Sorte kenne ich. Mit euereins mussten wir uns schon '85 in Broadwater Farm rumärgern. Egal. Ich bin vierundsiebzig«, sagte er. »Ich rufe jetzt die 999.«

Nun bekam der Junge doch die Zähne auseinander. »101. Kein Notfall.«

Leonard zögerte.

»Oder die 8 411 148, antisoziales Verhalten«, fügte der Junge hinzu.

Verwirrt, aber würdevoll sagte Leonard Gamp: »Ich habe keinen Zweifel daran, dass Sie bei beiden Nummern gut bekannt sind, aber ich rufe an, wen ich will. Und das ist die Polizei.«

Dennoch zauderte er, als der Junge sich von der Wand abstieß und zu ihm herübergeschlendert kam, sich kurz den Schritt kratzte und seine Hand dann in der ausgebeulten Tasche seiner Trainingshose herumzuschieben begann. Einen grauenvollen Moment lang dachte Leonard schon, der Kerl würde sich entblößen. Aber stattdessen kramte er eine Art Ausweis hervor und hielt ihn in seltsam vertrauter Manier hoch.

»Schon hier, Opa.«

Beim Anblick der wohlbekannten Marke fiel Leonard die Kinnlade herunter.

Ryan Wilkins, Detective Inspector, Kriminalpolizei Thames Valley, stand da.

Der Junge wischte sich mit dem Finger unter der Nase durch, während Leonard ihn fassungslos anstarrte.

»Wolln Sie vielleicht mal in die Gänge kommen?«, sagte Ryan. »Hier gab's 'nen Mord. Ich hätte gedacht, ihr erwartet mich.«

Endlich fand Leonard seine Stimme wieder – die amtliche, wenn auch nicht ohne ein leichtes Beben. »Der Provost und seine Gattin erwarten Sie in seinem Büro.«

»Erst der Tatort. Wissen Sie doch selbst, oder?«

»Wie meinen Sie das?«

»Broadwater Farm, haben Sie gesagt. Waren Sie bei der Met?«

Leonard schluckte. »Fünfzehn Jahre.«

»Na also. Dann mal hopp.«

»Die beiden warten schon seit Stunden.«

»Müssen sie halt noch länger warten.«

Leonard biss die Zähne zusammen. »Wie Sie wünschen. Dann geleite ich Sie jetzt zum Torhaus.«

»Sagen Sie mir einfach, wo ich hinmuss. Ich werd schon nichts klauen unterwegs.«

Leonard atmete ein und wieder aus. Langsam, mit gepresster Stimme sagte er: »Die meisten Fremden finden sich in Barnabas Hall nicht ohne Weiteres zurecht.«

»Glück gehabt, ich verlauf mich nie.«

Die Welt war für Leonard Gamp schlagartig zu einem weit weniger befriedigenden Ort geworden. So etwas hätte es bei der Royal Gibraltar Police niemals gegeben, und bei der Met erst recht nicht. Schwer humpelnd verließ er seine Loge und begann widerwillig, Detective Inspector Wilkins den Weg zu erklären.

3

Um sechs Uhr war es in Oxford noch lange nicht hell. Die nassglänzende kleine Stadt lag schlafend im Regengetröpfel. In der schweren Düsternis der Christ Church Meadow, hinter der Polizeidienststelle St Aldates, ragten Geisterbäume aus Nebelseen.

Aus dieser Dunkelheit tauchte eine Frau auf, die in gleichmäßigem Tempo den Lehmweg am Fluss entlangjoggte, dicht neben dem schwarz strömenden Wasser. Sie trabte über die Fußgängerbrücke hinter dem Salters-Gebäude, dann den schmalen Pfad zur Abingdon Road hoch und weiter in Richtung Stadt, unter den milchigen Lichtinseln der Laternen auf der Folly Bridge hindurch bis zum Eingang der Dienststelle, wo sie zum Stehen kam.

Sie war eine schmal gebaute Mittfünfzigerin mit drahtigem Körper, einem kleinen, anmutigen Kopf und schwarzem Haar, das sie sehr kurz geschnitten trug. Ihre vom Nebel beperlte Sportkleidung umgab sie wie eine glatte silbrige Haut. Sie hielt sich sehr aufrecht, auf eine zurückgenommene Art, die ein Ergebnis der langjährigen privaten Disziplin war, mit der sie dem Ischiasschmerz in ihrer Hüfte, aber auch der Belastung in ihrem Amt beizukommen versuchte. So bitter, wie sie sich manchmal fühlte, war ihr Sportprogramm ein lebensnotwendiges Gegengewicht. Heute allerdings waren ihre Sorgen handfesterer Art.

Sie sammelte sich kurz und betrat dann das Gebäude.

»Morgen, Ma'am«, sagte die diensthabende Polizistin.

»Morgen, Janine.« Sie legte Wert darauf, sämtliche ihrer Mitarbeiter mit Namen zu kennen. »Was gibt's Neues aus Blackbird Leys?«

»Ab vier war's ruhig.«

»Wie viele Festnahmen insgesamt?«

»Siebzehn.«

»Schäden?«

»Drei ausgebrannte Autos auf der Merlin Road. Und massenweise eingeschlagene Schaufenster an der Blackbird Leys Road.«

»Sind wir in Kontakt mit der Familie des Jungen?«

»Ja, Ma'am.«

»Ich will so bald wie möglich zu ihnen. Der Leichnam ist in der Rechtsmedizin?«

»Ja, Ma'am.«

»Ich möchte absolute Diskretion. Es darf nichts durchsickern.«

»Verstanden, Ma'am.«

Blackbird Leys war eine eng verflochtene Gemeinschaft – und gleichzeitig in vielfacher Hinsicht eines der unterprivilegiertesten Stadtgebiete des Landes. Eines der ärmsten Viertel Seite an Seite mit einem der reichsten. Die Wogen würden auch so schon hoch genug schlagen.

Sie sah Janine an. »Danke«, sagte sie mit einem knappen Lächeln. »Das wird ein langer Tag heute. Aber das kriegen wir auch noch hin.«

Sie passierte die Sicherheitsschleuse, ging am Lagerraum und am Sekretariat vorbei und zu der Treppe, die nach oben führte, zur Führungsetage mit ihrem Büro und der angrenzenden Dusche.

Aber sie kam nicht bis dorthin. Auf dem Gang begegnete sie einem ihrer Kommissare.

»Ray!«, sagte sie überrascht.

»Chefin?«

Raymond Wilkins war einer ihrer Überflieger, aus der neuen Generation junger schwarzer Kriminalbeamter, die nun nachwuchs. Anfang dreißig und mit Oxford-Abschluss (B.A. in PPE, Balliol College, 2006), war er dank dem Masterstudiengang Kriminalistik in Rekordzeit zu seiner jetzigen Position als Detective Inspector aufgestiegen. Er war umsichtig und wortgewandt, sah blendend aus, und wenn er den Frauen auf seine aufmerksame, stetige Art ins Gesicht sah, waren sie sich seiner schön geformten Lippen, mattglänzenden Haut und intelligenten dunklen Augen mehr als bewusst. Er war stets tipptopp gekleidet, heute in einem grauen Blazer mit kleinen rosa Karos, hellblauem Gingham-Hemd und dunkelblauer Chino. Die modische Brille verlieh ihm einen nachdenklichen Anstrich. Er war schon drei Jahre bei der Thames Valley Police, und zwischen ihm und seiner Chefin hatte sich eine enge Arbeitsbeziehung entwickelt. Sie mochte ihn. Sie war selbst bei der Kripo gewesen, sogar Chief Detective Inspector, bevor sie in die Führungsebene gewechselt hatte, und die Kriminalbeamten waren ihre besonderen Schützlinge.

»Da waren Sie aber schnell wieder zurück.«

Er stutzte. »Von wo?«

»Barnabas.«

Er schaute perplex.

»Sie sind heute Nacht doch angerufen worden.«

»Von wem?«

Einen Moment lang starrten sie einander nur an, dann folgte er ihr in ihr Büro, und sie nahm den Hörer ab und wählte. »Was gibt es Neues aus Barnabas Hall? ... Wann war das? ... Wer?« Während sie lauschte, sah sie zu Ray hinüber, der sie konzentriert beobachtete. »Nein«, sagte sie ins Telefon. »Er ist hier bei mir, er weiß von nichts.« Diesmal hörte sie nur wenige Sekunden zu, ehe sie unterbrach. »Egal. Fragen Sie, wer heute Nacht in der

Einsatzzentrale war.« Kurze Zeit später sprach sie erneut. »Wer hat den Anruf heute Morgen getätigt? Ich muss wissen, wer losgeschickt wurde. Rufen Sie mich zurück. Ja, so schnell wie nur möglich.«

Sie legte auf, den Blick stetig auf Ray gerichtet. »In Barnabas Hall wurde gestern Abend eine Leiche entdeckt. Eine junge Frau. Im Haus des Provosts.«

Ray hob die Brauen.

»Um genau zu sein, in seinem häuslichen Arbeitszimmer. Ausgerechnet heute. Ich brauche Ihnen nicht zu sagen, wie heikel das ist. Ich wollte, dass Sie hingeschickt werden.«

»Bei mir hat niemand angerufen. Was ist passiert?«

»Das weiß ich noch nicht.«

»Aber jemand wurde angerufen?«

»Jemand wurde angerufen, ja. Jemand, der jetzt dort ist.«

»Wer?«

Sie zögerte. »Ich weiß es noch nicht«, sagte sie noch einmal. »Man dachte, es seien Sie. Irgendwas ist schiefgelaufen.«

Ihr wurde bewusst, in welchem Aufzug sie hier saß, ganz verschwitzt in ihren Joggingsachen, aber sie verdrängte den Gedanken. »Als hätten wir nicht schon genug Ärger«, sagte sie leise. Das Telefon klingelte, und sie hob ab und hörte einen Moment zu. »Seit wann? … Ja, gut. Und dann? … Wie kann denn so was passieren? Ach du meine Güte. Egal. Rufen Sie ihn an. Ja, sofort!«

Nachdem sie aufgelegt hatte, schwieg sie erst einmal. Ray wartete. Schließlich sagte sie: »Sie bekommen heute einen neuen Kollegen.«

»Das habe ich gehört.«

»Er heißt auch Wilkins.« Sie machte eine Pause. »Ryan.« Sie sah ihn an. »Ein zweiter R. Wilkins.«

Nach einem Augenblick sagte Ray: »Das ist nicht Ihr Ernst.«

»Offenbar wurde versehentlich er verständigt. Erst kam es zu einer Verzögerung in der Zentrale – fast vier Stunden, das Chaos in den Leys hat das Team abgelenkt. Und dann wurden Ihre Nummern auf der Liste verwechselt.«

»Peinlich.«

Sie schnitt ein Gesicht. »Mehr als peinlich, leider Gottes.«

Er zog die Brauen hoch, aber sie wurde nicht deutlicher. Das Telefon klingelte wieder. »Haben Sie ihn dran?«, fragte sie. »Wie? Warum macht er so was? ... Doch, versuchen Sie's weiter. Ja, sobald wie möglich.«

»Was ist jetzt passiert?«, fragte Ray behutsam. Er wartete geduldig, aber sie schüttelte nur den Kopf.

»Ich rufe Sie, wenn ich Sie brauche«, sagte sie.

Vor ihrem Büro blieb Ray einen Moment lang nachdenklich stehen. Dann ging er die Treppe hinunter. Selbst so früh am Tag war die Anspannung schon mit Händen greifbar, in dem schwallartigen Trappeln von Füßen, den dezidiert verschlossenen Türen, hinter denen abgehackt gesprochen wurde. Die Unruhen in Blackbird Leys würden sich noch zuspitzen, wenn bekannt wurde, dass in den frühen Morgenstunden ein Junge aus dem Viertel von einem Streifenwagen erfasst und getötet worden war. Er ging ein Stockwerk tiefer und den Korridor entlang, bis er zur IT-Aufklärung kam.

Nadim hatte die Frühschicht, sie saß schon an ihrem Computer und tippte. Sie war die eifrigste und auch die beste ITlerin im Team.

»Hallo, Ray.«

Er nickte. »Tust du mir einen Gefallen?«

Sie warf ihm einen Blick zu, ohne den Kopf zu drehen. Sie

mochte Ray. Alle in der Dienststelle mochten Ray, die Frauen besonders. »Vielleicht. Hab nicht viel Zeit. Das mit den Leys zieht Kreise.«

»Was ist jetzt passiert?«

»Drei Beamte suspendiert. Die Chefin wird gleich vor die Presse treten. Eine unabhängige Untersuchung ankündigen. In den Leys ist der Teufel los. Da herrscht praktisch Krieg.« Sie sah wieder zu ihm herüber. »Was für einen Gefallen?«

»Ryan Wilkins, der neue DI, der heute bei uns anfängt. Was weißt du über ihn?«

»Nur, was in seiner Akte steht. Zu der du keinen Zugang hast.« Ungerührt tippte sie weiter, die Augen auf den Bildschirm gerichtet.

»Jetzt komm schon, Nadim«, sagte Ray nach einer Weile. »So eine große Sache wird das doch nicht sein.« Er wartete. »Oder doch?«

Sie schürzte die Lippen.

»Du weißt doch, wie das hier läuft«, insistierte er. »In einer Woche wissen eh alle Bescheid.«

»Ich weiß nicht viel. Die entscheidenden Stellen sind natürlich geschwärzt.«

»Sag mir einfach, was du weißt.«

»Er ist aus Wiltshire zu uns versetzt worden.«

»Aha.«

»Strafversetzt.«

»Weswegen?«

Sie zögerte kurz. »Grobes Fehlverhalten.«

Ray schüttelte den Kopf. »Das kann nicht sein. Dann wäre er entlassen worden, nicht versetzt.«

»Er hat Berufung eingelegt.«

»Und was hatte er gemacht?«

»Ist auf jemanden losgegangen.«

»Verbal?«

»Tätlich.«

»Schlimm?«

»Der Typ musste in die Notaufnahme.«

Darüber dachte Ray nach. »Welcher Typ?«

»Das ist der Punkt.«

»Inwiefern?«

»Das war nicht einfach irgendwer. Kein Verdächtiger oder Kontaktmann. Oder ein Passant.«

»Sondern?«

»Der Bischof von Salisbury.«

Schweigen.

»Nimmst du mich jetzt hoch?«, fragte Ray dann.

Sie zuckte die Achseln. »Wie du selbst gesagt hast – in einer Woche wissen sowieso alle Bescheid.«

Ray schüttelte ungläubig den Kopf. »Hat er was gegen Bischöfe, oder wie?«

»In der Akte steht, ich zitiere, er hätte ›ein Problem mit privilegierten Eliten‹. Aber er muss ziemlich gut sein«, fügte sie hinzu. »War der Jahrgangsbeste auf der Polizeiakademie.«

»Da kam der Umgang mit Bischöfen anscheinend nicht vor. Warum kriegen ausgerechnet wir ihn?«

»Weil er von hier ist.«

»Heißt genauer?«

Sie zögerte. »Hinksey Point. Der Trailerpark.«

»Der *Trailerpark*?« Mit einem ratlosen Kopfschütteln wandte er sich zum Gehen.

»Ray?«

»Was?«

»Du kennst die Chefin. Sie wird sich schon um ihn kümmern –

ihn langsam eingliedern, ihn fürs Erste von den sensibleren Fällen fernhalten.«

Ray erwiderte nichts. Er stellte sich Ryan Wilkins aus dem Hinksey Point Trailerpark beim Small Talk mit dem hoffnungslos aufgeblasenen Provost von Barnabas Hall vor. Ohne ein weiteres Wort verließ er den Raum. Es war halb sieben Uhr morgens, und es regnete immer noch.

4

Um sieben verließ Ryan gerade den Tatort, wo er die vergangenen Stunden mit dem Spurensicherungsteam verbracht hatte, und machte sich auf den Weg zum Provost und seiner Frau. In den Zähnen stochernd und durch das College-Magazin blätternd, das er im Torhaus hatte mitgehen lassen, bummelte er die Steinstufen hinunter, um den Fellows' Garden herum und unter dem Torbogen hindurch in den New Court. Immer noch lesend schlenderte er an der Kapelle vorbei, durch den Kreuzgang zum Old Court und quer über den Rasen zu Treppenaufgang XII, wo der Provost sein Büro hatte. Nicht ein einziges Mal bog er falsch ab. Sein Orientierungssinn grenzte ans Unheimliche. Ein Geschenk, um das er nicht gebeten hatte, wie die Narbe in seinem Gesicht oder sein Sohn.

Bevor er hineinging, rauchte er ein paar Züge und sah sich um. Ein Rasenoval, das Gras kurz geschoren, mit einer Sonnenuhr in der Mitte. Flach abfallende, wellige Dächer, rötliche Ziegelfassaden. Eine Wand aus Stein und Glas, erst kürzlich fertig gebaut – einige der Fensterscheiben trugen noch den Aufkleber des Herstellers. Viele kleine neue Räume. Ein Labyrinth von Aufgängen und Korridoren. Er sah es genauestens vor sich.

Er war schon immer einer gewesen, der Sachen sah. Sie sprangen ihn förmlich an. Oft waren es Sachen, die er lieber nicht sehen wollte. In der Polizeiausbildung hatte er gelernt, nicht wegzuschauen – eine zweischneidige Fertigkeit. Zum Glück war er auch gut darin, abzuschalten, zu vergessen: beim Anblick seines Sohns, der unter seiner Decke mit dem Treckermuster schlief, oder abends im Club, wo er in der Menge der Tanzenden aufging, sich verlor an die zuckenden Lichter und stampfenden Rhythmen.

Er nahm einen letzten Zug und ließ den Stummel neben einem *Rauchen verboten*-Schild fallen. Sein Handy klingelte schon wieder, aber die Nummer sagte ihm nichts, und er konnte jetzt keine Ablenkung brauchen. Er hatte einen neuen Job, eine neue Chefin. Zügig einsteigen, schnell was bewegen, das war sein Stil. Er stieg die knarzende Treppe in den zweiten Stock hinauf und trat, ohne anzuklopfen, in ein altmodisches Studierzimmer, kostspielig in Cremeweiß und Blassgrün gehalten, mit taubengrauem Teppichboden, einem eleganten Schreibtisch und einer Vase mit getrockneten Blumen in einem reich verzierten, leeren Kamin. An den Wänden hingen gerahmte Fotografien von College-Veranstaltungen und Sportmannschaften, untertitelt in schnörkeliger Schönschrift.

Der Provost war ein kleiner Fettsack mit Wackelkopf. Obwohl ihn der Opa von der Pforte garantiert haarklein ins Bild gesetzt hatte, starrte der Mann Ryan sprachlos an, als hätte er noch nie einen Menschen in Trainingshose oder einer Basecap gesehen. Ryan suchte in der Hosentasche, zückte seine Dienstmarke. Der Provost reagierte nicht; er schien immer noch damit beschäftigt, Ryans Anblick zu verkraften. Ryan schob die Hände zurück in die Taschen und sah kritisch um sich.

Ohne von seinem Schreibtisch aufzustehen, sagte der Provost langsam, mit anschwellender Lautstärke: »Immer vorausgesetzt, Sie sind tatsächlich Detective Inspector Wilkins von der Kriminalpolizei Thames Valley, dann warten wir jetzt seit achteinhalb Stunden darauf, mit Ihnen sprechen zu können. Könnten Sie uns gütigst erklären, weshalb?« Seine Stimme bebte leicht.

»Kann ich«, sagte Ryan. »Klar.«

Er sah die Frau des Provosts an, die aus ihrem Lehnstuhl in der Zimmerecke kühl zurückblickte. Mit ihrem Gesicht stimmte etwas nicht; es war gut geschnitten und verzerrt. Ihr Mund hatte etwas Totes, aber die Augen waren wach. Sie war Ryan auf Anhieb sympathisch.

»Wer ist das Mädchen?«, fragte er sie.

Sie sammelte sich vor dem Sprechen erst. Das mochte eine Gewohnheit von ihr sein, vielleicht ihrem Schlaganfall geschuldet. »Ich weiß es nicht.« In ihrem Blick lag eine Gereiztheit, die jedoch nicht ihm galt. Sie sah ihren Mann nicht an.

»Und Sie?«, fragte Ryan den Provost.

»Das Mädchen? Wir kennen sie nicht, wir wissen nichts über sie, sie ist uns vollkommen fremd. Und um Ihre Frage vorwegzunehmen, nein, wir können uns nicht erklären, wie ihr Leichnam in unser Haus gelangt sein kann. Es ist im höchsten Maße empörend. So«, sagte er, »könnten Sie nun gütigerweise meine Frage beantworten?«

Darüber ging Ryan hinweg. »Das heißt, Sie haben sie noch nie gesehen?«

Der Provost bezähmte demonstrativ seine Entnervtheit. »Wie ich Ihnen bereits gesagt habe«, antwortete er nach einer übertrieben langen Pause.

»Was macht sie dann bei Ihnen im Arbeitszimmer?«

»Ich habe nicht die leiseste Ahnung. *Wie bereits gesagt.*«

Ein Blick ging zwischen ihm und seiner Frau hin und her, ein winziges, unwillkürliches Flackern. Den meisten wäre es entgangen. Nicht Ryan.

Er fragte die Frau des Provosts: »Wer hat sie gefunden?«

Der Provost kam ihr zuvor: »Wir haben sie beide gefunden.«

»Wer ist ›wir‹?«

»Wer wohl – meine Frau und ich.«

Seine Frau sagte: »Es war noch jemand bei uns, ein junger Kunsthistoriker. Kent Dodge.«

»Von dem werden Sie nicht viel erfahren«, sagte der Provost. »Er ist umgekippt. Amerikaner«, setzte er hinzu.

»Wann genau war das?«

»Viertel nach zehn gestern Abend«, sagte der Provost.

»Fast halb elf«, präzisierte seine Frau.

Ryan nickte ihr zu. »Und wo waren Sie davor, zwischen halb neun und halb zehn?«

Der Provost sagte: »Dann ist das also die mutmaßliche Tatzeit?«

Ryan sagte nichts. Er hörte dem Provost zu, als dieser nun von dem Umtrunk und dem anschließenden Mahl zu sprechen begann, von al-Medina und dessen Leibwächter und dem Aufbruch der beiden. Die Sache mit dem Koran kam ebenfalls vor, desgleichen der Dissens wegen des Bildes. Sein Bericht war pedantisch, ungegliedert, eine Geschichte ohne Pointe. Nichts darin stand in irgendeinem Zusammenhang mit der Leiche in seinem Arbeitszimmer. Gelegentlich verlor er den Faden, dann gab Ryan ihm ein Stichwort, und er wiederholte aggressiv seinen letzten Satz. Seine Haltung gegenüber Ryan war übelnehmerisch und abfällig.

Ryan bewahrte Ruhe. Er schrieb nicht mit. Er hörte zu, ließ den Blick durch den eleganten Raum wandern.

»Irgendwas Ungewöhnliches?«, fragte er schließlich. »Außer der Leiche bei Ihnen im Zimmer, mein ich. Gab's noch irgendwas außer der Reihe, wie Sie vom Essen heimgekommen sind?«

»Nein.«

»Die Außentür war abgeschlossen«, sagte die Frau des Provosts nach kurzem Zögern.

Mit erbostem Schnaufen drehte sich ihr Mann zu ihr um. »Das

lag daran, dass ich sie, wie ich dir auch gesagt habe, zugesperrt hatte.«

Er sah Ryan an, der fragte: »Ganz sicher?«

»Selbstredend bin ich mir sicher.«

Ryan nickte, überlegte dann einen Moment. »Was für ein Gemälde war das, wo Sie sich nicht einig waren?«

Der Provost zeigte sich befremdet. »Wozu müssen Sie das wissen?«

»Mal angenommen, ich weiß, was Gemälde sind.«

»Es ist kein Gemälde in dem Sinn, sondern eine Illumination aus einem persischen Gedichtband. Sechzehntes Jahrhundert. Sie hängt in unserer collegeeigenen Sammlung.«

Ryan wartete.

Der Provost fuhr fort: »Sie zeigt eine junge Frau nach dem Bad. Sind Sie jetzt zufrieden? Sonst schlagen Sie in unserem Onlinekatalog nach. Unter Gunter-Matthias-Vermächtnis. Eine Replik davon hängt übrigens in meinem Arbeitszimmer«, fügte er hinzu, »auch wenn Ihnen das nicht aufgefallen sein dürfte.«

Ryan zögerte keine Sekunde. »Zwischen den Fenstern an der Südwand? Golden und blau. Weiße Haut, schwarzes Haar, Handtuch mit Entenmuster.«

Der Provost zuckte die Achseln.

»Klein, sehr klein. Nicht größer als so.«

Der Provost musterte ihn verächtlich. »Die Größe tut nichts zur Sache. Das Interessante ist die Emotion dabei, der Gestus.«

Ryan wartete kurz, nickte dann. »Und wer hatte recht?«

»Wie meinen Sie?«

»Sie waren verschiedener Meinung. Über eine ›Detailfrage‹, haben Sie gesagt. Wer hatte recht?«

Der Provost schwieg. »Ich«, sagte seine Frau.

Ryan wandte sich ihr zu. »Gut, dann wissen wir ja jetzt, wer den Blick fürs Detail hat. Also: Hatte er die Tür abgesperrt?«

Wenn sie das aus der Fassung brachte, ließ sie sich nichts anmerken. Sie sagte bedächtig aus einem Mundwinkel: »Vielleicht. Aber ich war überrascht. Normalerweise lässt er sie unversperrt.«

Dem Provost schwoll der Kamm. »Ich schließe meine Tür sehr wohl ab«, sagte er. »Ich schließe sie immer ab; die Unterstellung, ich würde …«

»Jetzt kommen Sie mal wieder runter«, sagte Ryan. »Die Tür interessiert keine Sau. Es geht um den Schlüssel.«

Für einen Augenblick verschlug es dem Provost die Sprache.

»Ihren Schlüssel haben Sie ja noch, oder?«

Er stritt es nicht ab.

»Dann muss also irgendwer andres einen Schlüssel gehabt haben. Und damit beim Weggehen abgesperrt haben. Was wir jetzt rauskriegen müssen, ist, wie er an das Ding rangekommen ist.«

Der Provost stieß einen geringschätzigen Laut aus, und Ryan wurde wütend.

»Ich sag Ihnen, was ich glaube. Ich glaube, wenn Sie's nicht hinkriegen, Ihre eigene Haustür abzuschließen, und Sie sind der Vorsteher oder wie das heißt von diesem College, dann ist es mit der Sicherheit hier wahrscheinlich insgesamt nicht weit her. Das ist hier wahrscheinlich so ein Laden, wo die Schlüssel, was weiß ich, in dicken fetten Bündeln mit Pappschildchen dran an hölzernen Haken hängen, in irgendeinem Büro, wo jeder reinkann, und bloß drauf warten, dass einer kommt und sie ausborgt.«

Der Provost knirschte mit den Zähnen. »Die Quästur ist zu allen Zeiten besetzt«, sagte er. »Sämtliche entliehenen Schlüssel müssen eingetragen werden.«

»Ja, ja, in so einem fetten Schmöker … wie heißt das noch mal?«

Der Provost sah ihn verdutzt an.

»Na, kommen Sie schon«, sagte Ryan. »Dieses Buch. Wo alles

mit der Hand reingeschrieben wird. Da gibt's so ein großkotziges Wort.«

»Hauptbuch?«

»Ja, Hauptbuch. Ich glaube, ich geh mal rüber in diese Quäst-Dingsda und schau mir das Hauptbuch an. Gehen Sie nirgends hin. Ich komm wieder.«

»Das war's schon?«, fragte der Provost ungläubig. »Darauf haben wir achteinhalb Stunden gewartet?«

»Nein. Sie haben auf mich gewartet, damit Sie mir sagen können, was Sie wissen. Aber das haben Sie noch nicht. Also lass ich Sie eine Pause machen, und Sie überlegen so lange, was noch alles fehlt.«

»Wollen Sie damit andeuten, ich sei verdächtig?«

»Wieso, Sie haben zur Tatzeit doch Schampus geschlürft, denke ich? Sie sind ein wesentlicher Zeuge, das sind Sie, und ich will von Ihnen wissen, wer das Mädchen ist und was sie bei Ihnen im Arbeitszimmer gemacht hat.«

»Ich sage doch, ich habe keine Ahnung.«

Ryan ging nur weiter in Richtung Tür.

»Ehe Sie gehen«, sagte der Provost, »darf ich Ihnen nochmals die Unabdingbarkeit lückenloser Diskretion ans Herz legen. Aus Gründen, die ich Ihnen nicht näher erläutern muss, ist dies eine hochsensible Angelegenheit. Da ist Vertraulichkeit das A und O. Haben Sie verstanden? Ich rufe jetzt gleich Ihre Chefin an, um das zu betonen. Mrs Waddington ist eine persönliche Freundin. Ich habe mich hoffentlich klar genug ausgedrückt.«

Kämpferisch sah er Ryan an. Er war immer noch ein kleiner Fettwanst mit Wackelkopf, aber er sprach in einem Ton, als wäre er mindestens der Kaiser von China.

Ryan sagte: »Haben Sie's noch nicht kapiert? In Ihrem privaten Arbeitszimmer liegt eine Leiche, okay? Jemand hat sie mit den

Händen an der Gurgel gepackt und so lange zugedrückt, bis sie tot war, okay?« Er hielt kurz inne. »Die Emotion dabei ist das Interessante daran, wie Sie feststellen werden.«

Der Frau des Provosts entfuhr ein unterdrückter Laut.

Ryan richtete einen Finger auf ihn. »Und das Interesse wird enorm sein. Ich täte mit Schlagzeilen rechnen, wenn ich Sie wär.«

Im Gesicht des Provosts bebte es. »Ach ja, *täten* Sie das?«

»Ja, tät ich. Ziehen Sie sich besser schon mal warm an.«

Der Provost kam auf die Füße. »Warm anziehen soll ich mich?«, rief er. »*Warm anziehen?*«

Aber Ryan war bereits aus der Tür. Er trottete die abgewetzten alten Stufen hinunter und sah im Gehen auf sein Handy. Drei verpasste Anrufe. Scheiß drauf. Er hatte zu arbeiten.

5

In ihrem Büro in St Aldates sprach Detective Superintendent Waddington – noch immer ungeduscht, noch immer in Sportkleidung – mit klarer Stimme ins Telefon. »Wie soll ich das verstehen?« Sie hörte zu. »Was soll das heißen, er blockt Ihre Anrufe ab? Haben Sie auch ganz sicher die richtige Nummer? Wissen Sie was? Vergessen Sie's.«

Sie legte auf und wählte neu.

»Ray? Ich brauche Sie.«

Eine Minute später klopfte er an und trat ein.

»Er geht nicht an sein Handy«, sagte sie. »Das ist absurd. Als ob ich heute nicht schon genug um die Ohren hätte, auch ohne einem neuen Mitarbeiter hinterherlaufen zu müssen. Ich möchte, dass Sie hingehen und ihn suchen. Was macht er da bloß? Was immer es ist, bremsen Sie ihn ein und bringen ihn her.«

Ray nickte und verließ ihr Büro. Auf dem Weg zum Ausfahrtstor machte er nochmals den Abstecher zu Nadim.

»Der andere Wilkins. Ich brauche ein Foto von ihm.«

»Es wird nachher auf der Website eingestellt.«

»Zeig.«

Er betrachtete das Gesicht auf dem Bildschirm.

»Was hat er mit seiner Backe gemacht?«

»Narbengewebe. Eine Kindheitsverletzung offenbar.«

Ray seufzte. »Wie alt ist er?«

»Siebenundzwanzig.«

»Im Ernst? Er sieht aus wie fünfzehn.«

»Wozu brauchst du sein Bild?«

»Er ist im Barnabas verschollen. An seinem ersten Morgen! Ich soll ihn holen.«

»Na, dann viel Glück.«

»Glück brauch ich keins. Eher das Resozialisierungsteam für Jugendstraftäter.«

Vom Revier bis zu Barnabas Hall waren es nur fünf Minuten zu Fuß, aber Ray nahm das Auto und ließ es mit blinkendem Blaulicht auf dem Kopfsteinpflaster vor dem Collegetor stehen, hinter dem Wagen der Spurensicherung am Rande der Absperrung. Innerhalb der Absperrung stand ein ramponierter Peugeot 306 mit einer Parkkralle am Reifen.

Der arthritische alte Pförtner begegnete ihm auf eine gezwungene, argwöhnische Art. Ja, vorhin sei ein Kriminalbeamter eingetroffen.

»Junger Bursche«, sagte er vorsichtig und beobachtete dabei Rays Gesicht. »Angezogen wie … Ich hab mir seine Dienstmarke zeigen lassen.« So, wie er es sagte, schien er sich dafür rechtfertigen zu wollen, dass er ihn überhaupt hereingelassen hatte.

»Wo ist er?«

»Als Erstes ist er zum Haus des Provosts gegangen. Wollte unbedingt selbst hinfinden, ich durfte ihn nicht bringen.«

»Wo ist das Haus?«

»Da ist er nicht mehr. Mein Kollege hat mich angerufen und gesagt, dass er zu dem neuen Büro des Provosts im Old Court wollte.« Der Pförtner sah auf die Uhr. »Das war erst vor einer Viertelstunde, er müsste also noch dort sein.«

»Wie komme ich da hin?«

»Ich bringe Sie.«

»Zeigen Sie mir einfach die Richtung. Ich finde es schon.«

Seufzend führte Leonard ihn zum Rand des Innenhofs und begann ihm den Weg zu erklären.

6

Ryan blieb einen Moment auf den Steinfliesen vor Aufgang XII stehen. Seine Gedanken waren bei der Toten. Noch wussten sie nicht, wer sie war. Ein unidentifiziertes weibliches Mordopfer. Er sah sie vor sich, wie sie verrenkt auf dem edlen grauen Teppich des Provosts lag und wütend die Wand fixierte, erstarrt in gedunsener Rage. So eine schöne Frau. Ein Körper wie aus einem Modemagazin, so straff und fest. Makellose Haut. Die entblößte Taille schimmernd im Blitzlicht des Polizeifotografen. Fantastische Brüste. Lange, glatte Oberschenkel. Und sie hatte gewusst, wie gut sie aussah, das bewiesen der Haarschnitt, ihr perfektes Makeup, die professionell lackierten Fingernägel.

Aber dann dieser Ausdruck auf ihrem Gesicht, die unförmig geschwollene, herausstehende Zunge, die tiefschwarzen, vorquellenden Augen. Die Polizeipathologen warnten immer davor, zu viel Bedeutung in den Gesichtsausdruck Toter zu lesen. Es sei gar kein Ausdruck, sagten sie, nur die brutale, willkürliche Auswirkung der Gewalt. Trotzdem musste Ryan immerzu daran denken, wie zornig sie aussah. Wobei zornig nicht reichte. Außer sich, das traf es eher.

Er war selbst außer sich, auch wenn er das niemals gezeigt hätte. Er musste nur anfangen, an sie zu denken, schon schoss unbändiges Mitleid in ihm auf. Zur Beruhigung zog er noch einmal an seiner Zigarette. Er verbarg sein Mitgefühl mit den Opfern sorgfältig. Das war nichts, was er auf der Polizeiakademie beigebracht bekommen hatte, diese Lektion hatte er schon viel früher gelernt.

In der Welt, aus der er kam, tat man sich mit Mitgefühl keinen Gefallen. Zorn funktionierte besser, Wut bei der Vorstellung, dass jemand das Leben aus ihr rausgequetscht, sie hässlich gemacht und dann auf den Teppich hatte liegen lassen wie Müll. Aber – auch das wusste er – seine Wut war gefährlich, sie ging mit ihm durch, brachte ihm neuen Ärger ein. Am besten fuhr er mit Ruppigkeit. Ruppigkeit akzeptierten die Leute bei einem wie ihm; wenn er pampig zu ihnen war, dann war die Welt für sie in Ordnung.

Er trat seine Kippe aus und schaute sich um. Dann zog er seine Trainingshose hoch und schlurfte durch einen Bogengang in einen kleinen Garten, der in einer Ecke zwischen den Mauern der Kapelle und den Gebäuden des New Court angelegt war.

Auf der anderen Seite des Gartens standen eine junge Frau und ein asiatisches Mädchen mit Schulmappe im Arm, das sich über eine unangekündigte Bibliotheksschließung am Abend zuvor beklagte. Sie redeten kurz, dann ging das Mädchen davon, die Mappe an die Brust gedrückt.

Die Frau drehte sich um und sah Ryan.

»Ich dachte, Studenten haben nie was zu tun«, sagte er.

»Die unsrigen sind ziemlich fleißig. Aber Kim ist schon ein Ausnahmefall. Immer in der Bibliothek – kommt gleich frühmorgens, bleibt bis in die Nacht.«

Ihre Stimme war klar und höflich. Sie hatte langes blondes Haar, ganz fein und glatt, und ein hübsches, schmales Gesicht mit großen rehbraunen Augen und niedlichem Näschen, wie man es bei Engländerinnen einer bestimmten Schicht häufig sieht, ein Gesicht, das an Barbourjacken und gut dressierte Reitpferde denken ließ. Ryan schätzte sie auf Ende zwanzig. Ihr grauer Rock und Blazer waren seriös, die Schuhe elegant: schmal geschnittene Kleider und darunter ein Körper, der gertenschlank und sehr sexy war.

»Sie sind aber auch ganz schön früh dran«, sagte Ryan. »Unterrichtsvorbereitung?«

»Nein, ich bin kein Don«, sagte die Frau. Sie betrachtete ihn neugierig. »Finden Sie, ich sehe so aus?«

»Ich weiß gar nicht, was ein Don ist, ehrlich gesagt.«

»Ein Don ist ein Dozent. Kommt aus dem Spanischen. Da heißt *Don* Edelmann.«

»Also deshalb kommen mir hier alle so spanisch vor?«

Sie lächelte. Mit leiser, verschwörerischer Stimme sagte sie: »Manche *sind* sogar Spanier. Vollblutspanier!«

»Ich merk schon, Sie haben den Durchblick. Gut, Don sind Sie keiner, studieren tun Sie auch nicht, dann tippe ich mal auf was Verwaltungsmäßiges.«

»Vielleicht.« Ihr Blick war kokett.

»Gut organisiert. Diszipliniert und alles.«

»Woher wollen Sie das wissen?«

»Früh auf, wie gesagt. Und ein bisschen dauert es sicher auch, bis Sie so gut aussehen. Oder ist das alles Natur?«

Sie schnitt eine Grimasse. »Das dauert ewig. Aber wenn Sie sich mit den College-Gepflogenheiten nicht sehr gut auskennen, kommen Sie nie auf meine Funktion.«

»Oh, die weiß ich eh. Ich red nur dumm rum.«

»Was für eine Funktion habe ich denn?«

»Sie sind die Quästorin.«

Sie war so verblüfft, dass sie die Koketterie ganz vergaß. »Woher wissen Sie das?«

»Sie sehen einfach so aus. So quästorisch.«

»Wirklich?« Sie schaute betroffen.

»Quatsch. Hab Sie bloß verarscht. Ihr Bild war in der Collegezeitung, deshalb. Aber ich wollt sowieso zu Ihnen, Sie was fragen. Wegen einem Schlüssel. Oder vielleicht einem Schlüsselbund.«

Sie starrte ihn an. Den Ausdruck kannte er gut: halb unwillig, halb ungläubig. »Sind Sie ... von der Kripo?«

Er ließ kurz die Dienstmarke aufblitzen. »So. Abgehakt. Wir sind beide gut im Kombinieren, würde ich sagen. Also, wegen den Schlüsseln.«

»Ja, Sie haben recht. Ein Bund fehlt. Ich wollte es gerade melden.«

»Im Hauptbuch haben Sie geschaut?«

»Ja. Nicht registriert. Einfach verschwunden.«

»Verstehe.« Er seufzte. »Und wer hat alles Zutritt zu Ihrem Büro?«

Sie errötete.

»Dachte ich mir. Alle Welt.«

»Nun ja«, sagte sie, »in der Regel haben wir schon den Überblick. Aber ...«

Er seufzte wieder, kratzte sich, wartete. »Ist das schon mal passiert?«, fragte er schließlich. »Schlüssel, die verschwinden und später wieder auftauchen oder so?«

»Doch, ja. Letzte Woche. Ameena Najib. Sie ist neu. Arbeitet in der Küche. Sie hatte vergessen, sich einzutragen.«

»Haben Sie die Schlösser ausgewechselt?«

»Nicht nötig. Ich hatte schon so ein Gefühl, dass sie es gewesen sein könnte. Ich habe sie zur Seite genommen, und wir haben die Schlüssel fast sofort gefunden, in ihrem Spind.«

»Ameena ...?«

»Najib. Sie hat sehr viel durchgemacht, sie hat eine harte Zeit hinter sich. Ich glaube, es fällt ihr nicht leicht, sich einzugewöhnen. Sie scheint eine Menge Sachen zu verlegen. Jedenfalls gab es keinen Grund, das mit den Schlüsseln an die große Glocke zu hängen.«

Plötzlich schien er in Gedanken weit weg. Er rieb sich mit einem Finger die Backe, während sie ihn mit unverhohlener Neugier betrachtete. Fast lächelte sie.

»Was für Schlüssel sind das?«, fragte er nach einer Weile.

»An dem Bund, meinen Sie? Zum Torhaus, zur Kapelle, zur Bibliothek, zur Kunstsammlung. Ach, und zur Quästur auch.«

Er nickte und wandte sich zum Gehen.

»Stimmt es denn?«, fragte sie.

»Was?«

»Was Leonard gesagt hat. Über eine … tote Frau?«

Wieder nickte er. »O ja. Tot ist sie definitiv.«

»Beim Provost zu Hause?«

»Sie brauchen nicht drum rum reden. Ich wette, der Alte hat Ihnen alles brühwarm erzählt. Im Arbeitszimmer, ja.«

Sie nickte. »Und …«

»Und was?«

»Und … sie hatte etwas im Mund?«

Ryan kratzte sich am Kopf, runzelte die Stirn. »Äh – ja. Ihre Zunge. Halb im Mund drin, halb draußen, wenn Sie's ganz genau wissen müssen.«

»Sonst nichts?«

»Was dachte der Opa denn?«

»Ich glaube, irgendwelches Obst. So genau hat er es nicht ausgeführt«, sagte sie entschuldigend.

Ein Schweigen folgte.

»Was halten Sie vom Provost?«, fragte Ryan unvermittelt.

Sie zögerte, überrumpelt, und eine schwache Röte überzog ihr Gesicht.

Er half etwas nach. »So ein dicklicher Kerl. Wackelkopf. Kennen Sie bestimmt.«

Sie verzog das Gesicht. »Natürlich kenne ich ihn. Warum fragen Sie? Er ist ja wohl nicht verdächtig.«

Eine angespannte Stille trat ein, die Ryan mit Bedacht nicht durchbrach. Ohne den Blick von ihr zu wenden, nickte er und drehte sich dann weg.

»Ich passe meistens auf, dass ich nicht allein mit ihm bin«, sagte sie abrupt. Ihr Gesicht glühte jetzt.

Ryan zog die Brauen hoch. »So einer also?«

»Nichts richtig Schlimmes. Aber seine Hände haben so eine Art, an Stellen aufzutauchen, wo sie nichts verloren haben.«

Er nickte.

»Das bleibt bitte unter uns«, sagte sie.

»Ist gut.«

»Dann bin ich entlassen?«

»Nicht ganz.« Unvermittelt lächelte er sie an. »Ich werd Sie wiedersehen wollen.«

»Noch mehr Fragen?«

»Keine Sorge. Mir fällt schon was ein.«

»Was haben Sie jetzt vor?«

»Einfach rumlaufen, glaub ich. Mich ein bisschen umschauen. Vielleicht noch mal in den Fellows' Garden. Sah ziemlich hübsch aus. Und Leute wie ich haben ja nicht so oft die Gelegenheit. Was ist überhaupt ein Fellows' Garden?«

»Fellows nennt man die College-Mitglieder.«

»Spanier?«

»Auch. Der Fellows' Garden ist ein Garten nur für sie. Fellows unter sich.«

»Klingt nach Softporno.« Er schickte sich zum Gehen an.

»Übrigens«, sagte sie, »ganz so schlecht, wie Sie denken, ist es um die Sicherheit hier, glaube ich, nicht bestellt. Sie ist zwar weder hightech noch lowtech, aber dafür ist permanent eine Art inoffizieller Überwachung im Gange. Man beobachtet sich. An so einem Ort bekommt man schnell ein Gespür dafür, wer hierher gehört und wer nicht.«

»Wie ich zum Beispiel.«

»Ich meinte jetzt keine Einzelpersonen, sondern eher den Typ.«

»Eben. Wie ich.«

Sie hielt seinem Blick stand. »Na gut, wie Sie. Jeder sieht augenblicklich, dass Sie nicht hier reinpassen. Ich erwähne das nur, weil … na ja, falls gestern Abend irgendwer von außerhalb hier war … Selbst wenn er noch so geschickt vorgegangen ist, besteht trotzdem die Chance, dass jemand ihn bemerkt hat. Vielleicht ohne sich dessen bewusst zu sein. Jemand könnte sich an etwas erinnern.«

Er nickte. »Okay. Guter Tipp. Also bis bald.«

Er stieg die Stufen zur Kapelle hinauf und betrat schlendernd den Vorbau, während sie die entgegengesetzte Richtung einschlug, durch den Torbogen in den Old Court und dort den gewundenen Kiesweg entlang zu Aufgang XII.

Am Fuß der Treppe kam ihr ein junger Schwarzer entgegen. Gut aussehend – außerordentlich gut sogar –, aber geistesabwesend. Er trug einen smarten grauen Blazer mit rosa Karomuster und hielt schnellen Schritts auf den Haupteingang zu, nach allen Seiten um sich schauend. Vermutlich ein Gastdozent, dachte sie, dem nicht mehr viel Zeit bis zu seinem Termin blieb, ehe sie weiter die Treppe zum Büro des Provosts hinaufstieg.

7

Eine weitere Stunde verging, bevor Ray den Neuen zu fassen bekam, und bis sich Ryan endlich bei der Chefin meldete, war es neun. Er stand vor ihrem Schreibtisch, blinzelnd, während sie ihn musterte.

Sie hatte sich geduscht und umgezogen und saß nun da, picobello in ihrer Uniform. Ihre innere Sammlung freilich ließ noch zu wünschen übrig.

»Ganz schön was los heute«, sagte Ryan, um das feindselige Schweigen zu durchbrechen. »Action nonstop. Was da in den Leys abgeht ...« Seine Stimme klang nervös, hoffnungsvoll. Er zog einen Finger unter der Nase durch. »Hätt ich gar nicht gedacht, dass Thames Valley so ein Irrenhaus ist. Gleich am ersten Tag um drei Uhr raus.« Er grinste unsicher. »Nicht, dass ich mich beschweren will. Ich hab noch zu meiner Schwester ...«

»Seien Sie ruhig.«

Er stand da und rieb mit dem Handballen an seiner Backe herum.

»Warum haben Sie unsere Anrufe nicht angenommen?«

»Wusst ich ja nicht, dass die von hier sind.«

»Warum wussten Sie das nicht?«

»Na ja. Ist ja mein erster Tag, irgendwo.«

»Wir haben über zwei Stunden gebraucht, um Sie da rauszuholen. Und wie lange es dauern wird, den Schaden zu beheben, den Sie angerichtet haben, weiß keiner.«

Er sah sie fragend an.

»Ich hatte heute bereits zwei Anrufe in dieser Sache. Der erste von Sir James.«

»Wer soll das sein?«

»Sir James ist der Provost von Barnabas Hall. Der Mann, bei dem Sie sich vorhin so unfassbar danebenbenommen haben. Ich kenne ihn zufällig persönlich. Er klang dem Zusammenbruch nahe. Er fühlt sich erniedrigt, verunglimpft, beschimpft, mit Füßen getreten.«

»Wann hab ich den beschimpft? Okay, ich hab ihm gesagt, er soll wieder runterkommen, aber sonst ...«

»Der zweite Anruf war von einem landesweiten Pressekanal.«

»Damit hab ich nichts zu tun. Absolut nichts. Aber ich hab ihn gewarnt ... Ganz bisschen hat's mich natürlich schon gejuckt ...«

»Gejuckt hat es Sie? Ist Ihnen nicht bewusst, dass unautorisierter Kontakt mit den Medien ein Fehlverhalten erster Ordnung ist?«

»Doch, klar. Machen aber trotzdem alle.«

»Hier bei uns nicht.«

»Ich hätt's ja auch nicht gemacht. Ich wollte ihn bloß mit irgendwas ablenken. Dass er sich wieder einkriegt.«

Die Chefin atmete tief durch. »Was wissen Sie über die Colleges hier in Oxford?«

»Na ja, sie sind ziemlich schräg ...«

»Sie haben die Hälfte unserer Premierminister hervorgebracht, einen sehr hohen Anteil unserer Politiker, Richter, Journalisten, Industriebosse, Pädagogen, Analysten und Lobbyisten. Sie sind das Herz des Establishments. Eine in sich geschlossene Welt. Eine Welt mit eigenen Gesetzen, einer eigenen Art, die Dinge zu regeln. Da poltern wir nicht einfach so hinein. Wir riskieren es nicht, sie gegen uns aufzubringen, denn es kann sehr gut sein, dass sie die

Regierung in Fragen der Strafverfolgung oder des Polizeietats beraten oder mit dem Produzenten von *News at Ten* in Kontakt stehen. Wir sagen einem College-Provost *nicht*, dass er mal wieder runterkommen soll. Haben wir uns verstanden?« Sie fixierte ihn, ihr spitzes Gesicht unnachgiebig.

»Schon.« Er trat von einem Fuß auf den anderen. »Nur ...«

»Nur was?«

»Irgendwas verschweigt er.«

Sie musterte ihn eine geschlagene halbe Minute ohne ein Wort. Dann griff sie zum Hörer.

»Ray? Können Sie kurz raufkommen? ... Ja, bitte gleich.«

Mehr sagte sie nicht. Ryan ließ den Blick wandern. Ein Büro sagte sehr viel über einen Menschen aus. Das der Chefin war nüchtern, kahl, aufgeräumt. Ihre Uniform untadelig, ihr Schreibtisch leer. Ryan fragte sich, wo sie wohl ihre Unordnung hinpackte. Er mochte sie. Mitte fünfzig. Kleiner Kopf, dunkles, kurz geschorenes Haar, dünne Lippen. Ein Anflug von Schmerz irgendwo um die Augen. In ihrem Alter am ehesten Arthritis oder Ischias. Ein körperliches Leiden mochte als eine eigene Art der Unordnung gelten. Aber sie erschien ihm korrekt und tüchtig und fair.

Ray kam herein und stellte sich neben Ryan, einen halben Schritt hinter ihm.

»Ray – Sie übernehmen ab sofort in Barnabas Hall. Einige der Details kennen Sie ja bereits. Ryan, Sie sorgen dafür, dass Ray alle Informationen bekommt, die er braucht. Verstanden?«

Ryan scharrte mit den Füßen, Kopf gesenkt, Hände in den Hosentaschen. Er machte vorbereitende Geräusche.

»Was ist?«, fragte sie.

»Das ist nicht okay.«

»Wie bitte?«

»Es ist mein Fall.«

»Sie haben ihn falsch angepackt. Darum ziehe ich Sie davon ab.«

»Nicht an meinem ersten Tag, das ist nicht okay.«

»Bevor Sie noch mehr Porzellan zerschlagen. Wir brauchen kein zweites Salisbury.«

Ryan wurde rot. Er sah zu Ray hinüber. Der sah die Chefin an. Ryan deutete auf Ray: »Er war wahrscheinlich auch an so 'nem College hier, oder?«

Die Chefin sagte ärgerlich: »Der Punkt ist, dass er weiß, wie er den Fall handhaben muss, und Sie nicht.«

»Sie haben mir nur ein paar Stunden gegeben. Ich hab ja noch nicht mal Bericht erstattet. Ich sammle noch Infos.«

»Was für Informationen haben Sie denn? Die Identität der Toten?«

»Noch nicht.«

»Wissen Sie, wo sie herkam? Was sie im College wollte? Warum sie getötet wurde?«

»Nein.«

»Verdächtige?«

Er schüttelte den Kopf.

»Zeugen? Was haben Sie bisher? Nichts.«

Ryan biss sich auf die Lippe.

»Und deshalb ist es genau der richtige Zeitpunkt, um den Fall an Ray zu übergeben. Sagen Sie ihm, was Sie bislang herausgebracht haben, lang wird es nicht dauern.«

Ryan drehte sich zu Ray um. »Okay, dann zum Mitschreiben: dieser Provost-Typ ist nicht ganz sauber.«

»Das können wir auch unten machen«, sagte Ray gedämpft.

Ryan beachtete ihn nicht. »Und schon komisch, dass so was genau an dem Abend passiert, wo sie diesen Scheich zu Besuch haben und alles aufgescheucht durcheinanderrennt. Er soll ja mittendrin abgezischt sein – auch nicht ganz koscher.« Er wandte sich an die Chefin. »Eine Welt für sich haben die da? Merkt man, ja. Aber wenn du ihre College-Zeitung liest und ihre Sammlungen von ausländischem Zeugs siehst und die ganzen ausländischen Studenten, die vor der Bibliothek Schlange stehen, und diese Scheichs, die ihnen Millionen von Schekeln oder was weiß ich in den Rachen stopfen, dann kriegst du schon das Gefühl, dass sie verdammt dicke sind mit der großen internationalen Finanzwelt. Und ich weiß nicht, wer die Tote ist, aber so ein bisschen ausländisch sieht die mir schon aus. Mit dieser Nase …«

Das wäre der Moment gewesen, in dem eine Vorgesetzte ihn scharf zur Ordnung hätte rufen müssen, aber sie tat nichts dergleichen. Sie sah ihn nur an. Er konnte ihren Ausdruck nicht deuten.

»Gehen wir«, sagte Ray.

Aber Ryan redete weiter. »Nur eine Sache noch. Der Schlüssel. Zum Reinkommen hat ihn der Täter schon mal nicht gebraucht – die Sicherheit da ist ein Witz. Wozu hatte er ihn dann? Er hat die Tür hinter sich zugesperrt. Warum?«

Reflexhaft sagte Ray: »Damit der Leichnam nicht so bald gefunden wird.«

»Schon. Aber noch was ist seltsam. Die Bibliothek war gestern Abend auch abgesperrt. Obwohl sie eigentlich rund um die Uhr offen ist. Und wie ich vorhin rein bin, war sie auch wieder offen. Komisch, oder? Jemand schließt sich im Haus des Provosts ein und hinterlässt eine Leiche. Jemand schließt sich in der Bibliothek ein und hinterlässt … das.«

Er legte etwas mit einem Knall auf den leeren Schreibtisch der Chefin.

Alle drei sahen sie darauf herab. Ein kleiner Druckverschlussbeutel und darin ein Frauenring.

Die Chefin sagte: »Warum ist der nicht in der Forensik?«

»Ich sag doch. Ich hatte zu nichts eine Chance.«

Ihre Miene war streng. »Und den haben Sie in der Bibliothek gefunden?«

»Auf einem Tisch da. Könnte ihrer sein – dem Mädchen seiner, meine ich. Hat auch so was Ausländisches, find ich.«

Ray stieß einen entnervten Laut aus.

Ryan sagte: »Die Tests werden es zeigen. Vielleicht hat sie sich zuerst in der Bibliothek eingesperrt und dann beim Provost. Wozu? Schon interessant, oder?« Er grinste hoffnungsvoll.

Die Chefin fragte: »Wollen Sie damit sagen, dass Sir James für Sie ein Verdächtiger ist?«

Er schüttelte den Kopf. »Nicht, wenn er mit dem Scheich am Zechen war. Aber vielleicht kennt er das Mädchen. Ich hab da so ein Gefühl. Er weiß auf alle Fälle mehr, als er zugibt.«

Das Telefon der Chefin klingelte. »Ja?«, sagte sie. Zögerte dann. »In Ordnung. Stellen Sie sie durch.« Sie kehrte den beiden Männern den Rücken zu und drehte sich zur Wand, als sie weitersprach. »Penelope ... Ja. Ich weiß, ja. Ich kann nur wiederholen, was ich bereits zu Sir ... Ah, ach so. Doch, er ist hier.« Mit undeutbarem Gesichtsausdruck reichte sie Ryan das Telefon. »Lady Penelope«, sagte sie. »Die Frau des Provosts. Sie möchte Sie sprechen.«

Ryan nahm das Telefon und starrte es einen Moment an, bevor er es sich ans Ohr hielt. »Ja?«

Mit ihrer leicht verwaschenen Stimme sagte die Frau des Provosts: »Unser Zusammentreffen heute Morgen war wohl nicht das glücklichste. Vielleicht sollten wir einen neuen Anlauf wagen?«

»Äh – klar.«

»Es gibt da ein paar Dinge, die wir nicht zu Ende besprechen konnten, darf ich also vorschlagen, dass Sie zu einer Ihnen genehmen Zeit noch einmal kommen?«

»Okay. Mach ich.«

»Dann sehen wir uns später. Auf Wiedersehen.«

Ryan gab das Telefon zurück. »Sie will, dass ich noch mal komme und mit ihnen rede.«

Die Chefin sah ihn an.

»Sie hat Vertrauen zu mir, glaub ich«, sagte er. »Wir waren so ein bisschen auf einer Wellenlänge.«

Der Ausdruck der Chefin verhärtete sich.

»Echt«, sagte er. »Ich weiß, ich kann ziemlich bescheuert sein. Aber ich tu mein Bestes. Und ich bin gut, echt. Ich seh Sachen.«

Mehrere Sekunden lang fixierte sie ihn nur schweigend. »Sir James ist kein Verdächtiger, sind wir uns da einig?«

»Okay.«

»Darum werden Sie ihn auch nicht wie einen Verdächtigen behandeln.«

»Okay, klar.«

Wieder betrachtete sie ihn wortlos. Ihr Telefon begann erneut zu klingeln, und sie sah auf die Uhr. »Also gut. Sie übernehmen den Fall zusammen, Sie beide. Fahren Sie als Erstes raus zur Forensik.«

Ryan sagte: »Ich hab's im Griff. Sie können mir vertrauen.«

Ray schaute verbittert.

Entnervt sagte sie: »Nein, ich vertraue Ihnen nicht. Ich vertraue Ray. Aber solange Sie von mir nichts anderes hören, arbeiten Sie beide zusammen. Ich erwarte jeden Abend ein Update auf meinem Schreibtisch. Ist das klar?«

Ryan seufzte. Er nickte.

Ray zeigte keinerlei Reaktion. Er drehte sich um und verließ das Büro, und nach ein paar Sekunden folgte Ryan ihm.

8

Die Kriminaltechnik der Thames Valley Police war in einem hangarartigen Bau gut zwanzig Minuten stadtauswärts untergebracht, ein glatter silberner Stachel in den stoppeligen, gefurchten Feldern Oxfordshires.

Ray fuhr – Ryans Wagen war noch nicht wieder freigegeben –, und Ryan setzte ihn unterwegs ins Bild.

Die Büros wie auch die Laboratorien waren sämtlich in Hellgrau gehalten, blanke Oberflächen, scharfe Kanten, quietschende Böden. Sie wurden in die Pathologie geführt, in weiße Papieranzüge gesteckt und standen dann rechts und links des Metalltisches, auf dem der nackte Körper der Toten lag, beige gefleckt und fischschuppenblau, ausgeräumt und mit groben Stichen wieder zugenäht.

Die Leiterin der Rechtsmedizin auch sie im Schutzanzug, fasste die bisherigen Erkenntnisse für sie zusammen. Ihre Stimme drang in kurzen, knatternden Salven durch die Atemmaske. Hauptsächlich wandte sie sich an Ray, den sie für den Ranghöheren der beiden hielt. Es war schwierig genug gewesen, ihr begreiflich zu machen, dass Ryan kein Schüler auf Praktikum war.

»Todeszeitpunkt zwischen 20:30 und 21:30 gestern Abend.«

Ray nickte.

Ryan sagte: »Weiter eingrenzen können Sie's nicht?«

»Nicht seriös. Der Körper war beträchtlich abgekühlt, aber die Heizung in dem Raum hatte sich um zehn Uhr abgeschaltet, darum lässt sich die Umgebungstemperatur im relevanten Zeitraum nicht eindeutig bestimmen. Wenn ich raten müsste, würde ich sagen, der Mord ereignete sich eher früher als später. Aber mit Sicherheit lässt sich das nicht sagen.«

Sie fuhr fort: »Todesart: Ersticken in Folge von Strangulation. Maximale Kraftausübung; die Luftröhre wurde zerrissen, was ungewöhnlich ist. Rund um den Hals die Abdrücke aller zehn Finger und Daumen. Nach dem Griff und dem leichten Drall zu schließen, war der Täter so gut wie sicher Rechtshänder. Die Hände mittelgroß, aber stark.«

Sie wies sie auf mehrere kleine Kratzer im Gesicht der Toten hin, auf das Blut an ihren Nasenflügeln, die Hämatome an den Handgelenken. »Da hat ein Kampf stattgefunden. Heftig, aber kurz. Wie in Raserei.«

»Ein Mann?«

»Höchstwahrscheinlich. Ich will eine Frau nicht kategorisch ausschließen, aber die Kraft und offen gestanden auch die Brutalität sprechen mehr für einen männlichen Täter.«

Alle drei betrachteten schweigend die Tote, ihr schön geschwungenes Becken, die anmutigen Arme und zarten Schlüsselbeine, die sanft über die Rippen gebreiteten Brüste, das verschrammte, verschwollene Gesicht, dessen Züge jetzt geglättet waren, aber im Ausdruck noch immer aufgebracht.

»Konnten Sie sie identifizieren?«, fragte die Pathologin.

Ray schüttelte den Kopf. »Noch nicht.«

Wieder schwiegen sie.

Ryan zupfte nervös am Papier seines Kittels herum. Er deutete mit dem Kinn auf die Brust der Frau. »Nicht schlecht, die Möpse. Sie hat was machen lassen, oder?«

Eine Pause.

»Bruststraffung, ja«, sagte die Pathologin zu Ray. »Und die Lippen sind ebenfalls vergrößert. Hochklassige Arbeit, vermutlich innerhalb der letzten zwei Jahre.«

»Muss ganz schön was gekostet haben.«

Wieder richtete die Pathologin ihre Antwort an Ray. »Kostspielige Eingriffe, das stimmt.« Sie machte eine Handbewegung. »Hochwertige Schönheitsbehandlungen ganz generell. Die Haare, der Zustand der Haut.«

Ray fragte mit gesenkter Stimme: »Wie alt war sie?«

»Achtundzwanzig, neunundzwanzig.«

»Toxikologie?«

»Rückstände von Kokain.«

»Kürzliche sexuelle Kontakte?«

»Keine.«

»Sonst irgendetwas von Interesse?«

»Vor zehn Jahren hatte sie eine Abtreibung.«

Neuerliches Schweigen.

»Ausländerin, jede Wette«, sagte Ryan. »Die Nase.« Er nestelte an seinem Kittel. »Ich hasse diese Dinger, ihr nicht?«

Ray und die Pathologin ignorierten ihn. Ray sagte zu ihr: »Das Gesicht muss bitte vollständig gesäubert werden.«

»Für einen Appell an die Öffentlichkeit?«

»Möglichst bald.«

»Wir fangen gleich an.«

Er nickte. »Danke. Noch irgendetwas? Was ist mit ihren Kleidern?«

Sie führte sie zu einem Bildschirm und begann Fotos von Schuhen, Strümpfen, Unterwäsche, Jeans und T-Shirt aufzurufen.

»Auch wieder sehr hohe Qualität. Geschmackvoll. Eine Frau, die sich gerne gut anzog. Die Einzelheiten finden Sie im Bericht: mutmaßliches Alter, Herkunft und so weiter.«

Sie klickte das letzte Bild weg.

Ray nickte. »Danke. Vielleicht bringt uns das ja noch auf irgendwelche Ideen.«

Ryan sagte unvermittelt: »Ihr T-Shirt ist bisschen sehr sauber.« Diesmal sah die Pathologin ihn an.

»Wegen dem Nasenbluten, mein ich«, sagte er.

»Das sind nur leichte Schürfungen. Trotzdem ein interessanter Punkt. Auf dem T-Shirt wurden einige dunkle Fasern entdeckt. Sie könnten von einem anderen Kleidungsstück sein, das sie darüber trug. Aber genauso gut könnten sie von der Kleidung des Täters stammen. Zum jetzigen Zeitpunkt lässt sich das noch nicht sagen.«

Ryan knibbelte schon wieder an seinem Kittel. »Was ist mit dem Ring?«

»Mit dem Ring, den Sie uns vor zehn Minuten gegeben haben? Wir melden uns, wenn wir Gelegenheit hatten, ihn zu untersuchen.«

»Na gut. Haben wir's dann?«

Sie sah die beiden an. »Das Zimmer ist noch in Arbeit. Das hier sind die neuesten Bilder.«

Auf dem Bildschirm zeigte sie ihnen Fotos vom Arbeitszimmer des Provosts: der Mahagonischreibtisch mit der umgestürzten Lampe; der Ledersessel daneben; die grauen Chenillevorhänge beidseits der hohen Fenster; die Rückseite der Tür, wo der schwarze Talar und das schwarze Samtbarett des Provosts hingen; die Wände in ihrem untadeligen Cremeweiß, und dann, aus Dutzend verschiedenen Perspektiven, das immergleiche Stück taubengrauen Teppichs, auf dem die tote junge Frau lag, verrenkt und wütend, den Blick verächtlich ins Nichts gerichtet.

Ryan fragte: »Irgendwelche interessanten Fingerabdrücke?«

Sie schüttelte den Kopf. »Der Täter hat Handschuhe getragen und hinter sich aufgeräumt.«

»Aber sie ist dort getötet worden, richtig? Nicht tot da abgeladen?«

»Richtig.«

Ryan versank in Gedanken, kratzte sich die Backe. »Superhübsch, echt«, sagte er dann, zu Ray gewandt.

Ray erwiderte nichts.

»Gut gebaut«, sagte Ryan. »Besonders obenrum.«

Ray ignorierte ihn.

»Und gut angezogen. Lauter edles Zeug. Was wollte sie also bei dem alten Grapscher?«

Einen Moment lang sprach niemand, dann sagte die Pathologin: »Das finden Sie vermutlich leichter ohne mich heraus«, und ließ sie stehen.

Ehe sie hinausgingen, warfen Ryan und Ray einen letzten Blick auf die Leiche, die allein auf ihrer Bahre zurückblieb, ein Gegenstand unter vielen in dem kühlen, stillen Raum, unbelebt bis auf die anhaltende Rage in ihrem Gesicht. Rage, dass sie so hatte sterben müssen; Rage, dass man so über sie sprach.

Im Auto sagte Ray: »Geht's vielleicht etwas weniger markig?«

»Wie, markig?«

»Ich finde solche Sprüche nicht lustig.«

Sie fuhren zurück nach Oxford, vorbei an umgepflügten, nässeschwarzen Äckern, der Himmel vor ihnen von tief schleifenden Wolken verhangen. Das Innere von Rays Auto war genauso makellos wie sein Besitzer. Aus der Anlage, die auf einen Klassiksender eingestellt war, drang sehr leiser Bach.

»Warum nennen Sie ihn einen Grapscher?«, fragte Ray.

»Weil er einer ist.«

»Sagt wer?«

»Diese hübsche Quästorin, Claire. Kann seine Hände nicht bei sich behalten, sagt sie. Na gut, kein Wunder bei ihr. Aber was hat dieses tote Mädchen bei ihm im Zimmer gemacht? So ein persönlicher Ort. Da muss doch eine Verbindung sein.« Er fing Rays Blick auf. »Ja, ich weiß, er ist *kein* Verdächtiger. Noch nicht.«

»Finden wir erst mal heraus, wer sie ist, ja?«

Ryan schniefte, wischte sich die Nase. »Gut aussehend und reich. Ausländerin. Irgendwas Akademisches. Da sind ja viele reich und aus dem Ausland. Assistentin, Doktorandin, was weiß ich. Und sie wollte was vom Provost.«

»Sir James hat bereits ausgesagt, dass er sie nicht kennt.«

»Ich weiß. Sir Grapsch-mich-an sagt viel, wenn der Tag lang ist.« Er sann nach. »Auch ein harter Job irgendwo. ›Wie in Raserei.‹ War auf jeden Fall viel Emotion im Spiel.«

»So sieht es aus.«

»Die ist das Interessante. Der Gestus.«

Ray runzelte die Stirn. »Was?«

»Keine Vergewaltigung. Nichts geklaut. Einfach nur rohe Gewalt. Da wird's schwierig werden, hinter das Motiv zu kommen.«

Ray sagte nichts.

Ryan fuhr fort: »Aber was wollte sie davor in der Bibliothek?« Er blies die Backen auf. »Oder es war einfach eine Verwechslung. Jemand hat Scheiße gebaut. Das passiert öfter, als man denkt.«

Ray sah ihn von der Seite an. Nickte. »Jetzt greifen wir mal nicht vor. Als Erstes ihre Identität.«

»Genau. Und dafür nehmen wir uns gleich mal Bob den Busengrapscher vor. War schließlich sein Arbeitszimmer.«

Ray sagte: »Sie schon mal nicht. Auf gar keinen Fall. Halten Sie sich im Hintergrund. Schicken Sie eine Beschreibung raus, die wir im College rumzeigen können. Wenn da jeder jeden beobachtet, wie Sie vorhin gesagt haben, ist sie vielleicht jemandem aufgefallen.«

»Weiß nicht. So viele schicke Ausländerinnen, wie's hier gibt.«

»Irgendwelche Neuigkeiten von der Vermisstenstelle?«
Ryan antwortete nicht.
»Sie haben die Anfrage aber doch rausgeschickt?«
»Wollte ich jetzt gleich machen, wenn wir zurück sind.«
»Und haben Sie das College gebeten, die Personallisten durchzuschauen?«
Ryan rutschte auf seinem Sitz hin und her. »Äh, ja, da wollte ich grade fragen, wer dafür zuständig ist.«
»Mann! Hören Sie mal, ich weiß ja nicht, wie das da gehandhabt wurde, wo Sie herkommen, aber hier machen wir unsere Arbeit selber. Okay?«
»'kay, Mum.«
Schweigend fuhren sie weiter. Als sie in Marcham die Frilford Road überquerten, schüttete es plötzlich wie aus Kübeln. Auf dem Golfplatz duckten sich die Spieler unter ihre Schirme, die in den Regenschwaden zu zerfließen schienen wie Zuckerzeug. Ein Sattelschlepper vor ihnen besprühte ihre Windschutzscheibe mit seiner Gischt.
»So ein Deppenhaufen, aber echt«, bemerkte Ryan.
»Wer jetzt?«
»Diese Uni-Typen. Schlüssel an Haken. Die Quästur immer besetzt. Und alles Spanier.«
»Muss ich das verstehen?«
»Er weiß mehr, als er sagt. Der Provost. Und seine Alte auch. Trotzdem, sie mag ich. Schon scheiße, das mit ihrem Gesicht. Aber von wegen Ausländer ...«
»Was ist jetzt wieder?«
»Der Scheich, dieser alte Raffzahn. Den sollten wir uns auch vorknöpfen.«
Ray sah ihn ungläubig an. »Sie glauben doch nicht im Ernst, dass Sie sich den Scheich ›vorknöpfen‹ können.«

»Wieso nicht?«

»Weil die Chefin nicht sehr erpicht auf eine größere diplomatische Verstimmung sein wird. Er gilt offiziell als ausländischer Freund des Landes.«

»Wegen seinem Geld, oder wie? Die Ausländer in der Küche darf ich wahrscheinlich verhören, solang ich will.«

»Herrgott noch mal! Sind Sie immer so? Jetzt machen Sie sich mal nützlich und rufen Sie die Vermisstenstelle an.«

Bis sie die Stadtgrenze erreichten, war Ryan mit seinen Anrufen durch. Der Regen hatte nachgelassen, aber in Osney staute sich der Verkehr an einer Baustelle, und sie krochen in unbehaglichem Schweigen die Botley Road entlang.

Auf dem Autotelefon ging ein Anruf ein, und Ray sprach mit der Windschutzscheibe. »Hi, Babe.«

Eine Frauenstimme ertönte, weich und gebildet. »Hallo, Schatz. Ich wollte nur fragen, wann du heimkommst.«

»Kann ich noch nicht sagen.«

»Viel zu tun heute?«

Ray zögerte. »Ein Tag spannender als der andere. Ich ruf dich nachher noch mal an.«

»Ist gut. Lieb dich.«

»Ich dich auch.«

Er warf einen Blick zu Ryan hinüber, der ihn anstarrte.

»Meine Frau.«

»Schön.«

Wieder schwiegen sie kurz.

Ryan zappelte. »Ich sag am besten Ray, oder?«, sagte er schließlich.

»Was?«

»Wir können uns ja schlecht beide mit DI Wilkins anreden.«

Ray sagte steif: »Ich bevorzuge Raymond.«

Eine gute Minute verstrich. Anstelle von Bach lief im Radio jetzt Prokofjew.

»Also, Raymond. Du hast hier studiert?«

»Ja.«

»Cool. Dann kennst du Barnabas also schon lange?«

»Ich war in Balliol. Das ist ein anderes College.«

»Ah. Schön da?«

»Gut für Sport.«

»Ah ja? Hast du Krocket studiert, oder wie?«

»Politik, Philosophie und Wirtschaft. Aber ich hab für Balliol geboxt.«

»Dann nehm ich mich wohl lieber in acht, was? Nur ein Witz. Wo bist du aufgewachsen?«

»London. Ealing Broadway.«

»Hübsch da. Da war ich schon mal. Viel Grün und so.«

Ray sagte mit Überwindung: »Und du?«

»Hier.«

»Wo?«

»Oxforder Süden.«

»Und wo da?«

Wieder rutschte Ryan auf seinem Sitz herum. »Da und dort. Das ging so ein bisschen hin und her. Mein Dad war ein ... nein. Was mein Vater war, ist egal.«

Ein kurzes Schweigen. Ray bohrte weiter. »Hast du noch Freunde hier?«

»Ein paar. 'kay«, setzte er nach einer Pause hinzu, »die meisten sind natürlich im Knast.«

Ray spähte unwillkürlich zu ihm hinüber.

»Das war ein *Scherz*«, sagte Ryan.

Er wandte das Gesicht ab, starrte auf die Bausünden der Botley Road und dachte an Baz und Mick Dick, die beide in Grendon einsaßen, einer Strafanstalt Sicherheitsstufe B in Buckinghamshire. Totschlag und schwerer Diebstahl, einmal zehn Jahre, einmal fünf. Mick Dick war erst zweiundzwanzig gewesen, als sie ihn eingebuchtet hatten. Ryan kannte ihn noch aus den Leys, ein großer, träger Bursche mit einem saloppen Grinsen. Blutunterlaufene Augen im schwarzen Gesicht. Erstklassiger Sportler: Boxen, Fußball. War sogar einmal für Wantage Town angetreten. Ryan mochte Mick, sie hatten sich ein paar Jahre ganz gut verstanden. Mit Baz dagegen war nichts zu wollen. Der war komplett durchgeknallt. Hatte seinen Vater umgebracht. Auch wenn manche Väter es natürlich nicht anders verdient hatten.

Er sah, dass Ray von der Seite auf sein Tattoo am Handgelenk schielte.

»Schaust du, ob ich's richtig geschrieben hab?«

»Ich kann es nicht lesen.«

»Ryan.«

»Oh.« Ray machte ein verwirrtes Gesicht.

»So heißt mein Sohn.«

Ray hätte gern weniger entgeistert geschaut. »Du hast einen Sohn?«

»Zwei Jahre und drei Monate, ja. Eine Schönheit, wie ich – deshalb hat er auch denselben Namen.«

Endlich ein Lachen von Ray.

»Komisch ist nur«, fuhr Ryan fort, »er schlägt gar nicht nach mir. Ein ganz Stiller ist das. Höflich. Keine Ahnung, wo er das herhat.«

»Von seiner Mutter vielleicht?«

Ryan sagte nichts, sondern sah nur aus dem Fenster, als sie vor dem Tor von Barnabas Hall anhielten.

Ray schaute auf sein Handy. »Das Foto ist fertig.«

»Also dann«, sagte Ryan. »Schnappen wir uns den Provost. Du weißt schon, dass er ein Arschloch ist?«

Ray antwortete nicht gleich. »Überlass das besser mir.«

Ryan schüttelte den Kopf. »Wir sollen zusammenarbeiten, hat sie gesagt. Das ist auch mein Fall. Sogar noch mehr meiner als deiner.«

»Du hast Mist gebaut, da muss jetzt Ruhe reinkommen. Ich gehe zu ihm. Du redest solange mit Ameena Najib, die gestern die Getränke serviert hat.«

»Klar, Küchenpersonal, das passt besser für mich. Träum weiter. Ich will mir den Provost noch mal anschauen. Außerdem hat sie mich angerufen und nicht dich.«

»Warte. *Warte!*«

Ryan war bereits ausgestiegen. Sich den Schritt kratzend, schlenderte er durch das Tor davon. Als Ray ihn einholte, war er schon im New Court.

»Das ist mein Ernst«, sagte Ray. »Wir können uns nicht erlauben, ihn noch mal zu verärgern.«

Ryan grinste. »Entspann dich. Ich tu ihm schon nichts. Ich semmel ihm nicht noch eine rein.« Einen Moment lang standen sie Auge in Auge. »Außer er hat es verdient«, fügte er dann hinzu.

Ray packte ihn am Arm.

»Das war ein Witz, Mann!«

Aber Ray ließ nicht los. Er brachte sein Gesicht dicht an das von Ryan und sagte sehr leise: »Für mich ist das kein Witz.«

»Ach so? Was soll das hier sein? Die Queensberry-Regeln?«

»Du hörst mir jetzt zu. Ein falsches Wort, dann melde ich das der Chefin, und sie zieht dich von dem Fall ab. So einfach ist das. Dauert nur eine Minute. Hast du das kapiert?«

»Klar.« Ryan sah ihn mit großen, unschuldigen Augen an. »Ich würd mich doch nie mit dir anlegen, Boss.«

»Er ist kein Verdächtiger. Er war zur Tatzeit nachweislich nicht in seinem Haus.«

»Das weiß ich selber.«

»Er. Ist. Kein. Verdächtiger.« Er klopfte sich an die Schläfe. »Geht das in deinen Kopf rein? Am besten, du hältst einfach den Mund, ja?«

Beide traten sie einen Schritt zurück, noch einen. Dann nickte Ray schließlich, Ryan grinste, und zusammen gingen sie um das getrimmte Rasenrondell zu Aufgang XII und dem Büro des Provosts, wo Sir James und seine Frau sie erwarteten.

9

Die Frau des Provosts schenkte aus einer Silberkanne Kaffee in Tässchen aus hauchzartem Porzellan. »Für Sherry ist es vermutlich zu früh«, sagte sie. »Wobei Sie mir dann im Zweifel antworten würden, dass Sie im Dienst ohnehin nichts trinken. Ist das nicht der Standarddialog?«

Kurzes Lächeln reihum. Sie reichte Ray seine Tasse und taxierte ihn dabei mit stetigem Blick. Sie saßen um einen Couchtisch in einer Ecke des eleganten Raums, auf Sesseln, die unbequem niedrig waren, um sie herum Bücherwände und gerahmte Fotografien von Sportmannschaften und Collegeveranstaltungen.

Der Provost trug jetzt einen blauen Anzug und eine Krawatte von aggressiver Buntheit, aber seine Wangen waren fahl, die Lider gedunsen vor Müdigkeit. Er vermied es, in Ryans Richtung zu sehen. Er trank einen Schluck Kaffee und wandte sich jovial an Ray: »Und Sie waren in Balliol?«

»Jahrgang 2004.«

»Zu Beloffs Zeiten also.«

»Er war damals noch Präsident, ja.«

»Guter Mann. Hab ihn ein-, zweimal in Chequers getroffen.« Sein eines Auge zuckte.

Ray richtete die Beileidsbekundungen der Chefin aus. Sein Tonfall war offen und ehrerbietig. Es sei sehr entgegenkommend von ihnen, sie nochmals zu empfangen und ihnen weitere Fragen zu beantworten. Und er wolle ganz ehrlich sein. Die grundlegendste Frage sei nach wie vor nicht geklärt. Sie wüssten noch immer nicht, wer das Opfer war.

»Sie hatten ja inzwischen etwas mehr Zeit zum Nachdenken«, sagte er. »Erinnern Sie sich vielleicht doch, ihr schon einmal begegnet zu sein?«

Der Provost erwiderte Rays Blick. »Nein«, sagte er.

»Sie ist Ihnen also ganz und gar unbekannt?«

»Absolut.«

»Lady Penelope?«

»Nur Penelope bitte.« Ihre Augen verweilten wohlgefällig auf Ray. »Nein, sie ist mir vollkommen fremd.«

Vorsichtig fragte er: »Können Sie sich irgendeinen Grund denken, warum sie bei Ihnen im Zimmer gewesen sein könnte?«

»Ich habe nicht die leiseste Ahnung«, sagte der Provost.

»Fällt Ihnen irgendjemand ein, eventuell auch jemand, den Sie gar nicht persönlich kennen, der Gründe haben könnte, sich Zutritt zu Ihrem Haus zu verschaffen?«

»Was für Gründe sollten das sein?«

»Jemand, der Sie unbedingt privat sprechen möchte. Aus Universitätskreisen zum Beispiel?«

»Nein.«

»Oder der im weiteren Sinne mit Ihrer Familie oder Ihrem Freundeskreis zu tun haben könnte?«

»Nein.«

»Oder jemand, der – verzeihen Sie die Unterstellung – einen Groll gegen Sie hegt?«

»Ganz sicherlich nicht.«

Ein Schweigen folgte.

Ray fragte: »Sagen Sie mir bitte noch einmal, wer alles einen Schlüssel zum Torhaus hat?«

»Ich natürlich. Meine Frau. Und in der Quästur ist einer. Da ich ein Dienstzimmer bei mir im Haus habe, muss der Zutritt gewährleistet sein.«

»Sonst niemand? Familie? Freunde?«

»Nein, niemand.«

Ein zweites, längeres Schweigen trat ein.

Ryan fläzte nahezu waagrecht in seinem zu weichen Sessel, zapplig, mürrisch, von fast schon peinlicher Stummheit, und starrte über die Köpfe der anderen hinweg auf die Wand mit den Fotos.

Die Frau des Provosts sagte: »Das muss sehr frustrierend für Sie sein. Für uns natürlich auch. Die ganze Nacht haben wir uns gefragt, wer sie ist, was sie bei uns wollte, aber wie mein Mann schon sagte, wir haben nicht den Hauch einer Ahnung. Es ist grotesk.«

»Eine Zumutung«, sagte der Provost.

»Das verstehen wir gut«, sagte Ray. »Wie Sie sicher nachvollziehen können, müssen wir alle uns offenstehenden Wege nutzen, um sie zu identifizieren. Wir sind in Kontakt mit der Vermisstenstelle und auch mit der Universität und der akademischen Gemeinde im weiteren Sinne. Mit Ihrer Erlaubnis würden wir gern Fotos des Opfers im College aufhängen, falls irgendjemand sie erkennt.«

»Von mir aus«, sagte der Provost barsch.

Ray nickte. »Danke sehr.«

Neuerliches Schweigen. Ray setzte seine Tasse ab.

»Da fehlt ein Bild«, sagte Ryan unvermittelt. Er nickte in Richtung Wand.

Alle drehten den Kopf.

Der Provost furchte die Stirn. »Was Sie nicht sagen. Das sind nicht meine Bilder. Ich bin nur vorübergehend hier, während mein eigenes Büro renoviert wird.« Er zog ein Gesicht, das als Lächeln hätte durchgehen können. »Sie sind ziemlich fixiert auf Bilder, scheint mir.«

Ryan wollte etwas erwidern, aber Ray schnitt ihm hastig das Wort ab. »Dürfte ich Ihnen vielleicht noch eine Frage zu Ihrem Ehrengast gestern Abend stellen?«

Der Provost wandte sich von Ryan ab. »Selbstverständlich.«

»Er ist vorzeitig gegangen, habe ich gehört.«

Der Provost begann mit seinen Erklärungen. Bedauerlicherweise sei der Scheich von Unruhe übermannt worden. Wobei er von Anfang an nervös gewesen sei. »Schon der Anblick einer unserer neuen Mitarbeiterinnen, die mit den Getränken aus der Buttery kam, hat ihn aus irgendeinem Grund völlig verstört.«

»War das Ameena Najib?«, fragte Ray.

»Ganz richtig.«

»Was war das Problem?«

Die Frau des Provosts ging routiniert dazwischen. »Ameena kann etwas leicht Verstörendes an sich haben. Als ich sie gebeten habe, nach ihrer Schicht einen Sack für die Kleidersammlung bei uns abzuholen, war sie erkennbar ungehalten und machte daraus auch keinerlei Hehl. Ich vermute, sie ist ihm etwas brüsk begegnet. Und unter uns gesagt, der Emir erschien mir extrem leicht zu verstören. Er war etwas in Sorge«, fügte sie hinzu, »weil ihm das College nicht hinreichend gesichert erschien.«

Ryan schnaubte. Ray warf ihm einen warnenden Blick zu.

»Außerdem«, fuhr die Frau des Provosts in ihrem beherrschten Ton fort, »nicht, dass das in irgendeiner Weise relevant wäre, aber es kam zu einem kleinen … nun ja, Zwischenfall, als der Scheich das College verließ.« In knappen Worten beschrieb sie den Vorfall, die entblößten Hinterteile.

»Studenten«, sagte Sir James kurz angebunden.

Ryan murmelte etwas in sich hinein.

»Ich habe Sie nicht verstanden«, sagte der Provost scharf zu ihm.

»Ihre zukünftigen Premierminister. Schon witzig.«

»Es waren keine Studenten von uns, wenn Sie es genau wissen müssen.«

»An was haben Sie das erkannt? Ihren Ärschen?«

Im Gesicht des Provosts ging etwas Merkwürdiges vor sich, so als würde er etwas im Inneren seines Mundes fester fassen. »Ich habe sie zufällig von der Straße hereinkommen sehen, durch die Pforte zur Butter Lane«, sagte er.

»Ist das die, die man mit einem ordentlichen Tritt aufstoßen kann?«

Die Nüstern des Provosts bebten.

»Und da hatte der Mann Sicherheitsbedenken? Komisch.«

Alle hörten sie den Provost vernehmlich durch die Nase atmen.

»Dann danken wir Ihnen für diese Information«, sagte Ray zu Lady Penelope. »Wie Sie selbst sagten, sie ist nicht direkt relevant.« Er warf Ryan einen vernichtenden Blick zu. »Nun, ich denke, wir haben Ihre Zeit lange genug in Anspruch genommen.«

»Moment.« Ryan beugte sich vor und sah Lady Penelope auffordernd an. »Vorhin, wo wir telefoniert haben, dachte ich, Sie wollen uns noch was erzählen. Deswegen sitzen wir hier doch rum, oder?«

Ihr Gesicht verzog sich leicht, ob zu einem Lächeln oder einer Grimasse, war nicht klar. »Sie haben völlig recht. Einen Augenblick.« Und mit einem kühlen Blick zu ihrem Mann: »James?«

Alle schauten sie auf den Provost, der sich räusperte und die Lippen spitzte. »Ach, das. Ja. Der Grund, warum wir Sie noch einmal hergebeten haben … Ich wüsste nicht, was das ändert, aber wir dachten, wir sollten …« Wieder räusperte er sich. »Meine Frau hat mich daran erinnert, dass ich unsere gestrige Runde für eine kurze Zeit verlassen habe, um einen Anruf zu tätigen.«

»Oh«, sagte Ray. »Wann war das?«

»Zwischen halb neun und neun.«

Plötzlich schien er nicht mehr zu wissen, wohin mit seinen Händen. Er verschränkte die Arme, löste sie wieder, legte die Hände in den Schoß.

Ryan rutschte auf seinem Sitz vor. »Ist das jetzt Verarsche, oder was?«

Ray unterbrach ihn so übereilt, dass die Worte als ein Kieksen herauskamen. Er räusperte sich und setzte neu an. »Es ist nur so, Sir James«, sagte er, »dieser Zeitraum fällt, wie Sie wissen, in die Zeitspanne, in der der Mord stattgefunden haben muss.«

»Deshalb erwähne ich es ja«, sagte der Provost gereizt.

»Selbstverständlich. Können Sie uns noch ein wenig mehr sagen? Von wo aus haben Sie angerufen?«

Der Provost holte aus. Gegen halb neun, gleich nach dem Eintreffen der übrigen Gäste, hatte er die Burton Suite verlassen, um in seinem Büro ein Telefonat mit einer Anwaltskanzlei in Los Angeles zu führen, der Kanzlei Kriegstein. Ein Mandant der Kanzlei war an einer Ko-Finanzierung des neuen Instituts für Friedensforschung interessiert. Dieser Mandant, ein Amerikaner, hatte die Zusage des Scheichs abgewartet, die der Provost an diesem Abend zu sichern gehofft hatte. Eigentlich war vorgesehen gewesen, dass die beiden Sponsoren später am Abend direkt miteinander telefonieren sollten, um das Geschäft zu besiegeln.

»Allerdings«, sagte der Provost mit gepresster Stimme, »ergriff ihn, wie meine Frau schon erwähnt hat, eine sehr große Unruhe, und er teilte mir mit, dass er nicht zu dem Gespräch aufgelegt sei, darum nutzte ich die Zeit vor dem Essen, um die Kanzlei anzurufen und abzusagen.«

Ray nickte. »Und Sie haben hier vom Festnetz gesprochen?«

»Ja.«

»Sind Sie von der Burton Suite direkt hierhergekommen?«

»Ja. Ja, natürlich.«

»Sie waren zu keiner Zeit in der Nähe Ihres Hauses?«

»Das Torhaus liegt auf der anderen Seite des New Court, noch hinter dem Fellows' Garden. Es könnte kaum weiter entfernt sein.«

»Sind Sie auf Ihrem Weg irgendjemandem begegnet?«

»Nein. Es war kein Mensch unterwegs.«

»Und während des Telefonats war niemand bei Ihnen?«

»Natürlich nicht.«

»Wie lange hat das Gespräch gedauert?«

»Ich kam in die Burton Suite zurück, als gerade die ersten Teller aufgetragen wurden. Um neun Uhr. Sie können Ashley aus der Buttery fragen. Sie hatte Dienst.«

Schweigen.

»Das ist alles«, sagte der Provost. »Es ist keine große Sache, aber wir dachten, Sie sollten es doch besser wissen. Einfach der Vollständigkeit halber.«

Ehe Ray sprechen konnte, sagte Ryan: »Keine große Sache? Sie sagen uns, dass Sie nicht nachweisen können, wo Sie zur Tatzeit waren, und das soll keine große Sache sein?«

Der Provost lief rot an. »Ganz im Gegenteil. Ich habe Ihnen im Detail gesagt, wo ich war, nämlich hier, am Telefon. Glauben Sie ernsthaft, ich würde Ihnen die Unwahrheit sagen?«

»Was weiß ich. Wär jedenfalls schön blöd von Ihnen. Wir können Ihre Anrufe überprüfen.«

»Ich glaube kaum, dass das legal wäre.«

»Können tun wir's trotzdem.«

Der Provost mimte übertriebene Überraschung. »Nein, wirklich? Wie ausnehmend interessant! Ist das neuerdings offizielles Polizeiprozedere, ja?« Sein Kopf bebte vor Indigniertheit.

»Soll ich Ihnen die Vorschriften für den Umgang mit Verdächtigen vorlesen?«, fragte Ryan.

»Ach, jetzt bin ich plötzlich ein Verdächtiger?«

»Selber schuld.«

Ray erhob sich zackig. »So, ich glaube, damit hätten wir es fürs Erste.« Zu Ryan heruntergebeugt, sagte er leise und vehement: »Wir gehen.« Er fasste ihn beim Arm und zerrte ihn ohne ein weiteres Wort aus dem Raum, den Gang entlang und die Treppe hinunter.

»Okay, okay«, sagte Ryan im Gehen.

Ray behielt seinen Griff bei, auch als sie schon am Fuß der Treppe angelangt waren. Mit heiserer Stimme sagte er: »Ich fass es nicht, ich fass es einfach nicht, wie du ihn so provozieren konntest. Was hättest du als Nächstes gemacht? Ihm eine gescheuert?«

»Ich hab okay gesagt, okay? Er wird's überleben.«

»Er ist kein Verdächtiger, hatten wir gesagt. *Kein Verdächtiger!* Verdammt!«

Sie starrten einander ins Gesicht.

»Wahrscheinlich ruft er gerade schon die Chefin an«, sagte Ray, »und fragt, ob wir illegal seine Telefonverbindungen zu überprüfen gedenken. Und weißt du, was dann passiert? Sie zieht dich von dem Fall ab. Und weißt du, was noch passiert? Sie macht mich rund, weil ich dich nicht im Griff hatte. Gratuliere, du Idiot, du hast es für uns beide versaut!«

Er ließ Ryan los, versetzte ihm einen Stoß mit den Fingern, und Ryan machte einen wippenden Schritt rückwärts und stand dann da, nickend, und sah milde über den Hof. Er sagte nichts. Er wirkte wie weggetreten.

Ray betrachtete ihn irritiert. »Was?«

Ryan sagte: »Hast du sie beobachtet?«

»Wieso?«

»Wie sie ihn angeschaut hat. Sie weiß, dass er was vertuscht.«

Ray schüttelte ungläubig den Kopf. »Du bist dermaßen ...«

»Was ist ein Gaudy?«

Ray war perplex. »*Was?*«

»Irgendwas, was Gaudy heißt. Was ist das? Du weißt so was doch.«

Ray stöhnte entnervt auf.

»Komm schon, das ist vielleicht wichtig.«

Ray nahm sich zusammen. »Ein Gaudy ist eine College-Veranstaltung für Ehemalige. Kann ein Essen sein oder ein Picknick, was auch immer. Gaudy. Von dem lateinischen *gaudium*, Freude, Vergnügen«, fügte er mechanisch hinzu. »Wieso? Wie kommst du plötzlich auf Gaudy?«

»Ich hab die Fotos angeschaut, ein Jahrgang nach dem anderen hing da. Und bei allen stand *Gaudy* drunter. Nur das von vor zehn Jahren fehlt. Das hat jemand seit heute früh runtergenommen. Warum?«

»Keine Ahnung. Ich weiß ja nicht mal, ob das stimmt, was du sagst.«

»Für so was hab ich einen Blick. Warum nimmt jemand das Foto runter? Jetzt sag schon, das ist interessant.«

Ray schwieg einen Moment. Sein Atem hatte sich wieder beruhigt. Ryan sah fast dümmlich aus vor Erwartung. Wider Willen bekam Ray den Zipfel einer Idee zu fassen und zog sie näher zu sich heran. Er sagte, langsam: »Um die Identität der darauf Abgebildeten zu verschleiern.«

Ryan grinste, nickte. »Weil …?«

»Weil … eine davon die Ermordete ist.«

»Siehst du? Ich hab doch gesagt, es ist interessant. Ich wette, sie hat irgendeinen Bezug zum College, und das will jemand vertuschen.«

»Das ist mir zu insinuierend.«

»Zu was?«

»Du unterstellst da etwas, was auf reiner Vermutung basiert.«

»Na also, dann finden wir's raus. Wir gehen wieder rauf und nehmen ihn in die Zange.«

Ray riss ihn zurück. »Ganz sicherlich nicht. Du kommst mir nicht mehr in seine Nähe. Nie wieder.« Sein Handy klingelte, und er wandte sich ab und meldete sich. »Ja?« Dann eine lange Pause. »Sind Sie da sicher? Wann?« Wieder eine Pause. »Gut. Danke.« Er drehte sich zu Ryan um. »Das war die Kriminaltechnik«, sagte er langsam. »Mit zwei neuen Ergebnissen. Der Ring gehört ihr.«

»Ich hab's gewusst!«

»Aber das andere ist sehr seltsam. Sein Talar.«

»Sein was?«

»Das akademische Gewand des Provosts, das im Arbeitszimmer an der Tür hing. Sie hat es getragen. Vielleicht an dem Abend, vielleicht zu einem früheren Zeitpunkt – aber irgendwann hatte sie es an.«

Ryan grinste. »Siehst du? Ich sag doch, der Mann hat Dreck am Stecken. Eine perverse Sau ist das. Wir gehen jetzt da hoch und …«

Ray hielt ihn fest. »Uns bleiben noch circa zwei Stunden, bevor wir von dem Fall abgezogen werden, und in dieser Zeit werden wir uns keinerlei Unregelmäßigkeiten zuschulden kommen lassen. Hast du verstanden? *Ich* rede mit Sir James, und ich spreche ihn darauf an, *nachdem* ich mich für dein Verhalten entschuldigt habe. Du suchst solange Ameena Najib.«

»Na super. Die Küchenhilfe, klar.«

»Du sprichst mit niemand anderem, du näherst dich niemand anderem. Kapiert? Sonst rufe ich jetzt sofort die Chefin an und sage ihr, sie soll das Disziplinarverfahren einleiten. Geht das in deinen Schädel rein?« Er zitterte wieder vor Zorn.

»Okay, okay. Mach dir nicht ins Hemd, ja?«

Ray wandte sich zum Gehen.

»Und frag ihn, wer das Büro vor ihm hatte«, rief Ryan ihm nach.

»Ich mache meine Arbeit, du machst deine«, sagt Ray. »Du reißt dich am Riemen, ist das klar?«

Damit verschwand er durch die Tür, die Treppe hinauf, und Ryan wandte sich grinsend ab und ging über den Hof davon.

10

Die Küche von Barnabas Hall ist ein großes Gewölbe gleich neben dem Speisesaal, ein Hightechlabor in den Mauern einer mittelalterlichen Basilika, durch deren alte Bogenfenster schmale Streifen klösterlichen Lichts auf Flächen aus rostfreiem Stahl und blitzende Arbeitsplatten fallen. Von dem steingefliesten Küchengang geht ein niedriger, stechend nach Moder riechender Abstellraum ab, und in diesem Raum, zusammengeduckt zwischen Werkzeugkisten und -schränken, kauerte das Collegefaktotum, Jason Birch, einen fleckigen weißen Overall über dem Arsenal-Sweatshirt, und flüsterte in sein Handy.

»Geh ran! Geh ran! Jetzt mach schon, du Scheißkerl. Geh *ran*!« Durch die offene Tür warf er einen hastigen Blick in Richtung Küche. Sein Kopf schmerzte nach einer panikerfüllten Nacht. In seinem Mund war ein fauliger Geschmack wie von Katzenfutter. »Verdammt«, zischte er, die Lippen an das Plastik gedrückt, »du hast gesagt, das läuft alles glatt. Gar nichts ist glatt gelaufen, verdammt! Es ist eine einzige Scheiße! Ruf mich gefälligst zurück, okay?«

Draußen im Gang wurden Schritte laut. Eilig richtete er sich auf, steckte das Handy weg und versuchte seinem Gesicht einen umgänglichen Ausdruck zu verleihen, als auch schon ein junger Typ mit Adidas-Trainingshose und Baseballmütze hereingeschlurft kam.

»Sind Sie von der Tagung drüben?«, fragte Jason beflissen. »Suchen Sie die Schilder für die Räume? Moment, die müssten in der Tüte da drüben sein, ich hol sie Ihnen.«

Der Typ kramte in seiner Trainingshose und hielt ihm seine Marke unter die Nase, und Jason erstarrte. Ein Bulle!

»'tschuldigung, ich dachte …«

»Ameena Dingsda«, sagte der Bulle. »Ist die hier irgendwo?«

Jason antwortete nicht gleich. Er leckte sich nervös die Unterlippe. »Was wollen Sie von Ameena?«

Der Bulle musterte ihn. »Ich dachte, sie kann mir vielleicht einen Käsetoast machen.«

Jason blinzelte verständnislos, kein ganz seltenes Phänomen bei ihm. Ein tiefes Unbehagen hatte ihn überkommen. »Was?«

»Ist sie da?«

»Sie hat frei.«

Der Bulle wandte den Blick nicht von ihm. Jason trat von einem Fuß auf den anderen.

»Woher weißt du das?«

»Äh.« Jason dachte gründlich über eine Erwiderung nach, gab dann auf. »Sie hat's mir gesagt.«

»Kennst du sie näher, oder wie?«

»Bisschen.«

»Und wie ist sie so?«

Der Typ schaute so intensiv. Er feuerte seine Fragen mit einer Schnelligkeit ab, die Jason verwirrte. Um das Ganze etwas zu verlangsamen, flüchtete er sich neuerlich ins Grübeln. »Weiß nicht«, sagte er schließlich. »Sie ist in Ordnung.«

Der Typ wartete.

»Die Leute könnten ruhig bisschen mehr Nachsicht mit ihr haben«, platzte er heraus, ohne es zu wollen.

Der Typ wartete einfach weiter, ohne ihn aus den Augen zu lassen, sodass Jason das Gefühl hatte, fortfahren zu müssen, haspelnd vor Nervosität.

»Dieses ganze Küchenzeugs, das ist sie einfach nicht gewöhnt.

Sie war Anwältin da, wo sie herkommt. Und mit diesem Krieg, der da jetzt ist … Dann kommt sie halt mal zu spät in die Arbeit oder verliert ihren Schlüssel oder was weiß ich. Sie hat andere Sorgen. Kann man ja wohl verstehen, bei allem, was sie durchgemacht hat.« Abrupt kam er zum Ende seiner Rede und stand da, verblüfft über sich selbst, schwer schnaufend. Er spürte das Handy in seiner Tasche. Wenn es jetzt bloß nicht anfing zu läuten!

»Wann hast du sie zuletzt gesehen?«, wollte der Bulle wissen.

»Wie, gesehen?«

»War das eventuell gestern Abend?«

Jason brach der Schweiß aus. Der Typ versuchte ihn in eine Falle zu locken. »Schon«, gab er schließlich zu.

»Wie viel Uhr?«

Jason kratzte sich am Kopf. »Acht? Ich kann's nicht so genau sagen, ich hab spät noch gearbeitet, wegen diesem Dinner«, ergänzte er eilig.

»Was hat sie gemacht?«

»Nichts. Sie war irgendwie am Telefon.«

»Am Telefon? Mit wem?«

»Das weiß ich doch nicht!« Er rieb sich mit der flachen Hand über das rötliche Stoppelhaar, grimassierte. »Sie hat's einfach nicht leicht. Ich bin bloß kurz zu ihr, sie fragen, wie's geht. Wie man das halt so macht.«

»Und?«

»Na ja, sie war nicht so ganz glücklich.«

»Über was?«

»Weiß nicht. Dass sie so lang arbeiten muss, Getränke servieren, Säcke abholen. Dass die Leute sie blöd behandeln.«

»Was für Leute?«

»Na, dieser Emir halt. Mit diesen ganzen Frauen, die er hat, der denkt doch, er kann sich alles rausnehmen.«

»Was hat er gemacht?«

»Keine Ahnung, hat sie nicht gesagt. Ihr irgendwie Angst gemacht. Sie war ziemlich durch den Wind.« Er geriet ganz außer Puste bei dem vielen Gefrage. »Er ist ein Schänder«, fügte er tollkühn hinzu.

Der Bulle starrte ihn an. »So?«, sagte er nach einer Weile.

»Ja. Hat sie gesagt.«

Jason wappnete sich für noch mehr Fragen, aber der Bulle nickte nur, wie um das Gespräch abzuschließen. »Okay, interessant. Ich muss mit noch wem aus der Küche sprechen, Ashley Irgendwas.«

»Ashley Turner, ja.« Jason machte einen Schritt vorwärts und zeigte durch die offene Tür. »Die Blonde ganz dahinten. Mit dem Pferdeschwanz.«

Ryan nickte wieder.

Jason sagte: »Sie kocht aber grade für mittags. Wenn Sie ein Sandwich wollen …«

Aber Ryan war schon weg, und Jason ließ sich gegen die Wand sinken, völlig erschöpft.

Im Wohnzimmer eines Hauses keine Meile entfernt saß ein Mann auf dem Sofa und hörte Jasons Nachricht über Lautsprecher ab. »Geh ran! Geh ran! Jetzt mach schon, du Scheißkerl. Geh ran!«

Der Mann war untersetzt, mit einem breiten, flachen Gesicht und dunklem, an die Stirn geklatschtem Haar; er saß vorgebeugt, beide Hände auf den Couchtisch gestützt. Seine eine Hand war verkrüppelt, sie lag auf dem Tisch wie ein aus seinem Panzer geschälter Krebs. Draußen wendete ein Auto am Ende der Sackgasse, kurz heulte der Motor auf, als ein Gang heraussprang; der Mann hob den Kopf, blinzelte in Richtung der Tüllgardine und sah wieder weg.

Als die Nachricht endete, füllte eine schwer erträgliche Stille den Raum. Der Mann stand auf und ging in die Küche, wo in der Spüle zwei Kleidungsstücke lagen. Er übergoss sie mit Feuerzeugbenzin aus einem Kännchen, ließ ein Streichholz daraufallen, schob sie mit den Fingern seiner gesunden Hand etwas zurecht und sah mit unterdrücktem Fluchen zu, wie sie aufflammten und sich langsam zusammenkrümmten.

Dann setzte er sich mit einem Whisky wieder aufs Sofa. Stunden vergingen.

Als sein Handy neuerlich klingelte, griff er hastig danach, aber noch ehe er sprechen konnte, sagte eine weiche, kultivierte Stimme: »Sagen Sie nichts. Ich weiß nicht, was Sie gemacht haben oder weshalb Sie es gemacht haben, aber ich habe damit nichts zu tun. Haben Sie verstanden? Sie arbeiten nicht für mich. Sie haben nie für mich gearbeitet. Versuchen Sie nie wieder, mich zu kontaktieren.«

Er starrte das Telefon auch noch an, als der Anrufer schon längst aufgelegt hatte, in der Hand seinen Whisky. Dann nahm er die SIM-Karte heraus, ging damit in die Küche, zertrat sie und warf sie in den Müll, bevor er zum Sofa zurückkehrte, wo er saß und den stechenden Brandgeruch einatmete und seine Lippen spitzte und straffte und wieder spitzte, als fände ein innerer Kampf in ihm statt.

In der Küche von Barnabas Hall schien zur Mittagszeit ein ganzes Orchester von Metallgeräten zu scheppern. Ryan schob sich zwischen den mächtigen Edelstahlherden hindurch bis zum hinteren Ende, wo Ashley Turner arbeitete. Sie war eine attraktive Dreiundzwanzigjährige mit scharfen Zügen, kecker Miene und einer bündigen Art, und sie unterbrach ihre Tätigkeit nicht, als Ryan sein Anliegen vorbrachte.

»Ich muss hier weitermachen. Wir sind mit der Suppe hintennach.«

»Kein Problem. Wir können hier reden.«

»Dann mal los. Geben Sie mir die Kelle da? Was wollen Sie wissen?«

Er fragte sie, was Ameena Najib für ein Mensch sei.

»Das müssen Sie Jason fragen.«

»Wieso Jason?«

»Sie ist sein neuestes Projekt. Aussichtslos, wenn Sie mich fragen. Die macht sich nichts aus Jungs, sie hat schon Gott. Das Problem ist«, sagte sie, »sie findet das alles hier unter ihrer Würde.«

Man hatte Ameena bis auf Weiteres in derselben Collegeunterkunft ein Stück stadtauswärts an der Abingdon Road einquartiert, in der auch Ashley wohnte. Sie verbringe die meiste Zeit betend in ihrem Zimmer, sagte Ashley. »Andauernd hör ich sie da drin murmeln. Muss ihm eine Menge zu erzählen haben. Dunkle Geheimnisse, was?«

Sie griff nach einem Messer und hackte in rasendem Tempo Kräuter klein, wobei sie sich ein-, zweimal umschaute, wie um schon das nächste Objekt ihrer Aufmerksamkeit dingfest zu machen. Alle schienen sie nur auf ihren Einsatz zu warten. Sie hatte diese Art von Präsenz.

»Haben Sie mitgekriegt, dass sie vor ein, zwei Wochen einen Schlüsselbund verloren hat?«

»Nein, aber«, sie zuckte die Achseln, »Handschuhe, Kochschürzen, Haarnetze – egal was, sie verliert es. Ich sag ja, mit solchen Sachen kann sich Madame nicht abgeben. Den Topf bitte mal. Nein, den anderen.«

Ryan brachte die Sprache auf den gestrigen Abend.

»Das Fiasko schlechthin«, sagte sie, während sie die Sahne abfüllte. »Sie hätten den Küchenchef hören sollen! Die waren ja noch nicht mal beim Hauptgang angelangt. Wir mussten das ganze Zeug wegschmeißen. Alles nur, weil sich der Ehrengast einbildet, jemand will ihn umlegen. Ich hab gleich gemerkt, dass was nicht stimmt, als ich mit der Gänsestopfleber kam. Eine Hängefresse hatte der Typ!« Sie hielt inne. »Aber witzig, dass Sie nach Ameena fragen, er fing nämlich auch gleich von ihr an. ›Wer ist Ihre, was war sein Wort, *Genossin*? Woher kommt sie?‹ Und dann dieser Bodyguard!«

»Was war mit dem?«

»Hat sich überall rumgetrieben, Leute gefragt, ob sie sie gesehen hätten. Müsste mit ihr reden, hat er gesagt. Gut aussehender Typ, das schon. Aber so was von unfähig. Ich hab ihm gesagt, er soll abschwirren. Sie war um die Zeit eh schon längst heimgegangen. Nee, auf solche VIPs kann ich echt verzichten. Geschieht ihm völlig recht, das danach.«

»Ja, das hab ich gehört. Aber schon verrückt, oder, dass hier so was passiert? Hätt ich gar nicht gedacht, solche Sitten.«

»So was gibt's hier viel. So witzige Streiche. Einmal haben sie einen Sportwagen in den Speisesaal gefahren und ihn auf den Tischen aufgebockt. Noch mit einem obszönen Spruch auf dem Dach, auf Lateinisch natürlich. Gestern auch wieder, da hat irgendwer alle elektrischen Lampen in der Kapelle zusammengetragen, aus den Chorbänken und der Sakristei, überall her, und sie zu einer Pyramide auf dem Altar aufgebaut. Ich meine, was soll das? Kelle noch mal. Hallo! Kelle!«

Er schien plötzlich weit weg. Wieder einmal. Als hätte er sich ausgeklinkt. Nicht um nachzudenken, eher das Gegenteil. Er stand da und sah sie mit leerem Blick an, während er abwesend an dem Reißverschluss seiner Jacke herumspielte.

»Alles in Ordnung?«

»Was? Klar. Aber interessant, oder?«

»Na ja. Heißt halt bloß wieder mehr Arbeit für unsereins.«

»Auch wieder wahr.« Er schniefte, kratzte sich. »Ach ja, der Provost sagt, er wäre rausgegangen, als die anderen beim Aperitif waren, so gegen halb neun, um zu telefonieren, und erst gegen neun zurückgekommen.«

»Kann schon sein. Um halb kamen die anderen Gäste, und stimmt, er ging, als ich gerade am Sekt-Einschenken war, und als ich die Gänsestopfleber gebracht habe, kam er kurz nach mir rein, also, ja, circa neun.«

Er nickte.

»War's das dann?«, fragte sie mit einem schnellen Blick zu ihm.

Sein Ausdruck war einen Tick härter geworden, als hätte er eine Schraube angezogen. »Was halten Sie persönlich von ihm?«

»Von Sir James?« Sie lächelte, ihr Mund breit und großzügig. »Er hat nicht den besten Ruf, das weiß ich. Bei den jungen Akademikerinnen.«

»An Sie hat er sich nicht rangemacht?«

»So blöd ist er dann doch nicht, Ryan.«

Sie hielt seinem Blick stand, und schon nach einer Sekunde spürte er, wie ihm die Röte ins Gesicht stieg; wie ein dummer Junge kam er sich plötzlich vor.

»Woher wissen Sie meinen Namen? Er steht nicht auf der Marke.«

Zum ersten Mal unterbrach sie ihre Arbeit und sah ihn über die verschränkten Arme hinweg abschätzend an. »Na, wie fühlt sich das an, wieder hier zu sein, Ryan Wilkins? Du weißt das nicht mehr«, fuhr sie fort, »aber du warst ein paar Klassen über mir. Bei meiner älteren Schwester im Jahrgang – Michaela. Sehr viel warst du ja eh nicht da. Aber ich hab dich immer mal in Hinksey Point gesehen. Meistens ziemlich hacke.«

»Tja …« Er senkte die Lider und trat von einem Bein aufs

andere. Sah auf die Uhr. Spürte ein ungutes Ziehen tief in der Magengrube.

»Ich weiß. Andere Zeiten. Jetzt hängst du wahrscheinlich nicht mehr im Trailerpark rum. Als Kriminalbeamter! Wohnen deine Eltern noch da?«

Er machte einen Schritt von ihr weg. »Ich muss langsam …«

»Und wie geht's Shel?«

Jetzt schaffte er es nicht mehr, den Blick abzuwenden. »Sie ist …« Sein Mund blieb zwar offen, aber es kam keine Stimme. Etwas ging in seinem Gesicht vor sich, wie eine Art Krampf. Er machte ein paar hastige Rückwärtsschritte. Eine Edelstahlschüssel fiel krachend zu Boden, dann hatte er sich wieder gefangen, drehte sich um und verließ, ohne sich noch einmal umzusehen, die Küche.

11

Einige Stunden später stand Kent Dodge im Old Court und betrachtete die rötlichen Gemäuer aus dem sechzehnten Jahrhundert, deren nässeglänzenden Schieferdächern das sinkende Nachmittagslicht einen goldenen Schimmer aufmalte. Ein Anblick so erlesen, so ruhevoll ... herzbeklemmend.

Mann, dachte er, ist das hier alles fremd!

Er kam aus Johnsburg, Illinois, ein echter Midwesterner mit rosigem Teint, dichtem blondem Haar, einem konservativen Haarschnitt, sauber gestutztem blondem Bart und naiven blauen Augen, die stark vergrößert durch eine runde Kunststoffbrille blickten. In der Regel war er ein ausgeglichener junger Mann. Heute nicht. Die ganze Nacht hindurch hatten ihn Unwohlsein und böse Träume geplagt, die peinigenden Bilder der jungen Frau, die mit verrenkten Gliedmaßen auf dem Teppich des Provosts lag, tot und entstellt. Abgekratzt – ein hässliches Wort für eine hässliche Sache. Er betastete das Pflaster auf seiner Stirn, die er sich bei seinem Sturz an der Kommodenkante aufgeschlagen hatte. Sehr kräftig war er nie gewesen – ein Umstand, den er sein Leben lang durch Schläue wettgemacht hatte –, und so fühlte er sich auch jetzt, so viele Stunden danach, noch zittrig, weshalb er lieber eine kleine Rast einlegte und mit geschlossenen Augen wartete, bis das Panikgefühl abflaute und er sich imstande sah, die Treppe von Aufgang XII zum Büro des Provosts hinaufzusteigen.

Er merkte sofort, dass er ungelegen kam. Der Provost hatte

bereits einen Besucher – einen jungen Schwarzen, tadellos gekleidet in grauem Blazer und dunkelblauer Chino. Ein Gastdozent vielleicht. Kent bemerkte nicht ohne Neid die schöne Form seines Kopfs, die ebenmäßigen Züge. Dann winkte der Provost ihn herein, und er ging zu ihm und hielt ihm den Abdruck des Artikels hin, den er ihm mitgebracht hatte: »Dämonengestalten auf kadscharischen Kacheln im Persien des frühen 19. Jahrhunderts«.

»Was ist das?«, fragte der Provost irritiert.

»Der Artikel, den ich geschrieben habe. Sie hatten mich gestern gefragt, ob ich noch ein Exemplar übrig habe.«

»Habe ich das?« Der Provost legte die Seiten achtlos auf seinen Schreibtisch. Er machte keinerlei Anstalten, Kent seinem Besucher vorzustellen, der durch seine Handynachrichten scrollte.

Wie so oft in Gegenwart des Provosts überkam Kent das Gefühl, unsichtbar zu sein.

»Ich wollte ihn auch nur kurz abgeben«, murmelte er.

Keine Reaktion. Aber als er schon gehen wollte, erkundigte sich der Fremde unvermittelt nach dem Weg zur Küche, worauf der Provost sagte: »Kent wird Sie hinbegleiten – seien Sie doch so gut, Kent.«

Kent zögerte. »Äh – natürlich. Kein Problem. Das ist sowieso meine Richtung.«

Als sie die Stufen hinuntergingen, schielte er zu dem Mann hinüber. Hochgewachsen, die schwarze Haut makellos glatt. Gut gebaut, athletisch. Ein schöner Mann – auffallend schön sogar. Und nicht uneitel, das sah man an seiner Kleidung. Er tippte eine Nachricht. Kent revidierte seine erste Einschätzung. Vielleicht doch kein Gastdozent. Eher einer der Londoner Geschäftsmänner, mit denen der Provost sich so gern umgab. Kent hielt sich gemeinhin für einen sehr guten Menschenkenner. Er fing an, Konversation zu machen, eine nervöse Angewohnheit von ihm.

»Wenn ich ganz ehrlich sein soll, ich verlaufe mich immer noch manchmal. Ich bin erst seit dem Sommer hier, wissen Sie. Ich bin aus den Vereinigten Staaten, wie Sie bestimmt schon gemerkt haben. In den USA haben wir es ja nicht so mit dem Hintersinnigen, Subtilen. Und hier ist nichts, aber auch nichts ohne Hintersinn. Einschließlich der Architektur. Ich denke jedes Mal: Wow! Wer hat diese Baue entworfen? Kaninchen?«

Der Mann lächelte weder, noch sah er von seinem Display auf.

»Nicht«, fuhr Kent fort, »dass ich nicht sehr für das Hintersinnige wäre. Liegt ja praktisch in der Natur der Sache. Des Akademikerlebens, meine ich. Ich habe schon in der Highschool davon geträumt, mal hier rüberzukommen, und ich hatte das Glück, ein Fulbright-Stipendium zu ergattern. Für ein Semester nur und nicht gerade üppig, wenn ich ehrlich sein soll, aber dennoch. Ich bin Kunsthistoriker, aus Harvard«, fügte er nach einer Pause hinzu. »Identität und kulturelle Aneignung. Oxford hat ein bisschen gebraucht, um das Thema für sich zu entdecken, aber inzwischen gibt es ein paar echte Experten hier, und das ist für mich einfach eine tolle Chance, wissen Sie – all die Bibliotheken zu nutzen und mich mit diesen Leuten auszutauschen.«

Der Mann reagierte immer noch nicht.

»Und ich bin natürlich absoluter Englandfan«, schob er nach.

Der Mann sah kurz an ihm auf und ab. »Thomas Pink.«

»Das Hemd? Absolut. Die englischen Schneider sind die besten.«

Auch darauf ging der Mann nicht ein. Schweigend umrundeten sie den Old Court, gingen weiter zum New Court und durch den Kreuzgang, ihre Schritte hallend auf den Steinfliesen. Als das Handy des Mannes klingelte, sprach er kurz ein paar Sätze, ein Privatgespräch, so klang es, und legte wieder auf.

»Ein Kulturschock war es natürlich schon«, fuhr Kent fort, »das sag ich ganz offen. Ich meine, Talare und Barette, Dinner am High

Table, und dass die Rechnungen hier Battels heißen, dieses ganze verquere Zeugs. Bei meinem ersten Essen am High Table hat dieser eine Prof mir Schnupftabak angeboten. Ich bin aus dem Mittleren Westen, ich dachte, ich falle tot um! Ich meine, ich war mal in Dubai, und das war seltsam genug, aber kein Vergleich zu hier. Und dann gestern Abend ... Ich weiß nicht, haben Sie davon gehört?«

Der Mann war stehen geblieben und sah ihn an.

»Ich weiß«, sagte Kent. »Tut mir leid. Ich rede zu viel.«

Aber der Mann sah auf das Pflaster an seiner Stirn. »Sind Sie Kent Dodge?«

Er verspürte einen jähen Drang, es abzustreiten, aber er sagte nervös: »Ja. Ja, das stimmt. Warum?« Er schob sich mit einer Hand die Brille zurecht, wie oft, wenn er sich ertappt fühlte.

»Sie stehen auch noch auf meiner Liste.«

Der Groschen fiel. »Sind Sie ... haben Sie mit den Ermittlungen zu tun?«

Eine Dienstmarke wurde gezückt. »DI Wilkins. Sie waren gestern dabei, als der Leichnam entdeckt wurde.«

»Äh, ja, aber ich kann Ihnen nicht viel sagen.«

»Sie sind ohnmächtig geworden.«

»Dazu habe ich leider schon immer geneigt. Als Kind war ich ...«

»Hatten Sie das Opfer vor dem gestrigen Abend schon einmal gesehen?«

»Nein, Sir.«

»Sie sind ihr nie hier im College begegnet?«

»Nein, Sir.«

»Dann kann sie Ihrer Meinung nach keine Studentin gewesen sein oder eine Wissenschaftlerin von auswärts oder jemand mit irgendeiner sonstigen Anbindung an die Universität?«

Kent blinzelte verwirrt. »Sie wissen noch nicht, wer sie ist?«

Der Detective antwortete nicht gleich. »Bei dem Essen davor waren Sie auch dabei, oder?«

»Ja.«

»Wie war das?«

Kent schilderte den Abend in der Burton Suite, die mühselige Konversation mit dem zugeknöpften Emir, seinen überstürzten Aufbruch. »Die ganze Veranstaltung war schon eher peinlich, muss ich sagen. Sir James tat mir regelrecht leid. So wenig Schützenhilfe, wie er bekommen hat …«

»Wie meinen Sie das?«

Es war bei dem Essen zu einer Auseinandersetzung gekommen, erklärte Kent. »Robin Goodman – er ist der Arabist hier – hat sich extrem kritisch über den Umgang mit dem Koran geäußert, den das College in seiner Sammlung hat. Wissen Sie davon?«

»Nein. Ist es wichtig?«

»Nun ja, die Saudis fordern ihn zurück. Goodman sieht sie im Recht. Das bringt den Provost immer auf die Palme. Gut, es gehört auch nicht viel dazu, ihn …«

»Ihn was?«

Kent zögerte, bevor er weitersprach, und senkte die Stimme. »Er ist ein bisschen der Jekyll-und-Hyde-Typ, der Provost. Er kann die Liebenswürdigkeit in Person sein, und eine Minute später behandelt er einen wie Dreck.«

»Wie meinen Sie das?«

»Ich sage Ihnen ein Beispiel. Ich war ja kurz im Nahen Osten und spreche ein bisschen Arabisch, deshalb wurde ich gleich bei meiner Ankunft hier für die College-Sammlung eingespannt, und gestern Nachmittag habe ich bei der Führung mitgeholfen, und er überschlug sich richtiggehend vor Dankbarkeit und Freundlichkeit und Charme. Und nur ein paar Stunden später sind wir uns begegnet, als ich in der Burton Suite ankam – er kam die Treppe herunter und stürmte hinaus in den Hof, und wahrscheinlich hat er mich erst nicht gesehen, er hätte mich beinahe umgerannt, aber er hat sich nicht entschuldigt oder auch nur angehalten, sondern nur böse etwas geknurrt, und weg war er.«

»Vielleicht hat er Sie nicht erkannt?«

»Oh, er wusste genau, wer ich bin. Hat mir voll ins Gesicht geschaut.« Kent zuckte die Achseln. »Mir ist schon klar, dass er unter Druck steht. Diese Sache mit dem Emir. Da geht's um Finanzierungsfragen, und das lief anscheinend nicht, wie es sollte. Trotzdem hat es mich irgendwie getroffen, das gebe ich ganz ehrlich zu. Dieser Blick auf seinem Gesicht. Blanke Verachtung.« Eine kurze Pause, dann lächelte er. »So, zur Küche geht's hier die Stufen runter. Dann machen Sie's gut.«

Der Detective schien ihn gar nicht zu hören. Er fragte nachdenklich: »Wo ist er denn hingegangen? Als er weggestürmt ist?«

»Keine Ahnung. Zu sich nach Hause, dachte ich.«

Ray sah ihn an. »Warum dachten Sie das?«

»Weil das seine Richtung war.«

»Nicht sein Büro?«

»Wo wir gerade herkommen? Nein, nein. Das liegt genau entgegengesetzt.«

Er wollte noch mehr sagen, aber der Detective dankte ihm und ging rasch die Treppe zur Küche hinunter, und Kent zögerte kurz und wandte sich dann Richtung Speisesaal.

12

Vor dem Revier parkten drei unbemannte Streifenwagen. Ihre pulsierenden Blaulichter zerhackten die Dämmerung. Reporter umdrängten den Eingang mit ihren Kameras und Mikrofongalgen, dampfende Atemwolken vor dem Gesicht. Sooft einer zu sehen meinte, dass sich drinnen etwas regte, fing er an zu rufen.

Im Inneren des Gebäudes verlieh die Anspannung sämtlichen Abläufen etwas Hektisches, Überlautes. Auf dem Gang trafen sie Nadim, die zu einer Lagebesprechung hetzte und ihnen atemlos zurief: »In den Leys hat's einen erwischt, vom Einsatzzug. Verbrennungen dritten Grades. Ist noch unklar, ob er durchkommt.« Damit war sie weg.

Sie rannten die Treppe hoch zur Führungsetage und traten leise in das Büro der Chefin.

»Bleiben Sie bitte stehen«, sagte sie nur.

Ryan stand wieder auf.

Sie starrte ihn an, ihr Gesicht verkniffen und bleich. »Ich habe nicht die Zeit für so etwas. Hier geht alles drunter und drüber, einer von meinen Beamten liegt auf der Intensivstation. In fünfzehn Minuten muss ich mit dem Innenminister telefonieren.« Ryan öffnete den Mund, und sie sagte: »Sie reden nur, wenn Sie gefragt werden. Verstanden?« Sie wandte sich an Ray. »Sir James hat mich angerufen. Wie konnte das passieren?«

»Es tut mir leid. Ich bin so schnell dazwischengegangen, wie ich konnte.«

»Nicht schnell genug. Er hat mich zu unseren Telefonüberwachungskompetenzen befragt.«

Ray nickte.

»Er wollte wissen, warum er wie ein Verdächtiger behandelt wird. Ich dachte, ich hätte mich da sehr klar ausgedrückt. Er führte mehrere Beispiele von, wie er es nannte, ›auffälligen Abweichungen vom polizeilichen Verhaltenskodex‹ an, den der Dekan von Barnabas Hall, wie Sie ja sicher wissen, wesentlich mitgestaltet hat.«

Ray presste die Lippen zusammen, nickte wieder.

Ryan öffnete erneut den Mund, der Blick der Chefin traf ihn, und er schloss ihn.

»Sie sind still und hören zu. Muss ich Ihnen wirklich erklären, dass Sie dem Provost von Barnabas Hall nicht, ich zitiere, ›Verarsche‹ vorwerfen sollten?«

Ryan senkte den Blick.

»Schauen Sie nicht den Boden an, schauen Sie mich an. Ich habe keine Zeit, Ihnen die Grundregeln beizubringen. Sir James sagt, Ray konnte Sie gerade noch aus seinem Büro zerren, bevor Sie komplett die Beherrschung verloren hätten. Stehen Sie still, während ich entscheide, was mit Ihnen passiert.« Sie sah auf die Uhr und wandte sich wieder an Ray. »Ray, geben Sie mir einen Abriss. Einen möglichst bündigen bitte.«

Ray begann zu sprechen, so hastig, dass er mehrmals neu ansetzen musste. Der Provost sei zwar kein Verdächtiger, sagte er, habe jedoch, wie sich herausgestellt hatte, kein Alibi für den Tatzeitpunkt.

Ryan stieß einen ungeduldigen Laut aus, den er aber auf einen Blick der Chefin hin sofort unterdrückte, und Ray fuhr fort. Eine weitere verwirrende Entdeckung sei, dass das Opfer den Talar des Provosts getragen habe. Und dann sei da noch etwas, was ihm der junge Amerikaner erzählt habe, Kent Dodge. Obwohl der Provost kategorisch erklärt hatte, von der Burton Suite auf direktem Weg in sein Büro im Old Court gegangen zu sein, erinnere sich Dodge, dass er sich in die entgegengesetzte Richtung gewandt hatte, die seines Hauses, wo nachweislich wenige Minuten später der Mord begangen worden war.

Ryan konnte nicht länger an sich halten, und die Chefin fuhr erzürnt zu ihm herum. »Was haben Sie gesagt? Haben Sie gerade ›perverse Sau‹ gesagt?« Sie drehte sich wieder Ray zu. »Also?«

»Er scheint nicht ganz so aufrichtig gewesen zu sein, wie es wünschenswert wäre.«

»Und jeder«, platzte Ryan dazwischen, »mit dem du sprichst, sagt, dass er ein alter Grapscher ist.«

Die Chefin ignorierte ihn. »Ray?«

»Das habe ich persönlich nicht gehört, aber Dodge beschreibt ihn als einen Jekyll-und-Hyde-Typ mit sehr unberechenbarem Temperament.«

»Eine ganz linke Ratte«, sagte Ryan. »Lockt sie zu sich rein, zieht ihnen perverses Zeug an, holt sich …«

»Ruhe. Ray? Ich habe nicht mehr viel Zeit.«

»Wir müssen noch mal mit ihm sprechen.«

»Tun Sie das. Allein. Und machen Sie es bitte vernünftig. Wie sieht es mit der Identifikation des Opfers aus?«

Sie schwiegen.

»Sie wissen immer noch nicht, wer sie ist?«

Sie schüttelten den Kopf.

»Irgendwelche Reaktionen auf das Foto, das Sie ausgehängt haben?«

Ray sagte: »Niemand, mit dem wir gesprochen haben, hat gestern Abend irgendwelche Fremden im College bemerkt.«

»Ja, toll«, unterbrach Ryan, »vier Stück waren schon mal definitiv da, nämlich die Arschblecker, und das Opfer ja nun auch, was soll also dieser Bullshit von wegen informeller Überwachung …«

Ray wollte ihn zurechtweisen, aber die Chefin sagte: »Nein, da hat er recht. Wer waren diese vier?«

»Witzbolde«, sagte Ryan. »Die Streiche spielen. Autos auf Tischen, mit lateinischen Sprüchen auf dem Dach. Arschblecken. Zukünftige Premierminister eben.«

Die Chefin beachtete ihn nicht. Sie sagte zu Ray: »Was ist mit dem Ehrengast? Seinetwegen waren sie schließlich da. Gibt es da eine Verbindung – so weit hergeholt das scheint?«

»Er ist kein Verdächtiger, er war die ganze Zeit in der Burton Suite.«

»Aber sein Gorilla nicht«, sagte Ryan. »Mit dem müssen wir auch reden. Nicht bloß mit dem Scheich.«

Ray wandte sich zornig zu ihm um, und die Chefin sagte: »Nein, er hat recht.«

»Ich kann's machen, wenn Sie möchten«, bot Ryan an.

Eine Stille trat ein, in der sie ihn beide ansahen.

»Ich komm mit allen gut aus«, sagte er hoffnungsvoll.

Die Chefin sagte: »Dafür gibt es null Komma null Beweise. Ray, Sie sprechen mit al-Medina. Er hat ein Haus in Spanien, habe ich gehört, da haben Sie schon mal etwas gemeinsam.« Sie betrachtete sie beide streng, während sie überlegte. »Sie wissen also nicht, wer sie ist, Sie wissen nicht, weshalb sie da war. Haben Sie eine Vorstellung – irgendeinen Hauch einer Vorstellung –, warum sie ermordet worden sein könnte?«

Sie schüttelten den Kopf, sahen zu Boden.

»Himmel noch mal«, sagte sie. Sie richtete ihren Blick auf Ryan. »So, jetzt zu Ihnen. Ich sollte Sie von dem Fall abziehen, aber das kann ich mir bei der jetzigen Personallage nicht leisten. Ab sofort unterstehen Sie Ray, Sie unternehmen nichts ohne Rays Zustimmung. Verstanden? Sie gehen nicht in die Nähe von Sir James und auch nicht von Scheich al-Medina. Ray? Was soll er als Nächstes tun?«

»Die Befragung von Ameena Najib aus der Küche steht noch aus.«

»Dann reden Sie mit Ameena Najib. Verstanden? Und wenn das erledigt ist, fragen Sie Ray, womit Sie weitermachen sollen.«

Ryan trat von einem Fuß auf den anderen.

»Raus.«

Er ging. Ray blieb zurück.

»Was ist noch, Ray? Ich habe keine Zeit mehr.«

»Ich finde, Sie sollten wissen, wie schwierig er ist. Ich habe buchstäblich noch nie jemanden wie ihn getroffen. Ich frage mich sogar, ob das bei ihm etwas Pathologisches sein kann, aber …«

»Dann müssen Sie damit umgehen.«

»Ich will ganz ehrlich zu Ihnen sein. Ich weiß, dass wir unterbesetzt sind, aber meiner Meinung nach muss er komplett von dem Fall abgezogen werden.«

»Ich will auch ganz ehrlich sein, Ray. Sie müssen sich zusammenreißen. Unsere Abteilung steht momentan unter enormem Druck. Da müssen Sie tun, was notwendig ist, nicht, was am bequemsten ist. Das ist eine neue Art der Prüfung für Sie.« Sie sah ihn an. »Bisher haben Sie nicht bestanden.«

Ray holte tief Luft, nickte dann sehr knapp und verließ den Raum, während die Chefin schon zum Hörer griff.

Das Büro, das sie miteinander teilten, war ein kleines Kabuff mit schmucklosen weißen Wänden und einem Schreibtisch mit zwei Stühlen, das Ganze trübe beleuchtet von Lichtpaneelen in der niedrigen Decke. Zum Gang hin war ein Fenster mit heruntergelassener Jalousie davor, an der Wand gegenüber eine mit bunten

Nadeln gespickte Karte von Oxford. An einer Seitenwand wuchsen Aktenschränke in die Höhe, an der anderen hing eine große Pinnwand, die »Crazy Wall«, derzeit leer bis auf ein einziges, schief in die Mitte geheftetes Foto. Sie strahlte etwas Funktionelles, Ungeliebtes aus.

Ryan hatte sich auf einen der Stühle gefläzt, Füße auf dem Tisch, einen nonchalanten Ausdruck im schmalen Gesicht; Ray spürte, wie seine eigenen Züge sich anspannten. Er bekam die Worte der Chefin nicht aus dem Kopf. In seinen drei Jahren bei der Thames Valley Police hatte er sich ihrer unausgesetzten Anerkennung und Ermutigung erfreuen dürfen; bei jeder Evaluierung waren seine beruflichen Fortschritte gewürdigt und sein Talent, Arbeitsethos und Urteilsvermögen hervorgehoben worden. Das war das Bild, das er von sich hatte, der Aufsteiger, der Überflieger. Bis jetzt.

»Was ist dein Problem?«, fragte er.

Ryan blinzelte zu ihm hoch. Stocherte sich in den Zähnen. »Wie?«

»Ist das irgendeine Störung bei dir?«

»Ich hab keine Ahnung, wovon du redest.«

»Von den Gründen für dein Verhalten.«

Ryan zuckte die Achseln.

Ray sah auf die Crazy Wall hinter ihm. »Was ist *das* denn?«, fragte er.

Ryan ließ seinen Stuhl herumwippen, schaute hin und grinste. »Das Foto da? Ryan junior. Der hat jetzt ein Auge auf uns. Maskottchen sozusagen.«

»Nimm das runter.«

Ryan rührte keinen Finger. Sein Gesichtsausdruck veränderte sich kaum merklich, von nonchalant zu provokant.

Ehe er recht wusste, was er tat, stand Ray an der Pinnwand, riss das Foto herunter und warf es auf den Schreibtisch. Er fühlte das Adrenalin in seinen Muskeln brennen. Sein Atem ging flach. Durch die Zähne sagte er: »Jetzt hörst du mal zu. Du solltest nicht auf diesen Fall angesetzt sein. Du solltest überhaupt nicht bei der Polizei sein. Aber jetzt, wo du mir unterstellt bist, wirst du dein Tourettesyndrom oder was immer du hast unter Kontrolle halten. – Was machst du da?«

Ryan hatte etwas in seinem Handy gelesen und stand nun auf. »So. Parkkralle ist weg, ich pack's.«

Ray starrte ihn an. »Es ist noch nicht mal sechs.«

»Ich muss Ryan bei meiner Schwester abholen.«

»Wir sind hier nicht fertig. Organisier das um.«

»Ins Bett bring immer ich ihn. Eiserne Regel.«

»Was ist mit seiner Mutter?«

Etwas Gehässiges trat in Ryans Gesicht. »Was ist mit *deiner* verfickten Mutter? Weißt du, was mich bei Typen wie dir am meisten ankotzt? Dass dich andere Leute einen Dreck interessieren. Also tu was für deine Bildung und lies das Polizeihandbuch, den Abschnitt über alleinerziehende Eltern. Kannst ihn ja in Latein übersetzen, wenn du's dann besser verstehst.«

Mit ein paar Schritten war Ray an der Tür, schloss sie und lehnte sich mit dem Rücken dagegen. Er sagte: »*Du* sagst *mir*, wie ich mich zu benehmen habe?« Er hörte seinen Atem zu laut. »Was soll das jetzt werden?«, fragte er.

Ryan fummelte an seinem Handy herum. »Nachricht von meiner Schwester. Die dritte in einer halben Stunde.« Wie zum Beweis hielt er das Telefon hoch. »Ich komm zu spät. Sie reißt mir jetzt schon den Arsch auf.« Er zog seine Trainingshose ein Stück höher und drückte sich die Basecap tiefer in die Stirn. »Also blas dich schön auf, Mann, wenn du das brauchst.« Er deutete mit dem Finger auf ihn. »Verzieh dich in deine verpisste kleine Scheißwelt, wo du der Tollste von allen bist, mit der tollsten Frau und der tollsten Bildung und dem tollsten Scheißferienhaus in Spanien, aber ich muss jetzt los, meinen Sohn abholen, bevor es noch später wird. Okay?«

Ray brannte die Sicherung durch. Er spürte es im Sekundenbruchteil, bevor es passierte, so wie man die Faust aufprallen hört, bevor der Schmerz einsetzt. Die Wut raubte ihm jede Souveränität. Er gestikulierte wild, schlug einen höhnischen Ton an. »Ich glaub's nicht. Ich glaub einfach nicht, dass du so mit mir zu sprechen wagst, du … du …«

Ryan schlenderte ganz dicht an ihn heran. »Ja? Sag's schon. Spuck's aus.«

Ray versuchte seine Atmung in den Griff zu bekommen.

»Proll!« Ryan sprach es für ihn aus. »Asi! Trailerparkgesocks! Glaubst du, das hab ich nicht zigmal gehört, von exakt solchen Typen wie dir?« Er trat noch näher und senkte die Stimme. »Ich sag dir auch mal was, Raymundo. Meinst du, ich weiß keine Beleidigungen für dich? Ein paar verdammt naheliegende sogar?«

Ray konnte ihm ansehen, welche er meinte. Ihn fröstelte. Seit Jahren hatte ihn niemand mehr mit dem N-Wort beschimpft. Sehr leise sagte er: »Pass bloß auf.«

»Studierte wie du benutzen solche Wörter nicht, was? Liberale. Aber ich benutz sie, denkst du, weil ich ungebildet bin, weil ich nicht p.c. bin. Weißt du, was du mich kannst?«

Ray stand stocksteif. Seine Stimme war mehr Krächzen als Flüstern. »Dann sag es.«

»Willst du's hören, ja?«

»Sag es.«

Ryans Augen waren klein und tückisch. Er sagte: »Wie du willst, Raymundo. Deine tolle Bildung und dein schönes grünes Ealing Broadway und der ganze andere Kack hilft dir nichts, weil du in echt nur eins bist und immer sein wirst, und du kannst einen Scheißdreck dagegen machen. Du bist nur ein ...«

»Sag es.«

»Nur ein ...«

»Sag's schon!«

Ryan ließ eine lange Pause, während der sie sich in die Augen starrten. »*Snob*«, sagte er.

Rays Augen weiteten sich. Ryan lachte. Er öffnete die Tür und trat hinaus in den Gang. »Überarbeit dich nicht«, rief er über die Schulter. »Bis morgen.«

13

Ray kam spät aus dem Büro. Er war müde, aber immer noch aufgewühlt. Zur Beruhigung schaltete er das Präludium von Bachs erster Cellosuite ein und fuhr langsam nach Hause. Auf dem großen blauen Zifferblatt der Uhr am Worcester College war es acht, als er in die Beaumont Street einbog, vorbei an den vertrauten, hell angestrahlten Bauten des historischen Oxford, den kannelierten Säulen des Ashmolean Museum, dem filigranen Spitzturm des Märtyrerdenkmals, den zinnenbewehrten Mauern des St John's College, alle tadellos instandgesetzt und besänftigend altertümlich, von dem gebrochenen Wachsgelb alter Kerzen. Er fuhr die breite Allee von St Giles hoch, durch die Banbury Road mit ihren altbackenen Villen, dann durch Summertown mit seinen trendigen Cafés und Bars, bis er endlich die Grove Street erreichte, eine schmale Straße mit würfelförmigen Reihenhäuschen, klein, aber teuer, aufgewertet durch Wanddurchbrüche, Wintergärten, ausgebaute Lofts und maßangefertigte Gartenstudios, wo er parkte, den Motor ausstellte und merkte, dass die Tröstungen Bachs völlig an ihm vorbeigegangen waren.

Er ging zur Haustür, schloss sie auf und sagte laut: »Du glaubst nicht, was für einen Tag ich hinter mir habe.«

Er saß mit seiner Frau in dem Esszimmeranbau und aß Gnocchi. Diane war eine zierliche Frau mit den klaren, gewölbten Augenbrauen eines Kindes, zarter Tänzerinnenfigur und einer wilden

Mähne. Wie Ray, den sie in Balliol kennengelernt hatte, stammte auch sie aus der Londoner Mittelschicht und hatte nigerianische Wurzeln.

Ray trug jetzt sein altes Stüssy-T-Shirt und eine Freizeithose aus aufgerauter Baumwolle; er fing langsam an sich zu entspannen. Eine Weile sprachen sie über die Ausschreitungen in Blackbird Leys, von denen Diane aus den überregionalen Nachrichten wusste. Auf den tragischen Tod eines Jungen, der in den frühen Morgenstunden unter einen Einsatzwagen gekommen war, waren Straßenproteste gefolgt, die die ganze Nacht angedauert und schwere Sachschäden verursacht hatten; die Unruhen hatten sich den ganzen Tag hingezogen und waren am Nachmittag nochmals stark eskaliert, als Beamte in Uniform von einer Gruppe Maskierter mit Molotowcocktails angegriffen worden waren; einer der Polizisten lag jetzt mit lebensbedrohlichen Verbrennungen im Krankenhaus. In vielen der Nachrichtenbeiträge war Detective Superintendent Waddington gezeigt worden, die Fragen beantwortete, ihr Bedauern über den Tod des Kindes zum Ausdruck brachte und zur Besonnenheit mahnte. Doch weder die Suspendierung dreier Beamter noch die sofortige Ankündigung eines unabhängigen Untersuchungsausschusses hatte die aufgebrachte Stimmung in den Leys beschwichtigen können, wo jetzt ganze Straßenzüge für die Polizei praktisch unbetretbar waren.

Erst dann kamen sie auf den neuen Kollegen zu sprechen.

»Und, wie ist er so?«, fragte Diane.

Ray legte sein Besteck hin, vergrub kurz das Gesicht in den Händen und stieß den Seufzer aus, den er sich die letzten drei Stunden lang verkniffen hatte.

»So schlimm?«

»Renitent. Rotzig. Unflätig. Sexistisch. Frauenfeindlich. Hyperaktiv. Unbeherrscht. In jeder Hinsicht inkorrekt. Denk dir Englandfahne, Kampfhund, ausländerfeindliche Sprüche. Und dabei labil. Tourette, könnte ich mir vorstellen, ADHS wahrscheinlich sowieso. Er ist siebenundzwanzig, sieht aus wie fünfzehn und führt sich auf wie ein Siebenjähriger. Aufgewachsen in einem Trailerpark – Hinksey Point, ich weiß nicht mal, wo das ist. Zu uns ist er strafversetzt worden, wegen groben Fehlverhaltens in Wiltshire, wo er – halt dich fest – auf den Bischof von Salisbury losgegangen ist.«

»Puh! Was macht er bei der Polizei?«

»Vielleicht der einzige Weg für ihn, nicht ins Gefängnis zu kommen – wo die meisten seiner Freunde sitzen. Er wird sich nicht halten können. Zwei Wochen, würde ich sagen, maximal drei.«

»Dann frage ich wohl lieber nicht, wie ihr miteinander auskommt.«

»Fragen kannst du.«

»Kommt ihr miteinander aus?«

»Um sechs Uhr heute im Büro dachte ich, wir würden uns an die Gurgel gehen, buchstäblich, meine ich. Und das wären wir vermutlich auch, wenn er nicht losgemusst hätte, um seinen Sohn abzuholen.«

»Er hat einen Sohn?«

Er registrierte ihren veränderten Ton und sah sie an, wachsam. »Ich mag gar nicht dran denken, wie er als Vater sein muss. Er hat sich kein bisschen im Griff.«

»Wie alt?«

»Zwei, glaube ich. Drei. Rate, wie er heißt. Ryan. Ryan, Sohn des Ryan.«

»Arbeitet seine Mutter? Warum hat sie ihn nicht abgeholt?«

»Mutter gibt es keine. Wieso, weiß ich nicht, aber sie ist auf jeden Fall weg. Im Gefängnis wahrscheinlich – oder in der Entzugsklinik. Scheint ein ziemlich wunder Punkt von ihm zu sein. Gut, aber wer weiß, was für eine Mutter sie abgegeben hätte.«

Er hielt ihr die Weinflasche hin und zögerte, als sie ihr Glas mit der Hand abdeckte.

Sie sahen sich an, und seine Augen wurden groß.

»Du liebe Güte!«, sagte er. »Daran hab ich gar nicht mehr gedacht. Es tut mir so leid. War es heute?«

Ihr kleines Gesicht spannte sich an; sein Herz zog sich zusammen, als er es sah.

»Macht nichts«, sagte sie.

»Es war heute, oder? Wie war es?«

Mit einer kurzen, resignierten Handbewegung schüttelte sie den Kopf.

Er ging um den Tisch herum und nahm sie in die Arme. »Es tut mir so leid. Es tut mir so unsagbar leid.«

»Nicht so schlimm«, sagte sie und brach in Tränen aus.

Er hielt sie im Arm, wiegte sie, stellte Fragen. Was hatte der Arzt gesagt? Warum hatte sich der Embryo nicht eingenistet? Was war das Problem gewesen?

»Dir tut es leid? *Mir* tut es leid«, sagte sie. »Aber weißt du, ich denke einfach jedes Mal, wenn es schiefgeht, dass es nie klappen wird.«

Er zog sie fester an sich. »Hör mir zu, Babe. Wir geben nicht auf. Wir kriegen das hin. Wir schaffen das, du und ich.«

Sie lächelte, nickte, wischte sich über die Augen. »Ich muss nur immer an Zack denken«, flüsterte sie.

»Denk nicht an Zack.«

»Ich versuch's«, sagte sie, während sie an ihn dachte.

Auch Ray dachte an ihn – ihren zwei Monate alten Sohn, der eines Morgens vor drei Jahren nicht mehr aufgewacht war. »Krippentod« ist kein sehr gebräuchliches Wort mehr, SIDS lautet heute die gängige medizinische Bezeichnung, aber es war das Bettchen, an das sie beide denken mussten, das flache kleine, weiß ausgekleidete Oval in seinem Gitter aus schlanken Holzstäben und darüber die handbemalten Sterne und Wolken des Musikmobiles, die ihre Pavane über Zacks winzigem Gesichtchen tanzten, diesem Gesichtchen, eingekrumpelt wie ein junges Blatt, während er schlief und immer weiter schlief.

Diane wischte sich die Augen mit dem Ärmel ihrer Strickjacke. »Ach, was soll's«, sagte sie, »mach mein Glas ruhig voll.«

Und er schenkte ihr von dem Pinot Grigio ein und setzte sich wieder.

Fünf Meilen entfernt schlief derweil in einem unbeleuchteten, stillen Haus in Bayworth ein Kind sanft atmend unter einer Bettdecke mit Treckermuster, während sein Vater nebenan durch das vorhanglose Fenster auf das dunkle Feld gegenüber blickte und sich den Kopf mit Ravemusik aus den Neunzigern volldröhnte, die aus seinen Kopfhörern stampfte wie Maschinenlärm in einer Fabrik. Auf seinem Gesicht lag ein breites Lächeln.

Er dachte daran, wie er seinen Sohn vorhin bei seiner Schwester abgeholt hatte. Wie der Kleine quer durchs Zimmer auf ihn zugestapft war, das blonde Haar zerzaust, die Backen tiefrot, wie er mit den Händchen seinem Vater sacht am Gesicht herumgekrabbelt hatte und sofort tiefernst zu reden anfing: »Daddy, ich hab heut einen Tunnel gesehen. Daddy, wie viel Kacka gibt es auf der ganzen Welt? So viel, dass das ganze Bad voll wird? Dass England damit voll wird?« Während er dabei in einem fort sanft an den Ohren seines Vaters herumzupfte, mit einem Staunen, als hätte er sie eben erst entdeckt.

Ryans Schwester war weniger gut aufgelegt gewesen. Sie hatte ihn in die Küche gedrängt.

»Du kriegst auch gar nichts auf die Reihe, oder? Ich müsste seit einer Stunde beim Co-op sein.«

»Ist ja gut, ist ja gut, reg dich ab. War schließlich mein erster Tag und so.«

»Du hast's aber nicht schon wieder versiebt, so wie letztes Mal?«

»Nee. Bloß dieser Typ, mit dem ich zusammenarbeite …«

»Was für ein Typ?«

»So ein Typ halt. Egal. Er ist schon in Ordnung. Bisschen sehr von sich überzeugt.«

»Ich hatte einen Tag, das willst du gar nicht wissen.« Das stimmte, aber sie redete trotzdem weiter. »Mylee hat mit Darrens altem Computer rumgedaddelt, und rate, was da plötzlich aufpoppt? Pornos, kein Witz!«

Ryans Gedanken waren bei seinem Sohn. »Echt?«, sagte er geistesabwesend. »Taugen sie was?«

»Taugen sie was? Ich rede von Pornos, Ryan. Krankenschwestern, die Ärzten einen runterholen, Stewardessen, die den Passagieren in der Businessclass einen blasen. Seit wann fragt da wer, ob die was taugen? Mylee ist drei, Himmel noch mal! Wie fändest du's, wenn Ry so was sehen würde? Wie fändest du das?«

»Okay, okay, hast ja recht.«

Er wollte gehen, aber seine Schwester war noch nicht fertig.

»Warst du da und hast nach ihr geschaut, wie du gesagt hast?«

»Wann denn? Wie hätt ich das noch hinkriegen sollen?«

»Ich hab dir heute früh gesagt, du musst hin, nach ihr schauen. Er schlägt sie wieder, ich weiß es. Am Telefon sagt sie ja nichts, aber ich weiß es einfach.«

Er schaute skeptisch. »Ich weiß nicht. Ruf lieber den Sozialarbeiter an.«

»Du weißt genau, dass das nichts bringt. Die schalten nur die Polizei ein, und dann werden sie wahrscheinlich rausgesetzt. Denk doch an letztes Mal! Nein, du musst selber hin und nach ihr sehen.«

Er wollte nur raus aus dem Gespräch. »Ja, ist gut, ich geh morgen.«

»Das hast du gestern auch schon gesagt.«

»Morgen. Ich schwör's, okay? Pfadfinderehre.«

Jetzt stand er am Fenster und überließ sich der Musik, nickend, breit lächelnd. In Gedanken wieder bei Ry. Sie hatten ein Ritual beim Schlafengehen. Eine Flasche warme Milch und ein Schwatz, dann die Gutenachtgeschichte. Beide auf dem Rücken liegend, Seite an Seite auf Rys kleinem Bett.

»Daddy?«

»Mmm?«

»Die Haare von Haylees Mama sind gelb.«

»Okay.«

»Was für Haare hat meine Mama, Daddy?«

»Eher so braun, würde ich sagen.«

»Sie ist hübsch, oder, meine Mama?«

»Ja, klar. Wie ich's dir gesagt hab. Haare wie … ja, braun eben. So, jetzt erzähl mal, wie war's heute bei dir?«

Und er lag da und hörte sich alles an, eine ganze Welt der Unterhaltungen, die ihm da getreulich im Wortlaut wiedergegeben wurden.

»Und bei dir, Daddy?«

»Ziemlich beschissen, wenn du's genau wissen willst, aber danke der Nachfrage.«

»Tante Jade sagt, ›beschissen‹ darf man nicht sagen.«

»Auch wieder wahr. Soll ich dir jetzt vorlesen?«

»Sind wir schon fertig mit Unterhalten?«

»Ich glaub schon.«

»Was *ist* überhaupt eine Unterhaltung?«

»Weißt du was, ich hol jetzt das Buch.«

»Na gut, Daddy, gewonnen.«

Er lag auf dem Rücken, das aufgeschlagene Buch übers Gesicht gehalten, während Ryan junior neben ihm nuckelte, sein Fläschchen zur Decke gereckt, und fing zu lesen an.

»Vor langer Zeit waren einmal eine Maus und ein Maulwurf, die waren die besten Freunde …«

Ryan junior schlief jedes Mal ein, bevor die Geschichte aus war, und manchmal las Ryan einfach laut weiter, um es nicht so schnell enden zu lassen.

Aber jetzt stand er allein in der dunklen Stille und lauschte der Musik aus seinen Kopfhörern. Im Geist ließ er den vergangenen Tag an sich vorbeiziehen, rief sich die Menschen ins Gedächtnis, die Gespräche, die Gesten und Mienen: den Provost mit seinen gespitzten Wulstlippen, dessen wässerige Augen vorsichtig zu seiner Frau hinüberschielten; die Provostsgattin mit ihrer gemessenen Ruhe, hinter der so viel unterdrückte Wut zu ahnen war; Claire, die blonde Quästorin, ihr Haar so fein, so glatt, eine Welle, die gegen ihre Halsbeuge schwang; Leonard Gamp, den Mund fest geschlossenen über seinem Restchen Würde, wie ein alter Hund mit einem Knochen. Ray, Raymond, noch so ein Schnösel aus der Welt des Geldes und der gehobenen Art. Und das schöne Mordopfer mit dem zornigen Blick, der zu sagen schien: Was zum Henker glotzt ihr hier so? Was zum Henker habt ihr jetzt vor? Ihre Zunge dunkel, dick wie ein Steak, ihr Gesicht gelb und blau, ihr ganzer Sexappeal ins Hässliche verkehrt.

Ein totes Mädchen, nichts sonst. Nicht mal eine Identität hatte sie. Wieder spürte er das hilflose Mitleid in sich aufschießen, spürte das Stechen von Tränen hinter seinen Augen. Aber er fing es ein, stoppte es, wandelte es um in Wut. Jemand hatte sie umgebracht und sie dann liegen lassen, einfach so. Und ohne Vorwarnung spürte er wieder die große Hand seines Vaters, die sich um seinen Hals schloss, ihn vom Boden hochhob, spürte wie einen Stromstoß die Panik, als ihm die Luft wegblieb und die Augäpfel schmatzend aus ihren Höhlen traten. Einen Sekundenbruchteil hörte er Ashley Turners Stimme – »Was macht Shel?« –, bevor er es alles wegschob, so weit er nur konnte, weg von sich, weg von dem nebenan schlafenden Ryan junior, hinaus in das Dunkel der Felder draußen.

Er atmete tief durch.

Dass er ein Aggressionsproblem hatte, wusste er selber; dazu hätte es nicht das Gutachten der Polizeipsychologin in Salisbury gebraucht. Der rote Nebel senkte sich über ihn, und dann war es, als würde ein Geräusch einen blanken Nerv treffen – das Pfeifen eines Kessels, das Plärren eines Kindes –, und die Wut explodierte in ihm, wurde zu einem Teil seines Körpers wie Muskeln und Blut.

Er leerte seinen Kopf und überließ sich der Musik. Musik half. Er spürte den Beat in seinem Körper. Langsam begann er sich zu bewegen. Er machte einen Schritt, noch einen, ließ die Schultern kreisen; er hob die Arme, schwang sie in die Luft; er warf sich herum, zuckend, in immer höherem Tempo, schnellte zwischendurch in die Höhe, tanzte weiter. Durch Tunnel aus Lärm tauchte er hinab in seine Mitte, wo er denken konnte.

Er dachte an drei Türen. Zum Torhaus. Zur Kapelle. Zur Bibliothek. Türen mit Geheimnissen dahinter.

Was für Geheimnisse?

Sie wusste es. Die hässlich-schöne Tote mit dem Gesicht voller Rage. Wenn sein Gefühl stimmte, dann war sie hinter all diesen Türen gewesen.

Aber wozu? Was hatte sie dort gemacht?

Die Musik pulste in ihm, während er in dem nächtlichen Haus seine Zuckungen vollführte, sich durch ihre Tunnel hinabtanzte zu den Antworten auf seine Fragen.

Zur selben Zeit saß in der Stadt, in ihrer Collegeunterkunft an der Abingdon Road, Ameena Najib im Schneidersitz auf ihrem Bett, ihren Laptop vor sich, und scrollte auf einer Website, die regelmäßig von den staatlichen Terrorismusabwehrbehörden überprüft wurde, durch die Bilder des vom Krieg verheerten Kafr Jamal. Graue, halb eingestürzte Häuser, ihre Mauern zerfressen wie durchweichtes Pappmaché; graue Abfälle, zu Haufen geweht; staubig grau alles, als wäre nicht nur das Leben, sondern jegliche Farbe verloren gegangen. Eine Welt aus totem Grau. Beim Scrollen sprach sie in schnellem Arabisch in ihr Handy. »Wir müssen uns treffen, müssen reden. Wenn es sicher ist. *Faealt ma kan adl.* Ich habe getan, was recht ist.« So leise sie redete, war ihr Tonfall doch trotzig. »*Allah, taealaa, yudammar 'aedayah.* Allah, gepriesen sei er, zerstört seine Feinde. Mögen sie auch ihre Hände schon für neue Sünden bereit machen.« Obwohl sie allein war, wurde sie noch leiser. »*Fasid.* Ja, ein Schänder ... Nein«, sagte sie, noch immer flüsternd, »niemand hat mich gesehen.«

Kurz erinnerte sie sich an Jason Birch, aber sie schob den Gedanken weg.

»Manchmal«, sagte sie heftig, »glaube ich, Gott will, dass wir die Vergeltung selbst in die Hand nehmen ... *Warum?*« Verachtung klang aus ihrer Stimme. »Weil uns hier keine Gerechtigkeit widerfährt.«

Sie legte das Handy weg und scrollte weiter durch die Bilder. Zerschossene Autos, ausgebrannte Schulbusse, bruchgelandet in einer Wüste aus Staub. Einmal hatten in dieser Gegend Menschen gelebt. Jetzt war sie so leer wie der Mond. Ein toter Ort, ein Ort der Toten.

Unvermittelt überfiel sie die Erinnerung an jene andere Zeit: ihre lange Reise fort von den Bomben. Sie sah wieder den Kasten aus grauem Metall, in dem sie all diese Monate gehaust hatten;

roch den Diesel, die Abfälle, die Exkremente; sah Anushkas gelbliches Gesicht, ihre Augen, die zu ihr hochstarrten, erschrocken wie die Augen eines Kaninchens, während sie ihr den Schaum aus dem Mund zu wischen versuchte; hörte wieder die Schritte der Männer, die in der Nacht kamen: Nacht für Nacht kamen sie, mit ihren Stiefeln und baumelnden Gürtelschnallen, die Hosen schon um die Knöchel.

Während nebenan die ahnungslose Ashley Turner schnarchte, wandte Ameena ihre Gedanken mit einer Kraftanstrengung höheren Dingen zu, der Trauer um die Verlorenen und der Sühne, die den Schuldigen abverlangt werden würde, und hörte nicht auf zu scrollen, bis sie endlich weinen konnte.

14

Der nächste Morgen war trüb, spiegelnd vor Nässe, und Leonard Gamp fröstelte, während er durchs Fenster seiner Loge verstohlen diesen Proleten beobachtete, der in der Südwestecke des New Court mit der Quästorin redete. Er sah ihn herumgestikulieren, sah die Quästorin lachen und empfand wie auch gestern schon, wie grundfalsch es war, dass dieser Mann Polizeibeamter sein sollte: ein Schlag ins Gesicht für Veteranen wie ihn selbst, und grob fahrlässig obendrein – als hätte man einen Kriminellen in die Uniform gesteckt oder, sträflicher noch, einen Linken.

Hastig verbot er sich derlei Gedanken (er hatte abergläubische Vorstellungen von der Einsehbarkeit menschlicher Hirne) und setzte eine untadelige, aber steinerne Miene auf, als Ryan an das Fenster der Pförtnerloge trat und scharf an die Scheibe klopfte.

»Ameena Najib. Die soll heute krank sein. Ich brauch die Adresse.«

Ohne ein Wort der Erwiderung ging Leonard zu einem Aktenschrank an der Rückwand der Loge, entnahm ihm eine Karteikarte, setzte sich mit dem Rücken zu Ryan hin und begann, die Adresse an der Abingdon Road auf einen Zettel zu schreiben.

Neuerliches Klopfen. »Sie können sie mir einfach sagen!«

Nachdem der Prolet mit seinem Adresszettel abgezogen war, wartete Leonard, bis er den Torbogen erreicht hatte, bevor er seinerseits an die Scheibe klopfte und mit kindischer Befriedigung zusah, wie das Bürschchen stehen blieb und zu ihm zurückkam.

»Ja?«

Leonard hielt das Kuvert hoch, das über Nacht hinterlegt worden war.

»Was? Für mich?«

»Für Ihren Vorgesetzten«, sagte Leonard voller Genugtuung, als er es aushändigte, ein schlichtes braunes A4-Kuvert mit der Aufschrift *z. Hd. d. Ermittlungsleiters*, und beugte sich gleich darauf, wie um Ryan schnellstmöglich nicht nur aus seinem Blick, sondern auch aus seinen Gedanken zu verbannen, übertrieben tief über sein Pult.

Ryan riss das Kuvert auf. Zum Vorschein kam ein einzelnes Blatt Papier, auf dem in sehr blasser Computerschrift zwei Worte gedruckt standen: *Chiara Belotti*.

Ray saß in seinem Wagen vor der Einfahrt zu al-Medinas Haus in Buckinghamshire, als der Anruf kam. Seine Unterhaltung mit dem Scheich war durch einen Besucher aus den Vereinigten Arabischen Emiraten unterbrochen worden, und er wartete darauf, sie fortzusetzen.

»Wilkins.«

»Äh, hier auch. Du, ich hab hier was. Anonymes Schreiben.«

Ray hörte zu.

»Könnte das Mordopfer sein«, sagte Ryan. »Ausländerin, wie ich's gesagt hab. Irgend so eine Jungakademikerin, schätze ich – auf den Typ steht er ja.«

»Warum hat sie dann niemand als vermisst gemeldet?«

»Keine Ahnung. Weil sie im Urlaub ist, weil sie krankgeschrieben ist, weiß der Geier, was. Irgendwo hakt's doch immer. Aber dieser Brief – ich glaub, irgendwer im College weiß, wer sie ist. Jemand hat den alten Fummelfritzen so ein bisschen im Blick. Guckt bisschen, was er so treibt in seiner Studierstube …«

Ray unterbrach ihn, bevor er sich weiter in Fahrt reden konnte. »Geh zu Nadim in der IT-Aufklärung«, sagte er. »Zieh keine voreiligen Schlüsse. Und ich will nicht, dass du mit irgendwem sonst im College sprichst. Am allerwenigsten mit Sir James, ist das klar? Unter gar keinen Umständen. Haben wir uns verstanden?«

»Ja, Mum.«

»Was ist mit Ameena Najib?«

»Zu der will ich gerade. Sie ist krank. Oder spielt krank, keine Ahnung. Ich hol mir ihre Akte bei Nadim und geh zu ihr. Und selbst? Wie läuft's mit dem alten Raffzahn?«

»Hör mal«, sagte Ray, »*musst* du allen so blöde Namen geben?«

»Schon. Erinnert mich dran, was für Typen das sind.«

Mit einem Seufzer informierte Ray ihn, dass sein Gespräch mit dem Scheich gerade auf Eis lag. »Aber er ist sowieso völlig fixiert auf Ameena. Er ist davon überzeugt, dass sie einer schiitischen Terrororganisation angehört; er hat mir drei oder vier verschiedene Gruppierungen genannt, gegen die wir ermitteln sollen. Seiner Meinung nach war der Streich vorgestern nicht nur als Demütigung gedacht, sondern als Warnung, und sie war diejenige, die ihn identifiziert hat – die vorgeschickt wurde, um seine Identität zu bestätigen und seine Schritte zu überwachen. Er glaubt, dass sie ihm an den Kragen wollen. Beim nächsten Mal dann Ermordung.«

»Okay. Und was glaubst du?«

»Ein bisschen paranoid klingt es schon. Aber vielleicht war sie ja tatsächlich an der Sache beteiligt.«

»Er hat ihr seinen Gorilla hinterhergeschickt, wusstest du das? Das hat mir Ashley erzählt.«

»Ja, er sagt das auch.«

»Hast du mit dem Typen geredet?«

»Ich hab ihn nicht gesehen. So richtig gut scheint mir der Scheich derzeit nicht auf ihn zu sprechen.«

»Interessant. Ashley fand ihn auch ziemlich unbrauchbar. Okay, dann schaue ich mal, was ich aus Ameena Najib rauskriegen kann. Geb ihr ein bisschen Zunder.«

Eine Pause trat ein. Dann sagte Ray: »Wie viel weißt du über den syrischen Bürgerkrieg?«

Ein Seufzer. »Spielen wir jetzt Schule, oder was?«

»Angeblich soll al-Medina in einige der sektiererischen Übergriffe dort involviert sein. Er ist Sunnit, Ameena Najib Schiitin. Das steht in ihrer Akte.«

»Der Musterschüler wieder!«

»Kennst du den Unterschied zwischen den beiden?«

»Woher soll ich den kennen?«

»Eben. Wenn du mit Ameena sprichst, lehn dich also bitte nicht zu weit aus dem Fenster, verkneif's dir, ihr ›Zunder zu geben‹, weil es Dinge gibt, die du nicht weißt, die aber andere Menschen sehr, sehr wichtig nehmen. Es ist kontraproduktiv, Leuten unnötig auf den Schlips zu treten. Nein«, sagte er, als Ryan etwas erwidern wollte, »wende dich an Nadim, um etwas über diese Chiara Belotti rauszukriegen. Und sonst machst du *nichts*, ohne dich mit mir abzustimmen.«

Er stieg aus dem Auto, stand da in seinem gesprenkelten Slimfit-Wollblazer und der leichten dunkelblauen Wollhose, spürte die feuchte Luft auf seinem Gesicht und sah hinaus in den Park, während er ruhiger zu werden versuchte. Ryan war ein Störfaktor, ein unerwarteter Platscher in seinem Fahrwasser, der ihm ins Gesicht spritzte und mit seinen Wellen alles ins Schwanken brachte. Er dachte an Dianes Kopfkissen, das heute Morgen, als er das Bett gemacht hatte, feucht gewesen war, an den ungewohnten Unterton von Enttäuschung in der Stimme der Chefin. Tief ein- und ausatmend betrachtete er das wohlkomponierte Zusammenspiel von sanften Grashängen und kleinen Gehölzen, und allmählich klärten sich die Dinge in seinem Kopf. Das oberste Gebot war nun Selbstbeherrschung. Ryan war eine Zeitbombe, die ganz von allein hochgehen würde; Ray musste nur sicherstellen, dass er selbst nicht von der Druckwelle erfasst wurde. Das zweitwichtigste Gebot, um nichts weniger dringend, waren konkrete Ermittlungsergebnisse. Er vertat zu viel Zeit damit, Kindermädchen für Ryan zu spielen. Er brauchte eigene Ideen.

Eine Spur besser fühlte er sich schon. Disziplin war schließlich eine seiner ganz großen Stärken. Er musste sich einfach mehr auf die Fakten konzentrieren. Er knöpfte seinen Blazer auf und fand endlich zu einer entspannteren Art der Fokussiertheit, in der er die einzelnen Details des Falls durchging, mögliche Verbindungen zwischen der Küchenhilfe und dem Scheich, zwischen der Toten und dem Provost eines Oxforder Colleges auf ihre Belastbarkeit überprüfte – geduldig neben seinem Wagen stehend und auf die englische Parklandschaft hinausblickend, die al-Medinas Herrensitz umgab.

Jason Birch, der um den Old Court eilte, über der Schulter eine Umhängetasche, deren Reißverschluss er im Gehen zuzog, hatte schon fast das Tor erreicht, als er den komischen Bullen von gestern hereinkommen sah, und schaffte es gerade noch, hinter eine Säule zu hechten. Vorsichtig spähte er hinter der Rundung hervor und sah den Bullen etwas in einen Umschlag zurückstecken und dann an das Fenster der Pförtnerloge schlagen, bis Leonard Gamp misstrauisch die Scheibe zurückschob.

»Der Provost da?«, hörte er den Bullen fragen.

»Bis heute Nachmittag.«

»Und dann?«

»Fliegt er nach Oslo, soweit ich weiß, zu einer Tagung.«

»Wann genau?«

»Das Taxi ist für vierzehn Uhr bestellt.«

Darauf sagte der Bulle nichts mehr, sondern drehte sich um und schlenderte zum Tor hinaus, zurück auf die Straße. Jason wartete sicherheitshalber, dann machte er, dass er ebenfalls hinauskam. Gamp, der am offenen Fenster stehen geblieben war, als müsse er weitere Störenfriede abwehren, rief ihm etwas nach, aber er hielt nicht an. Die Luft war rein, und er schleppte seine Tasche die Merton Street entlang, so schnell er nur konnte.

Zu Jasons Glück fuhr Ryan in die andere Richtung, über den Oriel Square auf die High Street, sein Peugeot 306 laut rasselnd wie immer.

»Scheißkarre«, murmelte er.

Beim Fahren googelte er mit seinem Handy »Chiara Belotti«, fand aber nichts außer den Twitter- und Instagram-Accounts schmollmündiger italienischer Teenager, sodass er rasch wieder aufgab und sich doch lieber auf den Verkehr konzentrierte.

Vor dem Revier hatte eine Horde von Pressetypen ihr Lager aufgeschlagen, die Floyds Row war völlig zugeparkt mit Ü-Wagen. Kurz zuvor hatte sich eine Gruppe zu Wort gemeldet, die sich selbst »Defenders of the Leys« nannte und ankündigte, mit jedem Polizisten, der auf ihrem Gebiet angetroffen wurde, »so umzugehen wie ihr mit uns«, weshalb Blackbird Leys nun großräumig abgeriegelt war, mit Straßensperren und Sicherungskräften vor Ort. Die Chefin hatte den Morgen damit verbracht, mit einer Anwohnerinitiative über einen Versammlungsort für eine öffentliche Aussprache zu verhandeln. Zudem war Weisung an alle Beamten ergangen, das Areal keinesfalls in Gruppen von weniger als sechs Mann zu betreten, und auch das nur mit ausdrücklicher Genehmigung der Chefin sowie mit der entsprechenden Ausrüstung.

Ryan passierte die Sicherheitsschleuse und suchte sich durch das Gewirr seinen Weg zu Nadim Khan in der IT-Aufklärung.

Sie sah ihn zum ersten Mal, aber sie lächelte gleich, als sie aufschaute.

»Hallo, Ryan.«

»Wow. Gute Ermittlungsarbeit. Du könntest glatt bei der Polizei arbeiten.«

»Dein Foto ist gerade auf der Website eingestellt worden.«

»Echt? Wie seh ich aus?« Sie drehte ihren Bildschirm zu ihm um, und er bückte sich, um besser sehen zu können. »Meine Nase kommt ein bisschen groß rüber.«

»Die Nase ist völlig in Ordnung.«

»Findest du? Das sagst du nicht bloß, um mich zu trösten?«

»Die Ohren sind das Problem, Ryan.«

»Was stimmt denn mit meinen Ohren nicht?«

»Die sind schief.«

Er bedeckte sie instinktiv mit den Händen. »Das wusste ich gar nicht. Das hat mir noch nie einer gesagt.«

»Dann solltest du dir bessere Freunde zulegen.«

»Oder bessere Ohren.«

Nadim sagte: »Du wolltest die Akte von Ameena Najib? Hier.«

Er setzte sich auf ihre Schreibtischkante und fing an zu blättern. »Moment – sie steht unter Beobachtung? Kontakte zu … Mann, das kann ja kein Mensch aussprechen.«

»Kata'ib Hezbollah und Asa'ib Ahl al-Haq.«

»'kay« – er blinzelte auf den Bericht –, »wenn du das sagst.«

»Schiitische Miliz.«

Er nickte, las weiter. »Vor zwei Jahren aus Syrien geflüchtet. Wie lang unterwegs – sechs Monate? Türkei, Griechenland, Serbien … Mannomann.« Er hielt inne, blätterte vor und zurück. »Das kapier ich nicht. Sie ist seit über einem Jahr in England, steht hier, aber sie hat erst vor einem halben Jahr Asyl beantragt. Was hat sie in der Zwischenzeit gemacht?«

»Das fragst du sie am besten selbst.«

»Mach ich.« Er rutschte von der Schreibtischkante. »Ah, ich hab noch was für dich.« Er gab ihr den Zettel mit dem Namen *Chiara Belotti* und fing an zu erklären. »Ray, Ray Wilkins – das ist der Typ, mit dem ich …«

»Ich weiß, wer Ray ist, Ryan, er ist ein guter Freund von mir.«

»Ah, okay.«

Er brachte sein Anliegen vor, sie versprach, sich darum zu kümmern, und er nickte.

»Nachwuchswissenschaftlerin, irgendwas in der Art, tippe ich.«

»Okay. Ich ruf dich an, wenn ich was für dich habe.«

»Danke.«

»Und solange«, sie sah ihn an, »pass ein bisschen auf Ray auf, ja? Er ist echt ein Netter.«

Dazu sagte er nichts, ging nur auf den Gang hinaus und zurück zum Auto.

15

Die Collegeunterkunft war ein hoher viktorianischer Bau an der viel befahrenen Abingdon Road, kurz hinter der Folly Bridge: rissige Fensterbretter, aus denen kleine Mooskissen sprossen, das Mauerwerk fleckig wie eine Metzgersschürze. Man betrat das Haus über die Western Road, durch einen engen Hof, in dem es nach Abfällen roch, und in diesem Hof blieb Ryan ein paar Sekunden stehen, grübelnd, und blickte an der Wand vor ihm mit ihrem Gewirr von Außenrohren hoch.

Die Colleges besaßen Immobilien in der ganzen Stadt, neugebaute Tagungszentren und Institute, alte Gebäude, die kostengünstig in Unterkünfte für Personal oder Gastdozenten umgewandelt worden waren. Vielleicht war Chiara Belotti mit einem Stipendium von einer ausländischen Universität gekommen, vielleicht hatte sie in einem Haus wie diesem gewohnt, irgendwo an der Abingdon Road oder in einem der kopfsteingepflasterten Gässchen rund um Barnabas Hall.

Die Haustür ging auf, und zwei junge Männer kamen heraus. Bei seinem Anblick stockten sie. Alle drei starrten sich an. Die beiden sahen nahöstlich aus, groß und stämmig, mit schwarzen Lederjacken und Bandanas. Sie überragten Ryan deutlich. Der eine schielte leicht; er sagte etwas arabisch Klingendes zu seinem Begleiter, der mit einem Schnauben antwortete, während sie Ryan nicht aus den Augen ließen. Er zog seine Marke und schwenkte sie in ihre Richtung. »Na, wen besucht?«

Sie zögerten keine Sekunde, sondern schoben sich an ihm vorbei wie an einem Kind und waren im nächsten Moment außer Sicht; er hörte sie noch miteinander reden, während sie draußen die Straße entlanggingen.

Mit einem gemurmelten Fluch drückte er den Türöffner. Aber interessant, dachte er.

Ameena Najib, in blassblauem Hidschab und knielanger schwarzer Bluse über ihrer grauen Jeans, saß auf einem durchgesessenen Sessel im Gemeinschaftsraum, die Hände zwischen die Knie geklemmt, und sah durch ihn hindurch, während er ihr die zwei Männer beschrieb, die er vor dem Haus getroffen hatte.

»Freunde von Ihnen?«

Einen kleinen, wirklich winzigen Moment zögerte sie. »Nein. Ich habe niemand gesehen.«

»Ich dachte, die könnten gut so Dschihadis sein. Kumpel von Ihnen aus diesen Gruppen, mit denen Sie abhängen, Assa ... Assa Al ... Moment.« Er schlug den Ordner auf. »Asa'ib Ahl a-Haq. Oder« – er kapitulierte – »oder diese andere.«

»Nein.«

»Und die Typen, die dem Scheich ihre Ärsche hingestreckt haben, sind das auch nicht?«

»Ich weiß nicht, was Sie sagen.«

»Irgendwie haben Sie ihm jedenfalls Angst gemacht. Richtig gebibbert hat er wegen Ihnen, hieß es. Ihnen sogar seinen Leibwächter hinterhergeschickt.«

Sie betrachtete ihn ohne Interesse. Ihre Nase war scharf und gebogen, ihre Augen ein tiefes, glänzendes Braun. Ihre Haare, nur zu ahnen unter dem Rand des Kopftuchs, waren ebenfalls braun, genauso dunkel wie die des getöteten Mädchens. Ihre herabgezogenen Mundwinkel drückten Verbitterung aus. Ihre Stimme war schroff, ihre ganze Art abweisend. Aber ihre Hände zwischen den Knien zitterten. Ganz schwach nur, aber er merkte es doch. Sie sagte, nicht ohne Bitterkeit: »Ich bin nur Küchenhilfe. Ich habe ihm Drink serviert, das ist alles. Allah wird über ihn richten«, fügte sie hinzu, »nicht ich.«

Ryan hielt ihr ein Foto hin. »Kennen Sie die?«

Ameena ließ das Bild auf den Tisch fallen. »Nein. Ist sie die Person, die gestorben ist?«

Ryan erwiderte nichts. Ihre Gleichgültigkeit war wie einstudiert, fast zu perfekt.

Mit einem Blick auf ihre Uhr sagte sie: »Ich habe nicht Zeit zum Reden heute, meine Arbeit fängt bald an.«

»Ich denke, Sie haben sich krankgemeldet?«

»Ich komme spät heute, weil ich meine Uniform suche. Sie ist weg.«

»Sie verlieren oft Sachen, hab ich gehört.«

»Jemand hat sie genommen. In England, sie spielen gern Spiele. Sachen raus aus mein Spind, Sachen rein in mein Spind. Es ist sehr lustig.« Unverändert desinteressiert sah sie ihn an, ihre Augen ausdruckslos unter den schweren Lidern.

»Haben Sie vorgestern auch einen Schlüssel verloren?«

»Nein.«

»Sie mussten zum Provost, einen Sack Kleider abholen.«

»Habe ich keine Schlüssel gebraucht. Sie hat mir gesagt, Türe ist offen.«

»Und war sie offen?«

»Ja. Natürlich.«

»Und Sie haben den Sack mitgenommen?«

»Ja.«

»Wie spät war's da?«

Sie dachte kurz nach, zögerte. »Kurz nach acht Uhr«, sagte sie schließlich. »Meine Schicht war zu Ende. Fragen Sie Jason Birch, er war da, als ich hingegangen bin.«

»Haben Sie irgendwas gehört, als Sie beim Haus waren? Oder was Ungewöhnliches gesehen?«

»Nein.«

»Haben Sie hinter sich zugesperrt?«

»Wie? Ich hatte keine Schlüssel. Ich weiß nicht«, sagte sie, »warum Sie reden zu mir von Schlüsseln.«

»Haben Sie irgendwann vorher im College Schlüssel verloren?«

Wieder zögerte sie. Drückte die Schultern durch. »Ja«, sagte sie. »Einmal vorher ist es passiert. Aber ich habe sie gefunden, sehr bald. Claire weiß es, sie war bei mir.« Sie warf einen Blick auf das Bild auf dem Tisch. »Möge Allahs Strafe über die Schuldigen kommen. Aber ich kenne die Frau nicht, ich kann nicht helfen. Jetzt muss ich gehen.«

Mehrere Sekunden fixierten sie einander. Er wollte den Blick schon abwenden, als ihrer zur Seite glitt.

»Es gibt eine Lücke in Ihrer Akte«, sagte er, ohne sie aus den Augen zu lassen. »Zehn Monate zwischen Ihrer Ankunft in England und Ihrem Asylantrag. Hier steht nicht, was Sie in der Zeit gemacht haben.«

Sie sagte nichts.

»Hab mich bloß gefragt«, sagte er. Er schaute ebenfalls nach der Seite und sah, worauf sie geblickt hatte: ihren Laptop, der auf einem Sofa lag.

Sie schwieg immer noch.

»Sie mögen uns nicht sehr, kann das sein?«

»Die Engländer?« Sie zuckte die Achseln. »Alle verschieden, manche langsam, manche dumm, andere nicht so. Ich glaube nicht, dass sie sehr viel von der Welt wissen.«

»Aber Sie schon? Haben Sie deshalb so eine Wut?«

Sie antwortete nicht. Ihr Blick wich seinem nicht aus.

Er ließ nicht locker. »Und Angst haben Sie. So was seh ich.«

»Ich habe keine Angst.«

»Da sagt Jason Birch was anderes. Der Scheich hat Sie irgendwie erschreckt, meinte er.«

Jetzt hatte er offenbar einen Nerv getroffen. Sie stand auf. »Jason Birch! Denken Sie, Jason Birch weiß so viel? Irgendetwas? Nein. Und jetzt gehe ich.«

»Ich bin mit meinen Fragen noch nicht durch.«

»Dann kommen Sie wieder, wenn Sie meinen Anwalt dabeihaben. Ja«, sagte sie, »ich kenne die Rechte, die ich habe. Ich habe Jura studiert. Sie sind nicht mit Fragen fertig? Aber ich bin fertig mit Antworten.«

Mit unbewegtem Gesicht sah sie ihn an, ganz offenkundig entschlossen, kein Wort mehr zu sagen, und ehe er etwas erwidern konnte, ging auf seinem Handy eine Nachricht ein. Sie war von Nadim: *Hab was für dich. Komm schnell.*

»Also gut«, sagte er und stand ebenfalls auf. »Ich meld mich.«

Ihr Schweigen stellte klar, dass sie der Ankündigung keinerlei Bedeutung beimaß.

Nadim war im Aufbruch, als er ankam. Sie sollte die Chefin zu der Aussprache in Blackbird Leys begleiten und packte im Reden ihre Sachen zusammen.

»Ich muss weg, Ryan, sorry. Erst die gute Nachricht oder die schlechte?«

»Ich mag lieber gute.«

»Ich habe einen interessanten Treffer für Chiara Belotti.«

Sein Gesicht leuchtete auf. »Ja?«

»Auswärtige Forschungsstipendiatin in Barnabas Hall, vor drei Jahren. Physische Geografie. Taugt das was?«

»Taugt das was? Das ist der Volltreffer! Super.« Er zögerte. »Was ist die schlechte Nachricht?«

»Sie existiert nicht mehr.«

»Klar existiert sie nicht mehr, sie ist tot.«

»Ich meine, sie taucht nirgends auf. Keine Adresse, keine nächsten Angehörigen, kein Bankkonto, keine Steuernummer, kein Wagen, der auf sie zugelassen ist. Keine irgendwie gearteten Spuren im Netz während der letzten drei Jahre. Verschwunden. Weg.«

Ryan ließ sich das durch den Kopf gehen.

Nadim sagte: »Jedenfalls …«

Jemand rief vom Gang aus nach ihr, und sie nahm ihre Tasche und stand auf. »Tut mir leid, ich muss los.«

»Nein, warte. Was wolltest du noch sagen?«

Sie zögerte. Die Stimme rief wieder nach ihr, drängender.

»Na gut, ganz kurz. Vor drei Jahren wurde ihre nationale Versicherungsnummer auf eine andere Person übertragen.«

Er furchte die Stirn. »Das heißt … sie hat ihren Namen geändert?«

»Das wissen wir erst sicher, wenn wir die Namensänderungsurkunde eingesehen haben; das ist etwas aufwendiger, deshalb habe ich das noch nicht geschafft.«

Ein dritter Ruf, noch lauter als die ersten beiden.

Sie rannte zur Tür. »Warte, bis ich die Bestätigung habe. Ich melde mich.«

»Und der neue Name?«, rief er ihr nach.

»Chloe Belton«, rief sie zurück. »Aber unternimm nichts, bis ich es offiziell weiß.« Damit war sie weg.

Ryan setzte sich an ihren Schreibtisch und googelte »Chloe Belton«. Er wurde fast auf Anhieb fündig: Dozentin für Sprachgeografie an der Universität Edinburgh – eine neue Stelle, beginnend im Januar. Bei ihrem Lebenslauf fehlte ein Foto, aber

Forschungsstipendium an der Universität Oxford war in der Liste ihrer bisherigen Qualifikationen aufgeführt.

»Volltreffer«, sagte er noch einmal leise und wählte die Nummer.

»Fakultät für Geowissenschaften«, meldete sich die höfliche schottische Stimme einer jungen Frau.

»Ja. Chloe Belton – ist die da?«

»Dr. Belton hat ihre Stelle noch nicht angetreten. Kann ich Ihnen helfen?«

»Wie sieht sie aus?«

»Wie bitte?«

»Auf der Website ist kein Foto von ihr. Können Sie sie beschreiben?«

Schweigen am anderen Ende. Ryan sagte: »Ach so, sorry. Hier spricht die Polizei. DI Wilkins. Ich muss wissen, wie sie aussieht.«

»Äh – das weiß ich nicht. Ich habe sie noch nicht kennengelernt.« Wieder eine Pause. »Eigentlich hatten wir sie vor ein paar Tagen zur Einführung erwartet, aber sie ist nicht gekommen, und wir haben sie seitdem nicht erreicht. Gibt es ein Problem?«

»Weiß irgendwer sonst, wie sie aussieht?«

»Nur unsere Fachbereichsleiterin.«

»Dann geben Sie mir die.«

»Sie ist leider gerade nicht hier.«

»Fuck! Sorry. Sagen Sie ihr, sie soll mich sobald es geht zurückrufen, es eilt.« Er gab ihr seine Nummer durch und legte auf, blieb dann noch eine Weile auf Nadims Schreibtisch sitzen und stocherte in seinen Zähnen. Dann ging er hoch zur Führungsetage, wo ihm gesagt wurde, dass die Chefin bereits zu ihrem Treffen aufgebrochen war, also trottete er wieder hinunter in sein eigenes Büro, setzte sich da auf den Tisch und starrte auf die leere Pinnwand.

Nach ein paar Minuten rief er Ray an.

»Na, Raymundo, immer noch im Palast des Sultans?«

»Ich bin in Buckinghamshire, falls du das meinst.«

»Mach lieber, dass du zurückkommst, sonst gibt's hier nichts mehr für dich zu tun. Ich hab eine heiße Spur.«

Er hörte Ray seufzen. »Was hast du gemacht?«

»Wir kommen endlich voran bei der Toten. Unidozentin, wie ich gedacht hab.« Er setzte ihn ins Bild. »Ist vor ein paar Tagen nicht zur Arbeit erschienen, seitdem hat sie keiner mehr gesehen. Und sie war genau sein Typ: jung, weiblich, Junior-was-auch-immer. Sogar das gleiche Fach wie er. Exakt sein Beuteschema.«

Eine Pause. »Das hast du alles von Nadim?«

»Ja.«

»Und bestätigt?«

»Klar.«

»Na gut. Was ist mit Ameena Najib?«

»Auch interessant. Also ganz sauber ist die auf gar keinen Fall. Würd mich nicht wundern, wenn sie doch was mit dem Arschblecken zu tun hat. Sie hatte vorhin zwei Typen zu Besuch, die könnten da ganz gut passen. Den alten Raffzahn hat sie schon mal gefressen. Und sie hat eine Wut. Vielleicht sogar genug für ein bisschen Dschihad. Aber sie sagt, sie hat die Altkleider um acht rum abgeholt. Das ist die Zeit, die Jason auch angegeben hat. Sie hat den Sack genommen, die Tür hinter sich zugemacht, aber nicht abgesperrt, sagt sie. Eine halbe Stunde, wenn nicht sogar mehr, vor dem Todeszeitpunkt. Und wir wissen von keiner Verbindung zwischen ihr und der Toten.«

»Verstehe. Hör mal, ich muss Schluss machen.«

»Eine Sache noch.«

»Was?«

»Wenn wir uns den alten Tittengrapscher noch vornehmen

wollen, müssen wir schnell machen. Er fliegt zu einer Tagung irgendwo.«

»Hör auf mit diesen blöden Namen, wie oft denn noch! Du machst gar nichts, bis ich zurück bin, kapiert?«

»Weißt du, was richtig blöd wäre: wenn er uns durch die Lappen geht.«

»Du gehst nicht in seine Nähe. Du machst überhaupt nichts, ohne mich vorher anzurufen.«

Ryan blieb einen Moment sitzen und schaute auf sein Telefon. Mit einem Seufzer stand er auf und tigerte im Büro auf und ab. Er holte sein Foto von Ryan junior heraus, hängte es an die Pinnwand, nahm es wieder herunter und tigerte weiter durchs Büro. Er sah auf die Uhr.

»Scheiß drauf«, sagte er schließlich und lief los.

16

Die Morgennässe war weggetrocknet, die Wolken hatten sich verzogen. Die vielen kleinen Fenster von Barnabas Hall blitzten in der tief stehenden Wintersonne wie Klingen. Die Turmuhr schlug halb zwei, als Ryan durch den Haupteingang kam und in den New Court einbog. Seine Gedanken waren bei Chiara Belotti. Warum hatte sie vor drei Jahren, nach ihrer Zeit hier am College, ihren Namen geändert? Weshalb war sie jetzt zurückgekehrt? Wozu hatte sie den Talar des Provosts getragen?

Er wisse nicht genug von der Welt, hatte Ameena Najib ihm vorgeworfen. Er schnaubte; in Hinksey Point aufzuwachsen, hatte ihm mehr über die Welt beigebracht, als jahrzehntelanges Reisen es gekonnt hätte.

Grüppchen von Studierenden verließen den Speisesaal und verstreuten sich über den Hof. Am hinteren Ende kam kurz der Provost in Sicht und verschwand wieder hinter den Säulen des Kreuzgangs. Dich krieg ich schon noch, du glitschiger Aal, dachte Ryan. Wenn nicht jetzt, dann später. Du wirst schön alles sagen, was du weißt. Mir imponierst du nicht mit deinem Wackelkopf, deinen mächtigen Freunden. Unter dem Torbogen hindurch ging er in den Garten und die Mauer der Kapelle entlang bis zur Quästur, die in einer sandsteinfarbenen Reihe ausgebauter Gesindehäuschen angesiedelt war.

»Hallo? Jemand zu Hause?«

Claire kam aus ihrem Büro und lächelte ihn an. »Wollen Sie

mich verhören? Ich habe ein Alibi. Ich war in der Stadt unterwegs, was trinken.«

»Ah ja? Mit Ihrem Freund?«

»Tut das was zur Sache?«

»Kommt drauf an, von welcher Sache wir reden. Aber erst mal such ich den Freund von Ameena.«

Claire sah ihn fragend an. »Das würde mich wundern, wenn Ameena einen Freund hätte.«

»Jason Birch.«

Sie lachte. »Stimmt, den habe ich neulich mit ihr reden sehen, aber ich fürchte, er ist nicht ganz ihr Typ.« Sie sah zu, wie er an seinem Daumennagel kaute. »Wollen Sie noch irgendwas wissen?«

»Ja. Was ist der Unterschied zwischen Schiiten und Sunniten?«

Wieder lachte sie, überrascht diesmal. Zögerte dann, als sie merkte, dass die Frage ernst gemeint war. »Theologische Differenzen, glaube ich«, sagte sie.

»Super, danke, das hilft mir schon.«

»Wenn Sie's genauer wissen wollen, könnten Sie Dr. Goodman fragen, der ist Arabist. Er verlässt uns allerdings bald, da sollten Sie nicht zu lange warten.«

Ryan biss weiter an seinem Nagel herum, und sie beobachtete ihn lächelnd.

»Sonst noch etwas? Irgendwelche anderen Weltreligionen, über die Sie sich informieren möchten?«

Er sagte: »Hat heute irgendwer seine Druckerpatrone gewechselt?«

Sie hörte auf zu lächeln. »Woher wissen Sie das?«

»Keine Ahnung. So ein ungebildeter Trottel, wie ich bin, kann's fast nur ein Glückstreffer sein.«

Sie errötete. »Eine von den Assistentinnen aus dem Fitzgerald Building hat gerade eben eine neue Patrone abgeholt.«

»Bürodrucker?«

»Ja.«

»Welches Büro?«

»Oberste Etage der Conference Suite: Geisteswissenschaften, Personalabteilung und die Kunstsammlung.«

»Bingo.« Er zog seine Trainingshose höher.

»Hilft das bei den Ermittlungen?«

»Sie sind eine eins a Bürgerin. Vorbildlich. Nur mit der Theologie hapert's noch.« Er wollte noch etwas sagen, aber sein Handy klingelte. Eine Edinburgher Nummer. Er ging ein Stück weg, um den Garten herum Richtung New Court.

»Ja?«

»Spreche ich mit DI Wilkins?« Eine Frauenstimme, gewandt, höflich, mit einem schwachen schottischen Anklang. »Ich sollte mich bei Ihnen melden?«

»Aus Edinburgh? Uni? Geowissenschaften?«

»Ganz richtig.«

»Hören Sie. Ich muss das ein bisschen diplomatisch angehen. Aufgrund von Informationen, die wir erhalten haben, liegt uns viel daran zu erfahren, wo ein Mitglied Ihrer Fakultät sich aufhält, Chloe Belton.«

Eine Pause. »Darf ich fragen, warum?«

»Gibt leider keine schöne Art, das zu sagen.« Er räusperte sich. »Wir glauben, dass sie einem Mord zum Opfer gefallen sein könnte.«

Noch eine Pause, länger diesmal. »Das bezweifle ich.«

»Warum?«

»Weil sie nicht tot ist.«

Ryan runzelte die Stirn. »Woher wissen Sie das?«

»Ich bin Chloe Belton.«

Ryan blieb im Schatten der Kirchenwand stehen. »Oh.«

»Sind Sie jetzt enttäuscht?«

»Das ist es nicht. Nur …« Er versuchte rasch umzudenken. »Kann ich Sie dann was anderes fragen? Auch wenn das wahrscheinlich bisschen seltsam klingt.« Er deutete ihr Zögern als Zustimmung und sagte: »Hießen Sie früher mal Chiara Belotti?« In dem Schweigen vom anderen Ende der Leitung betrachtete er mit leerem Blick das Mauerwerk der Kapelle. »Hallo? Sind Sie noch da?«

Als sie wieder sprach, war ihre Stimme heiser, beklommen. »Wozu wollen Sie das wissen?«

Diesmal kostete ihn das Erklären Überwindung.

Erneutes Schweigen. »Und Sie dachten, die Tote könnte ich sein? Wieso?«

Ryan sagte: »Weiß ich noch nicht so ganz, offen gestanden. Aber ich glaube, es würde helfen, wenn Sie mir erzählen, was passiert ist, als Sie vor drei Jahren am Barnabas waren.«

Er hörte sie atmen, und als sie schließlich zu sprechen begann, war ihre Stimme ein undeutliches Flüstern. »Es ist nur … ich kann immer noch kaum darüber sprechen.«

»Lassen Sie sich ruhig Zeit.«

»Ich war lange in Therapie.«

Wieder hörte er ihre Atemzüge, kontrolliert, als würde sie Kraft sammeln. Er wartete.

Schließlich holte sie noch einmal tief Luft und sagte: »Ich weiß nicht, ob Sie den Provost von Barnabas Hall kennengelernt haben …«

Die Turmuhr schlug viertel vor, als er quer über den New Court in Richtung Fellows' Garden stürmte, sein Handy am Ohr, immer wieder auf die Uhr schauend.

»Ray! Mann, Ray! Geh schon ran, du Idiot!« Er erreichte den

Kiesweg und beschleunigte seinen Schritt noch einmal, während er auf die Mailbox einbrüllte: »Hör zu, ich hab noch was rausgefunden. Über Bob den Busengrapscher. Da zieht's dir die Schuhe aus. Wir müssen den Kerl schnappen, bevor er abhaut. Das ist brandeilig, echt.«

Er bog um die Ecke des Eisenzauns und setzte sich in Trab, wobei er eine andere Nummer wählte.

»Mach schon, mach schon, mach schon«, murmelte er. Dann schaltete sich die Mailbox der Chefin ein, und er stöhnte auf.

Einen Augenblick lang stand er unschlüssig am Fuß der Treppe, die zu dem Vorbau des Torhauses hochführte, und kaute an seiner Unterlippe. Den Atem angehalten, knibbelte er an der Narbe auf seiner Backe herum, dann stieß er heftig die Luft aus.

»Fuck!«, sagte er und sprintete die Stufen hinauf.

17

Der Provost klappte seinen Laptop zu und stand auf, als seine Frau ins Zimmer kam, einen in Lavendelblau und Cremeweiß gehaltenen kleinen Salon mit bequemen Polstersesseln, Couchtischen und Simsen voll elegantem Krimskrams, die perfekte Fernsehkulisse.

»Das war Leonard am Telefon«, sagte sie. »Das Taxi ist da.«

Ohne etwas zu erwidern, ging er zu seinem Gepäck, das an der Tür wartete.

»Hast du deine Medikamente dabei?«

»Die werde ich ja wohl kaum vergessen haben.«

Sie beobachtete ihn, wie er den Mantel anzog. Er sah ungesund aus, wie immer, wenn er im Stress war. Sein Teint war gelblich, die Hände gräulich blass, und er ächzte leise, als er das Armloch für den zweiten Ärmel zu finden versuchte. Aber als sie zu ihm hinüberging, drehte er sich ungnädig weg, die Lippen verkniffen.

»Ich wollte dir nur helfen.«

»Ich gewöhne mich lieber schon mal dran, allein zurechtzukommen.«

»Was soll das denn heißen?«

Er berichtete ihr von Rays zweitem Besuch am gestrigen Nachmittag, den Fragen nach dem angeblich fehlenden Foto, der Skepsis, mit der seine Antworten aufgenommen worden waren. »Und danach rief er noch mal an.«

»Weswegen?«

»Kinkerlitzchen.« Sie wartete, und er warf einen schnellen Blick zu ihr hinüber und sagte bitter: »Dieser wichtigtuerische kleine Amerikaner hat ihm wohl erzählt, ich wäre nicht in Richtung Büro gegangen, als ich vor dem Essen telefonieren war, sondern hierher.« Sie sah ihn fragend an, aber er fuhr fort: »Merkwürdiger kleiner Wicht ist das, dieser Kent Dodge. Einer von der neuen Schule. Ich habe seinen Artikel über die islamischen Kacheln gelesen und fand ihn ein ziemliches Kauderwelsch.«

Sie wartete immer noch. »Bist du das denn?«

»Bin ich was?«

»Hierhergegangen?«

»Himmelherrgott! Ich habe dir doch gesagt, wie es war. Allen habe ich es gesagt.« Er stand da, der Mantel verdreht über seinen Schultern, seine Backen leise wabbelnd, und sah sie böse an. Schließlich senkte er den Blick doch. »Ich habe einfach eine Auszeit gebraucht, ich hatte den ganzen Tag al-Medina hofieren müssen, ich war hundemüde. Bevor ich ins Büro rüber bin, um Kriegstein anzurufen, habe ich mich noch fünf Minuten entspannt, drüben bei der Kapelle.«

Seine Frau betrachtete ihn durch halb geschlossene Lider. »Was heißt das, ›entspannt‹?«

Ein paar Sekunden schwieg er trotzig, dann machte er eine kurze, fahrige Handbewegung: »Ich habe eine Zigarette geraucht, wenn du es unbedingt wissen musst.«

Ihr Gesicht nahm den Ausdruck an, den er so sehr fürchtete. Gottlob hatte er nichts von der zweiten Zigarette gesagt, die er sich später, nach al-Medinas Aufbruch, genehmigt hatte, oder von all den anderen Zigaretten, die er sich zwischendurch gönnte.

»Nur eine einzige. Sie war absolut lebensrettend.« Ehe sie etwas erwidern konnte, fuhr er fort: »Und alles nur, weil dieser Amerikaner sich bei dem Detective aufspielen musste. Dem schwarzen, nicht diesem Unterschichtler. Der hat wenigstens im Ansatz Manieren. Claire hat mir übrigens erzählt, dass Dodge eine haushohe Battels-Rechnung angehäuft hat. Ich habe sie angewiesen, bei ihm auf sofortiger voller Zahlung zu bestehen.« Als seine Frau sich ohne ein Wort abwandte, sagte er gereizt: »Das war mein Ernst vorhin, dass ich mich daran gewöhnen muss, allein zurechtzukommen. Niemand glaubt mir. Nicht einmal du.«

»Unsinn.«

»Die Frage ist doch, vertrauen wir uns oder nicht.«

Sie stieß einen zweifelnden Laut aus.

»Du bist diejenige, die das immer wieder aufs Tapet bringt«, sagte er. »Ich habe dir ein Versprechen gegeben, und ich habe es gehalten. Jetzt musst du deines auch halten.«

Ehe sie antworten konnte, klopfte es stürmisch an die Tür, und sie wechselten einen Blick.

»Wer zum Kuckuck …?«

Sein Kiefer klappte herunter, als die Haustür aufgestoßen wurde und im Gang Schritte ertönten. »Du liebe Güte, was …«

Als Ryan ins Zimmer kam, stand der Provost mit schief geknöpftem Mantel bei seinem Gepäck, sprungbereit wie ein abgehetzter Flüchtling an einem Bahnhof. Seine Frau, beherrscht wie stets, zog eine Braue hoch, und er nickte ihr zu und sah sich im Zimmer um. »Wir müssen reden«, sagte er zum Provost.

»Da kommen Sie etwas spät.«

»Ist aber wichtig. Ich hab noch was rausgefunden.«

Der Provost wies auf sein Reisegepäck. »Ich bin leider im Aufbruch. Mein Taxi zum Flughafen wartet bereits.«

Ryan sah ihn an, dieses Bulldoggengesicht, diese verächtliche Art, und sagte sich, dass vor ihm ein Mann stand, der einen direkten Draht zur Chefin hatte – eine Tatsache, die er schon im nächsten Augenblick wieder verdrängte. Er wusste nur, hier war jemand, der sich einbildete, nicht die Wahrheit sagen zu müssen.

»Machen Sie sich da mal keine Sorgen.«

Der Provost ließ ein geringschätziges Schnauben hören.

»Ich hab dem Opa an der Pforte gesagt, er soll es wegschicken.«

»Sie haben *was*?«

»Dringende polizeiliche Ermittlungen, hab ich ihm gesagt.«

Der Provost öffnete den Mund.

»Chiara Belotti«, sagte Ryan. »Klingelt da was?«

Der Provost schloss den Mund wieder.

»Dacht ich mir doch.« Mit den Händen in den Hosentaschen machte Ryan ein paar Schritte ins Zimmer hinein und blieb bei einem geblümten Lehnstuhl mit Fußbank stehen. »Setzen Sie sich besser mal hin.«

Der Provost warf einen Blick zu seiner Frau hinüber.

»James«, sagte sie ruhig.

Steif wandte er sich Ryan zu. »Selbstverständlich erinnere ich mich an Chiara. Aber ich kann Ihnen versichern, dass sie nichts mit alledem hier zu tun hat. Und ich muss sagen, Ihre Motive dafür, sie ins Spiel zu bringen, sind mir zutiefst – zutiefst – suspekt.«

»Zu den Motiven kommen wir auch noch. Wollen Sie echt nicht sitzen?«

Niemand rührte sich.

Ryan fuhr fort: »Also, ich hab grade eben mit Ms Belotti telefoniert. Sie heißt übrigens nicht mehr Belotti. Hat ihren Namen geändert.«

Etwas im Gesicht des Provosts verkrampfte sich. Seine Augen traten stärker aus ihren Höhlen. »Sie platzen hier rein«, polterte er los, »Sie stürmen hier herein wie ein ...«

»Sie hatte einen Zusammenbruch«, sagt Ryan. »Wegen dem, was ihr hier passiert ist. Wegen den ›unwillkommenen sexuellen

Avancen‹, hat sie gesagt, denen sie ausgesetzt war.« Er drehte sich zur Frau des Provosts um, die ihren Mann ansah. »Tut mir leid, dass Sie sich das anhören müssen.«

»Ich weiß von Chiara«, sagte sie.

Der Atem des Provosts ging schwer. »Sie weiß auch«, sagte er mit bitterbösem Blick, »dass Sie hier einen kurzen Flirt – der überdies eine rein private Angelegenheit ist, die Sie nicht das Mindeste angeht – vollkommen fehlinterpretieren und ihn …«

»Im Schlafzimmer, mehrmals.«

Der Provost sah wild um sich, als suchte er einen Fluchtweg.

»In der Bibliothek«, zählte Ryan weiter auf. »Einmal sogar in der Kapelle, hat sie gesagt.«

»*Das* wusste ich nicht«, sagte die Frau des Provosts.

»Aber hauptsächlich bei Ihnen im Arbeitszimmer«, sagte Ryan. »Was ja schon interessant ist.«

Der Provost verfärbte sich, schwammige rote, sich schnell ausbreitende Flecken. »Jetzt reicht es mir aber. Was bilden Sie sich eigentlich ein?« Er kniff die Lippen zusammen und sprach hastig, gepresst. »Meine Beziehung zu Chiara war eine … nichts als eine … und falls Sie glauben …«

»Sie können ihr beruflich weiterhelfen, haben Sie ihr gesagt, stimmt's? Sprich, wenn sie nicht mitmacht, kann es gut sein, dass sie beruflich *nicht* weiterkommt.«

Indem er aus einer Hosentasche umständlich sein Handy hervorzog, schlug der Provost einen neuen Ton an, höhnisch, auftrumpfend. »Ich muss schon sagen, das hier ist eine *äußerst* interessante Erfahrung. Da werde ich zu meinen Kollegen im Ausschuss Bürgermitverantwortung einiges über die Professionalität der Thames Valley Police zu sagen haben. Und in der Zwischenzeit wollen wir doch sehen, was Detective Superintendent Waddington von einem Polizisten hält, der unangemeldet in eine

Privatwohnung platzt, in einem Aufzug, dass man ihn eher für einen minderjährigen Drogendealer halten könnte, und einen unbescholtenen Zeugen vor den Augen seiner Ehefrau unter Druck setzt.«

Ryan tat sein Bestes, sich nicht provozieren zu lassen. Aber er war nicht sehr gut darin. Echos anderer Strafpredigten aus anderen Zeiten hallten in seinem Kopf wider: *Dann hören wir uns doch mal an, was der Direktor dazu zu sagen hat, ja? Dann wollen wir doch mal die Aufsicht dazubitten. Dann holen wir jetzt deinen Vater herein ...* Und auch den Ton kannte er nur zu gut, die wohlmodulierte Verachtung, das eloquente Genöle. Es machte ihn fuchtig.

So beiläufig, wie er konnte, sagte er: »Sie hatte einen Freund, wussten Sie das?«

Der Provost, der sich damit abmühte, sein Telefon zu entsperren, biss sich auf die Lippe.

»Nein? Dann wussten Sie auch nicht, dass er psychische Probleme hatte?«, fuhr Ryan fort. »Gewaltprobleme? Und zum Ausrasten neigte?«

Vor sich hin murrend tippte der Provost hektisch auf seinem Display herum.

Ryan sagte: »Hat sie gegen den Kopf getreten, als er das mit dem ›Flirt‹ rausgekriegt hat. Sie lag einen Monat im Traumazentrum. Kann auf einem Auge nicht mehr richtig sehen. Witzigerweise denkt sie bis heute, dass sie mitschuldig ist.«

Seine Stimme war rau geworden, er hörte es selber. Vor seinem inneren Auge sah er nicht mehr nur die Tote im Arbeitszimmer, sondern Scharen anderer Frauen, die dem mächtigen Mann mit dem offenen Hosenstall hilflos zu Willen waren.

Mit einem Blick auf seine Frau ließ der Provost von seinem Handy und seiner überlegenen Art ab. »Hören Sie zu, Sie ...

Sie …« Sein Kopf schlackerte, sein Mund war spuckig. »Machen Sie mich jetzt auch noch verantwortlich dafür, dass ein anderer Mann sich nicht im Griff …«

»James!«, murmelte seine Frau.

Er drehte sich zu ihr um, sein Atem ging keuchend. »Ich lasse mir das nicht bieten! Ich wusste nichts von diesem sogenannten Freund. Nichts an diesem bedauerlichen kleinen Intermezzo hat auch nur das Geringste mit der fremden Frau in meinem Arbeitszimmer zu tun. Haben denn alle vergessen, worum es hier eigentlich geht?« Er wandte sich wieder Ryan zu. »Was ist das hier? Eine Hexenjagd?«

Ryan sagte: »Wenn sie so fremd war, warum hatte sie dann Ihren Talar an?«

Der Blick des Provosts bekam etwas Flackerndes. »Meinen Talar? Sind Sie vollkommen irr? Haben Sie kein Hirn zwischen den Ohren?«

»Stehen Sie auf Verkleidungsspielchen, oder wie?«

Das war zu viel. Ryan sah es an den Augen des Provosts, die plötzlich denen eines durchgehenden Gauls glichen.

»Sie ignorantes Stück … *Abschaum*!«

Jetzt hatte auch Ryan genug. Er hatte es versucht, aber noch länger konnte er nicht an sich halten. »Sie locken sie in Ihr Büro und ziehen ihnen perverses Zeug an, wie? Und dann müssen sie mit dem Arsch für Sie wackeln, weil Sie sonst keinen mehr hochkriegen. Was ist diesmal passiert? Haben Sie's einen Tick zu weit getrieben?«

Der Provost lachte spöttisch auf. »Dafür sind *Sie* doch Experte. Ich sage nur, Salisbury. O ja, ich weiß alles über das Verfahren wegen groben Fehlverhaltens. Diesmal werden Sie nicht so glimpflich davonkommen, dafür werde ich sorgen. Ihr Benehmen«, sagte er hochtrabend, »ist nachgerade ungeheuerlich.«

»*Ungeheuerlich?*« Ryan trat einen Schritt näher an ihn heran. »Ich sag« dir, was ungeheuerlich ist – dass du in deinem Arbeitszimmer junge Mitarbeiterinnen besteigst, du schmieriger alter Bock.«

Der Schock raubte dem Provost noch den letzten Rest Haltung in seinem verdreht sitzenden Mantel. Sprachlos stand er da, sein Gesicht verfärbt, so dunkel und wabbelnd wie rohe Leber. Selbst seine Augäpfel schienen zu wabbeln. Er begann unzusammenhängend zu schreien, und in diesem Moment stürzte Ray ins Zimmer.

Entgeistert starrte er von einem zum anderen.

»Ah, endlich«, sagte Ryan. »Gut, dass du da bist. Ich dachte schon, ich muss die Wahrheit ganz allein aus dieser kranken Sau rausprügeln.«

»Kranke Sau?«, japste der Provost. »*Kranke Sau?*«

Ray in seiner Hilflosigkeit begann wild die Arme zu schwenken, als wollte er den Verkehr regeln, worauf Ryan und der Provost verblüfft voneinander abließen.

In dem augenblickslangen Schweigen trat die Frau des Provosts einen Schritt vor. »Wenn Sie erlauben«, sagte sie ruhig zu Ryan. »In diesem letzten Punkt täuschen Sie sich in meinem Mann, da bin ich mir sicher. Er mag eitel und arrogant sein, und ja, er mag sich vielen Frauen auf ihnen unerwünschte Art genähert haben, fast ausschließlich solchen, die beruflich von ihm abhingen, aber – und dafür lege ich meine Hand ins Feuer – er zieht ihnen nicht seinen Talar an und erdrosselt sie dann, um irgendwelche pornografischen Fantasien auszuleben.«

Der Provost drehte sich indigniert zu ihr um. »Eitel?«, sagte er. »Arrogant?«

Er wollte weiterreden, aber Ryan fiel ihm ins Wort. »Warten Sie«, sagte er zur Frau des Provosts. »Sagen Sie das noch mal.«

Seine Wut schien wie weggeblasen, und sie zögerte, verwirrt. »Ich habe gesagt, er mag unerwünschte …«

Ungeduldig schnippte er mit den Fingern. »Nicht das. Das am Schluss.«

»Die pornografischen Fantasien meinen Sie?«

Woraufhin Ryan, völlig unpassend, in seinen Zustand der Entrücktheit verfiel. Das Gebrüll von eben schien es nie gegeben zu haben. Von einer Sekunde auf die andere war er weit weg, in einer anderen Sphäre. Er sah die Umstehenden nicht einmal mehr. Er driftete fort an einen Ort dröhnender Stille, fast der Bewusstlosigkeit, wo nichts hinreichte außer ein paar wenigen Bildern, die sich aus dem Treibgut der letzten Tage lösten: eine auf einem Altar errichtete Pyramide aus Lampen, ein überdurchschnittlich gut aussehendes Mordopfer, drei verschlossene Türen mit Geheimnissen dahinter, die scharfe Stimme seiner Schwester, die ihm von Ärzten und Krankenschwestern …

Er seufzte, ein langer Seufzer, starrte mit leeren Blick geradeaus. »Ryan? *Ryan!*«

Er schüttelte seine Trance ab und ging zum Sofa, wo der Laptop des Provosts lag. »Was ist Ihr Passwort?«

Der Provost starrte ihn nur stumm an. Seine Frau sagte: »Maladroit. Alles klein.« Sie buchstabierte es. »Ein kleiner Privatscherz«, sagte sie kühl.

Ray setzte zum Sprechen an, aber Ryan wehrte ab.

Der Provost hatte endlich die Sprache wiedergefunden. »Was zum Teufel erlauben Sie sich?«

»Pornos googeln.«

Der Provost wandte sich an Ray. »Ist er jetzt völlig verrückt geworden?«

Aber Ryan war schon fertig mit seiner Suche, ließ sich rückwärts gegen die Sofalehne fallen und griff sich an den Kopf. »Na logisch!« Er lachte laut auf. »Nicht mal dreißig Sekunden.« Er drehte den Laptop zu ihnen herum, und sie beugten sich alle vor.

Auf dem Bildschirm war ein Foto der Ermordeten zu sehen, die sich – nicht tot, sondern überaus lebendig – auf dem Schreibtisch des Provosts rekelte, nackt bis auf den langen schwarzen, offenen Talar, zwischen den Beinen ein neonpinkes, bizarr geformtes Sexspielzeug.

Niemand sagte ein Wort.

Ryan klickte sich langsam durch die Fotogalerie. Dieselbe nackte junge Frau rittlings auf einem Bücherstapel in der Bibliothek von Barnabas Hall. Als Nächstes mit einem antiken Globus vor sich, auf dem ihre Brüste lasziv auflagen. Dann an einer Bücherwand lehnend, Arme und Beine weit gespreizt. Und schließlich in der Kapelle, wo sie sich über den Altar beugte, fromm und verderbt.

»Das da hat echt was.« Ryan kniff die Augen zusammen. »Gibt noch mehr, wenn ihr weitergucken wollt. Auch mit anderen Schauplätzen. Seht ihr? Und anderen Models.« Es gab ein ganzes Archiv mit verschiedensten Schlagworten: *Lesesaal im Britischen Museum, St.-Paul's-Kathedrale, Hauptquartier MI5, Buckingham-Palast.* Und *Barnabas Hall, Oxford.*

»Sie war für ein Fotoshooting hier drin. Und in der Kapelle und der Bibliothek auch. Wie so ein Themen-Dingsbums: Pornostar an Plätzen, wo niemand damit rechnet. Eigentlich ganz witzig, oder?«

Der Provost war blass und betroffen. Eine seiner Hände zuckte unkontrollierbar. Er wirkte den Tränen nahe. Aber er fasste sich. »Dieses Mädchen« – zittrig deutete er auf den Bildschirm – »hat nichts mit mir zu tun.« Seine Augen richteten sich anklagend auf Ryan.

»Tja«, sagte Ryan. »Können Sie von Glück sagen, dass ich das bewiesen hab und die Presse jetzt nicht über Ihre bedauerlichen, aber kurzen Flirts spekulieren muss. Außer«, fügte er hinzu, »dieses Spielzeug, mit dem sie da rummacht, ist von Ihnen. *Das* fänden die Reporter nämlich schon interessant.«

Der Provost sah zu seiner Frau hinüber und mit bebender Unterlippe wieder weg, und Ryan brach in Lachen aus.

18

Als sie danach im Büro der Chefin warteten, lachte er nicht mehr. Die übliche Ernüchterung nach einem Ausraster hatte eingesetzt, und die Erinnerung an seinen Auftritt nahm einen unangenehm prominenten Platz in seinem Hirn ein.

Nach dem üppig möblierten Salon des Provosts wirkte das Büro umso karger und unpersönlicher. Erneut wanderten seine Gedanken zurück zu all den anderen Orten, an denen er schon auf seine Bestrafung gewartet hatte: Direktoraten, Sprechzimmern im Jugendamt, Arrestzellen. Oder im Trailer, wenn sein Vater seinen Alk holen gegangen war und es nur eine Frage der Zeit war, bis er zurückkam. Ein vertrauter Druck lag ihm im Magen.

Er fing an zu pfeifen. Auch das eine vertraute Reaktion, dieses leicht schiefe, trotzige Gepfeife.

Ray sagte: »Wenn ich dir einen Rat geben darf?«

»Was?«

»Du solltest dich entschuldigen.«

Gleich rebellierte er wieder. »Ich hab uns weitergebracht, oder vielleicht nicht? Jetzt wissen wir, wer sie ist.«

»Wissen wir nicht. Nur, weshalb sie dort war.«

»Besser als nichts. Außerdem hab ich nur meine Arbeit gemacht.«

»Hast du das dem Bischof von Salisbury auch gesagt?«

Das rief die andere Erinnerung zurück, die an den Abschlussbericht seines Disziplinarverfahrens, den ihm sein Vorgesetzter in

Wiltshire vorgelesen hatte. Er hörte wieder den angeekelten Ton, mit dem der Mann gewisse Formulierungen hervorgehoben hatte: *eine Schande für den Dienst … nie dagewesen … durch nichts zu rechtfertigen … unstreitige Absicht zur Körperverletzung.*

Er merkte selbst, mit welch hämischem Ausdruck er auf den Boden hinuntergrinste.

Ray fragte ihn etwas. »Was genau hast du eigentlich mit dem Bischof gemacht?«

Ehe Ryan antworten konnte, ertönten auf dem Gang leichte Schritte, und die Tür öffnete sich.

»Ihretwegen bin ich aus einer wichtigen Besprechung in den Leys abberufen worden«, sagte die Chefin. »Zwischenfall in Barnabas Hall. Verschuldet von einem meiner Leute.« Sie sah Ray an. »Also?«

Ray sagte: »Ich habe die Nachricht von DI Wilkins abgehört, als ich auf dem Rückweg von al-Medina war. Er klang sehr erregt, deshalb bin ich direkt ins College gefahren und habe ihn im Haus des Provosts angetroffen, wo er in einer Auseinandersetzung mit Sir James begriffen war. Meine Hauptsorge war es natürlich, die Lage zu entschärfen.« Er sah zu Ryan hin. »Ein Anschein von Normalität konnte wiederhergestellt werden.«

Die Chefin ließ ihn nicht aus dem Blick, als er zu sprechen aufhörte.

Taktvoll fügte er hinzu: »Es wurden ein paar Dinge gesagt, die sicherlich schon jetzt bedauert werden.«

Die Chefin stieß einen unwilligen Laut aus und wandte sich Ryan zu, der mit den Füßen scharrte wie ein kleiner Junge.

»Kurz nach Ihrem Auftritt hat Sir James einen Zusammenbruch erlitten und wird jetzt im Krankenhaus behandelt.«

Er versuchte ein mitfühlendes Gesicht zu machen. Es ließ ihn nur verschlagen aussehen.

Sie sagte: »Sie wurden wiederholt dazu angehalten, nicht ohne ausdrückliche Erlaubnis von Ray oder mir in seine Nähe zu gehen. Was ist passiert?«

»Ich hab Sie ja zu erreichen versucht. Sie und Ray. Ich hatte was rausgebracht, wissen Sie, und es war echt dringend, mir lief die Zeit davon, weil er ja zum Flughafen wollte, und …« Er verstummte.

»Und als Sie ihn daraufhin unbedingt selber zur Rede stellen mussten«, sagte sie, »haben Sie sich über nahezu jede Regel des polizeilichen Verhaltenskodex hinweggesetzt. Also frage ich Sie noch einmal: Was ist passiert?«

Das war der Augenblick – den es in jedem derartigen Gespräch gab –, in dem man entweder auskeilte oder klein beigab. Er holte tief Atem. »Okay. Ich weiß. Ich hab mich ein bisschen im Ton vergriffen.«

»Ein bisschen!«

»Aber er auch«, fügte er hinzu. »Obwohl es bedauerlich war, wie Ray ja gesagt hat. Aber schon lustig, oder? In diesem ganzen Geschrei ergibt sich dann plötzlich was, was alle ein Stück weiterbringt. Ohne das hätten wir sie nie identifizieren können.«

Die Chefin sah Ray an und dann wieder Ryan. »Sie konnten sie identifizieren?«

»Mehr oder weniger«, sagte Ryan.

Sie runzelte die Stirn. »Wie das?«

Er fing an zu erklären. »Na ja, es heißt doch immer: Lage, Lage, Lage.«

»Wie bitte?«

»Ich meine, das war das, was mir im Kopf rumging. Diese ganzen Stellen, an denen sie war. Kam mir vor wie der Rundgang für die Touris – Torhaus, Kapelle, Bibliothek. Warum da? Und warum hat sie dabei jedes Mal abgesperrt?«

»Moment. Wir wussten, dass sie im Torhaus und in der Bibliothek war. Woher wissen wir, dass sie in der Kapelle war?«

Rays Blick war auf ihn gerichtet.

Ryan sagte: »Wegen den Lampen.«

»Den Lampen?«

»Ashley hat mir erzählt, dass jemand die ganzen Lampen aus der Kapelle auf dem Altar aufgebaut hat. Wieder so ein Studentenstreich, dachte sie. Das kam mir komisch vor.« Er hielt inne. »Irgendwie nicht geistreich genug für unsere künftigen Premierminister. Aber es hätte jemand sein können, der mehr Licht auf den Stufen vor dem Altar gebraucht hat. Wie ein Fotograf zum Beispiel. Und dann der Ring.«

»In der Bibliothek?«

»Ja. Sie trägt ihn auf ein paar von den Bibliotheksfotos, aber auf keinem in der Kapelle oder im Arbeitszimmer. Also muss sie als Erstes in der Bibliothek gewesen sein, wo sie ihn ausgezogen und vergessen hat, dann in der Kapelle und als Letztes beim Provost. Das mit dem Talar«, sagte er, »hat mich auf das Verkleiden gebracht. Und die edle Unterwäsche und ihre Haare, und dann natürlich diese ganzen OPs, auf die Idee mit dem Model. Und auf die Pornos bin ich durch meine Schwester gekommen ...«

»Durch Ihre Schwester?«

»Die hat welche auf ihrem Computer gefunden. Krankenschwestern, die Ärzten einen blasen, Stewardessen, die ...«

»Ich weiß, was Pornos sind.«

»Okay. Na ja, und als sich dann alles immer mehr hochgeschaukelt hat und seine Frau das von den pornografischen Fantasien sagte, hat es in meinem Kopf plötzlich irgendwie geklickt.«

Auf diese letzte Äußerung hin entstand eine Pause, in der er sich Hoffnungen zu machen versuchte.

»Eine Identifizierung ist das ja nun nicht direkt.«

»Nein. Aber so gut wie. Und auf jeden Fall zigmal besser als vorher. Weil wir nämlich vorher einen Scheißdreck wussten, stimmt's, Ray?«

Ray schien wenig erpicht, in das Gespräch einbezogen zu werden. Ohne auf Ryan einzugehen, sagte er: »Wir sind ein Stück weitergekommen. Mit den Informationen, die uns jetzt vorliegen, sollte es uns recht bald gelingen, eine Identifikation vorzunehmen.«

Die Chefin wandte sich wieder an Ryan. »Und Sir James?«

Ryan schaute unbehaglich drein.

»Wir sind uns einig, denke ich, dass es keine Verbindung zwischen ihm und dem Mordopfer gibt?«

Ryan nickte widerstrebend.

»Und wenn ich richtig informiert bin, Ray, dann hat sich jemand aus dem College gemeldet und bestätigt, ihn zu der von ihm angegebenen Zeit neben der Kapelle rauchen gesehen zu haben. Kurz nach halb neun.«

»Ja.«

»Und seine Telefonverbindungen haben ergeben, dass er unmittelbar danach von seinem Büro aus zwanzig Minuten lang telefoniert hat.«

»Das ist richtig.«

»Damit ist er also erwiesenermaßen kein Verdächtiger. Das heißt, er hätte zu keiner Zeit als solcher behandelt werden dürfen. Ganz abgesehen davon, dass kein Verdächtiger jemals so behandelt werden sollte, wie Sie ihn behandelt haben. Kein Wunder, dass er sich schikaniert fühlt.«

Ryan sagte: »Okay, okay, Sie haben ja recht.« Er sah die Chefin an. »Ich bin einfach ausgetickt, sorry.«

Sie schwieg. Ray räusperte sich.

»Aber ich meine, er redet mich an, als ob ich der letzte Dreck wär, und nennt mich Abschaum und alles, und selber zwingt er irgendwelche jungen Assistentinnen, ihn in seinem Büro anzufassen. Seinen Schwanz, meine ich«, setzte er hilfsbereit hinzu. »Chiara Belotti war einen Monat im Krankenhaus und drei Jahre in Therapie. Wer ist da das Opfer? Und wer der Täter? Mir tut's leid, ehrlich«, sagte er. »Aber so was regt mich einfach auf.«

Der Blick der Chefin wurde noch strenger. Das Schweigen zog sich hin.

»Will Ms Belotti Anzeige erstatten?«, fragte sie schließlich.

»Glaub nicht. Ich glaub, sie ist froh, dass es alles vorbei ist.«

Die Chefin machte sich eine Notiz. »Ich werde mit ihr sprechen. Dass ein Vergehen in der Vergangenheit liegt, enthebt uns nicht unserer Verantwortung für die Opfer.« Sie sah Ryan an. »Oder unserer Verpflichtung, die Täter zur Rechenschaft zu ziehen. So«, sagte sie, »wo stehen wir mit unserer Ermittlung? Ray?«

»Wir wissen insofern mehr, als wir jetzt zwei Personen haben, über die wir nichts wissen.«

»Ja? Weiter?«

»Das Model – und den Fotografen. *Zwei* Fremde, die das College betreten haben, die in der Bibliothek waren, dann in der Kapelle, dann im Torhaus. Das muss gedauert haben; sie haben ziemliche Strecken zurückgelegt. Warum sind sie also von niemandem bemerkt worden?«

Mit einem Mal redeten sie über den Fall.

Die Chefin sagte: »In so einem College herrscht ein ständiges Kommen und Gehen. Und es war Essenszeit, Gäste werden angekommen und wieder gegangen und zwischen den Gebäuden herumgelaufen sein.«

»Nein, Ray hat recht«, sagte Ryan. »Es ist komisch. Der Fotograf muss eine Ausrüstung dabeigehabt haben. Was haben sie gemacht, dass sie nicht aufgefallen sind?«

»Und wie sind sie überhaupt reingekommen?«, fragte Ray.

»Dass es mit der Sicherheit nicht weit her ist, wissen wir ja«, sagte die Chefin. »Sie sind einfach durchs Tor spaziert.«

»Und wussten gleich, wo alles ist? Einschließlich der Quästur?«

»Wozu mussten sie in die Quästur?«

»Um an die Schlüssel zu kommen«, sagte Ryan.

Ray sagte: »Jemand hat ihnen geholfen.«

Ryan nickte. »Ganz genau. Einer vom College, der sich auskennt. Irgendwer lässt sie rein, gibt ihnen die Schlüssel, erklärt ihnen den Grundriss. Ich hab auch schon eine Idee, wer.« Er riskierte ein Grinsen. »Mann, endlich kochen wir hier mit Gas!«

Unter dem unverwandten Blick der Chefin erstarb das Lächeln. Eine lange, unbehagliche Pause folgte. »Gehen Sie der Sache nach«, sagte sie schließlich. »Was hat Nadim über die Website herausgefunden?«

»Auf den Kaymaninseln registriert«, sagte Ray. »Sie versucht jetzt, den Inhaber zu identifizieren.«

»Ich kann mit ihm reden, soll ich?«, bot Ryan an. »Ich fahr hin.«

Die Chefin ging darüber hinweg. »Sagen Sie Nadim bitte, sie soll mich verbinden. Wir brauchen die Namen der Frau und des Fotografen, und zwar so schnell wie möglich.«

»Wird gemacht.«

Sie betrachtete sie eine Weile mit neutralem Blick.

»Ray, Sie sprechen bitte mit der Presse. Heute Abend noch. Sagen Sie, dass wir Fortschritte machen, aber fassen Sie sich kurz. Keine Einzelheiten über das Opfer, ehe wir nicht den Namen wissen. Das ist erst mal alles.«

Sie sah Ryan an. »Sie bleiben bitte noch.«

Ray ging aus dem Zimmer und schloss die Tür hinter sich. Ryan, ihrem Blick nun allein ausgesetzt, trat von einem Bein aufs andere und schaute hierhin und dorthin. Als das Schweigen anhielt, wusste er, was nun kam.

»Zeigt er mich an, oder wie?«

»Nein. Aber er hat offiziell Beschwerde eingelegt.«

»War ja klar.«

»Mit Abschriften an drei Minister, von denen einer der Innenminister ist. Ich werde voraussichtlich in den nächsten Tagen darüber in Kenntnis gesetzt werden, dass ein Disziplinarverfahren eingeleitet wird.«

Er feixte den Fußboden an, um sein Erschrecken zu verbergen. Ein Gefühl wie damals als Zehnjähriger, wenn er ins Büro des Schulleiters oder des Sozialarbeiters gerufen worden war. So war er schon immer gewesen: wurstig, solange die Konsequenzen ausblieben, schockiert, wenn sie dann plötzlich doch kamen. »Wundert mich bloß, dass er dem Bischof nicht auch eine Kopie geschickt hat«, sagte er bitter. »Vielleicht waren sie nicht an derselben Schule.«

Sie beobachtete ihn ausdruckslos.

»Na gut, Hauptsache keine Anzeige«, meinte er nach einer Weile. Auch das war das alte Muster – der Trotz, die Forschheit, die Verdrängung. Aber sein Versuch, die Dinge positiv zu sehen, scheiterte an ihrem anhaltenden Schweigen.

»Bin ich suspendiert?«

»Erst wenn ich es Ihnen sage.«

»Wie lang wird das dauern?«

»Das entscheide nicht ich.«

»Dann ist es nicht so wie in Wiltshire?«

»Diesmal läuft alles über Canary Wharf. Sir James hat sich direkt an die Dienstaufsichtsbehörde gewandt. Ich nehme an, er hat dort Kontakte. Die Mitwirkung der Thames Valley Police wird sich auf Zeugenaussagen beschränken. Ihre Aufgabe«, sagte sie, »ist es, sich auf die Mordermittlungen zu konzentrieren, bis ich Sie abberufe. Sie haben großes Glück, dass ich Sie nicht vom

Dienst suspendiert habe.« Ihr Blick blieb unverändert auf ihn gerichtet, ihr Gesicht ausdruckslos.

Er fing wieder an, von einem Fuß auf den anderen zu treten.

»Sie können jetzt gehen«, sagte sie endlich. »Ray wird schon warten.«

Er blieb, wo er war, füßescharrend.

»Was ist noch?«

»Das heißt, Sie sagen aus? In dem Disziplinarverfahren?«

»Ja.«

Eine längere Pause.

»Dann können Sie ja, na ja, für mich sprechen. Wenn Sie mögen, meine ich.«

Sie antwortete nichts, ihrem Blick war nichts zu entnehmen. Nach ein paar Sekunden schlug sie eine Akte auf und begann darin zu lesen, als wäre er gar nicht da, und er drehte sich um und ging hinaus.

In ihrem Büro knöpfte Ray sich den Blazer auf und überließ sich seiner düsteren Stimmung. Er dachte an seinen vergeudeten Tag auf al-Medinas Landsitz in Buckinghamshire, wo er in der Eingangshalle mit ihrem einschüchternden, zweistöckigen barocken Marmorkamin gesessen hatte, umringt von blassgesichtigen Damen, die aus ihren Porträts an den korallenrot tapezierten Wänden hochnäsig über ihn hinwegblickten, nur um nach endlosem Warten ein komplett sinnfreies Gespräch mit dem Scheich führen zu dürfen. Auf seine Fragen zu dem Mord hatte er lediglich Achselzucken geerntet. Seine Geduld und Diplomatie hatten nirgends hingeführt. Während Ryan alle Sünden begangen hatte, die ein Polizist nur begehen kann, und damit nicht nur durchgekommen war – er hatte auch noch Ergebnisse eingefahren.

Jetzt heftete er Fotos an die Pinnwand und pfiff dabei vor sich hin. Seine Stimmungsumschwünge hatten etwas Kindliches. Nach seiner Privatunterredung mit der Chefin war er eine Weile im Büro auf und ab gelaufen, sein Gesicht zuckend, als müsste er sich die Tränen verbeißen. Ein-, zweimal hatte er höhnisch aufgelacht und hässlich in Rays Richtung gegrinst. Und nun, nur Minuten später, benahm er sich, als wäre nichts geschehen.

Er sah über die Schulter zu Ray. »Na, da kriegen wir doch auch mal was Hübsches zu sehen. Schau sie dir auf dem hier an! Und das da – wow! Gut, jetzt, wo wir das mit den Pornos wissen, macht es natürlich mehr Sinn – diese ganzen Eingriffe und so. Hätte man vielleicht gleich draufkommen können, aber ich bin pornomäßig nicht so viel unterwegs. Du?«

»Was? Nein. Natürlich nicht.«

Ryan trat einen Schritt zurück und betrachtete sein Werk anerkennend. »Dieser Quästorin würde so was sicher auch stehen«, sagte er.

Mit unbewegter Miene beugte sich Ray wieder über seine Arbeit, und Ryan riss sich von der Pinnwand los und sah ihn an.

»Was ist eine Quästorin überhaupt? Jetzt komm, Ray! Raymond, sei nicht stinkig. Wir kommen voran, wir haben sogar einen Verdächtigen. Der Fotograf, wie du gesagt hast. Und wenn hier einer plattgemacht wird für das, was passiert ist, dann ich, und ich bin's gewohnt, wegen mir musst du dir also keine Gedanken machen.«

Ray schaute nicht auf. »Du stehst mir nicht nahe genug, als dass ich mir Gedanken wegen dir machen würde.«

Ryan lächelte etwas gezwungen. »Auch okay.« Er schlenderte zur Tür. »Ich grüß Ryan junior mal von dir. Er findet, du klingst nett, hab ich das schon gesagt? Ich hab ihm erzählt, dass du ein bisschen wie der Maulwurf bist.«

»Was?«

»Und ich ein bisschen wie die Maus.«

»Ich habe keine Ahnung, wovon du sprichst.«

»Dieses Buch, das wir lesen. *Maus und Maulwurf*. Der Maulwurf ist ein bisschen eingebildet, muss man sagen.« Ray nuschelte etwas in sich hinein, und Ryan fügte hinzu: »Aber trotzdem sehr okay.« Er zögerte. »Hast du Kinder? Hab ich dich gar nicht gefragt.«

Ray hob den Blick nicht. »Nein.«

»Na ja, so Kids können schon auch nerven. Nicht Ryan – der ist immer lieb. Also, ich fahr dann mal.«

Ray ignorierte ihn.

»Übrigens«, sagte Ryan, schon an der Tür, »ich bin mir ziemlich sicher, wer ihnen geholfen hat. Soll ich's dir sagen?«

Jetzt sah Ray doch auf.

»Jason Birch.«

»Wie kommst du darauf?«

»Hab ich im Gefühl.«

Ray schnaubte.

»Nein, im Ernst, er wusste, dass Ameena ihre Schlüssel verlegt hatte, obwohl sie es niemand erzählt hat. Außerdem«, schob er nach, »ist er Arsenal-Fan, und denen ist alles zuzutrauen.«

Nachdem er gegangen war, starrte Ray eine Weile grimmig ins Leere. Dann rief er seine Frau an und sagte ihr, dass es spät werden würde. Er beendete die Arbeit an seinem Pressetext und stellte sich vor die Pinnwand, um die Fotos zu betrachten. Eine Frau, die in der Pornoindustrie gearbeitet hatte. Er versuchte es sich vorzustellen. Mit Rollenspielen allein war es im Zweifel nicht getan. Einem Fotoshooting in einem Oxforder College mochte etwas Quasiglamouröses anhaften, eine gewisse Komik vielleicht auch, aber was verlangte der Job ihr sonst noch ab? Direktkontakt mit den Freiern? Poledance in Bars, Straßenstrich, Gastspiele in abgelegenen Seemannsheimen? Wer waren die Menschen in ihrem Leben? Fotografen, Zuhälter, Geldeintreiber – Männer ohne klaren Plan und mit nur sehr wenig Selbstbeherrschung.

Über all diese Dinge dachte er nach und rief dann Leonard Gamp in der Pförtnerloge von Barnabas Hall an, um sich die Privatnummer der Quästorin geben zu lassen.

Nach dem Presseauftritt ging er hinüber zur IT-Aufklärung, wo Nadim ebenfalls noch arbeitete. Es war sieben Uhr.

»Na, wo drückt der Schuh?«, fragte sie.

»Wieso fragst du das?«

»Du hast diesen Blick – so was Trübsinniges um die Augen.«

Unwillkürlich berührte er mit den Fingerspitzen die Schläfen.

»Wie war die Presse?«, erkundigte sie sich.

»Außer Rand und Band. Zig Fragen nach dem Privatleben des Provosts, eine sogar nach Sexspielzeug. Weiß der Kuckuck, wo sie das herhatten. Und es ist schwer, von Fortschritten zu sprechen, wenn man immer noch nicht weiß, wer das Opfer ist.«

»Ein Durchbruch ist es trotzdem. Ein definitiver Schritt nach vorn. Das sagen alle.«

Ray grunzte.

Nadim musterte ihn einen Moment lang. »Durchbruch bleibt Durchbruch, Ray. Egal, wer ihn erzielt.«

Ray nickte, ohne zu lächeln. »Du hast ihn heute früh ja kennengelernt, oder? Wie fandest du ihn?«

Sie legte den Kopf schief. »Hmm. Kindisch. Witzig. Sehr krude, sehr helle. Wahrscheinlich ein Albtraum in der Zusammenarbeit.« Sie machte eine Pause. »Irgendwie mochte ich ihn.«

Er nickte knapp und stieß noch einen Grunzer aus. »Was hast du über den Inhaber der Website rausgefunden?«

»Michael Seagrave heißt er. Bezeichnet sich als ›Entertainment-

Unternehmer‹. Gut vernetzt. Politischer Geldgeber im großen Stil.«

»Engländer?«

»Mit Wohnsitz in Monaco. Die Chefin hat für morgen Vormittag einen Telefontermin mit ihm vereinbart.«

Dann traute die Chefin ihm also nicht zu, selbst mit dem Mann zu sprechen. Rays eifersüchtige Gedanken drifteten wieder zurück zu Ryan.

Ob er nicht heimfahren wolle, hatte Nadim ihn gerade gefragt. »Es ist spät. Deine Frau wartet sicher schon.«

Er nickte. »Gleich. Kannst du mir vorher noch eine Adresse raussuchen? Jason Birch – Mädchen für alles in Barnabas Hall.«

»Was hat er ausgefressen?«

»Weiß ich noch nicht. Er war an dem Abend im College, und wir glauben – dieses Genie Ryan glaubt –, dass er mehr über einen bestimmten Schlüsselbund wusste, als er sollte. Angeblich hatte er um die Zeit noch Dienst, aber ich habe gerade mit der Quästorin telefoniert, und sie sagt, er sei nicht eingetragen gewesen. Ein bisschen der Wichtigtuer, meinte sie. Zu sehr darauf aus zu gefallen. Nicht der Allerschlauste. Reitet sich gern in was rein.«

Nadim beugte sich zum Bildschirm vor. »Field Avenue«, sagte sie nach wenigen Sekunden. »Blackbird Leys.«

Er nickte vage und nahm den Ausdruck. »Danke.«

»Also mitten im Kriegsgebiet«, fügte sie hinzu.

Mit nochmaligem Nicken wandte er sich zum Gehen, und sie sagte: »Ray? Du brauchst eine Genehmigung, wenn du da reinwillst. Ihr müsst mindestens zu sechst sein.«

»Ja, klar, ich weiß.«

»Ray!« Sie sah ihn argwöhnisch an. »In der Field Avenue war das mit dem Molotowcocktail.«

Er erwiderte ihren Blick. »Jetzt komm, Nadim. Denkst du, das weiß ich nicht selber? Wenn jemand sich an die Regeln hält, dann ja wohl ich.«

Damit ging er, und sie schaute ihm misstrauisch nach.

Wieder in seinem Büro, rief er seine Frau ein zweites Mal an und sagte ihr, sie solle nicht mit dem Essen warten.

19

Als Ryan zu seiner Schwester kam, hatte sie Ryan junior schon in seinen Mantel gepackt und wartete mit ihm vor der Tür.

»Du kommst mir nicht ins Haus, bevor du nicht nach ihr geschaut hast.«

Er verzog das Gesicht. »Verdammt, Jade, du weißt, dass ich keine Zeit hatte.«

»Was soll ich noch machen, Ryan? Bleibt denn alles an mir hängen?«

»Ich fahr jetzt gleich zu ihr«, sagte er.

»Das sagst du bloß, weil's jetzt eh nicht geht. Ich muss in die Arbeit, und mit Ryan kannst du nicht hin.«

»Ich ruf sie an.« Mit breitem Lächeln ging er in die Hocke und streckte die Arme nach seinem Sohn aus, der ernst sagte: »›Verdammt‹ darf man nicht sagen, Daddy.«

»Hast ja recht. Aber schau, was ich dir mitgebracht hab.« Er ließ die Tüte baumeln.

»Gummibären!«

»Noch mehr Süßkram?«, sagte seine Schwester. »Na super. Putz ihm die Zähne am besten gleich mit Zucker.«

»Hauptsache, du kannst meckern.«

»Ruf sie heute noch an«, befahl sie, ging ins Haus und knallte die Tür zu.

Schon beim Wählen der Nummer brach ihm der Schweiß aus. Er

spürte die Angst als ein Brennen im Bauch – so widerwärtig intim wie sein eigener Scheißegeruch.

Ryan junior saß in der Badewanne, wo er vor sich hin plappernd mit einem grinsenden lila Hai spielte, und Ryan, der auf dem Klodeckel saß, beobachtete ihn, das Telefon ans Ohr gedrückt, die Lippen zusammengepresst, bis am anderen Ende abgehoben wurde und aus dem Hörer ein waberndes Schweigen drang.

»Ich will mit *ihr* sprechen«, sagte er. »Nicht mit dir. Gib sie mir«, fügte er mit erhobener Stimme hinzu.

Ein stumpfer Laut, als schlüge das Telefon irgendwo auf, dann endlose Sekunden gar nichts, gefolgt von dem scharrenden Geräusch, mit dem jemand nach dem Hörer griff.

»Ich bin's«, sagte Ryan. »Wir wissen, dass irgendwas war.« Er hörte Atmen am anderen Ende, schwach und unstet. »Ist er wieder auf dich los?« Eine sinnlose Frage; als ob sie darauf jemals antworten würde, solange er in Hörweite war! »Wir wissen's ja eh«, sagte er.

Seine Mutter sagte nichts.

»Sag schon. Was geht bei euch ab?«

Keine Antwort.

»Das bringt so nichts«, sagte Ryan. »Ich komm vorbei.«

Sie gab einen ängstlichen Laut von sich, der in ihm eine jähe, rasende Wut hochkochen ließ.

»Ich komm und zeig's dem Arsch, sag ihm das von mir.« Er musste innehalten, seinen Atem unter Kontrolle bringen. »Nein«, sagte er, als er wieder Luft hatte. »Nein, sag das nicht – sag gar nichts. Wenn er fragt, ich hab nur wissen wollen, wann dein Geburtstag ist. 'kay? Aber wir schauen da nicht länger zu, hast du verstanden? Wir lassen dich verfickt noch mal nicht ...«

Sie hatte aufgelegt. Stumm blieb er auf dem Klodeckel sitzen, den Mund halb offen.

Ryan ließ seinen Hai aus dem Wasser schnellen und wieder abtauchen, flüsternd. Selbst sein Flüstern klang wohlerzogen.

»Daddy?«, sagte er nach einer Weile leise.

Ryan hob den Kopf und rang sich ein krampfiges Lächeln ab. »Ja?«

»›Arsch‹ sagt man nicht.«

Er seufzte. »Ich weiß.«

»Und …«

»Und was?«

»Und ›verfickt noch mal‹ auch nicht.«

»In Ordnung. Ich werd's nicht mehr sagen.«

»Daddy?«

»Was denn?«

»Ist Daddy sein schwer?«

In seiner Brust schwoll etwas an wie ein Ballon, und er beugte sich vor, mit einem echten Lächeln jetzt. »Dein Daddy sein? Nee, gar nicht. Ein Spaziergang ist das.«

Sein Sohn strahlte bis über beide dicken Backen. »Echt?«

»Klar. Pisseinfach.«

Ryan junior machte ein mahnendes Gesicht. »Daddy, man sagt nicht …«

»Ja, ja, ich glaub's dir ja. Ich sag auch nicht mehr pisseinfach. So, raus mit dir aus der Wanne.«

Sein Sohn stand auf der Bademattte, leicht wippend, Hai im Mund, und starrte zur Decke hoch, während sein Vater ihn abrubbelte.

»Daddy?«

»Mmm?«

»Mummys Haare waren braun, oder, Daddy?«

»Ja. So eine Art. Bräunlich.«

»Und sie war sehr hübsch, oder, Daddy?«

»Das Hübscheste, was ich jemals gesehen hab. Außer dir natürlich.«

Der Junge studierte eingehend die Nase seines Vaters, drückte den Finger auf seine Nasenspitze.

»Als sie gegangen ist – warum hat sie das gemacht?«

Ryan schwieg einen Moment. Ein Muskel an seiner Wange zuckte. »Da haben wir schon drüber geredet, weißt du noch, Ry?«

»Sie war kein so glücklicher Mensch.«

»Genau. Gut gemerkt.«

»Aber sie hat mich sehr lieb gehabt.«

»Ja. Ganz, ganz lieb.«

Wieder eine Pause, länger diesmal. »Ist sie jetzt glücklich, Daddy?«

Auf dem Badezimmerboden kniend, Handtuch in der Hand, schloss Ryan kurz die Augen und spürte die runden Händchen auf seinen Lidern, und er zog seinen Sohn an sich und drückte ihn mitsamt dem Handtuch so fest, dass der Junge in ein prustendes Kichern ausbrach.

»Das Problem mit dir, du kleiner Dickwanst, ist, dass du zu versessen auf Unterhaltungen bist.«

»Aber was *sind* Unterhaltungen?«, jubelte sein Sohn.

»Das verrat ich dir nicht, sonst gibst du überhaupt keine Ruhe mehr. So, jetzt rein in den Schlafanzug, und wenn du brav bist, lesen wir die Geschichte von der Maus und dem Maulwurf. Dieser Maulwurf ist echt ganz schön eingebildet, oder?«

Ryan junior klatschte in die Hände. »Maulwurf! Maulwurf!«

Jetzt schlief er, und Ryan stand mit seinen Kopfhörern am dunklen Fenster. Die Ereignisse des Tages zogen an ihm vorbei, in Form von Gefühlen, wie immer; wie Seetang von den Wellen wurde er von seinen Emotionen hin und her geschwemmt: dem Glücksgefühl, das die Piepsstimme seines Sohns in ihm auslöste, der Verzweiflung bei dem Telefonat mit seiner Mutter, seiner ohnmächtigen Wut im Salon des Provosts. Bei manchen Erinnerungen stöhnte er innerlich auf. Wieder sein verdammter Jähzorn. Er bekam ihn einfach nicht unter Kontrolle. Nach der Sache in Wiltshire hatten sie ihn sogar in einen Kurs zur Aggressionsbewältigung gesteckt. Einmal mehr nahm er sich vor, sich in Zukunft besser im Griff zu haben.

Und auf die Selbstkritik folgte wie üblich die Sehnsucht, und er begann, durch die Fotos auf seinem Handy zu scrollen, heimgesucht nun von Gefühlen anderer Art. Bild um Bild einer mageren, lachenden Frau mit radikal geschorenem braunem Haar und Schatten im Gesicht. Gezeichnet, aber unvermindert kostbar. Ihr Haar, ihre Augen, ihr kehliges Lachen – alles immer noch schön, alles eine Anklage gegen ihn.

Dann endlich schloss er die Augen, warf das Handy auf die Matratze am Boden und ließ die stampfende Musik über sich hinwegströmen, ließ sich von ihr hochheben und davontragen.

20

Fünfzig Meilen entfernt führten in dem fensterlosen Büro eines Clubs namens Wire, von dessen Wänden gerahmte Fotos vergessener Filmstars herabblickten, drei Männer eine Unterredung in einer Mischung aus Arabisch und Englisch. Zwei von ihnen trugen schwarze Lederjacken und Bandanas; sie standen mürrisch in der Mitte des Raums, während der Mann hinterm Schreibtisch rauchend ein Foto studierte, das vor ihm lag.

Es zeigte einen dünnen weißen Jugendlichen mit Trainingshose. So, wie das Bild aufgenommen war, wirkte seine Nase unförmig groß.

Der Mann stupste mit einem verächtlichen Zeigefinger dagegen, schob es auf der polierten Tischplatte hin und her. Er war ein gut aussehender Mann mit einem breiten, harten, leicht stoppeligen Kinn, gegelten Haaren, die als Bürste von seiner glatten Stirn wegstanden, und einem marineblauen Anzug, unter dem er ein strahlend weißes T-Shirt trug. In seinem rechten Ohrläppchen steckte ein diskreter goldener Ohrstecker. Jetzt drückte er seine Zigarette in einem runden Glasaschenbecher aus und sagte gedämpft:

»Dieser Mann. *Hu alshurta?*« Er ist Polizist?

»*Heh*, Hassan.« Ja, Hassan.

Hassan runzelte die Stirn. »Er sieht nicht wie ein Polizist aus. *Laqad rik?*« Hat er euch dort gesehen?

»*Heh.*«

»*Fi almakan aldhy taeish fih?*« Vor dem Haus, in dem sie wohnt?

»*Heh.*« Leiser jetzt.

»*Hu alshurta*«, wiederholte er, wie in Gedanken. »Er ist Polizist. Und er hat euch dort gesehen. Vor dem Haus, in dem sie wohnt.«

Der Schielende fing an, mit ausladenden Gesten auf ihn einzureden, dringlich, als hätte er große Eile, und Hassan nickte, lächelte dann, aber nur mit den Lippen, griff nach dem schweren Glasaschenbecher und warf ihn dem Mann mit einer abrupten Bewegung ins Gesicht.

Einen Augenblick lang war der einzige Laut das dumpfe Poltern, mit dem der Aschenbecher über den Boden rollte, dann richtete sich der Schielende auf und stand stramm, seine Wange schon leicht bläulich verfärbt, ein Nasenloch blutgerändert. »'*Ana asif,* Hassan«, sagte er. Es tut mir leid, Hassan. Aufrecht stand er da, schwer atmend.

Hassan ließ sich Zeit, ehe er wieder sprach. »Das ist nicht gut. Gar nicht gut. *Iidha ja' hdha alrayyal hun.* Erst sie, jetzt er. Tut, was ihr tun müsst. Aber wenn dieser Mann hier auftaucht … *Baqtalik.* Dann töte ich euch eigenhändig.«

Ohne den Kopf zu bewegen, sah er zur Tür, und die beiden gingen rückwärts aus dem Zimmer.

21

Als er den Ring erreichte, schaltete Ray das Navi ein; er kannte sich in Blackbird Leys nicht gut aus. Er folgte der Ostumfahrung bis zur Sandy Lane, wo ein Polizeiauto und ein Mannschaftswagen im Gras neben der Fahrbahn standen, blaulichtblinkend in der Dunkelheit, und fuhr, ohne auch nur den Kopf zu wenden, weiter, auf die beiden zentralen Hochhäuser zu, die nun in Sicht kamen, schwarz und stumm gegen den aufgewühlten grauen Himmel. Mehrere Männer vor dem Blackbird Pub sahen ihm nach, als er an ihnen vorbeifuhr. Auf dem Mittelstreifen standen noch mehr Männer um ein ausgebranntes Autowrack versammelt, und auch sie beobachteten ihn, als er in den Cuddesdon Way einbog. Flüchtig registrierte er die Zeile von Läden, alle mit verbarrikadierten Schaufenstern und angekokelten Eisengittern, dann fuhr er die Blackbird Leys Road entlang auf den zweiten Wohnturm zu. Hier war niemand auf den Straßen unterwegs, weder Menschen noch Autos, und er bog in die Pegasus Road, wachsam Ausschau haltend.

Sein Handy klingelte, und nach kurzem Zögern hob er ab.
»Hallo, Schatz.«
»Hi. Ich wollte nur fragen, wann in etwa du Schluss machst.«
»Ich muss noch wohin.«
»Irgendwas Spannendes?«
»Reine Routine. Dauert nicht lang.«
»Ist dein Partner bei dir?«
»Der macht schon Feierabend.«

»Lass es aber nicht zu spät werden.«
»Ich ruf dich an, wenn ich auf dem Heimweg bin.«
»Ist gut.«
»Hab dich lieb.«
»Ich dich auch.«

Die Field Avenue lag im Schatten des Freizeitzentrums. Die meisten Straßenlaternen hier waren eingeschlagen; in der Dunkelheit konnte er Kieselrauputz hinter niedrigen Ziegelmauern ahnen, mit Satellitenschüsseln und Wäsche dekorierte Obergeschosse, eine Batterie von Garagentoren, rollbare Müllcontainer, Drahtzäune. Auf den kahlen Randstreifen parkten Lieferwagen und Pick-ups. Eine Sechzigerjahresiedlung: gute Absichten und schlechtes Material. Schließlich bremste er am Ende einer Reihe einstöckiger Häuschen und stellte den Motor ab.

Plötzliche Stille. Nirgends ein Laut. Aus der Ferne klang schwaches Sirenenjaulen herüber, das der Wind sogleich wieder verwehte.

Er knöpfte sich die Jacke zu und ging, nach rechts und nach links spähend, über den rissigen Asphalt. Sein Klopfen war laut und harsch, und er klopfte gleich nochmals, wie um dem Schweigen Trotz zu bieten, trat dann ein paar Schritte zurück und sah an der unerleuchteten Fassade auf und ab. Das Funkgerät in seinem Wagen spuckte einen Schwall roboterhafter Töne aus; in dem Haus gegenüber wurde ein Vorhang kurz zur Seite geschoben. Betont ruhig drehte Ray sich um und ging durch ein kleines Holzgatter neben dem Haus einen engen Durchgang entlang, wo Glassplitter unter seinen Sohlen knirschten, bis er zu einer Hintertür kam, an die er ebenfalls schlug, mit demselben Ergebnis.

Er war noch hinterm Haus, als er den Wagen hörte, überlaut in der Stille, mit schlitternden Reifen und rasselndem Motor. Kurz dachte er an die Person in dem Haus gegenüber, die sein Funkgerät gehört hatte, doch als er wieder auf der Vorderseite angelangt war, bretterte das Auto auch schon auf ihn zu, und er konnte gerade noch überlegen, zu wieviel sie wohl waren und welche Chancen er gegen eine Truppe von vier oder fünf Mann haben würde, als es bremsenkreischend vor ihm hielt.

Er trat ein Stück auf den Vorplatz hinaus, wo er sich freier bewegen konnte.

Aus dem Auto stieg Ryan.

Nach einer Sekunde der Fassungslosigkeit schien es ihm der schlimmste nur denkbare Ausgang.

»Was zum Teufel machst du hier?«, fragte er.

Ryan kam auf ihn zugeschlendert. »Da wohnt er also?«

»Ja, da wohnt er. Was du hier machst, will ich wissen.«

»Verstärkung. Ist er weg?«

»Woher wusstest du, wo ich bin?«

»Nachricht von Nadim. Sie hatte Angst, dass du was Dummes machen könntest. ›Etwas Ray-Untypisches‹, hat sie geschrieben.« Er sah an der Hauswand hoch. »War ja eigentlich klar, dass er getürmt ist. Hast du hinten auch geschaut?«

»Stell dir vor, das hab ich. Ich schaffe das hier ganz gut allein, vielen Dank.«

»Ich seh nirgends die fünf Beamten, die du brauchst. Aber du hast Glück.«

»Wie, Glück?«

»Ich verpfeif dich nicht – diesmal noch.«

Ray trat einen Schritt näher an ihn heran. »Hör zu, ich hab dich nicht um deine Hilfe gebeten. Ich komme bestens ohne dich zurecht.«

»Kennst dich aus in den Leys, ja? Hier herrscht Krieg.«

»Ich habe die Anweisungen auch gelesen, ob du's glaubst oder nicht.«

»Nein, hier war schon immer Krieg. Ich war hier ziemlich viel als Teenager. Das sind Psychos hier. Dieser Bulle vorgestern – das war kein Versehen. Die wollten den echt abfackeln. Und, was ist hinterm Haus?«

»Ich brauche deine Hilfe nicht.«

»Wirst du aber, wenn die Gang anrückt.«

Ray schnaubte. »Was machst du dann? Sie beschimpfen?«

»Ich bin stärker, als ich aussehe, Kumpel«, sagte Ryan. Er ging an Ray vorbei durch das Holzgatter. »Sehr ordentlich ist er ja nicht gerade«, sagte er, als er über die Scherben stieg. »Oder will einfach keinen Besuch.«

»Oder er hat Angst vor jemandem.«

»Könnte auch sein. Interessant.«

Zu zweit standen sie an der Hintertür und schlugen dagegen.

»Er hat dir gesagt, dass er an dem Abend noch Dienst hatte, oder?«, sagte Ray.

»Ja, wieso?«

»Hatte er nicht. Ich hab die Quästorin gefragt.«

»Ach was?«

Sie standen da und blickten auf das dunkle Haus.

Ray sagte: »Und mit Leonard habe ich auch gesprochen.«

»Wer ist Leonard?«

»Der Pförtner von Barnabas Hall.«

»Ah, der miesepetrige alte Opa.«

»Er hat mir gesagt, dass Jason heute Vormittag während seiner Arbeitszeit verschwunden und nicht wiedergekommen ist.«

»Hmm«, machte Ryan. »Da hat er sich schön was eingebrockt, der gute Jason, und verpisst sich lieber, bevor ihm die Scheiße um die Ohren fliegt. Das bringt hier nichts. Schreiben wir ihn besser zur Fahndung aus.«

Ray sagte: »Stell dir vor, da war ich bereits vor deiner Ankunft draufgekommen.«

»Schon klar. Ist auch schnurz, wer da als Erster draufkommt.«
»Darum geht es mir nicht.«
»Ruf du an, mir ist das piepegal.«
»Ich sag doch, darum geht's mir nicht.«

Sie gingen wieder nach vorn, immer noch miteinander kabbelnd, und als sie durchs Gatter traten, warteten dort zwei weitere Autos und acht maskierte Männer mit einem Sammelsurium behelfsmäßiger Waffen auf sie: Billardstöcken, Stuhlbeinen, Ketten. Drei von ihnen hatten ihre Gürtel ausgezogen und ließen sie drohend baumeln.

Ein kleiner Adrenalinstoß ging durch sie beide.

Nach einem winzigen Zögern stellte sich Ray vor Ryan und hielt seine Dienstmarke hoch.

»Warte, Ray«, sagte Ryan.

Ray beachtete ihn nicht. Er sagte zu den Männern: »Überlegt euch ganz genau, wie ihr hier weitermacht. Ein falscher Schritt, und ihr kriegt lebenslänglich.«

Die Männer sagten nichts, tauschten keine Blicke, rückten nur ein Stück weiter vor. Ray nahm seine Brille ab und verwahrte sie sorgfältig in der Innentasche seines Blazers, zog dann den Blazer aus und gab ihn Ryan zum Halten.

»Ich weiß ja nicht, ob die die Boxregeln kennen.«

Ray krempelte sich die Ärmel hoch. Er trug ein Hemd von Thomas Pink, weiß mit einem zartlila Streifen.

»Echt, warte«, sagte Ryan zu ihm. »Du kennst diese Typen nicht.«

»Es wird schon keiner der Bischof von Salisbury sein«, sagte Ray über die Schulter. »Insofern erwarte ich keine große Hilfe von dir.«

»Jetzt lass den Scheiß. Wir können immer noch zum Auto rüber, Verstärkung anfordern.«

»Du vergisst, dass wir gar nicht hier sein sollten.«

»Shit. Auch wieder wahr.«

Ray trat noch einen Schritt vor, nahm die Fäuste hoch und sagte zu den Männern: »Wollt ihr das wirklich?«

Zwei gingen auf ihn los. Einer hatte einen Billardstock, der andere eine Kette. Ray tänzelte seitwärts, versetzte dem mit der Kette einen Hieb, dass er ins Taumeln kam. Der Billardstock schwang wild über Rays Kopf, aber er machte einen Satz nach vorn und landete einen Schlag im Gesicht des Typen, der rückwärtsstolperte. Einen Moment ließen sie voneinander ab, keuchend alle drei. Ray blutete am Ohr.

»Ray, Kumpel«, sagte Ryan.

»Wir fangen gerade erst an«, sagte Ray durch zusammengebissene Zähne. »Oder?«, rief er den Männern zu.

Einer von ihnen trat nach vorn, ein Großer, Breitschultriger in einer Motorradjacke. Durch die Mundöffnung seiner Sturmmaske sagte er: »Ihr habt 'nen Riesenfehler gemacht. Nach der Scheiße vorgestern kommt ihr hier nicht mehr rein. Wir beschützen unsere Leute.«

Ryan rief hinter Rays Rücken hervor: »Wir versuchen hier einen Mord aufzuklären, Hackfresse!«

Der Mann drehte den vermummten Kopf in seine Richtung. »Als ob dich einer braucht, du Trailerpark-Spast.«

Ryan rollte mit den Augen. »Na, das hat gesessen!«

»Und die Kokosnuss braucht auch keiner«, sagte der Mann in Rays Richtung.

Ray öffnete den Mund, aber ehe er etwas sagen konnte, drängte sich Ryan an ihm vorbei und trat auf den Mann zu. »*Was* war das grade?«, fragte er ihn. »*Wie* hast du ihn genannt? Kokosnuss? *Kokosnuss?*« Er blieb nicht stehen, sondern marschierte unbeirrt auf den Mann zu, der zu lachen begonnen hatte. Er war doppelt so breit und einen guten Kopf größer als Ryan, und Ryan stellte sich dicht vor ihn hin, warf mit einer plötzlichen, zirkusreifen Drehung aus der Hüfte heraus das rechte Bein in die Luft und trat ihn gegen die Schläfe.

Der Mann ging zu Boden wie ein Sack.

Ohne sich um ihn zu kümmern, schrie Ryan die anderen an: »Was glotzt ihr so, ihr rassistischen Drecksärsche? Steigt in eure verfickten Klapperkisten und haut ab, und Earl, dieses hirntote Arschloch, könnt ihr gleich mitnehmen und beten, dass er's verdammt noch mal überlebt und nicht den Rest seiner Tage sabbernd im Stuhl hängt und sich in die Windeln schifft, und wenn ich noch mal hier rauskommen muss, dann komm ich zu dir nach Hause, Darren, und zu dir, Wesley, und zu dir, Slick, du krankes Stück Scheiße, und mach euch fertig, und eure kleinen Brüder und eure Mamis und eure Scheißhaustiere mach ich auch fertig, ihr dreckigen Rassistenärsche. So, jetzt verpisst euch!«

Schon früh während dieser Tirade hatte noch der Letzte mitbekommen, dass er eine Glock in der Hand hielt und sie fahrig herumschwenkte, und so standen sie da, reglos, verschreckt, bis er sie fertig beschimpft hatte, und als er sich umwandte und zu Ray zurückging, sagte keiner etwas; stattdessen bückten sie sich nur schweigend, um den bewusstlosen Mann aufzuheben und ihn zu einem der Autos zu tragen.

Ray starrte Ryan an.

»Ich weiß, ich weiß«, sagte Ryan. »Jetzt schau nicht so. Ich bin wieder ein bisschen ausgerastet, schon klar. Aber das, was der zu dir gesagt hat, war echt daneben. Und dieser Earl war schon immer hirnamputiert, da kann nichts kaputtgehen.« Er humpelte einen Schritt und verzog das Gesicht. »Mann, ich glaub, ich hab mir da was gezerrt. Regionaler Jugendmeister im Kickboxen fünf Jahre hintereinander, und jetzt das. Drogen und Alk fordern ihren Tribut.« Er grinste. »Scherz, Mann! Aber diese Sackgesichter kenne ich nun mal, auch mit den Sturmmasken. Haufen Amateure.«

Schweigend sahen sie zu, wie die Männer davonfuhren.

»Und? Was ist jetzt?«

Ray, immer noch völlig perplex, sagte: »Die Glock. Hast du dich da registriert?«

»Jetzt hab dich mal nicht so. Wann hätte ich mich denn noch mit Papierkram rumschlagen sollen?«

»Es ist aber schon eine Polizeipistole?«

»Ich hatte sie einfach zufällig dabei, okay? Scheißunbequem, das Ding – ich hab das Halfter irgendwo verloren.«

»Du bist echt …«, sagte Ray.

»Tja, irgendwas ist immer, stimmt's?«, sagte Ryan. »Irgendwelche Schwachsinnskleinigkeiten. Okay, ich steck niemand, dass du allein hier rausgefahren bist, und du steckst niemand das mit der Knarre. Deal?«

Ehe Ray etwas antworten konnte, klingelte sein Handy. Er sah es einen Moment lang an, bevor er sich meldete. »Babe«, sagte er schließlich. »Ja. Ja, ich komm jetzt heim. Nein, alles gut. Reine Routine. Okay? Ich bin unterwegs. Ja, ich dich auch.«

Verdrossen gingen sie zu ihren Autos zurück.

»Und lass ihn zur Fahndung ausschreiben«, rief Ryan.

»Ich weiß schon selber, was ich zu tun habe«, rief Ray zurück. »Übrigens, sollte ich dir je wieder meinen Blazer zu halten geben, wäre ich dir dankbar, wenn du ihn nicht einfach auf den Boden schmeißt. Er ist von Tommy Hilfiger!«

Sie knallten ihre Autotüren zu und brausten in ihre verschiedenen Richtungen davon.

22

Um sechs Uhr am nächsten Morgen wurde Jason Birch festgenommen, als er die Tür zu seiner Wohnung aufsperrte; er hatte seine Bankkarte vergessen. Er wurde in die Polizeidienststelle St Aldates gebracht, und die DI Wilkins und Wilkins wurden verständigt.

ORT: C3, der kleinste und dunkelste der fensterlosen Vernehmungsräume in St Aldates, kahl bis auf einen schmucklosen Bürotisch mit einem Aufnahmegerät darauf und drei stapelbare Holzstühle, zwei auf einer Seite des Tisches, einer auf der anderen.
VERNEHMUNGSBEAMTE: DI Wilkins (Raymond) in schwarzer Jeans, dazu passendem Sweatshirt und Blazer, und DI Wilkins (Ryan) in Adidas-Trainingshose, Loop-Jacke und Basecap.
ZEUGE: Jason Michael Birch, in Jogginghose und Steppjacke, beides zerknittert und eindeutig nicht mehr ganz frisch.

WILKINS (RAYMOND): Polizeiliche Vernehmung von Jason Birch, Raum C3. Anwesend: Detective Inspector Ryan Wilkins und Detective Inspector Raymond Wilkins. Uhrzeit: 7:25. Jason, Sie sind einfach aus der Arbeit verschwunden – weshalb?
BIRCH: Äh, ja, das war so. Meine Mutter war krank. Ich meine, sie ist plötzlich krank geworden. Und ich hab einen Anruf gekriegt, dass ich zu ihr kommen soll.

WILKINS (RAYMOND): Aber Sie sind nicht zu ihr gefahren.
BIRCH: Ja. Äh, ich hatte meine Bankkarte vergessen, und ...
WILKINS (RAYMOND): Warum sind Sie dann nicht einfach in Ihre Wohnung zurückgekehrt? Warum haben Sie die Nacht auf dem Parkplatz des – wo waren Sie gleich wieder? – des Littlemore Community Centre verbracht?
BIRCH: Äh, ja, ich war einfach bisschen durch den ...
WILKINS (RYAN): Das bringt doch nichts so. Okay, Jason, wir fangen bei dem Schlüsselbund an. Nein, warte, lieber bei dem Kontaktmann. Wie lief das ab? Kam der Tipp von dir, oder wie?
BIRCH: Nein!
WILKINS (RYAN): Aber du hast ihm Bescheid gesagt.
BIRCH: Nein! Ich kannte den Typ doch gar nicht!
WILKINS (RYAN): Weil, wenn das stimmt, Jason, dann kommst du vielleicht mit 'nem blauen Auge davon, aber wenn du irgendwelche Strippen gezogen hast, bist du am Arsch, kapiert? Weißt du, was die im Bau mit Arsenal-Fans machen?
BIRCH: Ich hatte ihn vorher noch nie gesehen, ich schwör's.
WILKINS (RYAN): Das kauf ich dir nicht ab, Jason. Ray. Raymond. Was meinst du?
WIlKINS (RAYMOND): Jason, alles gut, lassen Sie sich von meinem Kollegen nicht einschüchtern. Er ist nur ein bisschen ungeduldig. Wir wollen Ihnen ja helfen, Jason. Aber dazu müssen Sie uns genau sagen, was passiert ist. Verstehen Sie?
BIRCH: Ja, ja, ich sag ja schon alles. Also, ich war im Lamb & Flag, und der Typ hat mich angequatscht. Er ist Fotograf, hat er gesagt. Mir ein Bier ausgegeben. Und irgendwann hat er dann erzählt, was für Bilder er macht. Ich fand das irgendwie witzig. Er hat mir von dem Spezialgebiet erzählt, das er hat, wie er Shootings im Buckingham-Palast gemacht hat und so. Und dann hat er gesagt, er würde echt gern mal in einem College hier Bilder

machen – Bibliothek, Kapelle und so –, aber er wüsste nicht, wie er reinkommen soll, weil er niemand kennt. Und ich hab gesagt, stimmt nicht, du kennst wen. Obwohl, wenn ich jetzt so drüber nachdenk …

WILKINS (RYAN): Was?

BIRCH: Na, ich frag mich halt, ob er vielleicht vorher schon wusste, wer ich bin.

WILKINS (RYAN): Wow, Sherlock. Und dann? Hast du angeboten, ihn reinzulassen?

BIRCH: Er hat gesagt, da springt Geld für mich raus. Cash. Und ich hab mir nichts Schlimmes dabei gedacht – ich meine, so was ist doch nichts Böses, oder? Ich muss sie bloß reinlassen, hat er gesagt, ihnen die Schlüssel leihen, kurz erklären, was wo ist, und das war's schon.

WILKINS (RAYMOND): Wie sind Sie an die Schlüssel gekommen?

BIRCH: Da hatte ich echt Glück. Ich dachte, ich borg sie mir in der Quästur aus, also bin ich so gegen vier Uhr hin, einen günstigen Moment abpassen, und Ameena kam grade raus, und wir haben uns unterhalten. Sie hat es schwer gehabt, da red ich ganz gern mal mit ihr. Tut ihr gut, wissen Sie, wen zu haben, dem sie sich … Na ja, und wie sie dann weg ist, hat sie ihre Schlüssel liegen lassen. Sie verliert gern mal was. Das heißt, ich musste gar nicht in die Quästur rein.

WILKINS (RAYMOND): Und dann?

BIRCH: Ich hab sie um sieben reingelassen. Stable Yard.

WILKINS (RYAN): Ihn und die Frau?

BIRCH: Ja. Ich hab aber nicht mit ihr geredet. Ich weiß gar nichts über sie, ich hab nicht mal …

WILKINS (RAYMOND): Sie waren nur zu zweit?

BIRCH: Ja.

WILKINS (RAYMOND): Stable Yard, das ist die Tür zur Merton Street raus, oder?

BIRCH: Genau. Der Lieferanteneingang. Da geht man an den Lagerräumen und der Küche vorbei und kommt im New Court raus, beim Speisesaal. Sie wollten erst mal im Lagerraum warten, bis die Luft rein ist, und dann los. Ich hab aber nicht mitgewartet, sondern geschaut, dass ich wegkomm.

WILKINS (RAYMOND): Und die Schlüssel? Wie war das gedacht?

BIRCH: Die wollten sie wieder in den Lagerraum legen, haben sie gesagt. Allerspätestens um acht. Ich hab gewartet und gewartet, und die Schlüssel kamen und kamen nicht, und ich bin immer nervöser geworden. Also bin ich so ein bisschen rumgelaufen, da hab ich dann auch Ameena getroffen. Ich wusste nicht, was ich tun soll. So gegen neun bin ich heim, aber ich hab mir gedacht, irgendwas muss da schiefgelaufen sein. Aber ich hätt mir nicht träumen lassen, was, bis ich's in der Früh dann gehört hab.

WILKINS (RAYMOND): Das heißt, Sie waren bis neun Uhr im College?

BIRCH: Schon. Halt so rumgehangen, mehr oder weniger.

WILKINS (RAYMOND): Kann das jemand bestätigen?

BIRCH: Ashley hab ich paarmal getroffen. Sie hat mir gesagt, ich soll Leine ziehen. Die Sache ist, ich ...

WILKINS (RYAN): Diese Lagerräume, Jason.

BIRCH: Ja?

WILKINS (RYAN): Sind da die Küchenuniformen drin?

BIRCH: Eigentlich alles Küchenzeug. Kittel, Handschuhe, Mützen – die müssen sie jetzt ja alle anhaben. Zubehör, Gasflaschen, alle Arten von ...

WILKINS (RYAN): Das ist es! Deshalb sind sie nicht aufgefallen! Uniformen, Ray! Sie hatten Küchenuniformen an. Die von Ameena war am nächsten Tag weg. Ich wette mit dir zehn zu eins, die Fasern an ihrem T-Shirt kommen daher.

WILKINS (RAYMOND): Der Fotograf, Jason. Hat er Ihnen seine Kontaktdaten gegeben?

BIRCH: Ja. Und wie ich dann wusste, dass echt was passiert war, was Schlimmes, hab ich ihn anzurufen versucht. Er ging nicht ran. Und kurz danach war die Nummer tot.

WILKINS (RYAN): Sag bloß!

WILKINS (RAYMOND): Wie hieß er denn?

BIRCH: Keine Ahnung. Namen hat er mir keinen gesagt. Ich hab mir so meine Gedanken gemacht seitdem. Ich meine, er hat nie gesagt, wer er ist oder für wen er arbeitet oder so.

WILKINS (RYAN): Wir brauchen eine Beschreibung. Wie hat er ausgesehen?

BIRCH: Er sah ein bisschen … wie sagt man da? Nicht direkt dick, aber er sah dick aus, irgendwie.

WILKINS (RYAN): Wow – danke, Jason. Wie wär's, wenn du mal deine kleinen grauen Zellen anstrengst?

BIRCH: Breit, meine ich, er sah breit aus.

WILKINS (RAYMOND): Hat er etwas zu dem Model gesagt? Sie zum Beispiel mit einem Namen angesprochen?

BIRCH: Glaub nicht. Nee.

WILKINS (RAYMOND): Und sie? Hat sie was gesagt?

BIRCH: Nichts. Ich hab sie auch gar nicht richtig sehen können. Sie kam gleich nach ihm rein, wie ich das Tor aufgemacht hab. Er war so ein bisschen … weiß nicht. Ich fand's jedenfalls komisch, weil im Lamb & Flag, an dem ersten Abend, war er superfreundlich, hab ich ja gesagt, aber da, als ich sie reingelassen hab, war er ganz anders, irgendwie, ich weiß auch nicht, angespannt.

WILKINS (RYAN): Klar war er angespannt, schließlich hat er

Hausfriedensbruch begangen und beim Provost im Haus schweinische Fotos gemacht.

BIRCH: Nicht deswegen. Mit ihr war er angespannt. Als ob sie wegen irgendwas gestritten hätten, er und sie. Er hat so ein Gesicht gemacht. Ich hab ja schon gesagt, er war irgendwie – ja, breit. Breite Arme, breite Brust. Nicht direkt dick, aber …

WILKINS (RYAN): Shit, Jason, spar dir das für deinen Psychiater auf.

WILKINS (RAYMOND): Vernehmung beendet um 7:59.

Jason hob schwerfällig den Kopf und sah sie mit trübem Blick an. »Wie tief steck ich in der Kacke?«

Ryan verdrehte die Augen.

»Verlier ich jetzt meinen Job?«

»Deinen Job? Verdammte Scheiße, Jason, du kannst beten, dass du nicht in den Knast kommst. Kein Witz – noch nie von Beihilfe zu einer Straftat gehört? Hast du dich gemeldet und Angaben zu der Toten gemacht, als ihr Bild überall rumging? Oder hast du lieber still und heimlich den Fotofritzen angerufen? Wenn man Haftstrafen für Blödheit kriegen könnte, würdest du locker fünf bis zehn Jahre sitzen, ohne Bewährung. Verstehst du überhaupt, was ich sage?«

Den Kopf in den Händen vergraben, begann Jason zu weinen, die geräuschvollen, peinlichen Schluchzer hemmungsloser Verzweiflung, und sie überließen ihn seinem Jammer.

Vor der Tür des Vernehmungsraums zögerten sie, beide auf der Hut.

»Lief doch gut, oder?«, sagte Ryan. »Fandest du, dass es gut lief?«

»Nein.«

»Ich auch nicht. Wann kriegen wir endlich was, das uns weiterbringt?« Er blies die Backen auf, zog einen Finger unter der Nase durch. »So. Was jetzt?«

»Wir müssen eine von den Küchenuniformen in die Forensik schaffen. Dann wissen wir wenigstens, ob die Fasern mit denen an ihrem T-Shirt übereinstimmen.«

»Gut, ich ruf Claire an. Wollte ich eh machen. Und du?«

»Ich hab zu tun. Ich kann mich auch ohne dich ganz gut beschäftigen.«

Mit schwingendem Blazer ging er durch das Großraumbüro davon. Ryan sah ihm kurz nach, schob dann die Hände in die Taschen seiner Trainingshose und schlenderte in die entgegengesetzte Richtung.

23

Eine halbe Meile entfernt stand am Ende einer Stichstraße ein Mann am offenen Schlafzimmerfenster und sah hinaus auf die umliegenden Dächer – die dicht gedrängten Dächer der Nachbarhäuser, die Flachdächer der großen Backsteinkästen auf dem angrenzenden Industriegelände – und den kalten, leeren Himmel dahinter.

Er hatte ein breites Gesicht mit einem unguten Ausdruck darin. Er zog ein Wegwerfhandy aus der Tasche und tippte ungelenk darauf herum.

»Wo bist du?«, fragte er. Seine Stimme klang belegt, unbeteiligt; die Wörter fielen in Klumpen aus seinem Mund.

»Aber du bist nicht ich«, sagte er nach einer Weile. Dann: »Noch nicht, aber das ist nur eine Frage der Zeit … Ich kann nicht warten, das ist der Punkt.«

Er hörte zu, starrte in den leeren Himmel. »Nein, da, wo ich hingehe, eben nicht.« Wieder hörte er zu.

»Aus Falludscha hab ich's ja auch rausgeschafft, oder?«, sagte er. »Komm einfach her mit dem Ding.«

Der Himmel war ganz und gar flach, eine blasse, ebenmäßige Leere. Er betrachtete ihn mit großer Konzentration.

»Hör auf rumzureden«, sagte er, »und komm her. Das Tattoostudio. Ja, die wissen Bescheid.«

Ein Fleck erschien an einem Ende des Himmels, und er richtete den Blick darauf.

»Du kannst Carl fragen. Er weiß, dass mir das keine Probleme macht.«

Der Fleck begann einen akribischen Strich quer über den Himmel zu ziehen. Der Mann ließ ihn nicht aus den Augen.

»Nichts zu Altes. Keinen Colt … Ja, das Tattoostudio, hab ich doch gerade schon gesagt. Carl weiß Bescheid … Nein, ich kann nicht warten, verdammt. Es kann nicht lang dauern, bis die meinen Namen rausfinden. Und sobald sie ihn haben, stehen sie hier auf der Matte. Ja. Ich brauch das Teil bis spätestens fünf. Fünf Uhr, hast du verstanden?«

Auch nach dem Auflegen beobachtete er noch den Strich, der da über den Himmel gezogen wurde – so langsam, so penibel, so quälend, als würden ihm Nadeln unter die Fingernägel getrieben.

24

Ray war zum ersten Mal beim Independent Office for Police Conduct, der unabhängigen polizeilichen Dienstaufsichtsbehörde. Er kam aus dem Parkhaus beim Canary Wharf, um das die formenklaren, weitläufigen Bauten der Macht und des Gelds aufragten, und überquerte den Cabot Square in Richtung der South Colonnade Nummer 10, deren Bug aus glattem weißem Mauerwerk sich über dem Platz erhob wie ein von der nahen Themse an Land geworfener Dampfer. Der Morgen war trübe und feucht, so düster, als wäre der Tagesanbruch ausgefallen, nur die Lichterketten in den schattenverhangenen Zierbäumchen rund um den leise murmelnden Brunnen leuchteten in einem spröden Weiß. Es war ruhig auf dem Platz, Grüppchen von Menschen standen unbeteiligt neben der Kaskade plätschernden Wassers, und er ging an ihnen vorbei, umrundete die gewaltige Bronzestatue einer breithüftigen Frau mit Dielennagel-Kopf und betrat das Gebäude. Eine kurze Zeit saß er im Foyer, wiederholt beäugt von den drei Empfangsdamen, und wurde nach zehn Minuten in einen Raum im dreizehnten Stock geführt, wo ihn Chefermittler Alec Todd, die Justiziarin Meg Ayers und die Personalchefin Tisi Phou erwarteten.

Er zog seinen einreihigen Brooks-Brothers-Trenchcoat aus, knöpfte den Blazer auf und nahm Platz.

Ms Ayers dankte ihm für sein Kommen und wies ihn auf die Schwere der Anschuldigungen hin. »Was wir uns von Ihnen erhoffen, sind Details. Uns ist klar, dass das im vorliegenden Fall einige Zeit in Anspruch nehmen könnte.« Niemand lächelte.

Sie stellte ein paar einleitende Fragen zur Dauer seiner Zusammenarbeit mit Ryan, der formalen Natur ihrer Partnerschaft, ihrer Aufgabenteilung beim Ermitteln und den Weisungen und Vorgaben, die sie von Detective Superintendent Waddington erhalten hatten. Dann übernahm Todd.

»Erzählen Sie uns von Ihren beiden gemeinsam geführten Gesprächen mit Sir James und Lady Penelope.«

Ray beschrieb sie. Er schlug einen neutralen Ton an, beschränkte sich auf die nachweisbaren Fakten.

»Erinnern Sie sich an die genauen Worte von DI Wilkins, als Sir James ihm im ersten dieser Gespräche mitteilte, dass er am Vorabend nicht über die gesamte Dauer der Zeit in der Burton Suite gewesen war?«

Ray räusperte sich. »So etwas wie: ›Wollen Sie uns hochnehmen, oder wie?‹«

»Nicht: ›Ist das *Verarsche*?‹«

Ray zögerte kurz. »Doch, das kann sein«, sagte er dann.

»Danke. Und hat er Sir James als, Zitat, ›blöd‹ bezeichnet?«

»Nur implizit. ›Es wäre schön blöd von Ihnen‹, oder so ähnlich.«

»Und hat er Sir James bei dem zweiten Gespräch einen, Zitat, ›schmierigen alten Bock‹ genannt.«

Ray schloss ganz kurz die Augen. »Ich glaube schon. Ich kam erst unmittelbar danach dazu.«

»Und eine, Zitat, ›kranke Sau‹?«

»Doch, das hat er gesagt.«

»Und würden Sie zustimmen, dass DI Wilkins bei beiden Gesprächen ein ausgesprochen hohes Maß an verbaler Aggression gegenüber Sir James an den Tag gelegt hat?«

»Ja.«

»Danke. Dann würden wir jetzt gern weitergehen zu der Vernehmung von Jason Birch. Und danach möchten wir Sie bitten, uns von Ihren eigenen Gesprächen mit DI Wilkins zu berichten.«

Eine ganze Stunde verging, ehe Todd sich zufriedengab. Zum Abschluss sinnierte er noch ein wenig über den erstaunlichen Mangel an Überblick und Führungsstärke auf Seiten von Ryans übergeordnetem Partner, der solch haarsträubende Regelverstöße überhaupt erst ermöglicht habe. In Ray flackerte leiser Groll auf. Dann übernahm Tisi Phou. Sie wollte Rays persönliche Einschätzung zu DI Wilkins hören.

»Ich würde mich lieber an die Fakten halten.«

»Das kann ich mir denken. Wir brauchen aber etwas mit ein wenig mehr Biss.«

»Er ist schwierig«, sagte Ray.

»Können Sie das näher erläutern?«

»Er hat Probleme mit der Aggressionsbewältigung. Seine Herkunft, soweit ich das verstanden habe, ist …«

»Keine Notwendigkeit, an diesem Punkt seine Herkunft ins Spiel zu bringen. Er hat sich also nicht ausreichend im Griff?«

Innerlich setzte Ray zu einer Reihe verschiedener Antworten an. »Ja, so könnte man es vielleicht sagen«, räumte er schließlich ein.

»Verbal?«

»Ja.«

»Physisch?«

Ray sah wieder den Mann von gestern Nacht, Earl, auf der Straße liegen. »In gewissen Situationen«, sagte er.

»Wie bei seiner letzten Zusammenkunft mit Sir James?«

»Um ehrlich zu sein, ja, ich hatte Angst, er könnte die Kontrolle noch weiter verlieren.«

Todd sagte: »Ihre Pflicht als Ermittlungsführer ist es natürlich, genau das zu verhindern.«

»Wir sind nicht immer gemeinsam unterwegs.«

»Bei diesem Gespräch waren Sie es aber, oder etwa nicht?«

»Einen Teil der Zeit.«

Todd und Phou steckten die Köpfe zusammen, und Ms Phou machte sich eine Notiz.

Dann erinnerte sie Ray an die neuen polizeilichen Richtlinien in Sachen Diskriminierung und Diversität und wollte von ihm wissen, was er über Ryans Einstellung zu ethnischen Minderheiten, Frauen und der oberen Mittelschicht dachte. Was hielt er von den abwertenden Äußerungen, die Ryan in seinem Beisein gegenüber der Pathologin, Sir James und Lady Penelope, Detective Superintendent Waddington und dem Personal von Barnabas Hall von sich gegeben hatte?

»Zitat: Raffzahn?«

Da fiel ihm keine Rechtfertigung ein.

»Zitat: Scheißdschihadisten. Zitat: Scheißimmigranten. Wobei ich fürs Protokoll hinzufügen möchte, dass dies nicht seine privaten Gedanken sind, sondern gesprochene Kommentare, die von ihm teils aus Ignoranz, teils in beleidigender Absicht geäußert wurden. Viele davon, während Sie tatenlos danebenstanden.«

Ray sagte verärgert: »Ich stand nicht tatenlos daneben. Ich habe ihn jedes Mal dafür gerügt. Ich besitze allerdings keine Zauberkräfte, die verhindern könnten, dass er solche Bemerkungen zunächst einmal *macht*.«

»Ihre Rügen hätten ihn davon abhalten sollen, sie zu wiederholen. Das haben sie aber aus irgendeinem Grund nicht.«

Ray atmete tief durch. »Weil er der ist, der er ist. Ich kann ihn nicht neu erschaffen.«

»Und wer ist er, DI Wilkins? Ist er ein Rassist?«

Ray verzog das Gesicht.

»Ich frage Sie noch einmal: Ist er ein Rassist?«

»Nein, ist er nicht.«

»Fremdenfeindlich?«

»Ja.«

»Sexistisch?«

»Hören Sie, das haben Sie doch alles schriftlich. Ja, er ist fremdenfeindlich, ja, er ist sexistisch. Er kann sich nicht benehmen. Er ist ein Prolet. Er hat Minderwertigkeitskomplexe, er hasst nichts so sehr wie die Reichen und Privilegierten. Er führt eine abwertende Sprache, er schafft es nicht, seine Zunge im Zaum zu halten. Er verhält sich in jeder Hinsicht unangemessen. Vielleicht hat er eine psychische Störung, das weiß ich nicht. Aber werfen Sie mir nicht vor, dass ich ihn nicht unter Kontrolle gehabt hätte. Das Problem ist, er hat sich selbst nicht unter Kontrolle.«

»Ihrer Meinung nach ist er also außer Kontrolle?«

»Das habe ich doch gerade gesagt.«

»Das heißt, er ist als Polizeibeamter nicht tragbar?«

Ray schwieg.

»Entweder oder, DI Wilkins«, sagte Tisi Phou. »Entweder hat er sich unter Kontrolle, dann hätten Sie ihn ...«

»Nein, er ist als Polizeibeamter nicht tragbar.«

Eine Pause trat ein, in der er das Gesagte schon wieder bereute.

»Danke«, sagte Ms Phou. »Keine weiteren Fragen.«

Er blieb einen Moment sitzen, hörte in dem Schweigen um ihn seine eigenen Atemzüge, dann stand er auf, schob seinen Stuhl nach hinten und ging hinaus, ohne noch jemanden anzusehen.

25

»Thomas Dubin«, sagte Nadim. »So heißt er.« Sie stand mit Ray und Ryan im Büro der Chefin und fasste die Ergebnisse ihrer Recherchen zusammen. »Vierzig Jahre alt. Geboren in Walthamstow, Ausbildung am London College of Communication. Ging 2003, gleich bei Kriegsbeginn, in den Irak; war in Falludscha während des Häuserkampfs. Kurz danach psychischer Zusammenbruch. Seither kein Fotojournalismus mehr. Zeitweise noch Paparazzobilder für die Boulevardblätter. Mittlerweile nur noch Pornoaufnahmen.«

Alle betrachteten sie Dubins Foto auf dem Bildschirm. Ein breiter Mann mit einem breiten Gesicht, wie Jason ganz richtig erkannt hatte. Das schwarze Haar hitlermäßig in die Stirn gepappt. Käsige Haut. Schatten und Furchen unter toten Fischaugen. Der lippenlose Mund nach unten gebogen.

Die Chefin sagte: »Zwei Verwarnungen nach Beschwerden von jungen Frauen, die im Sexgewerbe tätig sind. Danke Ihnen, Nadim.«

Nadim verließ das Büro.

Ryan sagte: »Wie war's mit dem Pornoking? Diesem Typen in Monaco?«

»Mr Seagrave hat es sich zur persönlichen Mission gemacht, der Glamourindustrie wieder zur Integrität zu verhelfen. So hat er mir das erklärt. Die Ethik steht bei ihm an allererster Stelle. Und als Ehemaligem von Christ Church war ihm extrem stark daran gelegen, uns behilflich zu sein. Er hat mir anstandslos Dubins Namen gegeben – und betont, dass Dubin nicht auf seiner Gehaltsliste steht, niemals auf seiner Gehaltsliste stand und er persönlich den Mann nie kennengelernt hat. Ich gehe davon aus, dass er ihn angerufen hat, sowie die Nachricht heraus war, und alle Beziehungen zu ihm abgebrochen hat. Vielleicht kann Nadim das später überprüfen.«

»Und das Mädchen?«

Sie sah Ryan an. »Sie wurde auf Ende zwanzig geschätzt. Also kein *Mädchen*, Ryan, wenn's recht ist.«

Er schaute schuldbewusst. »Okay. Klar.«

»Nein«, fuhr sie fort, »er weiß nicht, wer sie ist.«

»Echt nicht?«

Sie umriss kurz Michael Seagraves ethisches Geschäftsmodell. Die Fotografen, die alle freiberuflich arbeiteten, reichten ihre Bilder ein und luden sie, wenn sie grünes Licht erhielten, eigenverantwortlich auf die Plattform hoch. Der Kontakt beschränkte sich auf das notwendige Minimum. Gut fürs Geschäft. Und *keinerlei* Kontakt, unter gar keinen Umständen, zu den Models. Die Fotografen traten als ihre Agenten auf und bezahlten sie von ihrem eigenen Honorar. Noch besser fürs Geschäft.

»Insofern: nein«, sagte die Chefin, »Seagrave weiß nicht, wer die junge Frau ist, und das glaube ich ihm. Seine Assistentin hat mir Unterlagen gemailt, die zeigen, dass sie bisher auf keiner seiner Seiten zu sehen war. Die Models da sind alle ganz anders. Er denkt – auch nicht unhilfreich –, dass sie neu in der Branche sein könnte. Das denke ich allmählich auch. Nadim hat den ganzen Vormittag Gesichtserkennungssoftware über die relevanten Seiten laufen lassen und keinerlei Übereinstimmungen gefunden.«

Ryan stieß einen angewiderten Laut aus.

»Was?«

»Weiß nicht, irgendwie hab ich ein Problem mit diesem Christ-Church-Porno-Guro in Monaco.«

»Stört Sie die Pornografie, Ryan, oder die Tatsache, dass er in Christ Church war? Er war tatsächlich sehr kooperativ. Aber ja, ein gewisses Problem hatte ich mit ihm auch, deshalb habe ich einige Details ans Finanzamt übermittelt, um die derzeit laufenden Ermittlungen zu Unregelmäßigkeiten bei seinen Steuerzahlungen zu unterstützen. Was unseren Fall angeht, bezweifle ich allerdings, dass wir von ihm noch mehr erfahren können, als wir es bereits getan haben.« Sie wandte sich Ray zu. »Wie geht es nun weiter?«

»Hat Nadim die Adresse von diesem Dubin?«

»Ja.«

»Dann fahren wir jetzt zu ihm.«

Sie nickte, wartete einen Moment. »Gestern Nacht kam es übrigens zu einem Zwischenfall in den Leys. Ein Mann dort wurde bewusstlos vor dem Krankenhaus abgeladen. Das Opfer ist uns bekannt – einer der ›Defenders of the Leys‹. Bisher ist allerdings völlig unklar, was mit ihm passiert ist. Er hat das Bewusstsein noch nicht wiedererlangt.«

Sie musterte die Gesichter der beiden.

»In den sozialen Medien werden Kommentare über rabiate Polizisten gepostet, die in der Gegend beobachtet worden sein sollen. Weiß einer von Ihnen etwas darüber?«

Sie setzten beide den gleichen halb verdutzten, halb unbeteiligten Blick auf und schüttelten den Kopf.

26

Zum zweiten Mal an diesem Tag war Ray auf dem Weg nach London. Eine Spezialeinheit erwartete sie bei dem Haus des Fotografen. Sie ließen Oxford hinter sich, fuhren durch einen zerfleddernden Nebelvorhang hinauf in die kalte Sonne der Chiltern Hills, vorbei an High Wycombe, dann Uxbridge, auf die grauen Außenbezirke der Hauptstadt zu, die sich den Horizont entlangstreckten wie eine im Regen liegen gebliebene Decke. Ryan hockte auf dem Beifahrersitz, die Knie an die Brust gezogen, fast in Embryohaltung. Es machte Ray ganz nervös.

»Wie sitzt du eigentlich da?«, fragte er schließlich.

»Ich muss dir was sagen. Nur schon mal als Warnung.«

»Was?«

»Gegen mich läuft so ein Disziplinardings. Beim IOPC.«

Ray sagte nichts.

»Ich lass mich davon aber nicht runterziehen. Mich machen sie eh immer platt, hab ich ja schon gesagt.«

Ray fuhr schweigend.

»Ich dachte bloß, irgendwie klappt das doch eigentlich ganz gut. Mit uns, meine ich.«

Ray unterdrückte einen Laut.

»Jedenfalls werden sie dich wahrscheinlich auch befragen wollen. So läuft das bei diesen Verfahren.«

An Rays Wange zuckte ein Muskel.

»Da kannst du denen alles sagen, was du über mich denkst.«

Endlich antwortete Ray. »Ja, ich kenne das Prozedere.«
»Tja. Das war's eigentlich schon. Aber weißt du was?«
»Was?«
»Ich lass mich davon nicht runterziehen.«
»Gut.«
Sie fuhren weiter. Ryan nahm die Beine herunter, holte sein Handy aus der Tasche und begann daran herumzudrücken, summend.

Ray warf einen Blick zu ihm hinüber und runzelte die Stirn. »Was wird das jetzt?«

Ryan grinste. »Gleich.«

Er hielt sich das Telefon vors Gesicht, und eine kleine Stimme drang daraus hervor, hoch und ernsthaft: »Daddy?«

»Ja?«

»Du hast eine komische Nase.«

»Muss am Telefon liegen. Wie sehen meine Ohren aus?«

Ray, den Blick geradeaus gerichtet, sagte: »Hör mal, ich will dir ja den Spaß nicht verderben, aber wir sind bei der Arbeit. Wir warten auf das Update aus der Forensik.«

Wieder die piepsige Stimme. »Daddy?«

»Ja?«

»Rhinozer-Rosse sind ganz schön groß, oder? Gibt's eigentlich auch Rhinozer-Pferde?«

Ryan lachte laut auf. »Hast du das gehört?«, sagte er zu Ray. »Rhinozer-Pferde. Saugut, oder?«

Ray sagte: »Beendest du das Gespräch bitte?«

»Daddy! ›Sau‹ sagt man nicht!«

»Ja, ja, hast ja recht. Was machst du grade mit Tante Jade?«

Ray sagte: »Hast du nicht gehört? Nicht jetzt. Wir haben zu tun.«

Ryan drehte das Handy zu ihm hin. »He, Ry, schau mal! Das

ist Daddys Partner. Er heißt Ray. Komm schon, Ray, sag Ryan hallo.«

Ray sah verbissen geradeaus.

»Daddy? Der ist doch gar kein Maulwurf, Daddy.«

»Stimmt eigentlich. Vielleicht ist er ein Rhinozer-Pferd. Groß ist er jedenfalls. Schau dir seine Jacke an. Was für 'ne Marke ist das, Ray? Tommy Hilficker? Weißt du, Ryan, ich dachte am Anfang ja, er ist ein bisschen eingebildet. Ist er auch, bisschen. Nein, *Scherz*. Er ist in Ordnung. Komm schon, Ray. Sag hallo.«

»Hallo«, murmelte Ray.

»Bist du Daddys Freund?«

Ray rang sich ein Lächeln ab. »Ja«, sagte er nach einer längeren Pause. »Aber dein Daddy muss jetzt auflegen, weil wir ...«

Eine neue Stimme drang mit einem Mal aus dem Handy: »Jetzt hör mal gut zu, du Drückeberger!«

Ray verriss leicht das Lenkrad; erschrocken sah er hinüber zum Display, wo sich unscharf das Gesicht einer jungen Frau ins Bild schob.

»Ryan!«, sagte sie. »Hörst du? Ich hab deine Ausreden satt. Fährst du endlich zu ihr, ja oder nein?«

Ryan hielt sich das Handy dicht vor den Mund und nuschelte: »Ja, mach ich. Hab ich dir doch gesagt. Hör zu, ich kann jetzt nicht reden. Ich arbeite. Da kannst du nicht einfach so reingrätschen.«

»Wann fährst du?«

»Heute Abend. Ich fahr heute Abend, okay?«

»Das sagst du immer.«

»Jade! Ich bin in der Arbeit!«

»Mir völlig egal, wo du bist. Willst du, dass sie wieder im Krankenhaus landet? Willst du das?«

»Ich fahr heute Abend hin«, flüsterte er. »Echt. Ich versprech's. Gleich heute Abend.«

Das Letzte, was Ray hörte, war ein abschließendes »Vollpfosten!« Dann kehrte im Wagen Stille ein.

»Meine Schwester«, sagte Ryan nach einer Weile. »Passt auf Ryan auf. Sie kann manchmal …«

Ray antwortete nichts. Er fragte auch nichts. Er warf Ryan einen Blick zu, und Ryan sah weg und schwieg.

Bei Northolt wurde der Verkehr dichter, und Ray fuhr von der M40 ab und nahm den Weg durch die Vororte.

»Meinst du, Jason könnte es gewesen sein?«, wollte Ryan von ihm wissen.

»Eher nicht. Ich habe mit Ashley gesprochen, die bestätigt, dass er an dem Abend nervös im College herumgestrichen ist. Ich halte ihn auch nicht für den Typ.«

»Weil er zu dumm ist, meinst du? Dumme Leute begehen auch Verbrechen.«

»Ich habe nichts von dumm gesagt.«

Bevor sie sich weiter angiften konnten, ging auf dem Autotelefon ein Anruf ein: ein Londoner Juwelier, an den Ray sich wegen des Rings der Toten gewandt hatte. Seiner Aussage nach handelte es sich um ein markantes Schmuckstück moderner Machart, angefertigt in den Achtziger- oder Neunzigerjahren, mit an Sicherheit grenzender Wahrscheinlichkeit in Frankreich.

»Wie markant?«, fragte Ray. »Ist eine Rückverfolgung möglich?«

»Ich kann bei den entsprechenden Händlern in Paris und Lyon nachfragen.«

»Tun Sie das bitte. Geben Sie uns Bescheid, sobald Sie etwas hören.«

Ryan grinste. »Na bitte«, sagte er. »Wusste ich doch gleich, dass der Ring zu was gut ist. Und dass sie Ausländerin ist, sag ich ja immer schon.«

»Sie könnte ihn im Urlaub gekauft haben. Oder bei einem Fotoshooting. Oder jemand aus Frankreich hat ihn ihr geschenkt.«
»Ich hab das im Gefühl.«
»Ach ja? Wegen der Nase, ja?«
»Sie sieht einfach insgesamt französisch aus.«
Eine Weile schwiegen sie.
»Warst du denn schon mal in Frankreich?«, fragte Ray dann.
»Brauch ich nicht. Ist doch hier alles voll von den Typen.«
Sie fuhren die Ruislip Road entlang, vorbei an Parks und Sportplätzen, durch breite Alleen mit stuckverzierten Einfamilienhäusern, Art-déco-Wohnblocks und zuletzt viktorianischen Reihenhäusern. Hier hingen Trauerweiden tief über die Straßen herab, Hecken plusterten sich hinter schmiedeeisernen Zäunen, und in bunt gepflasterten Einfahrten funkelten teure Autos. Die Gehsteige waren menschenleer bis auf vereinzelte Kinder in Schuluniform und ein paar Nannys mit Kinderwagen.
»Hier bist du also aufgewachsen«, sagte Ryan. »Ealing Broadway.«
»Mehr oder weniger.«
»Schick. Und deine Nanny hat dich morgens zur Schule gebracht?«
»Weißt du was, Ryan?«
»Was, Raymond?«
»Du kannst mich mal.«
Ryan brach in Lachen aus, und nach ein, zwei Sekunden schüttelte Ray den Kopf und lächelte.
Er sah auf die Uhr. »Ankunft in fünf Minuten«, sagte er.
Ryan funkte die Spezialeinheit an, und dann waren sie da.

Sie ließen den Wagen in der Jubilee Lane stehen, einer schmalen Straße mit Ziegelmauern und geparkten BMWs und Mini

Coopers, und gingen mit dem Einsatzleiter zu Fuß bis zur Ecke Haven Lane. Das Haus des Fotografen stand fünfzig Meter entfernt, ein sandfarbenes Reihenhäuschen, klein und stylisch hinter einem handtuchgroßen, blitzblanken Vorgarten.

»Scheint sich zu lohnen«, sagte Ryan, »dieses Pornozeugs. Irgendwer zu Hause?«

Der Einsatzleiter sagte: »Eher nicht, Sir.«

»Egal«, sagte Ray. »Standardprozedere. Alles bereit?«

»Ja, Sir.«

Sein Handy klingelte, und er zögerte.

Ryan sagte grinsend: »Shit, Ray, sag ihr, jetzt nicht, wir müssen arbeiten.«

Gereizt wandte Ray sich ab und flüsterte in sein Telefon: »Babe, ich ruf dich zurück.« Er gab dem Einsatzleiter das Zeichen, und sie schauten zu, wie das Team vorrückte.

Lautlos, geduckt, bewegte sich ein Dutzend Mann in mattschwarzen Overalls, die Gesichter von schwarzen Masken verdeckt, die klobigen Pistolen mit beiden Händen umfasst, die Straße entlang auf das Haus zu, immer wieder erstarrend zu lehrbuchreifen Positionen der Wachsamkeit, aus denen sie sich nach Sekunden wieder lösten, um neue Positionen einzunehmen, bald kniend, bald flach gegen eine Wand gedrückt, das Ganze so perfekt durchchoreografiert wie eine Szene aus *Schwanensee*, bis sie zuletzt in unterschiedlichen Posen um das kleine Vorgartenviereck Aufstellung nahmen, reglos, als warteten sie auf Applaus. Noch immer ohne einen Laut flankierten zwei die Tür, während ein dritter das Knistern des Funkspruchs abwartete, um dann die schmucke rote Haustür mit einer nicht minder schmucken Handramme aufzubrechen, worauf der ganze Trupp unter lauten Rufen ins Haus stürmte, dort auf den Trupp traf, der von hinten eingedrungen war, und so vereint schwärmten sie zügig über die Räume aus.

»Weißt du, was schlau wäre?«, fragte Ryan Ray beiläufig. »Wenn du dein Telefon zwischendurch mal ausschalten würdest, dass wir nicht dauernd unterbrochen werden.«

Ray sah ihn finster an. Gemeinsam betraten sie das Haus.

Drinnen befand sich nicht das Geringste, was von Interesse gewesen wäre, schon gar nicht Thomas Dubin, und nach einer knappen Stunde überließen sie das Feld den Forensikern und gingen wieder nach draußen.

Nachbarn lungerten auf der Straße herum und sahen wie zufällig zu ihnen herüber. Hinter den Absperrbändern an beiden Enden der Straße waren Autos vorgefahren, und auch dort standen Schaulustige; einige schwenkten Presseausweise, ohne Erfolg. Ryan hatte sich gerade auf die Bordsteinkante gesetzt, um sich eine Zigarette anzustecken, als der Mann aus dem Nachbarhaus in den Garten herauskam. Er war weißhaarig, sehr englisch in seiner Optik, mit senfgelber Cordhose und zotteliger Jacke, und Ryan rappelte sich vom Boden auf und ging zu ihm.

»Brutal laut, was? Kann kein Mensch schlafen bei diesem ganzen Rumpeln und Rumgeplärre.«

Der Mann maß ihn mit kaltem Blick. »Die Polizei tut lediglich ihre Arbeit.«

Ryan nahm einen zweiten Anlauf. »Klar, ja. Kennen Sie ihn besser, diesen Dubin?«

Der Mann sagte: »Ich gebe ausschließlich der Polizei Auskunft, danke.«

Ryan war noch dabei, in der Tasche seiner Trainingshose nach seiner Dienstmarke zu wühlen, als sich Ray an ihm vorbeischob und dem Alten die Hand gab. »Guten Tag«, sagte er, »DI Wilkins. Ich entschuldige mich in aller Form für die Störung. Ich weiß, was für eine friedliche Gegend das ist, ich bin hier um die Ecke groß geworden. Corfton Road.«

»In der Corfton Road?«, sagte der Mann. »Hübsche Straße. Einer von meinen Bridgepartnern wohnt da.«

Ray lächelte, nickte. »Dürfte ich Ihnen wohl ein paar Fragen stellen?«

»Selbstverständlich«, sagte der Mann mit einem Seitenblick auf Ryan. »Sollen wir nach drinnen gehen? Da sind wir unter uns.«

Ryan sah ihnen nach. Hockte sich wieder auf den Bordstein. Zündete sich seine Zigarette an.

Beim Rauchen dachte er an die Tote. Es machte ihn wütend, dass sie immer noch keinen Namen hatte. Trotz seiner optimistischen Aussagen gegenüber der Chefin wussten sie nichts über sie, außer dass sie bei Pornoaufnahmen mitgemacht hatte – vielleicht nur das eine Mal. Seltsam, in ihrem Alter noch in dieser Branche anzufangen. Seltsam – und interessant. Wie viel Geld hatte sie dafür wohl bekommen?, fragte er sich. Wie dringend hatte sie es gebraucht, und weshalb? Er versuchte sich ihren Weg durchs College vorzustellen, in einem Küchenkittel und vielleicht einer dieser komischen Hygienekappen, einen Tick high vom Koks und dem Risiko, das sie einging, während sie nervös Dubin im Blick behielt, ihren Geldgeber, der mies drauf war, und dabei an normale Dinge dachte, an ihr Make-up, ihr Haar, die Unterwäsche, sich darauf besann, welcher Ort nach der Bibliothek dran war, rein, raus, kurz und schmerzlos, bevor sie zuletzt, nun wieder in Jeans und T-Shirt, zum Bahnhof gehen würde, ein paar Scheine in der Tasche, um das alles hier abzuschütteln, zurückzufahren wohin auch immer, weiterzumachen mit ihrem Leben.

Irgendetwas übersah er. Er räusperte sich, spuckte aus. Sah auf seine Uhr.

»Verdammte Scheiße«, murmelte er.

Er sah ihr totes Gesicht vor sich. Die Empörung in dem Blick, mit dem sie die Wand angestarrt hatte, als könnte sie es nicht fassen, dass sie so sterben musste, als wäre ihr Tod aus heiterem Himmel gekommen, komplett aus dem Nichts.

Meistens baut irgendwer Scheiße. Bis dahin war alles glattgegangen, in der Bibliothek, der Kapelle – was war im Torhaus passiert? War zwischen ihr und Dubin plötzlich etwas übergekocht? Er sog fieberhaft an der Zigarette. Wenn Dubin nicht der Täter war, warum war er dann abgetaucht?

Ryan atmete tief ein, dachte an ihren Leichnam auf dem Teppich, liegen gelassen wie ein Stück Abfall, das andere wegräumen durften. Er konnte ihr nicht in das zornige tote Gesicht schauen, bis er wusste, wer ihr das angetan hatte.

Er zündete sich die nächste an, sah erneut auf die Uhr. »Verfickt noch mal, Ray«, murmelte er.

Es war vier Uhr, als sie endlich die Rückfahrt antraten. Der Alte hatte ihnen zuletzt doch noch weitergeholfen. Dubin war kein sehr rücksichtsvoller Nachbar, und Ray hatte klaglos allen Beschwerden gelauscht.

Alle in der Straße waren sich einig, dass Dubin einen Knacks abbekommen hatte. Er musste im Irak Furchtbares erlebt haben – hatte in Falludscha festgesessen, hieß es, als die Amis dort Amok gelaufen waren. In dem Haus wohnte er nun seit etwa fünf Jahren, und er hatte sich von Anfang an merkwürdig verhalten. Die Vorhänge blieben oft wochenlang zugezogen, aus dem Haus kam kein Laut, dann plötzlich torkelte er nachts um drei auf der Straße herum, sturzbesoffen, und brüllte unflätiges Zeug. Einmal hatte er ein Auto in Brand gesteckt – sein eigenes, wie sich herausstellte. Im Lauf der Monate, dann der Jahre, war er zu einer Hintergrunderscheinung geworden, mürrisch und verschlossen. Neuerdings gingen zu allen Zeiten Frauen bei ihm aus und ein. Am Abend des Mordes war Dubin gegen Mitternacht nach Hause gekommen.

Eine Zeit lang hatte er im Obergeschoss rumort, dann hatte man die Haustür schlagen hören und ihn auf der Straße davoneilen sehen, eine Tasche über der Schulter. So gegen eins, halb zwei war das gewesen. Wo er so spät nachts wohl hingewollt hatte? Das wusste der Nachbar nicht. Zum Bahnhof? Zum Flughafen? Keine Ahnung. Oder gab es sonst irgendeinen Ort – ein Ferienhaus, einen Wohnwagen?

Der alte Mann legte die Stirn in Falten, rieb mit bläulichen Fingern in seinem langen Gesicht herum. Aus seiner Kehle drang ein Brummeln, während er in seinem Gedächtnis kramte. »Wo Sie so fragen, doch, er hat mal erzählt, sein Bruder Dave hätte irgendwo ein Haus, zu dem er einen Schlüssel hat.«

»Wissen Sie vielleicht, wo?«

Noch mehr Gebrummel. Die Finger traktierten weiter das Gesicht.

»Doch!«, sagte er dann mit überraschtem Lächeln. »Jetzt, wo wir drüber reden, kommt es mir wieder. In Oxford. Das Haus ist in Oxford.«

27

»Irgendwelchen Dreck hat er am Stecken«, sagte Ryan. »Oder er weiß jedenfalls was.«

Von der M40 aus riefen sie Nadim an, die ihnen aus den Daten des Einwohnermeldeamts die Adresse herausfischte: in Cowley Marsh, gemeldet auf den Namen David Dubin.

»Er vermietet es zeitweise, aber momentan scheint es leer zu stehen. Höhe Hollow Way«, sagte sie, »neben dem Industriepark.«

»Kenn ich«, sagte Ryan wie aus der Pistole geschossen. »Da sind wir in zehn Minuten.«

Sie hatten eben Thornhill Park & Ride passiert. Ray fuhr auf den Ring und beschleunigte in Richtung der Autofabrik.

»Soll ich eine Spezialeinheit anfordern?«, fragte Ryan.

»Keine Zeit. Er weiß, dass wir früher oder später bei ihm aufkreuzen werden. Wenn er dort ist, dann nicht für lange. Das könnte unsere einzige Chance sein.«

»Oder Verstärkung von hier?«

Ray wandte den Blick nicht von der Straße.

»Ray? Verstärkung?«

»Scheiß auf Verstärkung«, sagte Ray, und Ryan fing an zu lachen.

Auf der Garsington Road krochen sie zwischen Lastern und Baufahrzeugen dahin, auf einer Seite die kahle Ziegelmauer des Industrieparks, auf der anderen die endlose Folge rauverputzter Doppelhäuser. Bei Rot bogen sie in den Hollow Way ein.

»Auf den kleinen Straßen hier musst du mit den Lastern aufpassen«, sagte Ryan. »Die schießen echt aus jeder Ecke. Ich war als Teenager öfter hier. Scheißgefährlich sind die. Da, das ist es.« Er nickte. »Gleich nach dem Tattooshop. Krass!«

»Was?«, fragte Ray und drehte den Kopf.

»Dass es den noch gibt! Da wär ich einmal fast rein, mir irgend so ein Tribal in den Nacken stechen lassen. Und jetzt da rüber, genau, da.«

Ray bog in die Sackgasse ein und ließ den Wagen vor einem grauen Holzzaun ausrollen. Einen Moment saßen sie einfach da, Motor ausgestellt.

»Das letzte Haus links«, sagte Ryan.

»Woher weißt du das?«

»Die Hausnummern. Links sind die graden. Und ich sag ja, ich war früher oft in der Gegend. Um die Ecke hier war ein Typ, bei dem wir uns manchmal eingedeckt haben. Und ein Stück weiter unten sind Garagen, da sind wir auch manchmal abgehangen.«

Beide sahen sie zum Ende der Straße hin.

Ryan rutschte hin und her. »Was meinst du? Ist er da?«

»Keine Ahnung. Wie gesagt, selbst wenn er hier sein sollte, wird er nicht lange bleiben.«

»Glaubst du, er war's?«

»Weiß nicht. Aber warum sollte er sonst flüchten?«

Ryan nickte. »Dann legen wir mal los.«

Sie stiegen aus und gingen die Straße entlang, schauten nach rechts und nach links. Es war fünf Uhr. Von den umliegenden Straßen drangen gedämpfte Nachmittagsgeräusche herüber – der Autolärm der Stoßzeit, Kinderlachen. Eine ganz normale, ruhige Wohngegend. Die Häuser zu beiden Seiten der Sackgasse waren unten gemauert und oben mit Platten verkleidet, die Haustüren aus Milchglas: alle gleich aussehend, alle gleich ausdrucks- und gesichtslos. Sie schlichen näher, hielten inne.

»Fenster«, flüsterte Ryan und deutete darauf.

Bei dem letzten Haus links stand ein Schlafzimmerfenster offen.

»Meinst du, er ist da?«

»Ich weiß nicht«, sagte Ray.

»Ich glaub, er ist da. Fuck.«

»Was?«

»Was ist, wenn er bewaffnet ist?«

»Warum sollte er bewaffnet sein?«

»Er war im Irak. Da konntest du massenweise Waffen abgreifen. Und Kontakte hat er vielleicht auch. Dann ruft er einfach wen an, lässt sich was kommen.«

»Das hilft jetzt nichts.«

»Ich hätte die Glock mitnehmen sollen.«

Ray schüttelte den Kopf. »Tritt ihm doch einfach die Schläfe ein.«

»Machst du Witze? Ich war so was von steif heute früh, dass ich Ryan fast nicht zum Auto tragen konnte.«

»Dann beleidigst du ihn eben – das ist doch deine Spezialität. Ich hör auch weg. Pscht jetzt.«

Sie schlichen weiter, bis sie die Seitenwand des Hauses erreichten. Vor den Erdgeschossfenstern hingen Tüllgardinen, neben der Haustür lehnte ein Besen. Ein roter Kater kam um die Ecke stolziert, starrte die beiden ungerührt an und legte sich auf den Beton, um sich die Weichteile zu lecken, ein Bein in die Höhe gereckt wie ein Balletttänzer.

Ryan sagte leise: »Ich schau, dass ich durch die Garagen auf die Rückseite komm.«

Ray nickte, sah auf seine Uhr, hielt zwei Finger hoch.

Als Ryan verschwunden war, zählte Ray die Sekunden mit, lief dann geduckt vor dem Fenster vorbei bis zur Haustür. Von drinnen kein Laut. Der Kater hörte auf, sich zu schlecken, und sah interessiert zu, noch immer mit abgespreiztem Hinterbein. Ray schlug an die Tür, und der Kater klaubte alle viere in der Luft zusammen und flitzte davon. Ray klopfte erneut und rief, seine Stimme laut und abrupt in der Stille: »Aufmachen! Polizei!«

Keine Antwort. Ein lauerndes Schweigen. Er machte einen Schritt rückwärts, verlagerte sein Gewicht nach hinten, trat die Tür ein und stolperte in das leere Wohnzimmer, warf einen Blick auf Sofa und Couchtisch, Fernseher und Spiegel, dann rannte er die Treppe hinauf. Von unten kam ein Scheppern, als die Hintertür nachgab. Ray ging methodisch vor. Er steckte den Kopf durch die Badezimmertür, schob sich hinein, sah sich um, kam wieder heraus. Sah in das nächstgelegene Schlafzimmer, kam wieder heraus, hoch aufgerichtet, nach allen Seiten spähend. Ryan sprintete die Stufen hoch, stellte sich neben ihn, und sie bewegten sich im Gleichtakt weiter – Ryan in das zweite Schlafzimmer, Ray in eine Abstellkammer –, in einem Schweigen, das durch nichts unterbrochen wurde als durch ihre Schritte und das Geräusch ihres Atmens.

Dann kamen sie auf dem Flur wieder zusammen, beide keuchend.

»Hier ist er nicht«, sagte Ray.

»Aber er war da. Schmutziges Geschirr in der Spüle. Und es riecht nach was. Ich glaube, er hat was verbrannt.«

»Wir haben ihn verpasst.«

Das Adrenalin ebbte langsam ab. Sie gingen nach unten und stießen in dem Abfalleimer in der Küche auf verbrannte Stoffreste.

»Weißt du, was das war? Die Küchenuniform aus dem College«, sagte Ryan. »Kittel und Mütze. Wie ich's gesagt hab.«

Ray fand die SIM-Karte, und sie betrachteten sie beide.

»Kriegt man die repariert?«

»Die im Labor können alles Mögliche.« Ray ließ sie vorsichtig in eine Asservatentüte gleiten und versiegelte sie.

Sie setzten sich an den Küchentisch. Ryan dachte laut nach.

»Die Uniform …«

»Ja?«

»Als sie ins College rein sind, hatte er eine an, sie auch. Als er ging, hatte er seine immer noch an. Ist hierher zurückgekommen, hat sie pfuscherhaft entsorgt.«

»Und?«

»Was ist mit ihrer passiert? An hatte sie sie ja schon mal nicht. Und sonst war sie auch nirgends.«

Sie saßen stumm da, grübelnd. Und hörten über sich plötzlich ein Knarzen und sahen sich aufgeschreckt an.

»Fuck, er ist noch da!«

Ehe sie sich rühren konnten, trappelte es über ihnen, beide stürzten sie los, stürmten zusammen die Treppe hinauf, fielen über die eigenen Füße, und als sie oben waren, knallte die Schlafzimmertür vor ihrer Nase zu.

»Polizei!«, schrie Ray, und sie warfen sich gegen die Tür, einmal, zweimal, bis sie nachgab und sie beide ins Zimmer taumelten und eine junge Frau fanden, die schon halb zum Fenster hinaus war.

Sie spuckte Ray ins Gesicht, als er sie an den Beinen packte, in den Raum zurückzog und mit ihr zusammen auf dem Boden landete, wo sie sich hin und her wand, tretend und beißend, zappelnd und keuchend und dann plötzlich ganz still lag. Sie fing an zu weinen und murmelte etwas in einer fremden Sprache.

»So was aber auch«, sagte Ryan.

Sie saßen um den Küchentisch. Die Frau trank Wasser in kleinen Schlucken und warf ihnen unter dicken schwarzen Wimpern hervor giftige Blicke zu. Sie hatte zottiges, blondes Haar und stark ausgeprägte Züge, mit Make-up zugekleistert wie mit einer Kriegsbemalung.

»Sprechen Sie Englisch?«

»Ja, ich spreche Englisch.«

»Wie heißen Sie?«

»Katya.«

»Was machen Sie hier, Katya?«

Sie sah Ryan an. »Haben Sie eine Zigarette?«

Er gab ihr eine und zündete sie an, und sie stieß Rauch aus und betrachtete ihn verachtungsvoll.

»Also, was machen Sie hier?«

»Ich wollte mein Geld.«

»Was für Geld?«

»Geld, das er mir schuldet.«

»Wer?«

Sie stieß ihren Stuhl vom Tisch weg und schlug die Beine übereinander. Ihr Gesicht wirkte wie überzeichnet, der Mund zu breit, die Lippen zu voll. Aufs Rays Frage zuckte sie die Achseln und stellte die Beine wieder nebeneinander, blies Rauch aus. »Dubin.«

»Wo ist er?«

Schulterzucken. »Nicht hier. Gott sei Dank.«

Sehr langsam erzählte sie ihre Geschichte, immerzu rauchend. Sie sei Model. Dubin – sie sprach den Namen voller Ekel – war ihr das Geld für ein Shooting schuldig geblieben, darum wollte sie sich nun schadlos halten. Sie war vor einer Stunde gekommen und hatte das Haus leer vorgefunden.

»Wie sind Sie reingekommen?«

Sie hatte vor einiger Zeit ein paar Wochen bei ihm gewohnt; damals hatte sie einen Schlüssel nachmachen lassen. Dubin wusste davon nichts. Also sei sie einfach hineingegangen, um sich nach Wertsachen umzusehen. In seinem Haus in London zu suchen, war zwecklos, sagte sie, da war sie einmal gewesen und hatte sich nur ein blaues Auge geholt.

»Haben Sie eine Ahnung, wo er jetzt sein könnte?«

Sie schüttelte den Kopf. »Er ist viel im Ausland.«

»Wo da?«

»Er mag Capri.«

»Ach ja?«

»Er liebt Capri. Immer erzählt er mir von Capri – die Berge, das Meer, die Farbe der Wellen, so grün, so wunderbar.« Sie rauchte jetzt wild und sprach mit erhobener Stimme. »So schön, Capri. So wunderbar. Capri, Capri, Capri!«

Ray runzelte die Stirn.

Ryan sagte: »Was soll das jetzt werden?«

Sie lachte lauthals, kreischend. »Ich weiß alles über Capri! Das schöne Capri!«

Er fing einen kaum wahrnehmbaren Seitwärtsblick auf und wandte sich um, gerade rechtzeitig, um vor dem Küchenfenster einen Schatten durch den Garten davonhuschen zu sehen.

»Scheiße, Ray! Die Schlampe hat ihn gewarnt!«

Sie rannten zur Hintertür und sahen eine untersetzte Gestalt mit einer Tasche die Mauer zu den Garagen überklettern.

Ryan setzte ihm nach und jaulte auf. »Mein Bein!«

Ray stemmte sich in einer federnden Bewegung hoch, die Knie an die Brust gezogen, und sprang drüben hinunter. Dubin hatte die Garagen an der Rückseite des Hofes erreicht und kletterte dort über den Zaun, als Ray zu ihm aufschloss. Dubin drehte sich halb um und holte mit seiner Tasche aus, und etwas Kleines, Hartes darin traf Ray am Kopf; er taumelte rückwärts, benommen, und ging in die Knie. Dubin schwang die Tasche erneut, als Ryan sich zwischen sie warf, sodass er den Schlag abbekam, oben an der Schulter. Ein Schmerz schoss ihm die Seite entlang wie ein Stromstoß, und während er sich noch krümmte, schwang Dubin die Tasche noch einmal und traf ihn am Knie. Bis er sich wieder hochgerappelt hatte, war Dubin über den Zaun in den Nachbargarten geklettert, Ray hinter ihm her. Sich die Schulter haltend, machte Ryan kehrt und rannte hinkend in die andere Richtung, die Sackgasse wieder zurück.

Dubin hatte jetzt dreißig Meter Vorsprung vor Ray; er spurtete über eine Rasenfläche, dann seitlich am Haus entlang, wobei er Mülltonnen hinter sich umwarf, und verschwand durch ein hölzernes Tor. Ray rannte schneller, sprang über die Mülltonnen, rumpelte durch das Tor, überquerte den Vorplatz des Hauses und fand sich auf einer Straße mit noch mehr Doppelhäusern wieder, auf der in beiden Richtungen Laster vorbeidonnerten. Eine Frau mit einem Kinderwagen war auf dem Bürgersteig stehen geblieben und starrte ihn mit offenem Mund an, als er hektisch hin und her schaute.

Er entdeckte Dubin in fünfzig Metern Entfernung; mit wilden, schwerfälligen Schritten rannte er die Straße entlang, die Tasche schlug schwer gegen seinen Körper.

Von Ryan war nichts zu sehen. Ray konzentrierte sich auf den flüchtenden Dubin und erhöhte sein Tempo, die Knie hochgezogen wie die Läufer beim Wettkampf. Er spürte den Druck in seinen Augen. Sein Blazer flatterte unordentlich um ihn herum; einen unbeholfenen Moment lang versuchte er ihn zuzuknöpfen, dann gab er auf und rannte weiter, mit pumpenden Armen und kurzen, keuchenden Atemstößen.

Am Ende der Straße, die hier in den Hollow Way einmündete, sah er Dubin, schon auf dem gegenüberliegenden Gehsteig, scharf in eine Nebenstraße abschwenken. Eine Sekunde später sah er auch, warum: Von der anderen Seite war Ryan aufgetaucht, der hintenherum gelaufen war, um ihm den Weg abzuschneiden. Ray sprang auf die Fahrbahn, die Hand gegen das herankommende Auto erhoben, das einen jähen Schlenker machte, hupend, und über den Randstreifen hoppelte, während Dubin schon durch einen Spalt in einer niedrigen Steinmauer verschwand. Ray lief noch schneller. Er folgte Dubin über einen verlassenen Parkplatz auf einen Zaun zu, hinter dem Bäume zu ahnen waren, und mit jedem Schritt verringerte sich der Abstand zwischen ihnen.

Dubin schwang sich über den Zaun. Zwanzig Sekunden nach ihm schwang sich auch Ray darüber. Unter den Bäumen war es unerwartet dunkel und still. Kein Laut war vor ihm zu hören, keine Bewegung – dann plötzlich das vertraute peitschende Knallen von Schüssen und das Pfeifen von Kugeln in den Blättern über seinem Kopf, und er warf sich zu Boden. Kein Zweifel mehr, was Dubin in seiner Tasche gehabt hatte. Er fragte sich, wo Ryan war, hörte dann das Geräusch rennender Füße und setzte sich wieder in Bewegung, vorsichtig erst, dann immer schneller, im Zickzack zwischen den Baumstämmen. Sie überquerten eine Grasfläche hinter einer Kirche, folgten dann einem schnurgeraden, tief eingeschnittenen Pfad zwischen hohen, von Sträuchern überwucherten Holzzäunen. Es war dunkel, aber Ray konnte Dubins Umriss ausmachen, dreißig Meter vor ihm, heftig von einer Seite zur anderen schwankend, während er mit aller Kraft auf das Licht am Ende des Pfades zuhielt. Sein Körper glänzte kurz auf, als er auf die Straße heraustaumelte, dann kreischten Bremsen, und etwas riss ihn in einer verschwommenen Fließbewegung nach der Seite weg.

Nur Sekunden später erreichte Ray die Straße. Ryan war schon da. Einen weißen Ford Transit hatte es auf den Gehsteig der Gegenseite geschleudert, und in der Straßenmitte lag Dubin, reglos, auf der Seite zusammengerollt, beide Arme um den Kopf, als versuchte er noch immer, sich vor dem Aufprall zu schützen.

Entsetzte Passanten kamen zaudernd näher, die Hände vor den Mund gepresst. Der Fahrer des Wagens kniete am Randstein. Jemand rief bereits den Notarzt. Und Ryan und Ray standen schwer atmend da und schauten auf den Leichnam herab.

Ryan sah es als Erster. »Scheiße!«, sagte er.

Ray sah ihn an, dann wieder auf Dubin. Sein Blick blieb an Dubins rechter Hand hängen, ein sehniger Knoten höckriger Gelenke, an dem zwei Finger fehlten.

»Scheiße«, sagte auch er.

Von Dubin war ganz sicher niemand erwürgt worden.

28

Acht Uhr abends in Nord-Oxford: Spaghetti vongole in Steingutschalen, Pinot Grigio in tulpenförmigen Gläsern, während aus der schimmernden Tiefe eines von Punktstrahlern erhellten Bücherregals gedämpfter Prokofjew tönte. Ray brütete stumm vor sich hin, in seinem Kopf eine Sperrzone voll mit Sanitätern und medizinischem Gerät, Telefonaten und Befragungen – all den Nach- und Nebenwirkungen eines gewaltsamen Tods. Und in einem Winkel dieser Sperrzone Ryan, der auf dem Bordstein hockte und über FaceTime mit seinem Sohn redete, als wäre er ein Tourist.

Diane sagte: »Es kam in den Nachrichten. Gerade waren die Leys halbwegs raus aus den Schlagzeilen, und jetzt das.«

Ray nickte.

»Und es gibt eine Untersuchung?« Sie bedeckte seine Hand mit ihrer, klein und beschützend.

»Reine Formsache. Bewaffneter Verdächtiger widersetzt sich der Festnahme. Der Fall ist glasklar.« Er zog die Serviette aus dem Rollkragen seines Pullovers. »Das größere Problem ist, dass es komplette Zeitverschwendung war. Dubin hat im Irak zwei Finger verloren; der Mensch, der die Frau in Barnabas Hall stranguliert hat, hatte zwei starke, gesunde Hände. Das heißt, er ist nicht unser Mann, und wir können wieder bei null anfangen. Kein Verdächtiger, kein Hinweis auf die Identität des Opfers oder darauf, warum sie sterben musste. Echt ein Wunder, dass wir nicht zur Salzsäule erstarrt sind, so wie die Chefin uns angeschaut hat.«

»Wenn er es nicht war, warum ist er dann geflüchtet?«

»Panik, vermute ich mal. Paranoia. Er hat im Irak einen schweren Knacks abgekriegt. Außerdem lagen gegen ihn mehrere Beschwerden von Frauen vor, mit denen er gearbeitet hat; vielleicht dachte er, diesmal erwischt es ihn doch.«

»Und die Frau, die ihr bei ihm im Haus entdeckt habt?«

»Wir haben sie in einem Minimarkt aufgegriffen, wo sie Zigaretten gekauft hat. Sie weiß nichts über das andere Model. Sie hatte darauf gewartet, dass Dubin aus dem Tattoostudio zurückkommt, wo er angeblich Geld holen wollte, um sie zu bezahlen. Wie wir jetzt wissen, hat er eine Beretta 9000 geholt.«

»Wie geht es deinem Kopf?«

»Alles gut.«

»Und dein Partner? In den Nachrichten hieß es, er wurde auch verletzt?«

Ray zuckte die Achseln. »Er hat ein paar Püffe abgekriegt, weiter nichts. Er ist zäher, als er aussieht«, sagte er. »Alles Knorpel.«

Diane räumte den Tisch ab, und sie setzten sich mit einem Espresso aufs Sofa. Der Prokofjew war von dem lässigen, eingängigen Jazz von *Kind of Blue* abgelöst worden. Ray driftete ab, mit einem Teil seiner Gedanken noch immer in Cowley Marsh, wo Thomas Dubin zusammengerollt wie ein Kind auf dem Asphalt lag.

»Wie kommst du denn inzwischen mit ihm aus?«

Er hob den Kopf. »Mit Ryan? Da ist alles wie gehabt. Sehr lang wird's voraussichtlich eh nicht mehr dauern.« Er sah vorsichtig zu ihr hin. »Disziplinarverfahren.«

»Schon?«

»Ich hab dir ja gesagt, er hält sich nicht lange.«

Sie wartete. »Wirst du eine Aussage machen müssen?«

Er schaute weg. »Die befragen, wen sie wollen.«

Sie musterte ihn. »Oder hast du schon ausgesagt, Ray?«

Er ließ das Bein wippen, kaute an seiner Lippe. »Ja«, gab er schließlich zu.

Wieder eine längere Stille. »Was hast du gesagt?«

»Ich kann nicht drüber sprechen, das weißt du doch. Außerdem ist es irrelevant, was ich gesagt habe. Das Problem ist er selbst.« Er sah sie an, und sie schaute zurück, ein-, zweimal blinzelnd. Er kannte diesen Blick. »Ich habe die Wahrheit gesagt. Und die ist, dass er einfach nicht erwachsen ist. Er hat sich nicht im Griff. Die halbe Zeit pöbelt er rum und macht Leute runter, dann wieder benimmt er sich wie ein Kleinkind.« Diane sagte nichts, und Ray fuhr in demselben emphatischen Ton fort: »Zum Teil sind es ganz banale Sachen, wie eben mit seinem Sohn telefonieren, wenn er arbeiten sollte. Aber dazwischen begeht er eklatante Regelverstöße, Paradeverstöße, die zu einem sofortigen Rausschmiss führen müssten. Egal was ich über ihn gesagt habe, er steuert geradewegs auf die Dienstentlassung zu, so oder so.«

Sie betrachtete ihn mit dem stillen, intensiven Gesichtsausdruck, der ihre Verhöre fast immer begleitete.

Unwillkürlich wappnete er sich. »Was?«

»Magst du ihn?«

»Nein.«

Er stand auf, um die Weinflasche zu holen, und sie deckte ihr Glas mit der Hand ab und fixierte ihn mit diesem stillen Ausdruck. »Er telefoniert mit seinem Sohn?«

»Ja, der Idiot.«

»Wie ist sein Sohn?«

»Das weiß ich nicht.«

»Wie sieht er aus?«

»Ich habe ihn nur ganz flüchtig gesehen. Hohe Piepsstimme.« Gegen seinen Willen lächelte er. »Ein sehr ernsthafter kleiner

Junge, schien mir. Redet über Rhinozerosse. Rhinozer-Pferde, genauer gesagt. Und er ist sehr wohlerzogen, ganz anders als Ryan. Hat ihn jedes Mal ermahnt, wenn Ryan geflucht hat.«

Um ihre Augen erschienen Lachfältchen. »Und wie war Ryan mit ihm?«

»Um fair zu sein, er war … anders. Wahrscheinlich ist er trotzdem eine Katastrophe als Vater, aber man merkt, dass er den Kleinen sehr mag.«

Dianes Augen leuchteten. »Laden wir ihn ein«, sagte sie.

Ihm fiel die Kinnlade herunter. »Was?«

»Sie beide. Lad sie zum Tee ein.«

»Nein. Kommt nicht infrage. Soll das ein Witz sein?«

»Jetzt komm schon, Ray. Das tut euch beiden gut. Und ich möchte Ryan junior sehen. Ich will diese kleine Piepsstimme hören.«

»Nein, nein, nein, nein, das wäre grundfalsch. Das kann nicht dein Ernst sein. Hast du mir nicht zugehört? Er ist kein Mensch. Ich mein's ernst. Er ist sexistisch, fremdenfeindlich, einfach alles. Nicht hier. Nicht in diesem Haus. Nein, Diane. Diane, bitte.«

Ihr Gesicht konnte einen Ausdruck annehmen, der ihm Angst machte: eine Verdickung der Haut um die Augenbrauen, Knubbel um die Mundwinkel. Dieser Ausdruck erschien jetzt.

»Und du kritisierst ihn dafür, dass er andere runtermacht?«

»Ich mache ihn nicht runter. Ich will dir nur …«

»Dass er sich kindisch benimmt?«

»Diane! Diane, warte!«

Sie zögerte an der Tür. Sah ihn an, nickte kurz und wandte sich wieder ab.

»Also gut«, sagte Ray und ging ihr nach. »Also gut, also gut. Nur nicht jetzt gleich, bitte. Später. Warten wir noch ein bisschen. Diane!«

Er folgte ihr die Treppe hinauf.

Der Trailerpark lag um acht Uhr im Dunkeln, erhellt nur von den trüben Lichtflecken der Lampen, die an Drähten über den Wohnwagen hingen: ein Filmset bei Nacht. Ryan stieg aus dem Auto und folgte dem Pfad zwischen dem zackengespickten Metallgitter und dem langen Wall aus Abfällen – Matratzen, Klappbetten, Kloschüsseln und anderem Sperrmüll, den die illegalen Müllentsorger hier abgeladen hatten –, bis er den ersten Wohnwagen erreichte. Vom Ring oberhalb des Hangs kam das unentwegte Rumpeln und Murmeln des Verkehrs. Sein Magen krampfte sich zusammen. Dies war der Ort, an den er seine Erinnerungen verbannt hatte. Jetzt wagten sie sich hervor, blasse, verängstigte Versionen seiner selbst, der Sieben- oder Achtjährige, der aus dem Hohlraum hinter den Klos kroch, wo er sich vor seinem Vater versteckte, oder aus dem Waschhaus, wo er manchmal schlief, wenn er sich gar nicht anders zu helfen wusste; der »Lass sie los! Lass sie los!« schrie, wenn sein Vater Jade über den Boden des Wohnwagens schleifte, oder bäuchlings über dem Tisch lag, sein Kopf dröhnend von dem Hieb, den sein Vater ihm versetzt hatte, aus keinem anderen Grund, als dass er es konnte.

Er blinzelte, um die Bilder zu vertreiben, und zwang sich, leise aufstoßend, weiterzugehen, zwischen den Wohnwagen hindurch, an den Klos und dem Waschhaus vorbei, bis er zu McGregors altem Wagen kam, wo oben am Dach noch immer der Engel hing, mit seiner abblätternden Farbe, den rußverfärbten Flügeln. Häuschen duckten sich in der Dunkelheit, nur stellenweise von den blassen Lichtfingern der Laternen gestreift. Einige davon waren kleine Backsteinwürfel, ähnlich den öffentlichen Toiletten in Parks, andere zusammensteckbare Fertigteile, mit beigefarbenem Plastik verkleidet und auf Metallstützen aufgebockt. Auf den Vorplätzen dieser Häuschen standen die Wohnwagen der Travellers. Alles war ruhig und still unter dem steten Rauschen des Verkehrs.

An sich war es kein schlechter Ort. Alle möglichen Leute wohnten hier beisammen. Aber der drohende Schatten seines Vaters verdunkelte alles.

Ein paar Männer, die unter einer der Laternen zusammenstanden, drehten sich nach ihm um, als er vorbeiging.

»Wow, Besuch vom verlorenen Sohn!« Der Akzent undefinierbar, ein Knastgemisch mit irischem Einschlag.

Er sagte nichts, ging nur weiter.

»Willst du wen einbuchten, du kleine Ratte?« Ein lockerer Ton, aufgeräumt fast.

Er ließ sie hinter sich, bog in den wohlbekannten Weg ein, mit zitternden Knien jetzt, vorbei am Müllplatz, bis er zuletzt vor der vertrauten Tür stand. Immer mehr Luft zwängte sich ihm die Kehle hoch, und er stand da, schwer durch die Nase schnaufend, gab sich dann einen Ruck und schlug an die Tür, zweimal, dreimal, und wich instinktiv zurück, als sie aufging.

Seine Mutter lehnte an der Spüle und schaute zu Boden. Ihr Gesicht war verschwollen. Als Ryan den Ärmel ihrer Strickjacke hochschob, war ihr Arm vom Ellbogen bis hinunter zum Handgelenk blutunterlaufen. Sie murmelte vor sich hin.

Am anderen Ende des Trailers saß sein Vater in Unterhemd und Hose im Sessel und starrte auf den Fernseher. So hatte er die letzten zwanzig Jahre gesessen und gestarrt, in der Hand den Plastikkrug mit seinem Spezialgesöff, auf dem Schoß einen Teller mit den Resten seines Abendessens, übergossen mit dicker, dunkler Soße. Früher groß und massig, war er mit der Zeit auf Knochen und Sehnen zusammengeschrumpft. Einzig die Hände waren noch groß, dick und mit beuligen Knöcheln. Sie wirkten überdimensional an seinen dünnen Handgelenken, wie separate Wesen fast, die nichts Menschliches an sich hatten, eher vielleicht eine

Prise Pitbull. Sein Kopf schien ebenfalls geschrumpft, wenn so etwas möglich war. Das Gesicht erinnerte an einen alten Gartenhandschuh, so rissig und furchig. Jeglicher Ausdruck darin war verdorrt. In den stumpfen Augen lebte nichts.

Bei seinem bloßen Anblick brach Ryan der Schweiß aus; die Tröpfchen kribbelten unter seinem Hemd. Er drehte sich wieder zu seiner Mutter um. »Wie lange hast du das schon?«

Sie gab keine Antwort, nur ihre Hand krampfte sich fester um das Geschirrtuch, das sie hielt. Ihre Lippen bewegten sich stumm, wie im Gebet.

»Wann ist das passiert? Hallo! Wann hat er das gemacht? Mam!«

Sie zuckte zusammen und sah ihn an. Schüttelte den Kopf. Ihr Flüstern war kaum hörbar: »Du hast ihn noch nie mitgebracht. Ich will ihn sehen, Ryan. Ich kenne ihn nicht mal. Warum bringst du ihn nicht her?«

»Hierher? Vergiss es. Hier bring ich ihn nicht her, und das weißt du. Du kannst ihn jederzeit sehen, du musst nur mitkommen. Komm jetzt gleich, wenn du willst.«

Sie schaute zum anderen Ende des Wohnwagens, schüttelte den Kopf.

»Er kann hierbleiben. Komm mit mir mit. Jetzt. Bitte, Mam.«

Sie senkte den Kopf und begann wieder zu murmeln, und er gab es auf, an sie hinzureden.

Er sah wieder zu seinem Vater. Er durchquerte den Raum. Der Schweiß sickerte ihm an den Rippen entlang. »Du und ich«, begann er und musste so heftig aufstoßen, dass ihm sein Essen fast hochkam. Er schluckte. »Du und ich«, sagte er noch einmal, lauter, »wir müssen reden.«

Sein Vater ließ sich durch nichts anmerken, dass er ihn gehört hatte.

Ryan schaltete den Fernseher aus. Sein Atem ging flach. »Steh auf«, befahl er.

Sein Vater wandte den Blick nicht von dem dunklen Bildschirm.

»Steh auf, du Wichser«, sagt Ryan.

Ganz langsam, ohne eine Miene zu verziehen, hob sein Vater den Krug an den Mund und trank. Flüssigkeit lief ihm übers Kinn und tropfte auf den Teller auf seinem Schoß, wo sie sich mit der Soße vermischte.

Ryan presste die Lippen zusammen. In seinem Gedärm brodelte es so, dass er kurz dachte, er würde sich in die Hose machen. Aber er riss sich am Riemen und beugte sich hinunter und brachte sein Gesicht, wie in Zeitlupe, dicht an das seines Vaters.

Er musste all seine Kraft aufwenden. Mit einer brüchigen Stimme, die er nie zuvor gehört hatte, sagte er: »Ich hab dir gesagt, ich komm nie mehr zurück. In meinem ganzen Leben nicht. Aber jetzt komm ich zurück. Weil du so nicht weitermachen wirst. Hast du gehört? Du machst so nicht weiter. Du rührst sie nie wieder an. Hast du verstanden?«

Das Gesicht seines Vaters, zwanzig Zentimeter von seinem eigenen entfernt, war wachsgrau und von winzigen Kratern zerfressen, als hätte es zu lange im Regen gelegen. Die Augen rotgerändert, glasig, ihr Blick vage. Ein Geruch nach Bier und Kotze hing um ihn.

»Hast du mich gehört?«

Nichts. Nicht der leiseste Funke eines Erkennens.

Dann plötzlich schnellte sein Oberkörper vor, aus seinem Mund kam ein Knurren, und Ryan riss den Arm vors Gesicht und stolperte rückwärts.

Nach nur einer Sekunde war er wieder auf den Füßen. »Du Arschloch! Du elender Wichser!« Die Knie schlackerten ihm. »Rühr sie noch einmal an, dann komm ich mit einer Hundertschaft, und du gehst für dein restliches kleines Scheißleben in den Knast, du Drecksau!« Im nächsten Moment weinte er und sah seinen Vater in sich hineinlachen, bucklig in seinem Sessel sitzend, Plastikkrug am Mund. Und schließlich stand er draußen in der kalten Dunkelheit und würgte Galle auf den Asphalt, während oben auf dem Ring die Sattelschlepper vorbeirumpelten, Silhouetten vor dem schwachen Abglanz der Stadt.

In der Kenville Road saß er mit einer Tasse gezuckertem Tee, dem schlechtesten womöglich, den er jemals getrunken hatte, am Küchentisch, immer noch zitternd, und ließ sich von seiner Schwester im Arm halten.

»Alles gut«, sagte sie. »Alles in Ordnung.«

Er trank den Tee aus und wischte sich übers Gesicht. »Na ja«, sagte er, »so ein richtiger Erfolg war das nicht.«

Sie gingen ihre Optionen durch. Sie konnten ihre Mutter zu sich holen, aber das hatten sie in der Vergangenheit mehrfach probiert, und sie war jedes Mal bei erster Gelegenheit in den Trailerpark zurückgekehrt, weil ihr Vater auf sein Essen wartete. Sie konnten sich ans Sozialamt wenden, aber auch das hatten sie bereits versucht, und da ihre Mutter jedes Gespräch mit den Sozialarbeitern verweigerte, hatten diese schon angekündigt, dass sie beim nächsten Mal die Polizei einschalten würden. Die wiederum hatte keinen Zweifel daran gelassen, dass dann die Stadt verständigt würde, und die Stadt hatte angedroht, eine sofortige Zwangsräumung zu veranlassen.

»Sie wollte, dass ich Ryan zu ihnen bringe«, sagte er. »Ich hab ihr gesagt, mein Sohn kommt mir nicht in seine Nähe. Er weiß ja nicht mal, dass es solche Scheißkerle wie ihn überhaupt gibt.«

Seine Schwester nickte.

»Am besten, ich schlag das Schwein einfach tot, dann ist Ruhe.«

»Superidee, mach das! Dann buchten sie dich ein, ich darf Ryan alleine großziehen, und du kannst dir die Zeit damit vertreiben zu überlegen, wie er inzwischen wohl aussieht. Echt, Ryan, für jemand so Helles bist du schon irrsinnig dämlich. Soll ich noch Tee machen?«

»Noch mehr von der Plörre krieg ich echt nicht runter. Aber danke.«

Sie strich ihm über den Kopf. »Wenigstens geht's Ryan gut, wie du gesagt hast. Ach, bevor ich's vergesse, du musst ihn am Freitag früher holen. Da muss ich nach London.«

»Okay, mach ich.«

»Und du vergisst es auch nicht?«

»'türlich nicht.«

»Schreib's dir lieber auf den Arm. Freitag.«

»Keine Sorge.«

Sie nickte. »Dann hol ich ihn dir jetzt.«

In Bayworth lag er auf dem Bett seines Sohnes, Ryan neben sich, der, wiewohl schlaftrunken, fest entschlossen schien, diese unerwartete Gelegenheit zu einer Unterhaltung nicht verstreichen zu lassen.

»Eigentlich ist für dich längst Schlafenszeit, das weißt du.«

»Was *ist* Schlafenszeit, Daddy?«

»Jetzt fang mir nicht so an! Hör mal, morgen Abend kommt eine Babysitterin zu dir.«

»Warum?«

»Weil Daddy ausgeht und Tante Jade keine Zeit hat. Ich komm später heim, aber bis dahin schläfst du schon. Aber weißt du, was ich gedacht hab? Wir könnten am Wochenende auf den großen Spielplatz gehen, wie findest du das? Und danach besuchen wir Mami.«

»Echt?«

»Hättest du da Lust dazu?«

Ryan junior nickte, mit einem Mal wie befangen. »Ich hab Lust, Mami zu besuchen«, sagte er sehr leise.

Ryan drehte sich zu ihm und sah ihn an – oder *sah* ihn nicht eigentlich, dazu war er zu nah, sondern spürte ihn mit den Augen: das blasse Gesichtchen seines Sohns, ganz verschwommen vor lauter Nähe, und er nahm ihn heftig in die Arme und presste ihn an sich.

Sein Sohn kicherte gurgelnd. »Daddy! Ich krieg keine Luft!«

Er ließ ihn los und legte sich wieder auf den Rücken. Er sprach zur Decke hinauf. »Ich pass immer auf dich auf, das weißt du, oder? Ich pass auf, dass dir nie, nie was Schlimmes passiert, ich versprech's dir.«

Sein Sohn, auch er wieder auf dem Rücken, sah zur Decke hoch und versuchte zu sehen, was sein Vater sah. Er sagte nichts.

»So«, sagte Ryan. »Weißt du, was? Wenn ich's schaffe, wach zu bleiben, les ich dir noch ein Kapitel *Maus und Maulwurf* vor.«

Ryan junior stopfte sich sein Fläschchen mit warmer Milch in den Mund und wartete behaglich, während Ryan das Buch aufschlug, es sich übers Gesicht hielt und zu lesen begann.

29

Der Leichnam von Thomas Dubin lag in der Rechtsmedizin der Thames Valley Police, unweit der jungen Toten mit dem zornigen Gesicht. Sein Bruder kam, um ihn zu identifizieren. Die junge Frau blieb weiterhin unidentifiziert. Die DI Wilkins und Wilkins wurden zur Chefin bestellt, um den unseligen Tod eines wichtigen Zeugen in Cowley zu erklären. In Blackbird Leys war eine Art Waffenstillstand eingetreten; in der Intensivstation des John Radcliffe Hospital dagegen kam ein Mann aus den Leys mit beeinträchtigter Hirnfunktion zu sich, die mit etwas Pech von Dauer sein würde; er hatte keine Erinnerung daran, was mit ihm passiert war, und verhielt sich generell unkooperativ. Die IT-Spezialisten in der Forensik reparierten die SIM-Karte eines Wegwerfhandys, das Thomas Dubin verwendet hatte. Und am späteren Nachmittag wurde Ryan allein zur Chefin gerufen.

Er stand vor ihrem Schreibtisch und beobachtete sie, während sie eine Nachricht auf ihrem Handy beantwortete. Ihr kleiner, vornübergebeugter Kopf interessierte ihn – sie hielt ihn so ordentlich. Man konnte eine Menge aus der Art ableiten, wie jemand den Kopf hielt. Die ganze Disziplin der Chefin, ihre unbeirrte Förmlichkeit, schien darin konzentriert; sie trug ihn, wie sie ihre Polizeiuniform trug, sauber und straff. Er betrachtete die Kronen auf ihren Schulterklappen und fragte sich, welche Charakterstärken es waren, die ihr zu diesem Rang verholfen hatten, welche Härten sich selbst gegenüber. Er dachte an ihr unterdrücktes Hinken, das morgens nach dem Laufen ausgeprägter war, an die Strenge ihres Mundes, die Stetigkeit ihres Blicks.

Sie sah zu ihm auf und sagte: »Ich habe heute beim IOPC ausgesagt.«

Sofort stellte sich das alte Gefühl wieder ein, im Direktorat zu stehen, im Büro der Sozialarbeiterin, und wie damals zappelte er, scharrte mit den Füßen.

»Der Inhalt bleibt natürlich vertraulich«, sagte sie. »Halten Sie still.«

Er steckte die Hände in die Taschen hinten an seiner Trainingshose, nahm sie wieder heraus, verschränkte die Arme. »Bin ich dann jetzt suspendiert?«

»Ich habe das Ersuchen um Ihre sofortige Suspendierung abgelehnt.«

»Warum?«

Sie sah ihn an, ihr Gesicht regungslos. »Ich habe nicht das Gefühl, dass die bisher vorliegenden Aussagen für ein abschließendes Urteil ausreichen. Ich habe eine zweite Anhörung beantragt. Sie wird in den nächsten Tagen stattfinden.«

»Okay. Warum?«

Wieder sah sie ihn an. »Das braucht Sie nicht zu interessieren. Sie bleiben bis auf Weiteres im Dienst und konzentrieren sich vollständig auf Ihre Ermittlungstätigkeit. Haben Sie verstanden?«

»Okay, ja. Aber …«

»Kein Aber.« Ihr Gesicht blieb ausdruckslos. »Sie können jetzt gehen.«

Wieder im Büro, saß er an seinem Schreibtisch und biss an seinen Niednägeln herum, angewidert beobachtet von Ray.

»Kannst du vielleicht damit aufhören? Ich kann gar nicht hinschauen.«

»Wegen dieser Disziplinarsache …«, begann Ryan.

»Ich hab dir doch gesagt, ich kann nicht darüber sprechen.«

»Ich glaub, die Chefin hat ein gutes Wort für mich eingelegt.«

Ray erwiderte nichts.

»Du kennst sie«, sagte Ryan. »Wie ist sie so?«

»Keine Ahnung.«

»Jetzt sag schon.«

»Sie hat eine herausragende Ermittlungsbilanz. Bahnbrechende Erfolge als DI und Chief Inspector. Vor ein paar Jahren ist sie dann zurück in die Uniform gewechselt.«

»Nicht so was. Privat, meine ich.«

»Sie wohnt in Culham, nahe am Fluss.«

»Verheiratet?«

»Weiß ich nicht.«

»Kinder?«

»Keine Ahnung.«

»Das ist alles? Da weißt du nicht viel.«

»Sie redet nicht über sich.«

»Na ja, als Ermittler hättest du schon bisschen mehr rausfinden können.«

Ray reagierte dünnhäutig. »Eins kann ich dir sagen: Bevor du kamst, habe ich nie ein Wort der Kritik von ihr gehört – nicht ein einziges.«

»Tja, vielleicht hast du dich nicht genug ins Zeug gelegt.«

Ray biss sich auf die Zunge. »Vergiss es. So, Schluss mit der Chefin, was ist mit *ihr*?«

Ryan betrachtete die Pinnwand, die leer war bis auf ein Aktfoto des Mordopfers, das Bild eines jüngeren Thomas Dubin, aufgenommen in Basra, und einen Schnappschuss von Ryan junior mit einem Gummihai im Mund.

»Scheiße – wie lang sind wir da jetzt schon dran? Und wir wissen immer noch nicht, wer sie ist.« Er dachte nach. »Na gut, wenigstens haben wir die Telefondaten von dieser Karte.«

Sehr viel gab Dubins SIM-Karte nicht her, doch das wenige war interessant. Mehrere Anrufe von einer Nummer, die Jason Birch gehörte, am Abend des Mordes; das war nichts Neues. Ein Anruf von einer Nummer, die sich zu Wild Mouse Entertainments in Monaco zurückverfolgen ließ: Mr Aalglatt, der sich absichern wollte – exakt, wie die Chefin vermutet hatte. Sein Anruf hatte zweifellos zu Dubins Verzweiflung beigetragen. Aber es gab auch zwei Textnachrichten, die Dubin am Tatabend an eine dritte, nicht rückverfolgbare Nummer geschickt hatte, eine um 20:45: *hast du ihn gekriegt?*, eine zweite um 23:30: *kohle bei ron.*

»Die sind an sie«, sagte Ryan. »Todsicher.«

»Das denke ich auch. Die zweite Nachricht dürfte mit ihrem Honorar zu tun haben. Er hat das Geld für sie bei jemandem namens Ron hinterlegt.«

»Genau. Und das bedeutet …?«

»Er dachte, sie lebt noch. Und das bedeutet …?«

»Dass er das College als Erster verlassen hat, ohne sie.«

»Exakt. Aber weshalb? Warum sind sie nicht zusammen gegangen?«

»Keinen Schimmer.«

»Ich auch nicht.«

Sie schwiegen eine Weile.

Dann sagte Ryan: »Doch. Diese erste Nachricht, um viertel vor neun: *Hast du ihn gekriegt?* Den Ring, meint er. Ich stell mir das so vor: Sie sind am Rausgehen, und plötzlich merkt sie, dass sie ihren Ring nicht hat, also sagt sie, sie läuft zurück und holt ihn, er soll schon mal vorgehen. Ich hol dich gleich ein, irgendwie so. Daraus wird dann ja nichts. Als sie nicht auftaucht, schreibt er ihr. Hast du deinen Ring gekriegt? Keine Antwort. Also lässt er das Geld bei diesem Ron. Als Nächstes hört er, was passiert ist, und haut ab.«

»Okay. Gut.«

Beide schwiegen sie bedrückt.

»Denkst du dasselbe wie ich?«

Ray nickte. »Sie hat sich im Ort vertan. Ihr Ring war nicht im Torhaus. Er war in der Bibliothek.«

»Wenn sie da gesucht hätte, würde sie jetzt vielleicht noch leben.«

Sie verstummten wieder.

Dann sagte Ray: »Nehmen wir mal an, sie hatte noch Jasons Schlüsselbund. Sie geht zurück zum Torhaus, schließt auf, geht ins Arbeitszimmer. Jemand tötet sie dort. Dann wie weiter? Der Mörder geht hinaus, sperrt die Tür mit ihrem Schlüssel zu und nimmt ihn mit.«

»Was ist mit der Küchenuniform?«

»Die nimmt er auch mit. Aber wieso?« Ray starrte auf die Pinnwand. »Natürlich«, sagte er. »Weil Blut von ihm drangekommen ist.«

Ryan grinste. »Bingo. Er greift sie an, sie wehrt sich, haut ihm eine rein, Nasenbluten, was weiß ich. Als alles vorbei ist, ist er schlau genug, das Zeug mit seiner DNA dran nicht einfach liegen zu lassen.«

»Aber wer ist er? Was ist passiert?«

»Frag mich was Leichteres.«

»Was machen wir jetzt?«

»Rausfinden, wer dieser Ron ist.«

»Könnte ein beruflicher Kontakt sein – ein Agent vielleicht.«

»Oder ein privater. Ihr Freund, ihr Bruder.«

»Wie kriegen wir das raus?«

»Tja.«

Schweigend saßen sie da.

»Findest du es nicht komisch«, sagte Ryan, »dass wir immer noch keine Ahnung haben, warum sie getötet worden ist?«

»Wie sollten wir? Da wir weder wissen, wer sie ist, noch, wer der Täter ist oder was er im Torhaus wollte.«

»Trotzdem. Dass es so gar kein erkennbares Motiv gibt. Sie ist nicht vergewaltigt worden.«

»Vielleicht hat sie ihn bei etwas gestört«, mutmaßte Ray.

»Bei was? Es fehlt ja nichts.«

Wieder schwiegen sie, dann stand Ray auf, um ihnen einen Kaffee zu holen.

Ryan sagte: »Noch mal zu der anderen Sache. Diesem Disziplinarverfahren.«

»Muss das sein?«

»Die Chefin war beim IOPC und hat ausgesagt.«

»Das hast du erzählt.«

»Dich fragen sie sicher auch noch. Hab ich ja schon gesagt.«

Rays Gesicht bekam etwas Verkniffenes. »Wie du weißt«, sagte er, »kann ich darüber nicht sprechen.«

»Klar.«

»Ich bin fair«, sagte er.

»Klar bist du fair. Fairplay wird ja ganz groß geschrieben an diesen Schulen, wo du warst. Du bist fair, und du willst nicht drüber reden.«

»*Kann* nicht darüber reden.«

»Schon klar. Ich will dich ja auch nicht in was reinreiten. Gut, für dich ändert es eh nichts.«

»Bist du fertig?«

Als Ray sich seinem Laptop zuwandte, begann auf dem Tisch zwischen ihnen das Bürotelefon zu klingeln. Ray sah kurz hin und tippte weiter.

Ryan sah ihn an. »Gehst du nicht ran?«

Fast eine Minute verging. Schließlich hob Ryan ab und nuschelte: »Ja?«

Von weit weg kam eine Männerstimme mit starkem französischem Akzent.

»Ja? Hallo? Ich hör fast nichts.«

Die Stimme verlangte einen Ermittlungsbeamten zu sprechen.

»Ja, worum geht's?«

Eine kurze, ungläubige Pause: »*Sie* sind Ermittlungsbeamter?«

»Tun wir mal so, als ob.«

Der Mann begann eine wortreiche, sehr förmliche Einleitungsrede, der Ryan nur mit Mühe folgen konnte.

»He, stopp! Vielleicht sollten Sie doch mit wem anders reden. Außenministerium oder so.«

Der Mann zögerte. In einem Ton, als würde er in trübem Licht von einem Spickzettel ablesen, sagte er: »Sie sind nicht ... Detective Inspector Wilkins?«

Ryan seufzte. »Doch, bin ich. Jedenfalls einer davon.«

»So, ich bin *bijoutier*, verstehen Sie – ein Händler mit Schmuck. Ich habe Informationen über einen Ring.«

Mit einem Mal war Ryan hochinteressiert. Er machte Ray ein Zeichen, der gespannt zu ihm herübersah.

»Ah ja? 'kay ... gut, dann ... ganz sicher? ... Super. Sekunde mal.« Er sagte zu Ray: »Jackpot! Französischer Juwelier. Hat ihr den Ring verkauft. Erinnert sich ganz genau, sagt er.«

Ray streckte die Hand nach dem Hörer aus.

Ryan ignorierte ihn. »'kay, geben Sie mir den Namen.« Er zog ein Gesicht. »Wie? Was meinen Sie? ... Schon, aber sehen Sie, das ist eine Ermittlung in einem Mordfall. Verstehen Sie? *Vous comprends*, ja? So viel Zeit haben wir nicht.«

»Es tut mir leid«, sagte der Juwelier. »Unsere Richtlinien verlangen das.«

»Von Angesicht zu Angesicht? Wollen Sie mich verarschen oder was? Wo in Frankreich sind Sie denn?«

Worauf der Mann zu lachen begann, ein gewichtsloses Lachen, sehr französisch.

»Was ist so lustig?«

»Aber ich bin nicht in Frankreich.«

»Wo dann?«

»Hier.«

»Wie, in England?«

»In Oxford. In den Markthallen, gleich an der High Street. Nur fünf Minuten von Ihnen entfernt.«

30

Der Regen fiel in kleinen spitzen Tropfen, sprenkelte die spätgotischen Mauern von Christ Church und verschmierte den Ruß auf den Doppeldeckerbussen, die vor dem Eingangstor Schlange standen. Ray klappte den wildledergefütterten Kragen seiner Fischgrätjacke hoch und holte aus seiner Tasche die dazu passende Baskenmütze, die er sorgsam zurechtrückte. Ryan behalf sich mit seinem nettesten Feixen, und so stapften sie durch die mittäglichen Menschenmengen hinauf zur High Street, wo sie die Straßenseite wechselten und unter einem Baugerüst entlanggingen, zankend.

»Das Problem mit der Ausländerfeindlichkeit«, sagte Ray, »ist, dass sie dich zu voreiligen Schlüssen verleitet.«

»Genau umgekehrt, Alter. Die gibt mir 'nen Vorsprung. Was hab ich gesagt? Die Typen sind alle hier!«

Sie bogen in den Durchgang zu den Markthallen ein und gingen durch die südliche Arkade, vorbei an Andenkenläden und Cookie-Ständen zu den Goldschmieden ganz am Ende.

»Anständiger englischer Name immerhin«, sagt Ryan und sah zu dem Schild hoch. »Ich hatte schon Angst, ich muss wieder mein Französisch rauskramen.«

»Lass dein Französisch lieber da, wo es ist«, riet ihm Ray. »Das solltest du nicht mal in Frankreich rauskramen. Auf gar keinen Fall in Frankreich, wenn du's genau wissen willst.«

Die Türglocke ließ ein altmodisches Bimmeln ertönen, als sie den Laden betraten und von einem beleibten Herrn mit kahlem Kopf empfangen wurden. Sein linkes Auge war sackartig ausgeleiert, als sei über die Jahre hinweg ein Monokel dauerhaft in die Augenhöhle geschraubt worden. Er hob beide Arme zu einem vage päpstlichen Gruß, und seine Strickjacke rutschte ihm über den Bauch hoch.

Er ließ sich Zeit mit dem postumen Foto der jungen Frau, die Stirn gerunzelt, leise in sich hineinsummend. »Ja«, erklärte er schließlich. »Dieselbe Person.«

»Ganz sicher?«, fragte Ray.

Er hob die Schultern. »Ein wenig verändert ...«

»Klar ist sie das«, sagte Ryan. »Sie ist ja tot.«

Der Juwelier nahm die Brille ab und verharrte einen Moment in respektvollem Schweigen. »Eine schreckliche Geschichte«, sagte er. Er ersetzte ihr Foto durch ein eigenes, das er ihnen über die Glasplatte des Ladentischs zur Begutachtung hinschob. Drei Aufnahmen aus unterschiedlichen Winkeln, die alle einen schlichten, kreisrunden Ring zeigten, silbrig ockergelb, mit verschlungenen Rillen.

»Das ist er«, sagte Ryan prompt. »Mit diesen komischen Wirbeln. Also, wer ist sie?«

Der Juwelier legte ihnen ein Dokument zur Unterschrift vor, auf dem festgehalten war, dass die von ihm gelieferten Informationen für laufende polizeiliche Ermittlungen benötigt wurden. Er schob es in Rays Richtung.

»Ich kann schon auch schreiben«, sagte Ryan.

Ohne ihn zu beachten, zog der Mann unter dem Ladentisch einen Ordner hervor und konsultierte eine eng beschriebene Seite, wobei er mit dem Finger eine Liste hinabfuhr, wieder leise vor sich hin summend. Dann sah er auf, wartete kurz und sagte mit verhaltener Dramatik: »Sophie Barbery, das ist ihr Name.«

Alle schwiegen sie kurz, wie um diesem gewichtigen Moment Rechnung zu tragen.

»Adresse?«

Er schüttelte den Kopf.

»Telefonnummer? E-Mail? Irgendwas?«

»Leider nein.«

Ray tippte schon eine Nachricht an Nadim.

Ryan sagte: »Sie haben gesagt, Sie erinnern sich an sie.«

Der Mann nickte, besann sich. Er hatte sich sehr angeregt mit Sophie Barbery unterhalten. Sie kannte sich mit Schmuck aus; sie hatten über neue Stile und Trends gesprochen, alte Traditionen, die wiederbelebt wurden. Er hatte ihr erklärt, wo der Ring herkam. Sie hatte ein, zwei seltene Stücke erwähnt, nach denen sie Ausschau hielt, und er hatte sie notiert, auf einem Blatt, das sorgsam gefaltet (er zeigte es ihnen) im Ordner verwahrt war.

Ryan sah Ray provozierend an. »Seltene Ringe hat sie gesammelt? Nicht so der typische Pornostar, was?«

Der Juwelier war empört. Pornostar! Sophie Barbery sei eine sehr elegante junge Frau gewesen, sagte er, gebildet, kultiviert. Ernsthaft, so sein Eindruck, aber dabei unbeschwert. Und, ja, durchaus mit einer gewissen Freude am Feiern, am Luxus. Sie habe einen Seidenschal getragen, große Creolen in den Ohren, dazu ein Sommerkleid, sagte er, merklich angetan von seiner eigenen Beobachtungsgabe. O ja, er habe ihr ein Kompliment deswegen gemacht. Sie hätten geplaudert; er meinte sich zu erinnern, dass sie davon gesprochen hatte, nach Hause zu ihrer Familie zu fahren. Sie war – selbstredend – eine sehr schöne Frau. Und natürlich, fügte er hinzu, sei es ein Vergnügen gewesen, sich in seiner Muttersprache zu unterhalten.

»Du kannst mir das Geld später geben«, sagte Ryan zu Ray. »Ich hab's doch gesagt.«

Ray sah den Juwelier an. »Dann war sie Französin?«

»Nein.«

Ray begnügte sich mit einem verdeckten Blick zu Ryan.

»Syrerin«, sagte der Juwelier.

Ryan sagte: »Na bitte. Ausländischer geht's ja wohl nicht. Aber interessant.«

Sie sei in Paris aufgewachsen, sagte der Juwelier, wo ihre Familie seit vielen Jahren im Exil lebe. »Politische Gründe.« Er zuckte die Achseln. So ging es eben zu in der Welt.

»Danke«, sagte Ray, »das ist sehr hilfreich. Übrigens – bei diesem Zusammentreffen mit ihr, schien sie Ihnen da in irgendeiner Weise aufgewühlt oder belastet?«

Der Juwelier legte die Stirn in Falten. »Ich weiß es nicht mehr. Aber was für einen Unterschied macht das heute noch?«

Zu spät bemerkte Ray seinen Denkfehler. »Wann war das denn, dass Sie ihr den Ring verkauft haben?«

»Vor zehn Jahren.«

Beide starrten sie ihn an.

Ray sagte: »Dann kann sie nicht älter als neunzehn gewesen sein.«

Der Juwelier nickte zustimmend. »Sie hatte gerade ihr Studium begonnen.«

Wieder starrten sie.

»Das hat sie Ihnen erzählt? An welchem College?«

Achselzucken. »Das hat sie nicht gesagt, glaube ich. Eines der besten, das ließ sie durchblicken. Ich habe es ihr geglaubt. Sie war eine bemerkenswerte junge Frau. Was für eine schreckliche, schreckliche Geschichte.«

Draußen auf der High Street konnte Ryan nicht aufhören zu grinsen. Er tänzelte herum wie ein Terrier, der ein Quietschespielzeug erbeutet hat.

Ray warf ihm einen finsteren Blick zu. »Sag's nicht. Halt einfach die Klappe.«

Sie gingen eine Weile schweigend.

»Ausländerin, wie ich's gesagt hab«, sagte Ryan.

Ray seufzte.

»Und Studentin«, fuhr Ryan fort. »Hab ich nicht gleich gesagt, dass sie irgendeine Verbindung zur Uni hat? Reich auch noch. Dieser Franzose hat's echt gebracht, Wahnsinn.« Er legte ein paar Dancemoves hin und erschreckte damit die Passanten.

Der Regen hatte aufgehört, alles glänzte in einem matten zinnernen Schimmer.

Ray sagte: »Und zehn Jahre später verdient sie ihr Geld mit Pornoaufnahmen. Wie geht das zu?«

»Ich sag's dir, wir müssen uns noch mal den alten Grapscher vornehmen, wegen dem verschwundenen Bild bei ihm im Büro. Wenn sie vor zehn Jahren hier studiert hat, dann ist das genau die Zeit. Was verbirgt er vor uns?«

»Denk dran, dass es nicht immer sein Büro war.«

»Stimmt, ja. Wer war vor ihm drin? Hast du gefragt?«

»Goodman.«

Ryan machte ein interessiertes Gesicht. »Cool. Der klingt ja auch nach 'nem ziemlichen Oberarsch.«

Für den Rest des Wegs hing jeder eigenen Gedanken nach.

Vor dem Eingang zur Dienststelle sagte Ray: »Ach, bevor ich es vergesse ...« Er zögerte.

»Was?«

»Meine Frau dachte ... ich meine, wir dachten beide ... vielleicht könntest du ja irgendwann mal zu uns kommen.«

In Ryans Gesicht trat fast etwas wie Panik. »Wie meinst du das?«

»Ich meinte, privat.«

»Privat?«

»Komm zum Tee. Bring Ryan mit.«

Ryan stand nur da und starrte ihn an, woraufhin Ray, ohnehin entnervt, ihn nach eventuellen Nahrungsmittelunverträglichkeiten zu fragen begann.

Ryan unterbrach ihn. »Wann?«

»Wann auch immer. Wie wär's gleich heute?«

»Keine Zeit. Sorry.«

Er ging weiter, Ray folgte ihm.

»Hast du ein Problem damit?«

»Quatsch. Ich hab nur schon Pläne. Ich geh aus. Babysitter und alles.«

»Gut. Dann machen wir es irgendwann später.«

»'kay.«

Sie gingen durch den Vorraum und das Großraumbüro, bestiegen den Lift und standen dort nebeneinander.

»Ein Date, oder wie?«, fragte Ray, um dem lastenden Schweigen zu entgehen.

»Jep.« Ryan hatte sich wieder gefangen. Er grinste. »Erst ein, zwei Cocktailbars und dann weiter in den Club.«

»Nobel.«

»Hat Claire sich gewünscht.«

Einige Sekunden verstrichen. Dann sah Ray ihn an, misstrauisch. »Claire? Aber nicht die Quästorin von Barnabas?«

»Wäre das ein Problem, Raymond?«

»Und ob das ein Problem wäre – sie ist eine wichtige Zeugin.«

»Kann man so nicht sagen.«

Die Lifttüren öffneten sich, und sie traten hinaus in den Korridor, Ryan voran, aber Ray holte ihn ein.

»Du hast ein Exemplar des Verhaltenskodex bekommen, so wie jeder Beamte. Es ist nicht erlaubt, eine intime Beziehung zu einer

Person aufzunehmen, mit der man im Rahmen der Berufsausübung in Kontakt gekommen ist.«

»Sofern diese Person vulnerabel ist.«

»Wie?«

»So geht der Text weiter. Im Kodex. Ich hab's nachgeschaut. Sie ist nicht vulnerabel.« Er blieb nicht stehen.

»Ich fass es nicht, dass du so was machst, während ein Disziplinarverfahren gegen dich läuft.«

Ryan hörte gar nicht hin.

»Du gehst ein völlig unnötiges Risiko ein. Setzt deine Neutralität aufs Spiel. Verstärkst die Gefahr, nicht zur Weitergabe bestimmte Informationen zu verraten. Beeinträchtigst deine Fähigkeit, deinen beruflichen Pflichten nachzukommen. Beschwörst einen Interessenkonflikt herauf. Das sind alles Zitate. Was du da machst ... Ryan! Hörst du überhaupt zu?«

»Was? Sorry. Ich war grad nicht ganz da.«

»Was ist mit dem IOPC?«

»Das IOPC kann mich mal. Ach, und Ray?«

»Ja?«

»Du kannst mich auch.«

31

Acht Uhr abends. Ray war noch bei der Arbeit, über einen Lichtsee auf seinem Schreibtisch gebeugt, eine Szene wie auf einem Edward-Hopper-Bild. Ein Stockwerk tiefer, in ihrem eigenen See aus Lampenlicht, saß Nadim vor dem fahl schimmernden Bildschirm und schöpfte Daten ab.

Rays Handy klingelte.

»Hi, Schatz«, sagte Diane.

»Hi.«

»Wann kommst du?«

»Dauert noch. Warte nicht auf mich. Wir hatten heute endlich mal einen Erfolg.«

»Ich hab dich in den Nachrichten gesehen. Ihr wisst jetzt, wer sie war.«

»Ja. Das heißt, es gibt plötzlich jede Menge Spuren, denen wir nachgehen müssen. Das Übliche eben: ›Wir dürfen keine Zeit verlieren, Ray.‹ ›Können Sie das bitte gleich machen, Ray?‹«

»Dann bist du wieder in Gnaden bei ihr? Müsstest du doch eigentlich, oder?«

»Schwer zu sagen.«

Eine Pause. »Ist Ryan auch da?«

Er holte Atem. »Ryan ist nicht hier, nein.«

Wieder eine Pause. »Du hast ihn also nicht eingeladen?«

»Doch, habe ich. Er ist nur ... er hatte heute schon etwas vor.«

»Habt ihr einen anderen Tag ausgemacht?«

»Um ehrlich zu sein, so richtig begeistert hat er nicht reagiert. Keine Ahnung, warum. Ich warte lieber noch ein paar Tage.«

»Aber schau, dass du ihn *richtig* einlädst. So als würdest du es wollen.«

»Babe, ich *habe* ihn richtig eingeladen. *Er* hat sich komisch verhalten. Erst hat er gar nichts gesagt und mir dann das Wort abgeschnitten, als ich ihn gerade nach Nahrungsmittelunverträglichkeiten fragen wollte.«

»Nach *Nahrungsmittelunverträglichkeiten*? Guter Gott, Ray. Frag ihn noch mal. Und bitte, versuch natürlich zu sein.«

»Ich weiß nicht, was du hast, ich bin immer natürlich.«

Einen Augenblick lang starrte er missmutig auf sein Telefon, dann suchte er seine Sachen zusammen und machte sich auf den Weg in die Collegebibliothek, wo die Bibliothekarin sich bereit erklärt hatte, ihm über Nacht das Archiv zugänglich zu machen.

Während Ray über den Hof zur Bibliothek ging, stand Ryan an der Bar des Alchemist und holte neue Drinks. Einmal Rhubarb & Custard Sour – Grey Goose Wodka bitte, und nur einen Schwapp Advoocat –, einmal Grapefruitsaft. Vorsichtig, um sich nicht seine Sporthose zu bekleckern, balancierte er sie durch die überfüllte Bar bis zu dem winzigen Tisch am hintersten Fenster und setzte sich hin.

Die Musik pulsierte bis in den letzten Winkel.

Er trug glänzende orange Trackpants mit dem FILA-Logo, einen orangen Hoodie mit ärmelloser oranger Steppjacke darüber und dazu eine Koloa Surf Company Cap, ebenfalls in Orange. Er sah aus wie eine Fanta auf Beinen. Er war hochzufrieden mit sich.

»Immer wieder geil hier im Westgate. Cheers.«

Claire lachte. »Das ist so was von seltsam.«

»Was denn?«

»Na ja, alles.«

»Mit mir ausgehen, meinst du? Denk dir nichts, ich weiß schon, woher das kommt.«

»Nämlich woher?«

»Das ist der Exotikfaktor. Den hatte ich immer schon. Liegt an meinem erstklassigen Aussehen.«

Sie trug eine knallenge Löcherjeans, die tief auf den Hüften saß, und ein weites T-Shirt mit tiefem Ausschnitt. Sie sog an ihrem Strohhalm und lächelte ihn über den Rand ihres Cocktails an.

»Seit wann trinkst du nicht mehr?« Sie wies mit dem Kinn auf seinen Grapefruitsaft.

»Hab eigentlich nie viel getrunken.«

»Aus irgendeinem bestimmten Grund?«

»Alkoholikervater mit starker Gewalttendenz.«

Einen Moment lang schien sie unsicher, ob sie lachen sollte, dann senkte sie kurz den Blick. »Wie laufen eure Ermittlungen?«

»Super. Wir treten gerade in Phase zwei ein.«

Sie hob fragend die Brauen.

»Phase eins: Du verstehst nur Bahnhof, drehst dich ständig im Kreis, dein Partner ist ein Vollarsch, um dich rum sterben die Leute, solches Zeug.«

»Und Phase zwei?«

»Dein Partner ist immer noch ein Vollarsch, aber ihr kommt einen Tick besser klar.«

»Und bringt Phase zwei irgendwelche Fortschritte bei der Ermittlung?«

»Nicht so richtig. Wie im Leben halt. Du musst einfach lang genug dranbleiben, dann passt's irgendwann.«

Sie lachte. »Auch eine Philosophie.«

»Durchhaltevermögen, mehr brauchst du nicht.«

Sie blieben noch eine Stunde und redeten, bevor sie weiterzogen ins ATIK, den Club in der Park End Street. Ryan kannte die Türsteher, sie gingen einfach durch bis in den Vinyl Room ganz hinten – neongrelles Glamrockleder und Chromarmaturen von der Größe von Stoßstangen, die Nischen in kompromisslosen Primärfarben gehalten, die Tanzfläche illuminiert, alles in einen roten Schummer getaucht wie die Sunset-Lounge auf einem sinkenden Schiff.

»Hier ist es sicher«, sagte Ryan. »Hier legen sie nichts von diesem neuen Scheiß auf.«

Sie setzten sich an einen Tisch und bestellten: Tequila für Claire, noch mehr Grapefruitsaft für Ryan.

»Und«, sagte Claire, »bist du deshalb Polizist geworden? Weil dein Vater Alkoholiker ist?«

Einen Moment lang schaute er, als hätte er sie nicht verstanden. Dann stieß er ein kurzes, spöttisches Lachen aus. »Weißt du was?«

»Was?«

»Du siehst echt umwerfend aus. Komm.« Er sprang auf, packte ihre Hand und zog sie auf die Tanzfläche.

Sie hatte so etwas noch nie gesehen. Er war wie eine Comicfigur. Durch seine Glieder schienen Stromstöße zu fahren, die ihn zu bizarrem Leben erweckten. Sie mit intensivem und doch unstetem Blick fixierend, umkreiste er sie wie ein Matador – vollführte dann eine Folge wild zuckender Hüftbewegungen und ließ sich nach vorne kippen, mit der Nase bis fast auf den Boden, um gleich darauf wieder hochzuschnellen wie an einem Gummiband. Mit den Händen auf ihren Schultern schwang er das rechte Bein senkrecht in die Luft, sodass es sein Ohr streifte. Sie lachte laut auf.

Er liebte Madonna, Britney, Kylie, Michael Jackson, die Spice Girls und all die anderen Dance-Pop-Diven von früher. Er imitierte sie perfekt. Umwirbelt vom glänzenden Orange seiner

Sportklamotten, das Schild seiner Surferkappe von einer Seite zur anderen peitschend, verwandelte er sich der Reihe nach in die schmachtende Kylie, die nuttige Britney, Madonna-die-Domina. Seine Beine wischten unscharf an ihr vorbei. Er leckte sich über die Lippen. Mit Schmollmund sang er die Texte mit, den Blick die ganze Zeit über mit einer solchen Ernsthaftigkeit auf sie gerichtet, dass es schon wieder komisch war. Er war ein Kind, so ausgelassen, und sie konnte sich nicht entziehen, sondern ließ ebenfalls los, ließ sich hineinfallen in die Musik, den Lärm, das Lachen.

Aus zehn Uhr war schlagartig zwei Uhr morgens geworden. Draußen, in der jähen, dröhnenden Stille der Park End Street, lösten sie sich in dem kalten Wind voneinander, und sie stieg zu ihm in sein grauenvolles Auto und ließ sich von ihm aus der Stadt herausfahren, den Hinksey Hill hinauf, dann die Bayworth Lane entlang, in eine Gegend, von deren Existenz sie nichts geahnt hatte.

Während sie zur Toilette ging, bezahlte Ryan die Babysitterin, und als sie wieder herauskam, wartete er in der Küche auf sie, ein Grinsen im Gesicht.

»Du siehst immer noch umwerfend aus«, sagte er. »Wie machst du das?«

Sie fielen auf das Sofa in dem kalten Wohnzimmer. Claire berührte das leicht knorpelige Narbengewebe an seiner Wange. »Soll ich dir was sagen?«, murmelte sie.

»Was?«

»Ich hab das noch nie mit jemand wie dir gemacht.« Sie küsste ihn auf den Mund, schob ihm die Hände unter die Jacke und fuhr durch das Hemd seine Rippen nach, spürte seinen Atem an ihrem Ohr. Ihr T-Shirt fiel zu Boden, dann waren seine Hände in ihrem Haar und ihre Hände in seinen Trackpants, und er schnallte ihren

Gürtel auf, und sie drückte den Rücken durch, als er ihr den BH auszog und ihre Brustwarzen in den Mund nahm, und ließ sich von ihm die Jeans auf die Schenkel herunterschieben und umfasste seinen Kopf mit beiden Händen und wiegte sich vor und zurück, vor und zurück, und der Raum füllte sich mit leisem Stöhnen, ihrem und seinem – bis sie plötzlich zusammenfuhr und ihn von sich wegschob.

Er hob das Gesicht zu ihr auf. »Was ist? Hab ich dir wehgetan?«

Sie schaute hin und her, lauschte mit schiefgelegtem Kopf. »Was ist das für ein Geräusch?«

Alles blieb still, und er strich mit den Fingern an ihrem Bauch hinab, aber dann kam das Geräusch wieder, und sie griff nach seiner Hand, wehrte ihn ab.

»Da weint jemand«, sagte sie mit einem Ausdruck der Verblüffung. Und dann: »Da ist irgendwo ein Baby.«

»Na ja, ein Baby ist er nicht direkt. Bisschen über zwei. Kein Problem, ich geh schnell und kümmer mich. Bin gleich wieder da.«

Sie schüttelte den Kopf, starrte ihn an. »Du hast ein Kind?«

»Äh – ja. Sorry, ich hätt's dir sagen sollen. Wollte ich auch, aber ... ich dachte irgendwie, ein Date muss ja nicht gleich so kompliziert sein.«

Sie schien ihn gar nicht zu hören. »Wem gehört es?«

»Mir natürlich.«

Sie schaute ungläubig. »Aber wo ist seine ...?«

»Nicht hier.« Er stockte. »Weg.«

Sie schüttelte immer weiter den Kopf. Zog ihre Jeans wieder hoch. »O Gott, entschuldige.« Er sah ihr zu, wie sie ihr T-Shirt überstreifte. »Ich hätte nicht mit herkommen dürfen. Entschuldige, echt.« Sie mied seinen Blick. »Ich finde schon allein raus. Ich ruf mir ein Taxi. Ich ...«

»Ja?«

»Tut mir echt leid, aber ich kann das irgendwie nicht.«

Er schaute geknickt. »Schon okay.«

Als die Tür hinter ihr zufiel, war er schon auf dem Weg wieder die Treppe hinauf und ins Kinderzimmer, wo sein Sohn laut weinend in seinem Bett stand, die Backen schlafrot, die Arme flehend hochgereckt: »Ich ... hab ... schlimm ... geträumt!«

Ryan drückte ihn an sich. »Na, na, ist ja gut. Alles gut, Ry. Daddy ist ja da.«

»Ich hab ... wen ... reden gehört.«

»Alles gut. Sie ist weg.«

Sein Sohn klammerte sich an ihn, schluchzend, das feuchte Haar gegen Ryans Wange gepresst, aber schon nach ein, zwei Minuten ging ein langer Schauder durch seinen Körper, und er schlief wieder ein. Ryan bettete ihn zurück in die Kissen und legte sich dann neben ihn.

Er hätte es ihr sagen sollen. Nicht, dass sie dachte, er hätte es dermaßen nötig. Aber er verspürte keinerlei Bedürfnis, seinen Sohn mit irgendwem zu teilen.

Der Junge schmatzte leise mit den Lippen und war dann still, und Ryan stieß einen langen, lautlosen Seufzer aus, und Ruhe überkam ihn. Wie immer wanderten seine Gedanken schnell weiter zu anderen Dingen – machten sich auf, fuhren wie ein Luftzug über die dunklen, schweigenden Felder Oxfordshires bis zu dem silberfarbenen Gebäude zwanzig Meilen entfernt, wo eine zornige Tote seit Tagen auf ihrer Metallbahre lag. Nun wussten sie wenigstens, wie sie hieß. Sophie Barbery. Es passte zu ihr, es klang irgendwie richtig – temperamentvoll, mit einem Hauch von Exotik. Endlich ein Name, ein Faden, an dem sie ziehen, eine Spur, der sie folgen konnten.

32

Am nächsten Morgen um neun warteten Ray und Ryan im Büro der Chefin, Ryan bleich und übernächtigt, Ray nicht weniger.

»Mann, siehst du fertig aus«, sagte Ryan. »Dein Hemd hängt raus. Hab ich bei dir noch nie erlebt. Mal so richtig abgefeiert, was?«

»Ich komme direkt aus der Bibliothek. Du?«

Er sah weg.

Die Chefin kam herein, ging um ihren Schreibtisch herum und setzte sich, und Ray begann zu erklären, was er und Nadim im Lauf einer langen Nacht alles entdeckt hatten.

Sophie Barbery, zum Zeitpunkt ihres Todes neunundzwanzig Jahre alt, geboren in Damaskus, seit dem Alter von zwölf in Paris beheimatet, wo die Familie im Exil lebte: Ihr Vater, ein rangniederer Minister der Assad-Regierung, war in Syrien der Unterschlagung bezichtigt worden. Sie hatte ein privilegiertes, kosmopolitisches Leben geführt, hatte die besten Schulen von Paris besucht, bevor sie zum Studium nach Oxford gegangen war.

Nach dem Bachelor war sie von einer Nobelgegend Londons zur anderen gezogen, Islington, Richmond, Chelsea. Kein festes Arbeitsverhältnis, dafür umso mehr Restaurant- und Barbesuche, Auslandsurlaube in teuren Resorts, Ferien auf den Yachten diverser Freunde.

Er hielt einen Stapel von Kreditkartenabrechnungen hoch, die Nadim zusammengetragen hatte.

»Was für Freunde?«, wollte die Chefin wissen.

Die Reichen und Schönen. Sie kamen aus Mailand, Mumbai, Seattle, besaßen Wohnungen in Mayfair, Landsitze in Hampshire und Oxfordshire, Oldtimer, Lachsflüsse in Schottland, Privatflugzeuge. Sie fuhren zum Skifahren in die Dolomiten, zum Segeln in die Karibik, zum Partymachen nach London, und gelegentlich ließen sie sich mit den falschen Leuten ein.

»Das heißt?«

Mit Filmemachern, deren schlechte Gewohnheiten durch die Presse gingen, Brokern, die wegen Drogenbesitzes auf der schwarzen Liste landeten, Clubbetreibern, die Haftstrafen verbüßten, weil sie Mädchen auf den Strich geschickt hatten. Ray legte einen Stoß einzeln aufgeführter Rechnungen vor die Chefin hin. »Vor fünf Jahren war sie mehrere Monate in einer Entzugsklinik.«

»Was hat dieser Franzose gesagt?«, fragte Ryan. »Freude am Feiern und am Luxus? Und alles von Daddy bezahlt.«

»Eine Zeit lang.« Ray breitete noch mehr Ausdrucke vor ihnen aus. »Bis er vor zwei Jahren ermordet wurde.«

Damit war die Familie über Nacht verarmt. Mit Sophies gesellschaftlichen Aktivitäten ging es rapide bergab, es wurde beklemmend still um sie. Die auf ihren Namen gemietete Wohnung – am Sloane Square – stand leer. Unbezahlte Rechnungen häuften sich, Gas und Strom wurden abgedreht. Wo war sie untergekommen? Was hatte sie gemacht?

»Pornos«, sagte Ryan.

Die Chefin sagte: »Dann wissen wir also endlich, wer sie war. Aber warum hätte jemand sie umbringen sollen?«

Ryan zog eine ratlose Grimasse.

Sie sah Ray an. »Wo beginnen wir?«

»Beim Studium. Deshalb habe ich die Nacht im Archiv verbracht.«

Ein kurzes, beifälliges Nicken. »Welches College?«

»Lady Margaret Hall. Da hat Sophie ihren Bachelor gemacht. Aber ich habe mich gefragt, ob sich nicht eine Verbindung zu Barnabas Hall finden lässt.«

»Wieso? Das Shooting im Barnabas war Dubins Idee, nicht Sophies. Er ist auf Jason Birch zugegangen.«

Er berichtete ihr von Ryans Verdacht: das fehlende Foto im Büro des Provosts. »Und wie kam Dubin auf Barnabas? Warum nicht eins von den anderen Colleges? Vielleicht ja, weil sie es ihm vorgeschlagen hat.«

Also war er nach Dienstschluss zu Lady Margaret Hall in Nord-Oxford gefahren, wo ihm die Bibliothekarin – die in einem Kämmerchen neben der Bibliothek zu wohnen schien – Zugang zu dem Ehemaligenarchiv verschafft hatte. Sie war eine ältere Dame mit Apfelbäckchen und einem Gedächtnis wie ein Fangeisen, die sich – ein unerwarteter Glücksfall – deutlich an Sophie erinnerte. Sie hatte sie gemocht, auch wenn Sophie als »Partygirl« verschrien war.

»Sie hat etwas Interessantes gesagt: Sie könne sich nicht vorstellen, dass irgendjemand Sophie nicht mochte, es sei denn, ein, ich zitiere, ›fanatischer Sittenwächter‹.«

Lady Margaret Hall hatte viele Daten auf Microfiche archiviert; er hatte Stunden damit verbracht, die labbrigen Folien in das Lesegerät ein- und wieder herauszufädeln und die engen Zeilen durchzugehen, deren Schrift zum Teil schon unlesbar wurde, weil der Kunststoff sich auflöste. Trimester für Trimester hatte er Sophies Stundenpläne rekonstruiert – die Kurse, die sie belegt hatte, die Tutorials, für die sie eingeteilt gewesen war, die Vorlesungen, die an der Fakultät gehalten worden waren.

»Und?«

Alle ihre Tutorials hatten, wie allgemein üblich, an ihrem eigenen College stattgefunden, Lady Margaret Hall. »Bis auf«, sagte er, »ein Trimester im zweiten Studienjahr, da hatte sie Tutorials an einem anderen College.«

»Barnabas?«

»Ja.«

»Welches Thema?«

»Internationale Zusammenhänge in der Frühmoderne.«

»Und wer war ihr Tutor?«

Ray legte einen letzten Ausdruck auf den Tisch, und Ryan und die Chefin beugten sich vor.

»Ich hab's gewusst«, sagte Ryan. »Genial, Ray. Hut ab, echt.«

Ray wandte ihm sein abgespanntes Gesicht zu. »Höre ich da allen Ernstes ein Lob von dir?«

»Na ja, dass du gut für Fleißaufgaben bist, war mir eh klar.«

Die Chefin sagte: »Diesmal erwarte ich mustergültiges Benehmen. Sie gehen beide, aber das Gespräch führt Ray.« Sie wandte sich Ryan zu. »Und Sie – Sie reißen sich zusammen.«

33

Der Regen strömte herab wie eine graue, gläserne Wand, als sie von Rays Auto zum Eingang rannten, wo sie triefend unter dem Torbogen standen und dem Prasseln des Gusses auf dem Pflaster lauschten. Im Fenster der Pförtnerloge erschien das Gesicht von Leonard Gamp und zog sich eilig wieder zurück. Ray schüttelte seinen Schirm aus, streifte ein paar Tropfen von seinem Burberry-Mantel, während Ryan sich mit den Händen übers Gesicht wischte und sie dann in den Gesäßtaschen seiner durchweichten Trainingshose versenkte.

»Weißt du, was schlau wäre?« Er hielt sich ein Nasenloch zu, schniefte einen Batzen Rotz auf den Boden. »Wenn wir einen anderen Raum hätten.«

»Wie meinst du das?«

»Wenn wir hierherkommen, sind wir immer bei irgendwem im Haus oder im Büro oder sonst wo. Verschafft den Leuten einen Heimvorteil. So könnten wir ihnen mehr Dampf machen.«

Ray nickte. »Keine schlechte Idee.«

Leonard Gamp war komplett von der Bildfläche verschwunden; auch Ryans Klopfen brachte ihn nicht zurück.

Ray legte ihm die Hand auf den Arm. »Frag einfach deine Claire.«

Er wandte den Kopf und sah sie vom Hof her durch den Regen sprinten, im Kostüm, zart und elfenhaft, ihr blondes Haar schwingend wie ein Fächer, die Absätze laut klackernd. Als sie den Schutz des Torbogens erreichte und ihn sah, blieb sie ruckartig stehen. Ray blickte interessiert zwischen ihnen hin und her. Sie vermieden es, sich anzusehen.

»Mach ich«, sagte Ryan zu Ray.

»Oh. Hallo.«

Ihr Gesicht war nass und erschrocken, und er grinste, um ihr die Befangenheit zu nehmen. »Hallo, wir bräuchten mal kurz eine kleine Hilfestellung.« Er erklärte ihr sein Anliegen. »So was ist doch ein Fall für die Quästorin, oder?«

»Im SCR ginge es vielleicht.«

»Was ist das denn schon wieder? S wie Spanier?«

Er grinste wieder, und sie lächelte dankbar zurück. »Der Senior Common Room. Da trinken die Dons ihren Kaffee – Spanier inklusive.«

Sie erklärte ihnen den Weg, und Ray und Ryan gingen durch den Säulengang, ihre Schritte gedämpft auf den kalten Steinfliesen, während der Regen auf die Rasenfläche des Hofs hinabrauschte und kleine Windstöße ihnen zwischen den Säulen hindurch die Nässe ins Gesicht trieben.

Ray sah Ryan von der Seite an. »Was ist jetzt mit euch?«

»Eine gute Sache an mir: Ich bin nicht nachtragend.«

Als sie das Ende des Säulengangs erreichten, verstärkte sich das Regenrauschen nochmals, und sie zögerten unter dem letzten Bogen. Wer draußen im Hof unterwegs war, brachte sich hastig in Sicherheit. Ein Mann, der mit einem großen Schirm mit dem Harvard-Wappen und dem Wort *Veritas* darauf kämpfte, kam unter die Säulen gerannt und wischte sich keuchend den Regen aus seinem rosa Gesicht.

Er nickte Ray zu. »Ich bin zwar vorgewarnt worden, aber trotzdem. So was gibt's bei uns in Illinois nicht.«

Gemeinsam blickten sie durch die Mauerbögen auf die Wassermassen, die vor ihnen eine verschwimmende Wand bildeten, lauschten dem vielstimmigen Gepladder des Regens im Rinnstein, rochen die seltsamen Gerüche, die er freisetzte, nach Käse und Seife und Fußmatten.

»Pisst halt, Himmelarsch«, sagte Ryan, und der Mann drehte sich aufgeschreckt zu ihm um.

Ray sagte: »Kent Dodge. DI Wilkins.«

Kent sah ihn verwirrt an. »Aber ich dachte, Sie ...?«

»Tja, so ist das hier«, sagte Ryan. »Wir heißen alle Wilkins. Macht's einfacher. Und, schon lange in Oxford?«

»Nur für dieses Jahr. Fulbright.«

Sie standen da und warteten, dass der Regen nachließ. Ryans taxierender Blick war Kent nicht sehr angenehm.

»Kurze Frage an Sie, geht das? Außenseiterperspektive und so?«

Kent machte ein ängstliches Gesicht. »Wenn es wegen Sir James ist, da habe ich schon mit ... mit dem anderen DI Wilkins gesprochen, und um ehrlich zu sein – ich wollte das eigentlich nicht erwähnen, aber seitdem sitzen die mir ziemlich wegen meiner Battels-Rechnung im Nacken. Wenn es Ihnen also nichts ausmacht ...«

»Nicht der Provost«, sagte Ryan. »Dieses andere Wiesel, Goodman.«

»Wiesel?« Kent sah hilfesuchend zu Ray, doch von dem kam nichts. »Na ja«, sagte er unbehaglich, »er ist ein ausgezeichneter Arabist.«

»Nee, nee«, sagte Ryan. »*Wie* er ist, wollen wir wissen.«

»Oh. Er ist etwas eigen.«

Ryan verdrehte die Augen.

»Gut, eigen sind hier wohl alle«, sagte Kent. »Er ist ... schwierig.«

»Schwierig?«

»Halsstarrig. Bitter.«

Ray runzelte die Stirn. »Heißt konkret was?«

Kent überlegte kurz, wobei er unruhig hin und her sah und Ryans Blick auswich. »Ja, nehmen Sie zum Beispiel diesen Abend neulich.« Er schilderte das Essen zu Ehren von al-Medina. Entgegen den Anweisungen des Provosts habe Goodman die Sprache umgehend auf den College-Koran gebracht, dessen Rückführung die saudische Regierung schon seit Jahren fordere. Es sei seine feste Überzeugung, dass der Koran nicht nach England gehöre, sondern vielmehr ganz klar in die Kategorie Beutekunst falle. Al-Medinas Reaktion sei sehr knapp ausgefallen: Die Saudis seien nicht die geeigneten Hüter dieses Kleinods. Das habe Goodman jedoch nicht abgeschreckt. Auch als der Provost das Gespräch zu beenden versuchte, habe er nicht davon aufgehört. Schon das sei peinlich gewesen, aber Goodman habe es noch weitergetrieben: »Irgendwann hat er sogar ins Arabische gewechselt, damit der Provost nichts mehr versteht. Ich dachte, Sir James geht die Wände hoch.«

Ray sah ihn irritiert an. »Das hatten Sie mir gar nicht erzählt. Was hat Goodman gesagt?«

»Mein Arabisch ist recht rudimentär. Irgendetwas darüber, dass man die Moscheen einschalten solle. Dass besser sie die Rückführung fordern sollten als die Regierung. Wenn ich es richtig verstanden habe, schlug er al-Medina vor, die Scheich-Zayid-Moschee vorzuschicken.«

»Aber al-Medina hatte doch schon gesagt, dass er die Saudis nicht für geeignet hält.«

»Die Scheich-Zayid-Moschee ist nicht saudisch. Sie ist in den Vereinigten Emiraten – wo al-Medina herkommt.«

»*Ist* das ein Oberarsch«, kommentierte Ryan. »Hören Sie.« Er fixierte Kent, der leicht zusammenzuckte. »Wissen Sie, wo sein Büro ist?«

»Ja.«

»Richten Sie ihm was aus, okay? Sagen Sie ihm, er soll seinen Hintern rüber in den SCR bewegen. Zwei Polizeibeamte wollen ihn sprechen. Schockt ihn gleich bisschen, wenn das von Ihnen kommt – Überrumpelungseffekt.«

Kent zögerte, begegnete Rays Blick und setzte sich widerstrebend in Bewegung Richtung Old Court, während Ray und Ryan unter den Säulen hervor in den jetzt nachlassenden Regen traten und den New Court überquerten.

Der Senior Common Room hätte besser in ein altes Landhotel gepasst. Er war überladen, verblüht, mit Tapeten in einem blassen Minzgrün über einer Vertäfelung aus schlichtem Holz, einem mit verzogenen Perserteppichen belegten Parkettboden und Sesseln aus verschossenem Chintz. In der Luft lag ein Geruch nach Möbelpolitur und alten Damen.

Ray schnippte sich vor einem antiken Spiegel einige Regentropfen aus den Haaren und richtete den Sitz seines Hemdkragens um eine Winzigkeit. Ryan schlurfte herum, besah sich die Gemälde und kratzte sich.

»Was hat diese Bibliothekstante noch mal zu dir gesagt? Über den Typ Mensch, der ihr etwas hätte antun können?«

»Dass er ein fanatischer Sittenwächter sein müsste.«

»Also für mich klingt dieser Goodman ganz schön fanatisch.«

»Das habe ich auch schon gedacht. Aber wir halten uns an die Spielregeln. Du hast die Chefin gehört. Das Gespräch führe ich. Und du benimmst dich.«

Ryan nahm ein Schälchen mit Duftkräutern von einem Sims und beroch es misstrauisch. »Oder wir packen gleich die harten Bandagen aus. Foltern ihn ein bisschen.« Er sah Rays Gesichtsausdruck im Spiegel. »*Scherz*, du Spießer!«

»Ich mein's ernst.«

»Du meinst es immer so scheißernst. Das lieb ich ja so an dir. Wo sollen wir sitzen?«

Sie versuchten es mit den Sesseln vor dem offenen Kamin. Zu weit auseinander. Die Stühle bei den hölzernen Innenläden des Fensters hatten die falsche Höhe. Nörgelnd wanderten sie den Raum ab, bis es an der Tür klopfte und sie hastig hinter einem Tischchen Aufstellung nahmen, auf dem sich alte Ausgaben des *Economist* und einer Klassikzeitschrift stapelten.

»Herein«, sagte Ray, und ins Zimmer marschierte Ameena Najib, sichtlich außer sich.

Letzten Endes nahmen sie in den Sesseln am Kamin Platz, obwohl es sich falsch anfühlte, aber Ameena schien ihre Umgebung ohnehin kaum wahrzunehmen. Sie hatte die Quästorin sagen hören, dass zwei Polizeibeamte im College seien. Mit zitternden Händen streckte sie ihnen ein Stück Papier hin – eine fotokopierte Karikatur, auf der Mohammed am Himmelstor stand und tote Dschihadkrieger mit den Worten zurückwies: »Stop, stop, uns sind die Jungfrauen ausgegangen.«

Ryan stieß ein Lachen aus, über das Ray eilig hinwegredete.

Ameena unterbrach ihn. »Ich will ein Hassverbrechen anzeigen.« Sie hatte geweint, auf ihrem verzerrten Gesicht waren Tränenspuren.

Ray versuchte sie zu beschwichtigen, aber die Worte stürzten nur so aus ihr heraus, eine lange Tirade über die Karikatur, die in ihrem Spind gelegen habe. Selbst als Ray die Hand hochhielt, hörte sie nicht zu reden auf. Es war klar, dass sie es nicht konnte. Sie sprach immer weiter, hilflos, ihr Englisch verhedderte sich, so als bräche ein innerer Aufruhr sich Bahn, gespeist von den Erinnerungen an Leichensäcke und Straßen voller Schutt, an zu Grabe getragene Eltern, vergewaltigte und gestorbene Schwestern, Demütigungen durch Fremde.

»Ashley Turner hat das getan. Ich will sie anzeigen. Ich weiß, was das ist – es ist ein Verbrechen. Ich will, dass Sie Ihre Arbeit tun. Es gibt Menschen hier, die das Heilige Buch schänden«, sagte sie. »Ja, hier. Ich habe sie gesehen.« Sie hielt inne, um Atem zu holen.

Ryan gab ihr die Zeichnung zurück, und sie schlug sie ihm aus der Hand. Er sagte: »Das soll jetzt nicht blöd klingen, ich seh ja, dass Sie das tierisch aufregt, aber für so was sind wir die falsche Adresse. Für Anzeigen müssen Sie aufs Revier gehen. Wir sind an andren Sachen dran. Jetzt eigentlich auch, deshalb wär's gut, wenn Sie ...«

Ameena fletschte die Zähne – eine so erschreckende Reaktion, dass selbst er verstummte.

Ray sagte: »Sobald wir hier fertig sind, Ameena, begleite ich Sie aufs Revier und helfe Ihnen, Anzeige zu erstatten.«

Händeringend saß sie da; mehrere Muskeln in ihrem Gesicht zuckten. Vor lauter Gestikulieren war ihr Kopftuch verrutscht – ein Zipfel hing ihr über das Auge herab, was ihr etwas Piratenhaftes gab.

»In einer halben Stunde«, sagte Ray. »Ich verspreche es Ihnen.«

Einen Moment lang wirkte es, als würde sie einlenken. Doch dann stand sie mit abschätzigem Blick auf. »Ich kenne eure Versprechen.«

»Vergessen Sie Ihren Liebesbrief nicht«, sagte Ryan.

Eine Pause trat ein, wie die Schrecksekunde, bevor nach einem Aufprall der Schmerz einsetzt. Dann murmelte sie etwas Unverständliches, spuckte ihm vor die Füße und ging.

Ray drehte sich zu Ryan um. »Mann! Kannst du es dir nicht *ein*mal verkneifen, Öl ins Feuer zu gießen?«

Ryan schaute überrascht. »Wieso? Wer hier spinnt, ist ja wohl sie. Rotzt hier auf den Boden und alles.«

»Behandle die Leute einfach mit etwas Respekt, das würde schon helfen.«

»Ich hab nur gesagt ...«

»Ich weiß, was du gesagt hast.«

»Ich wollte als Einziges ...«

»Nein, wolltest du nicht.«

»Aber hast du sie gesehen? So was von angepisst. Mit der willst du dich nicht anlegen.«

»Du *hast* dich mit ihr angelegt.«

Es klopfte wieder, und Ray zögerte. Er setzte sich neben Ryan und zupfte seine Kleidung zurecht.

»Ich rede, nicht du.«

»Ja, ja, ja.«

»Er klingt ähnlich schwierig wie sie, wir sollten also professionell bleiben.«

»Wer ist denn hier ohne Verstärkung in die Leys gefahren? Wer hat ...«

Ray brachte ihn ärgerlich zum Schweigen. »Herein!«, rief er in einem gewollt munteren Ton.

Kent Dodge erschien.

»Fuck«, sagte Ryan. »Was ist das hier? Kasperltheater? Wo ist Goodman?«

»Er will nicht kommen. Ich habe Ihnen ja gesagt, er ist halsstarrig.«

»Na gut«, sagte Ryan. »Dann bringen Sie uns zu ihm.«

Kent machte ein ängstliches Gesicht.

»Keine Panik«, sagte Ryan, »Sie müssen nicht zuschauen, wenn wir ihm den Schädel eintreten.«

»Er macht nur Spaß, Kent«, versicherte Ray.

Kent brachte ein gequältes Lächeln zustande.

»Sie können vor der Tür bleiben und von da die Schreie hören« sagte Ryan. »Waren Sie schon mal dabei, wenn einer zusammenklappt und nur noch um den Gnadenschuss bettelt?«

Rays Kiefermuskeln spannten sich an. »Das ist nicht witzig.«

Ryan schob sich an ihm vorbei aus dem Zimmer, und Kent und Ray mussten fast rennen, um nicht abgehängt zu werden.

34

Andrew Goodman – dreiundfünfzig Jahre alt, Fellow von Barnabas Hall, Kurator der dortigen Sammlung, Dozent am Institut für Nahoststudien – kauerte in der Kunstsammlung auf dem Boden, umgeben von Packkisten, und sprach mit gedämpfter Stimme in sein Handy, das er zwischen Schulter und Kinn eingeklemmt hielt.

»Wie gesagt, machen Sie sich deshalb gar keine Sorgen, ich mache mir auch keine.«

So sah er nicht aus. Er hatte ein langes, verkniffenes Gesicht mit einem negativen Zug um den Mund; seine Augen waren erschöpft und rastlos, nackt unter den knochigen Augenbrauen. Sein ganzes Gesicht wirkte nackt und dünnhäutig. In wenigen Tagen würde er im gegenseitigen Einvernehmen sowohl das College als auch die Universität verlassen, die logische, wenngleich schmerzhafte Folge langjähriger Reibereien mit dem Provost von Barnabas Hall, aber er war von Haus aus penibel und obendrein menschlich unbeholfen und mürrisch, weshalb er es sich gleichsam in einem Furor der Pedanterie auferlegt hatte, alles so perfekt zu hinterlassen wie nur irgend möglich.

Jemand schlug gegen die Tür.

»Nicht jetzt«, rief er.

Die Tür ging auf, und zwei Männer kamen herein – ein gut gebauter Schwarzer mit flaschengrünem Blazer und dazu passender Cordhose und ein Jugendlicher im schlabbrigen Trainingsanzug.

»Wie ich Ihrem Laufburschen bereits mitgeteilt habe«, sagte Goodman, ohne sich von der Kiste abzuwenden, die er packte, »ich bin beschäftigt, aber gehen Sie doch einfach vor ins Sekretariat und lassen Sie sich dort einen Termin geben, der besser passt.«

Der Jugendliche im Trainingsanzug machte einen Schritt auf ihn zu und öffnete den Mund, und sein Begleiter drängte sich hastig vor ihn.

»Wir werden Ihre Geduld nicht sehr lange strapazieren«, sagte er glattzüngig.

Sie saßen auf Stapelstühlen am hinteren Ende des Raums.

Ryan zappelte bereits jetzt. Goodman hatte die ersten fünf der von ihm zugestandenen fünfzehn Minuten damit verbracht, ihnen auseinanderzusetzen, wie knapp seine Zeit war (er sei am Packen, bevor er am darauffolgenden Tag das College verlassen und zu einem längeren Auslandsaufenthalt aufbrechen würde). Anschließend hatte er von ihnen verlangt, sich umfänglich auszuweisen, ihr dienstliches Verhältnis zueinander inbegriffen. Jetzt hinterfragte er die Berechtigung ihres Besuchs generell. Seine ganze Art war paragrafenreiterisch und kleinlich.

»Unter welchen Abschnitt des polizeilichen Verhaltenskodex fällt dieses Gespräch, wenn ich fragen darf?«

Ray ratterte Paragrafen herunter, von denen Ryan noch nie gehört hatte.

Goodman sagte: »Wenn es hier um den Mord geht, würde ich vorschlagen, Sie wenden sich direkt an unseren Provost. Es war schließlich sein Arbeitszimmer, in dem die Tat verübt wurde.«

Von Ryan kam ein dünnes, entnervtes Aufjaulen, das Ray eilfertig überspielte. »Wir sind uns der anhaltenden Antagonismen in Ihrem Verhältnis zu Sir James bewusst.«

»Soll heißen?«

»Dass Sie persönliche Gründe dafür haben könnten, unsere Aufmerksamkeit auf ihn zu lenken.«

»Im Gegenteil, ich habe völlig uneigennützige Gründe für meinen Wunsch, die Zuständigkeiten abzuklären und einen sinnvollen Verlauf dieses Gesprächs sicherzustellen.«

Ray schwieg einen Moment und zupfte eine versprengte Fluse von seinem Revers – seine übliche Taktik, um seine Verärgerung in den Griff zu bekommen.

Ryan, der über keinerlei Taktik irgendeiner Art verfügte, rückte seinen Stuhl dichter an den Goodmans heran. »Jetzt hören Sie mir mal zu, Sie Witzbold. Hören Sie auf, sich um die Antworten rumzudrücken, sonst nehmen wir Sie mit aufs Revier und verhören Sie bis zum Abend über diesen Wisch, den Sie uns geschickt haben, mit dem Namen von Chiara Belotti drauf.«

Auf Goodmans Gesicht zeichnete sich Erschütterung ab. Er zögerte. »Wie kommen Sie darauf, dass …«

»Weil die Forensik ihn mit dem Drucker in Ihrem Büro abgleichen wird. Die Patrone war fast leer.«

»Wollen Sie unterstellen …?«

»Dass Sie unsere Ermittlungen behindern, ganz genau. Das bedeutet, ab jetzt haben Sie sich bis auf Weiteres für unsere Fragen bereitzuhalten. *Bis auf Weiteres* – verstehen Sie, was das heißt? Wann wollten Sie gleich wieder fliegen?«

Goodmans Gesichtshaut spannte sich noch straffer. Sein Blick wanderte bitter durch den Raum, wie zu einer Bestandsaufnahme all der Aufgaben, die seiner noch harrten.

»Also gut«, sagte er. »Aber machen Sie schnell. Was wollen Sie wissen?«

Ray erörterte ihr Anliegen. Aus den Unterlagen im Archiv von Lady Margaret Hall wüssten sie, dass Sophie Barbery vor zehn

Jahren ein wöchentliches Tutorial bei Goodman zum Thema »Kunst und Kultur der arabischen Halbinsel« gehabt hatte, einer der Optionen in dem Kurs »Internationale Zusammenhänge in der Frühmoderne«. Sie sei somit während des achtwöchigen Trimesters einmal die Woche eine Stunde bei ihm gewesen. Sie beobachten ihn beide, während er zuhörte.

»Erzählen Sie uns von ihr. Wie war sie?«

Goodman antwortete besonnen, präzise, ohne jedwede innere Anteilnahme. Sein Gedächtnis war hervorragend. Sophie Barbery: immer modisch gekleidet, immer gut aufgelegt. Eine seichte, leichtfertige, gedankenlose Person. Die natürlich fließend Arabisch sprach. Französisch ebenfalls. Aber nur minimal an der arabischen Kultur interessiert und am wissenschaftlichen Arbeiten erst recht nicht. Ihre Hausarbeiten waren mittelmäßig und chronisch unpünktlich gewesen. »Ein Typ Frau, wie man ihn in Oxford leider nur allzu oft findet.«

»Inwiefern?«

»Ausländische Studentinnen mit reichen Eltern. Sie betrachten die Universität als eine Art Debütantinnenclub.«

»Hat sie gern gefeiert?«

»Das kann ich nur vermuten, aber ich glaube nicht, dass ich mich täusche.«

»Sie mochten sie nicht.«

»Ich werde nicht dafür bezahlt, die Studierenden zu mögen. Aber noch etwas«, fügte er nach einem kurzen Moment hinzu. »Das fällt mir jetzt wieder ein. Ich erinnere mich, dass ich damals dachte, sie ist genau der Typ, der dazu prädestiniert ist, in Schwierigkeiten zu geraten. Nicht vorsätzlich. Aus Gedankenlosigkeit. Sie hatte diese Art von Lebenseinstellung – frivol, draufgängerisch.« Seine Mundwinkel bogen sich nach unten.

»Kann man auch lebenslustig nennen«, sagte Ryan.

»Kam sie allein zu den Tutorials?«

»Nein. Mit einer Kommilitonin, derselbe Typ wie sie.« Er dachte kurz nach. »Sealy-Smith – so hieß sie. Veronica Sealy-Smith. Ist das nicht göttlich? Da sagt der Name schon alles. Der Familie gehörte halb Norfolk. Was mir ganz sicher nicht fehlen wird, wenn ich hier weggehe«, sagte er, »ist die Privilegiertheit, der Snobismus, dieses selbstverständliche Anspruchsdenken, die …«

»Warum haben Sie sich nicht gemeldet, als ihr Bild rumging?«, fragte Ryan.

»Ich habe ein gutes Gedächtnis für Namen, nicht für Gesichter, schon gar nicht weibliche.«

Ray sagte: »Wo haben Sie Ihre Tutorials abgehalten? In Ihrem alten Büro? Dem, das der Provost jetzt hat?«

»Dieser Raum wird immer nur zeitweise als Büro genutzt, nie dauerhaft. Ich hatte ihn vor schätzungsweise fünf Jahren ein paar Wochen. Hauptsächlich finden dort Sitzungen statt. Die wöchentlichen Treffen des Provosts mit der Geschäftsleitung zum Beispiel. Und jetzt«, sagte er mit einem Blick auf die Uhr, »haben Sie Ihre Zeit mehr als ausgeschöpft, würde ich sagen.«

Ray ignorierte das. »Hatte sie sonst irgendwelche Verbindungen zu Barnabas Hall?«

»Nicht, dass ich wüsste.«

»Freunde hier?«

»Dito.«

»Gibt es jemanden am College, mit dem sie eventuell in Kontakt geblieben sein könnte?«

»Siehe oben. Und jetzt muss ich wirklich weitermachen.«

Ryan sagte: »Die besten Fragen heben wir uns immer bis zum Schluss auf. Wo waren Sie, als sie erwürgt worden ist?«

Goodman genehmigte sich ein Lächeln. »Ein Kollege von Ihnen hat meine Aussage aufgenommen, so wie die der anderen auch. Sie wird in Ihren Akten sein, wenn Sie sie nicht verschlampt haben. Ich bin kurz vor halb neun in der Burton Suite angekommen und war noch dort, als Scheich al-Medina sie gegen zehn verlassen hat. Mein Gehalt hier verpflichtet mich nicht, die Studierenden zu mögen oder auch nur nett zu ihnen zu sein. Aber es verpflichtet mich dazu, sie nicht umzubringen.« Er erhob sich, und erst jetzt sahen sie, wie schmächtig er war. Über sein angespanntes Gesicht liefen winzige Zuckungen. »Mein Rat an Sie: Wenn Sie wissen möchten, wer ihr Mörder ist, finden Sie heraus, mit wem sie sich leichtfertig eingelassen hat.«

Damit kehrte er ihnen den Rücken zu.

»So ein Oberarsch«, sagte Ryan, als sie wieder im Büro saßen. »Das lag nicht nur an mir. Oder, Ray?«

Ray erwiderte nichts, zum Computer vorgebeugt. Ryan blätterte müßig einige Ausdrucke durch, auf denen Nadim und ihr Team Informationen zu Sophies Kontakten zusammengestellt hatten. Mehrere Minuten vergingen.

»Der war doch total verdächtig, findest du nicht?«

Ray hob den Blick nicht vom Bildschirm. »Er mag ein Fanatiker sein, vielleicht sogar ein, wie du sagst, Oberarsch, aber was hätte er für ein Motiv haben sollen? Außerdem hat er ein Alibi. Lies seine Aussage.«

»Trotzdem komisch, dieses Geschiss am Anfang. Nur das übliche Oxford-Gehabe, dachte ich erst. Dieses Gezicke, das sie alle draufhaben, du weißt schon. Aber dann dachte ich: Der will irgendwie echt keine Fragen beantworten.«

Ray reagierte nicht. Wieder herrschte eine kurze Zeit Stille.

»Wir machen das schon verdammt oft.«

Widerwillig hob Ray den Kopf. »Was?«

»In Sackgassen landen.«

»Da hilft nur weitergehen.«

Mit einem Seufzer machte sich endlich auch Ryan an die Arbeit. Von Zeit zu Zeit stritten sie ein wenig – über Sophies Verbindung zum College, über Dubins Nachricht, *kohle bei ron*; ob es schon Zeit für den nächsten Kaffee war und wer ihn diesmal holen musste. Es wurde Nachmittag, im Raum wurde es noch einmal trüber, und sie knipsten ihre Schreibtischlampen an, die Schatten in die Ecke warfen und die Pinnwand in ein Mosaik aus schimmernden und verschatteten Flächen verwandelten.

Ryans Telefon klingelte.

»Ja?«

Eine Stimme sagte: »Du solltest es dir doch auf den Arm schreiben, Ryan. Was hast du gemacht, deinen Scheißarm daheim vergessen?«

Er schnitt eine Zeichentrickgrimasse des Entsetzens. »Jade!«

»Na, kommt's dir langsam wieder?«

»Du, es war … es war hier heute einfach die Hölle.« Er warf einen Blick auf den friedlich arbeitenden Ray. »Ich fahr sofort los.«

»Zu spät, Knallkopf.«

»Wie, zu spät?«

»Ich bin nicht daheim.«

»Sondern?«

»Hier.«

Er lief aus dem Büro und sah den Korridor entlang zu der gläsernen Feuerschutztür am Ende, hinter der Jade stand und ihn vorwurfsvoll anstarrte, neben sich Ryan, der feierlich winkte.

Im Büro drückte Ryan junior sich in eine Ecke und staunte Ray an. Sein wattierter blauer Kapuzenanorak ließ seine Arme steif nach den Seiten abstehen. Das rundgeschnittene blonde Haar fiel ihm glatt und glänzend bis in die Augen.

»Daddy?«

»Was?«

»Knetmasse kann man nicht essen.«

Ryan sah ihn scharf an. »Hast du schon wieder welche probiert?«

»Nein. Nur ganz bisschen.«

Ryan packte das sich windende Kind und wischte ihm ein paar Krümel vom Mund. Sein Sohn wandte derweil den Blick nicht von Ray.

»Daddy«, sagte er noch etwas leiser.

»Was denn?«

»Wie heißt der Mann?«

»Der? Den kennst du schon. Das ist Ray.«

»Warum?«

»Warum er Ray heißt, oder was? Weil das die Abkürzung von Raymond ist.«

»Warum?«

»Weil das kürzer ist als Der Große Raymundo. Schau dir diese geile Jacke an. Ich glaub, er ist im Nebenjob Model. Alle Mädchen lieben ihn. Junge Frauen, sollte ich sagen.«

Ray rang sich ein freudloses Lächeln ab.

In diesem Augenblick schaute Nadim durch die Tür, entdeckte Ryan junior, und sofort drangen sanfte Gurrlaute aus ihrer Kehle.

»Mein Gott, bist du süß!« Sie hockte sich vor ihn hin, strich ihm mit den Fingerspitzen das Haar aus der Stirn, und er ließ es würdevoll mit sich geschehen.

»Daddy?«

»Nadim, so heißt sie. Keine Abkürzung für irgendwas, soviel ich weiß. Denk dir nichts, sie kann einfach nicht anders. Das hört schon von selbst wieder auf.«

»Sie hat braune Haare.«

»Sehr gut erkannt.«

»Wie meine Mami.«

Darauf erwiderte Ryan nichts. Er hob seinen Sohn hoch und sagte: »'kay, dann wollen wir mal. Wieder eine Woche geschafft.«

Ray grunzte, und Nadim wackelte mit den Fingern vor Ryan juniors Gesicht herum, das hinter der Schulter seines Vaters hervorsah, und auch das duldete er mannhaft. Dann waren sie weg, und Ray und Nadim hörten die Piepsstimme auf dem Korridor: »Das war eine lustige Dame, Daddy!«

»Ray!«, flüsterte Nadim mit glänzenden Augen. »Ist der goldig!«

Wieder grunzte Ray nur.

»Also hör mal, Ray. *Ray!*«

»Na gut, von mir aus. Er ist goldig.«

Mit einem Schnauben ließ sie ihn allein, und er saß da und dachte an Diane, die auf kleine Kinder genauso reagierte wie Nadim – glucksende kleine Geräusche ganz hinten in der Kehle machte, die Nase in ihrem Haar vergrub, mit den Fingerspitzen ihre Gesichter berührte, so sacht und zögernd, als hätte sie Angst, sie zu beschädigen durch die Übermacht ihrer Emotionen. Ihr ganzer Körper schien zu leuchten davon. Und mit einem flauen Gefühl machte er sich klar, wie sie leiden würde, wenn es mit der IVF nicht klappte.

Er fuhr sich übers Gesicht und wandte sich wieder seinem Bildschirm zu.

Gegen sieben rief er zu Hause an. »Ich bin's. Tut mir leid, aber ich muss für die Chefin noch einen Bericht fertig schreiben. Ein, zwei Stunden brauche ich auf jeden Fall. Soll ich uns auf dem Heimweg irgendwas zum Mitnehmen holen?«

Nein, sagte sie. Sie wolle früh zu Bett gehen. Er hörte den ausweichenden Unterton in ihrer Stimme. Müdigkeit? Enttäuschung?

»Aber wenn ich für heute durch bin, habe ich das ganze Wochenende frei. Wir könnten mal wieder einen Spaziergang machen, vielleicht Sonntagvormittag, was meinst du? Das Wetter soll ja ganz anständig werden. Wir könnten nach Boars Hill fahren und in diesem Pub in Sunningwell einkehren.«

Sie gab ein unverbindliches Murmeln von sich und legte auf, und er saß einen Moment mit leerem Blick da, bevor er wieder zu tippen begann.

Es war spät. Von draußen tönte fernes Sirenenjaulen, dann war das einzige Geräusch das Klicken der Tastatur.

35

In der Nacht zum Sonntag fror es, aber der Reif auf den Dächern von Bayworth war schnell zu einem nassen Glänzen getaut; die Wiesen schimmerten nebeltriefend in der blassen Spätherbstsonne. Die kahlen Bäume hinterm Haus standen da wie steifgliedrige alte Männer, erstarrt über einem schmelzenden goldenen Teppich aus matschigen Buchenblättern.

Jade rief an, um Ryan daran zu erinnern, dass er Ryan junior am Montagmittag in der Kita abholen musste.

»Kriegst du das in deinen Kopf rein?«

»Klar.«

»Er ist in der Kita, kapiert? Nicht hier. Und du musst ihn mittags holen. Du kannst nicht zu spät kommen. Die können ihn nicht dabehalten, wenn keiner kommt.«

»Ich hab's kapiert.«

»Schreib's dir auf beide Arme.«

»Ich hab's verstanden, wie oft denn noch? Du, wir müssen los.«

Er zog Ryan seinen blauen Anorak an, die gelben Gummistiefel und eine riesige grüne Pudelmütze, die ihm als Ballon auf dem Kopf saß, so weich und bunt wie ein Plüschtier. Während des Anziehens gab Ryan keinen Moment lang die Zweige aus der Hand, die er an der Hecke auf der anderen Straßenseite gepflückt hatte.

»Die bringen wir Mami, oder, Daddy?«

»Ja. Sollen wir ein Glas mitnehmen, wo wir sie reinstellen können?«

»Au ja.«

Im Auto saß er in seinem Kindersitz, seine Zweige hin und her schwenkend, den Blick auf die verschwimmenden Umrisse der Bäume gerichtet, während sie die Quarry Road hinunterfuhren, am Damwildgehege vorbei und hinein nach Sunningwell. Das Auto gab gequälte, blecherne Laute von sich.

»Daddy?«

»Was?«

»›Sackgesicht‹ darf man nicht sagen.«

»Du musst's ja wissen.«

Sie knatterten durch das pittoreske Sunningwell mit seinen Backsteinhäuschen, dem Dorfteich und dem Herrenhaus, missbilligend beäugt von einem älteren Paar, das seinen roten Setter ausführte, und hielten vor St Leonard's. Ryan schaltete den Motor ab, und Sekunden später verstummte auch das blecherne Klappern. Einen Moment blieb er sitzen, sein Gesicht blass und angespannt, und sah seinen Sohn an.

»Okay. Da wären wir.«

Zusammen gingen sie durch das Tor, um die Eibe herum und an den anderen Gräbern vorbei, bis sie vor dem Stein am Ende der zweiten Reihe standen.

»Da ist ja schon ein Glas!«, rief Ryan.

Sein Vater sagte nichts, schaute nur. *Michelle Toomey ... Aus diesem Leben gegangen ... In Liebe.* Er kam ungern hierher. Auch jetzt gelang es ihm nicht, sich gegen die Bilder zu wehren: Shels letzte Nacht in der Londoner Wohnung, diese letzten Momente. Ihr fleckig angelaufenes Gesicht, das Fischweiß ihrer Augen, die wächserne Haut schweißig – nicht länger ihr Gesicht, überhaupt kein menschliches Gesicht mehr, sondern eine Maske, etwas an einem Strand Angespültes, die nackte Vorderseite eines Kopfs. Und dann vor dem Fenster draußen das kreiselnde Blaulicht,

Hände, die ihn wegzogen. Er versuchte sich an ihr echtes Gesicht zu erinnern und konnte es nicht.

»Daddy? *Daddy?*«

»Was?«

»Du sagst zu Mami Shel. Und ihr langer Name ist Michelle.«

»Ganz genau. Hast du dir super gemerkt.«

»Aber ich sag Mami zu ihr, gell?«

Er streckte die Hand aus und ließ sie auf der monströsen Pudelmütze seines Sohnes ruhen. Die Zweige standen struppig in ihrem Glas.

Ray und Diane wanderten Hand in Hand durch die herbstliche Stille der Youlbury Woods, die einzigen Laute ihre leisen Schritte im feuchten Laub und das einsame Krächzen einer Krähe irgendwo im Nebel. Ray trug seinen neuen Gloverall-Dufflecoat, vintagefit, aus gebürstetem Kamelhaar, Diane ihre alte grüne Barbourjacke. Alles war frostig und ruhig. Eine Zeit lang sprachen sie über die In-vitro-Fertilisation, all die altbekannten Details von Kosten, Timing und Erfolgschancen, dann senkte sich Melancholie auf sie herab, und sie gingen schweigend weiter. Zwischen Strünken verdorrten Ginsters erklommen sie den Matthew-Arnold-Hügel, folgten dem Jarn Way durch die unteren Ausläufer des Waldes zum Fox Inn, dann der Lincombe Lane bis zu den Wiesen oberhalb des Damwildgeheges, wo sie stehen blieben und auf die rötlichen Dächer von Sunningwell hinabschauten, die in Grüppchen um die Kirche verteilt waren. Am Ortsende lag das Flowing Well Pub, und auf dem Weg den Hang hinunter wandte sich ihr Gespräch der bevorstehenden Mahlzeit zu.

Die Damhirsche waren weg, vielleicht schon für Weihnachten geschlachtet. Sie überquerten die Straße neben dem Dorfteich, und Ray hielt abrupt vor dem Friedhofstor an.

»Was ist?«

Diane folgte seinem Blick zu einer Stelle im Friedhof, wo ein Jugendlicher im Trainingsanzug mit einem kleinen Jungen stand. Der Jugendliche hielt sich ein Nasenloch zu und ließ eine Ladung Rotz ins Gras klatschen, wischte sich dann die Hand an der Hose ab, sah flüchtig zu ihnen her und erstarrte mitten in der Bewegung.

»Ray?«, sagte Diane.

Der murmelte unterdrückt: »Auch das noch.«

Sie standen zusammen unter der Eibe, Ryan junior hinter Ryans ausgebeulten Hosenbeinen versteckt, aus deren Schutz er mit ernster Miene hervorspähte. Man machte sich bekannt (Ja, auch Wilkins, verrückt, oder?), aber die Konversation verlief schleppend, mit viel Gezappel auf Seiten Ryans, während Ray kleine, nichtssagende Geräusche von sich gab, als sei er drauf und dran, sich zu verabschieden und weiterzugehen. Diane, ihre Augen groß und schimmernd, die Lippen geöffnet, sah wie gebannt auf Ryan junior, der sein Gesicht versteckte und wieder zu ihnen linste und seinen Vater am Ärmel zog.

»Daddy?«

»Ja?«

»Der Mann heißt Ray, oder, Daddy?«

»Ganz genau.«

»Und sein langer Name ist Ray-Mund.«

»Gut aufgepasst.«

»Und, Daddy?«

»Hmm?«

»Sein ganz langer Name ist der große Ray-Mundo.«

Ryan grinste. »Du bist echt das Schlauste, was hier weit und breit rumläuft.«

Dem wusste Ray nichts hinzuzufügen; er schaute um sich,

lächelte sinnlos zu der Kirche mit ihrem windschiefen hölzernen Vorbau hinüber, dem Friedhof mit seinen schräg stehenden Grabsteinen und Holzbänken. »Hübsch hier«, sagte er und ärgerte sich sofort über sich selbst.

»Er ist überhaupt kein Maulwurf«, flüsterte Ryan junior vor sich hin.

Diane ging kurz entschlossen in die Hocke und streckte ihm die Hand hin, und sie starrten sich aus nächster Nähe an. Sie sagte: »Ich heiße Diane, und ich freu mich sehr, dich kennenzulernen.«

Er kicherte, wie zum Zeichen, dass er ihr peinliches Benehmen nicht übel nahm. »Danke«, sagte er höflich.

»Dein Daddy hat recht«, sagte sie. »Du bist wirklich ein sehr schlauer Junge.«

Angespornt durch ihr Lob, sagte er im Gesprächston: »Daddy sagt zu meiner Mami Shel, aber ihr langer Name ist Michelle, und ich sag zu ihr Mami. Willst du sie sehen?«

Ryan machte eine abwehrende Bewegung, aber ehe er etwas einwenden konnte, sagte Diane: »Ja, sehr gern. Zeigst du sie mir?«

»Ja.« Er streckte seine Hand im Fäustling aus und führte sie fort vom Weg, über die flachen Grasbuckel zu *Michelle Toomey. Aus diesem Leben gegangen. In Liebe.*

Sie standen nebeneinander und sahen auf den Grabstein, polierter grauer Granit, die Inschrift karg, aber noch weiß und frisch.

»Das sind meine Zweige. Aber das Glas ist nicht meins.«

»Wie schön«, sagte Diane. Mehr brachte sie nicht heraus.

Ryan schaute zu ihr hoch. »Sie ist tot«, erklärte er ihr für den Fall, dass sie verwirrt war. »Aber sie ist trotzdem meine Mami, deshalb kann ich sie immer noch so nennen.«

Diane nickte und wischte sich übers Gesicht. Dann kauerte sie sich wieder vor ihn und atmete mehrmals tief durch. Sie legte Ryan die Hände an die Oberarme. »Das erzähle ich eigentlich niemandem, Ryan. Aber vor ein paar Jahren hatte ich ein Kind. Einen kleinen Jungen. Und er ist gestorben. So wie deine Mami. Aber ich kann ihn immer noch mein Kind nennen, nicht wahr?«

Ryan junior betrachtete hochinteressiert die Tränen, die ihr die Backen hinabliefen. Er hätte sie schrecklich gern angefasst, aber er beherrschte sich. »Du musst nicht traurig sein«, sagte er. »Er hat dich trotzdem lieb, deshalb kannst du dich freuen.«

Unter der Eibe sagte Ryan zu Ray: »Ich mag nicht drüber reden.«

»Das verstehe ich doch.«

»Überdosis, wenn du's wissen musst. Methamphetamin.« Feixend verzog er das Gesicht, als er das plötzliche Stechen der Tränen hinter den Augäpfeln spürte, und wandte sich ab.

Ray sagte: »O Mann, Ryan. Das tut mir sehr leid. Wirklich.«

Diane und Ryan junior kamen durch das hohe Gras zu ihnen zurück, und Diane ging zu Ryan und umarmte ihn stumm für eine sehr lange Zeit, so schien es, während er zappelte und irgendetwas nuschelte.

»Und«, sagte sie, nachdem sie ihn endlich losgelassen hatte, in forschem Ton, »wie vertragen Sie sich mit dem großen Raymundo?«

Ryan nickte, zuckte die Achseln.

Ray brummelte etwas.

»Kommt ihr miteinander zurecht?«

Ryan schniefte und wischte sich über die Nase. »Na ja, ich bin so ein bisschen mit diesem einen Collegetypen aneinandergeraten. Ein ziemlicher Schnösel, um ehrlich zu sein. Und deshalb läuft da jetzt diese Disziplinarsache. Aber Ray wird eine Aussage machen, und danach sehen wir erst mal weiter.«

Diane warf einen kühlen Blick zu Ray hinüber, der die Lippen zusammenpresste.

»Und glauben Sie, ihr findet den Mörder von dieser Frau?«, fragte sie.

»Schon. Klar. Ist eigentlich immer dasselbe. Erst mal bist du ein paar Wochen nur der Arsch, der nichts blickt, und dann irgendwann passt plötzlich alles zusammen.«

»Daddy!«

»Sorry.«

»Hmm«, sagte Diane, »auch eine Philosophie.«

»Das hör ich öfters.«

»Dann hoffe ich, der große Raymundo trägt seinen Part dazu bei.«

Ray lächelte schwach, und beide sahen sie zu Ryan, der plötzlich wie weggetreten wirkte.

»Ryan?«

Blicklos starrte er sie an, umnebelt von diesem ohnmachtsähnlichen Gefühl, dem sanften, wattigen Summen, wenn sich das Bewusstsein auflöst und alles verschwimmt außer den letzten Gedanken, die je ein Hirn denken wird.

Rays langer Name ist Raymond und Shels langer Name Michelle.

Seine Augen waren glasig. Sie hörten ihn schwer durch die Nase atmen, und Diane, die Angst bekam, er könnte irgendeine Art von Anfall haben, griff nach Rays Arm, aber im selben Moment machte Ryan einen Satz vorwärts und packte Ray beim Revers.

»Heilige Scheiße, Ray!«

»Pass auf, das sind Knebelknöpfe!«

»Daddy, man sagt nicht …«

»*Veronica Sealy-Smith!*«

Ray, den Kopf von Ryans manischem Gesicht weggebogen, versuchte vergeblich, seine Knöpfe freizubekommen. »Wovon redest du?«

»Ron! Kurzform von Veronica!«

Ray ließ die Hände sinken. »Kohle bei Ron! Meinst du, das ...?«

»Könnte doch sein, oder? Freundin von ihr, hat dieses Wiesel gesagt. Wo hat sie gewohnt, nachdem sie am Sloane Square rausgeflogen ist? Bei einer Collegefreundin – warum nicht? Oder?«

Ray vergaß ganz, seine Knöpfe zu überprüfen, die Ryan nun endlich losgelassen hatte; beide fingen sie an zu reden, sich gegenseitig ins Wort fallend, bis Diane sie unterbrach.

Ray erklärte den Zusammenhang.

Sie sagte: »Wenn Rons langer Name Veronica ist, dann solltet ihr euch bei Ryan bedanken, dass er seinen Daddy auf die Idee gebracht hat.«

Alle drei Erwachsenen schauten auf ihn herunter, und er hielt sich die Fäustlinge vor die Augen.

Sein Vater sagte: »Du bist echt sauschlau, Ry.«

»Gern geschehen«, sagte er. »Aber, Daddy, man sagt nicht ...«

»Ja, ja, kommt nicht wieder vor. Versprochen. Aber ganz im Ernst, du bist das Geilste, was rumläuft.«

36

Veronica Sealy-Smith, ein Name, der es den Rechercheuren leicht machte, hatte eine Wohnung in der Nähe des Sloane Square. Doch als Ryan und Ray gerade dorthin aufbrechen wollten, wurden sie zur Chefin gerufen.

»Eine neue Wendung in Barnabas Hall.«

»Was ist passiert?«

»Es wurde etwas aus der Collegesammlung entwendet. Ein Koran.«

Eine Überprüfung der von Goodman zum Ende seiner Amtszeit verfertigten Inventarliste hatte ergeben, dass der Koran fehlte. Man hatte Sir James verständigt, dessen Ungläubigkeit sehr schnell in Empörung umgeschlagen war.

»Er hat schon zweimal bei mir angerufen«, sagte die Chefin. »Beim ersten Mal hat er den Marktwert mit zwei Millionen beziffert, beim zweiten Mal waren es schon drei fünf. Unersetzlich, sagt er. Und ein ganz heißes Eisen, was die britisch-saudischen Beziehungen betrifft.«

»Vor allem, was die Sicherheit betrifft, würde ich sagen«, äußerte Ray. »Das dürfte ihm zusätzlich im Magen liegen. Die Schlüssel zu der Sammlung werden wie alle anderen in der Quästur aufbewahrt, wo so ziemlich jeder an sie rankommt. Was der Versicherung natürlich nur recht sein kann.«

»Ja. Ich glaube, das macht Sir James am meisten Angst.«

»Und Goodman?«, fragte Ray. »Was hat er dazu zu sagen?«

»Goodman ist gestern Abend nach Abu Dhabi geflogen. Hat seine Abreise in letzter Sekunde vorverlegt.«

Eine Pause.

»Shit!«, sagte Ryan. »Der Drecksack hat ihn sich gekrallt.«

»Das ist auch Sir James' Standpunkt. Den er in nicht ganz unähnliche Worte kleidet. Er meint, Goodman will ihn irgendwelchen Leuten dort verkaufen – oder eventuell sogar schenken. Er hätte ihn schon immer befreien wollen, sagt er. Wir haben uns an die Behörden in den Emiraten gewandt, aber sie konnten noch keinen Kontakt zu Goodman aufnehmen.« Sie sah die beiden an. »Was wissen Sie über diesen Koran?«

Sie gaben wieder, was sie erfahren hatten. Die Chefin fragte: »Könnte er in irgendeinem Bezug zu dem Mord stehen?«

Sie schwiegen.

»Aber selbst wenn keine Verbindung besteht«, sagte sie, »muss sie ausgeschlossen werden. Ray, ich brauche Sie heute im College. Kümmern Sie sich um den Diebstahl. Ryan, Sie fahren allein nach London. Aber bleiben Sie in Kontakt. Machen Sie nichts ohne vorherige Abstimmung.«

Die Sloane Avenue am frühen Vormittag. Nach längerer Diskussion mit einem Parkwächter im historischen Kostüm (grüner Samtrock und Zylinder – »Haben Sie keine Selbstachtung, Mann?«) ließ Ryan den Peugeot auf einem reservierten Platz im Chelsea-Cloisters-Parkhaus stehen und schlappte mit quietschenden Turnschuhen in die vornehme Stille des Foyers, einer spiegelnden Halle von modischem Zuschnitt, ganz in schwarzen und weißen Karos gehalten, so schlicht wie Rys Lego. Sie strahlte Exklusivität aus, unangestrengte Selbstgewissheit. Wie immer machte es ihn zornig. Als er hindurchschlurfte, rief ihm die Rezeptionistin mit wachsender Erregung nach: »Entschuldigen

Sie, Sir! Entschuldigen Sie!«, aber er ignorierte sie und stieg in den chromblitzenden Lift, wo er seinem Spiegelbild zugrinste. Er zog den Reißverschluss seiner Jacke bis zum Kinn hoch, schlug den Kragen herunter und drehte die Basecap nach hinten. Entblößte sein Zahnfleisch, untersuchte seine Zähne.

Veronica Sealy-Smith bewohnte ein Millionen-Pfund-Apartment im sechsten Stock. Sie blieb in der Tür stehen, während er in seinen Hosentaschen nach der Dienstmarke kramte. »Sie sind *Polizist?*« Sie hatte ein rundes Gesicht mit sehr weicher Unterlippe und einem Grübchen, wenn sie schmollte. Ihre löchrige Jeansshorts, das ärmellose Strechtop und die Keilsandaletten gaben ihr etwas Unbekümmertes, beinahe Kindliches.

Sie zuckte die Achseln, und er folgte ihr hinein.

Das Apartment war todschick – der Boden abgezogenes Kiefernholz, alles andere blitzweiß –, aber winzig, kaum größer als der Trailer, in dem er groß geworden war, und heillos unordentlich, mit Haufen von Schmutzwäsche entlang der Wände und chaotischen Zeitschriftenstapeln auf spindelbeinigen Couchtischchen, die aussahen wie einem Museum für modernes Design entliehen. Veronica Sealy-Smith selbst war ebenfalls sehr schick und sehr unordentlich, ihre trägen Augen verwundert, aber halb amüsiert, als wäre er eine unerwartete Verirrung in ihrem Leben, über die sie später mit ihren Freunden lachen würde. Fast Knie an Knie saßen sie auf schwarzen Metallhockern in dem vielfach unterteilten Erkerfenster, das einen fragmentierten Blick auf die umliegenden Dächer bot, die die Größe von Ozeanriesen hatten.

Sein Fehler war, anzunehmen, dass sie von Sophies Tod wusste. Sie gab einen erstickten Laut von sich, als müsste sie ein Würgen unterdrücken.

»O Scheiße, das tut mir echt leid. Ich dachte, Sie wissen Bescheid.«

Ihr Gesicht krumpelte sich zusammen wie eine Papiertüte, aller Schick wich daraus, und sie schluchzte geräuschvoll und nass in die vorgehaltenen Hände.

Verlegen stand Ryan auf und holte ihr ein Glas Wasser aus der Küche, das sie hielt, als hätte sie nie zuvor ein Glas Wasser gesehen, die schwimmenden Augen auf ihn gerichtet, während er zusammenfasste, was geschehen war.

»Ich wusste, dass es ihr nicht besonders ging, aber ...«

Er wartete, bis sie sich halbwegs gefangen hatte.

»Äm«, sagte er dann, »ich müsste Ihnen ein paar Fragen stellen. Geht das?«

»Ist gut.«

Sie wartete seine Fragen nicht ab; ihr Rededrang war zu groß. Sie und Sophie hatten sich gleich zu Anfang des Studiums kennengelernt, beide gerade erst achtzehn und mit ähnlichen Vorlieben bei Musik, Drinks, Männern und Mode. In ihrem zweiten Jahr hatten sie sich im Collegewohnheim eine Suite geteilt, und in den Ferien waren sie zusammen gereist, auf die Seychellen, die Malediven, nach Martha's Vineyard. Im dritten Jahr fuhren sie fast jedes Wochenende zum Campen nach Norfolk, auf Veronicas Familiensitz. Auch nach dem Studium war der Kontakt noch ein gutes Jahr eng geblieben; sie hatten dieselben Freunde, verkehrten in denselben Kreisen, gingen auf dieselben Partys.

»Wir sahen gut aus, und wir hatten was im Hirn – oder zumindest konnten wir so tun. Und wir waren übermütig und reich.« Sie sah ihn an. »Das war uns schon selber klar. Wir bedienten einfach das Klischee. Wir waren so jung.« Sie lächelte traurig. »Das scheint jetzt eine Ewigkeit her.«

»Sie hat gern gefeiert?«

»O ja. Und über die Stränge geschlagen. Alkohol, Jungs, alles.«

»War sie leichtsinnig?«

»Ja. Ja, das war sie. Aber nicht frivol. Das ist ein Unterschied.«
Sie putzte sich die Nase. »Ich weiß nicht, wie viel Sie über ihre Kindheit wissen, aber als sie sechs war, in Syrien, hat sie miterlebt, wie ihr Großvater ermordet wurde. Vor ihren Augen, meine ich. Und dann war ihre Mutter jahrelang krank. Eierstockkrebs. Als die Familie ins Exil ging, mussten sie Syrien praktisch mitten in der Nacht verlassen. Dass ihr Vater einem Anschlag zum Opfer fiel, wissen Sie?«

»Ja, hab ich gelesen.«

»Im zweiten Anlauf. Das erste Mal haben sie es versucht, als Sophie siebzehn war – sie war im Haus, als es passiert ist. Als wir uns kennengelernt haben, wollte sie nur eins: Spaß haben.« Sie betrachtete das nasse Papiertaschentuch in ihrer Hand. »Und den hatten wir.«

Sie sah weg, aus dem Fenster, ein abwesender, verlorener Blick. »In gewisser Weise«, sagte sie, »war das eine Fassade, hinter der sie sich versteckte. Am liebsten waren mir eigentlich die Zeiten, wenn wir einfach zu zweit waren. Ich brauchte eine ganze Weile, um mehr von ihr zu erfahren. Nach allem, was sie hinter sich hatte, hielt sie sich ziemlich bedeckt. Aber sie war ein Mensch, der viel nachdachte. Und tough. Nicht sehr weichherzig, muss man sagen. Ich glaube, dazu war sie zu ernst. Zu sehr aufs Überleben bedacht. Dass sie so sterben musste, nach dem, was sie alles durchgemacht hat – nein, ich kann's einfach nicht fassen.«

»Sie haben vorhin gesagt, dass sie leichtsinnig war. Inwiefern?«

»Jungs. So fantastisch, wie sie aussah, hätte sie jeden haben können.«

»Und was für welche hatte sie?«

»Die harten Jungs hauptsächlich. Nein, eigentlich ausschließlich. Sie sagte selbst von sich, sie hätte den schlechtesten Männergeschmack von allen Menschen, die sie kennt.«

»Und in letzter Zeit?«

»Es gab Männer, das auf jeden Fall. Aber das habe ich nicht aus der Nähe mitgekriegt.« Ihre Unterlippe zitterte. »Wir hatten nicht mehr diese Art von Beziehung. Nicht lang nach dem Studium haben sich unsere Wege getrennt. Ich habe ein paar Jahre im Ausland gelebt. Und als ich zurückkam, habe ich in anderen Kreisen verkehrt.«

»Aber sie hat sich wieder bei Ihnen gemeldet.«

»Ungefähr vor einem Jahr. Der zweite Anschlag auf ihren Vater war erfolgreich gewesen. Damit hatte sie Geldprobleme – ernsthafte. Das war sie nicht gewöhnt.«

»Also hat sie Sie um Hilfe gebeten?«

»Nicht direkt. Das hätte sie nie gemacht. Aber es war klar, dass sie es schwer hat. Ich habe ihr etwas Geld geliehen, damit sie Rechnungen bezahlen konnte. Ab und zu hat sie hier übernachtet. Sie hat das Apartment informell als Adresse benutzt. Aber es wurde keine enge Beziehung mehr. Ich hatte das Gefühl, dass sie sich verändert hatte. Dass sie härter geworden war. Fordernder.«

»Hat sie Ihnen erzählt, mit was sie ihren Lebensunterhalt verdient? Mit was für Aufnahmen?«

»Nein. Und«, ihre Stimme schwankte, »ich hab auch nicht gefragt. Ich wollte es wohl nicht so genau wissen.«

»Hat sie irgendwas davon gesagt, dass sie nach Oxford wollte?«

»Nein.«

»Aber es kam Geld für sie?«

»Ein Umschlag wurde im Foyer abgegeben. Das ist immer mal vorgekommen. Wie gesagt, ich hab nicht nachgefragt. Ich hab es einfach für sie aufgehoben.«

»Wie oft haben Sie sie gesprochen?«

»Vielleicht einmal im Monat.«

»Wann war das letzte Mal?«

»Vor drei Wochen.«

»Hat sie was über Männer erzählt?«

»Nicht viel. Ich kann Ihnen ein paar Namen nennen, die sie beiläufig erwähnt hat, aber ich weiß nichts Konkretes.«

»Irgendwelches Zeug von ihr hier? Laptop, Tablet, Ersatzhandy?«

»So was nicht. Ein paar Kleidungsstücke. Post.« Sie zeigte auf ein Tischchen im Flur. Ihr Mund zitterte wieder. »Wissen Sie – sie war ein unglücklicher Mensch geworden, und das wollte ich mir nicht eingestehen.«

Viel lag nicht auf dem Dielentisch: einige unbeschriftete Kuverts mit Geld darin, mehrere Zahlungserinnerungen von Versorgungsunternehmen, die von der alten Adresse nachgesendet worden waren; Werbezettel für Kosmetikartikel, Clubs, Ferienhäuser, Taxiunternehmen.

Einer der Flyer stach Ryan ins Auge. Er kündigte eine »Purple Night« in einem Club namens Wire an, und jemand hatte an den Rand gekritzelt: *Wäre das was?*

Er ging damit zu Veronica. »Ist das ein Club, in dem sie manchmal war?«

Sie sah hin, zuckte die Achseln.

»Jemand hat eine Nachricht draufgeschrieben.«

»Dann ist das vielleicht Hassan«, sagte sie nach kurzem Überlegen. »Das war ein Typ, den sie hin und wieder erwähnt hat. Ich dachte aber, da läuft nichts mehr.«

»Was wissen Sie über ihn?«

»Er hat mehrere Clubs – vielleicht auch das Wire. Kann sein, dass er es wieder bei ihr versuchen wollte.«

»Einer von den harten Jungs?«

»Keine Ahnung. Ich glaube, er hat sie an zu Hause erinnert.«

»Zu Hause?«

»Syrien.«

Ryan zog die Brauen hoch. »Interessant. Warum haben sie Schluss gemacht?«

»Ich weiß es nicht.«

Er steckte den Flyer ein und gab ihr seine Karte. »Wenn Ihnen noch was einfällt, klingeln Sie durch.«

Sie betrachtete ihn mit trübsinnigem Blick. »Müssen Sie kein Protokoll machen oder so was?«

»Wir bei der Kripo nicht.«

Sie hatte wieder zu weinen begonnen.

Er stand an der Tür und fühlte sich schlecht. »Wir kriegen den Dreckskerl, der das getan hat.« Seine Stimme klang kratzig, belegt.

»Sagen sie das nicht alle?«

»Ja. Aber ich mein's ernst.«

Mit schmalen, nassglänzenden Augen sah sie ihm nach.

Im Lift rief er Ray an.

»Könnte sein, dass ich was hab, keine Ahnung. Club, der Wire heißt, in der Nähe von Smithfield. Betreiber ist dieser Typ, Hassan, der vielleicht was mit ihr hatte. Ist nicht weit dahin, deshalb dachte ich, ich fahr vorbei, wenn ich schon mal hier bin. Wie läuft's bei dir im Barnabas?«

»Ich bin offen gestanden auch gleich in London. Goodman hat eine Wohnung im Barbican Centre, da treffe ich gleich einen Freund von ihm.«

»Ganz nah bei Smithfield. Vielleicht sehen wir uns ja, dann wink ich dir.«

Die Lifttüren entließen ihn in das geleckte Foyer, wo er über den spiegelnden Boden quietschte. Die Rezeptionistin rief wieder nach ihm, und er zeigte ihr, ohne stehen zu bleiben, den Finger.

37

Der Club lag in der Long Lane, nach außen hin nur zu erkennen an einer verkratzten schwarzen, von der Londoner Luft malträtierten Tür zwischen einer Sushibar und einem Maklerbüro. Auf einem handgeschriebenen Pappschild neben einem Tastenfeld und einem Klingelknopf stand *Wire*. Jemand hatte die Tür einen Spalt offen gelassen. Im Hausgang war ein Aufzug mit nur einem Ausstieg, *Wet Rock Inc.*

Der Aufzug fuhr nicht. Als Ryan die Treppe hinaufstieg, wurde das gedämpfte Stampfen der Bässe, das von oben kam, lauter und traf ihn, als er die Tür zu einem großen Raum mit niedriger Decke und verdunkelten Fenstern aufstieß, mit der Wucht eines Hitzeschwalls. Eine Bar zog sich über die ganze Breite. Dahinter, auf einem Podium mit Stangen und Spiegeln, das in ein trübes Aquariumslicht getaucht war, vollführten drei Mädchen in G-Strings lustlose Verrenkungen zu undefinierbaren Hip-Hop-Klängen. Sie wurden, ähnlich lustlos, von einer Handvoll Mittagsbesuchern beobachtet – ein paar Männern, die mit ihren Drinks auf Hockern unterhalb der Rampe saßen, und anderen in Nischen außen herum.

An der Bar teilte man ihm mit, dass Hassan nicht abkömmlich sei. Ryan hielt ihnen seine Dienstmarke hin.

»Dann soll er sich abkömmlich machen.«

Einer der Typen verschwand, ein anderer blieb da und betrachtete ihn mit gekräuselter Lippe.

»Und du bringst mir so lang einen Grapefruitsaft. Ohne Eis.«
Die Lippe kräuselte sich noch stärker. Er nahm sein Glas mit in eine Nische und setzte sich hin. Fernsehapparate hoch oben in den Ecken des Raums zeigten Aufnahmen einer zerbombten ausländischen Stadt, eingestürzte Gebäude, von denen der Rauch aufstieg. Weiter unten an den Wänden hingen gerahmte und signierte Schwarz-Weiß-Fotos von Männern, C-Promis, vermutete Ryan, die Mädchen im Arm hielten und sich für die Kamera brummig gaben. Er schloss kurz die Augen. Die Musik transportierte ihn zurück zu den Clubs und Raves seiner Jugend, und sekundenlang sah er nicht die Nischen, die Fotos und das aquariumsähnliche Podium des Wire, sondern die Orte von früher, Shel, die Arme in der Luft schwenkend, den Kopf von einer Seite zur anderen werfend, ihr Gesicht völlig entrückt. Er dachte an die Zeiten, als er, wie sie, geglaubt hatte, solche Momente würden niemals enden, und an die späteren Zeiten, als er das nicht mehr glaubte, auch wenn Shel immer noch weitertanzte. Dann öffnete er die Augen wieder und trank von seinem Grapefruitsaft und sah die Frauen auf der Bühne routiniert ihre Glieder verrenken.

Hassan tauchte nicht auf.

Aber Ryan konnte ihn auf den Fotos an der Wand ausmachen: so, wie sie alle zu ihm aufschauten, konnte er nur der Besitzer sein. Er hatte ein kantiges, unrasiertes Kinn, hochgegeltes Haar und ein breites, schneeweißes Lächeln. Er trug dunkle Anzüge mit weißen T-Shirts darunter. In seinem rechten Ohrläppchen steckte ein Ohrstecker. Auf Bild um Bild sah man ihn beim scherzhaften Armdrücken mit obskuren Hip-Hoppern, sah ihn die Hände verschrumpelter Rocker schütteln, sah ihn galant an der Seite schwül blickender Diven oder väterlich im Kreis seiner nervösen, schmachtenden Tänzerinnen. Auf einem Foto war er von so vielen Frauen umdrängt, dass er einem Sultan in seinem Harem glich.

Ryan stutzte, beugte sich näher an das Bild heran. An Hassans Arm hing Sophie Barbery.

Sie war es ganz unverkennbar, aber sie sah komplett anders aus. Sie sah zu ihm hoch, lachend, ihr Gesicht weit offen, und die Leute, die hinter den beiden standen – Tänzerinnen und Barmädchen –, schauten nach vorn und lachten mit ihr. Nach dem Foto ihres toten Gesichts in der Rechtsmedizin, den Nacktaufnahmen im Arbeitszimmer des Provosts war es fast ein Schock, sie so spontan und sorglos zu sehen. Ihr Haar war zurückgeworfen und gab ein Ohr frei, so klein und schutzlos wie eine Muschel ohne Gehäuse.

Er wollte sich schon abwenden, als er noch jemanden erkannte; ganz kurz geriet sein Herz aus dem Takt. Sie stand ganz hinten außen, und auch sie beugte sich vor, um Sophie ansehen zu können, aber sie lachte nicht. Im Gegenteil, sie starrte hasserfüllt zu ihr hin.

»Fuck«, sagte er laut.

Es war Ameena Najib.

Er wählte Rays Nummer. »Nein, ich sag doch, sie ist es definitiv ... Nein, die sehn für mich *nicht* alle gleich aus ... Ja, sie schaut Sophie an, als ob sie ihr die Pest an den Hals wünschen würde ... Weiß ich doch nicht ... Nein, ich vertu mich nicht ... Im Club, ich steh direkt davor ... Ich sag dir was, ich hol einen Schraubenzieher, nehm das Ding runter und bring's dir, in Ordnung? Glaubst du mir dann?«

Sein Blick streifte zwei Männer, die an der Bar standen. Sie waren groß und stämmig, vage arabisch aussehend, mit schwarzen Lederjacken und Bandanas. Jetzt schauten sie beide in seine Richtung, und er konnte sehen, dass der eine leicht schielte.

»Wart mal«, sagte er. »Das ist ja mal interessant. Du, ich muss Schluss machen.«

Ray, der in der Farringdon Street im Stau stand, starrte einen Moment lang auf sein Handy. Dann rief er Ryan zurück. Keine Antwort. Der Verkehr schob sich stockend durch Clerkenwell, vorbei an umgewandelten Lagerhäusern und Boutiquen, während er das Gespräch im Kopf noch einmal abspielte. *Das ist ja mal interessant?* Er wollte es gerade wieder bei ihm probieren, als ihn ein Anruf aus der Zentrale erreichte. Jemand wollte DI Ryan Wilkins sprechen – eine Frau von der Kindertagesstätte Oxford Süd. Ob er DI Wilkins etwas ausrichten könne? Er hörte kaum hin, während sie erklärte, dass niemand gekommen sei, um Ryan junior von der Kita abzuholen, weshalb nun seine Großeltern einspränegen.

Ray unterbrach sie. »Ist gut. Ich sag es ihm.«

Er rief Nadim an. »Ich bräuchte eine Adresse. Ein Club, der Wire heißt, Nähe Smithfield Market. Und kannst du bitte Ryan tracken?«

Sie suchte ihm die Information heraus, und er klatschte sich das Blaulicht aufs Dach und bog ab in die Charterhouse Street.

»Probleme?«, fragte sie.

»Weiß ich noch nicht. Du weißt ja, wie er ist. Ich hab weniger Angst um ihn als unsretwegen.«

Ryan hatte die Bar erreicht. »Hey, die Dschihad-Boys!« Er musste es fast schreien, um die Musik zu übertönen.

Die beiden Männer standen dicht vor ihm, sagten nichts, schauten nur. Sie wirkten nervös, angespannt. Der Kleinere ließ den Kiefer knacken. Die Jungs hinter der Bar zogen sich ein Stück zurück.

»Erinnert ihr euch? Neulich vor dem Haus von Ameena?«

Er fischte die Dienstmarke aus der Hosentasche und streckte sie ihnen ins Gesicht.

»Gut, dass ich euch treffe. Ihr könnt mich zu Hassan bringen. Ich hab genug gewartet.«

Sie wechselten Blicke, und der Schielende nickte, worauf sie sich alle zusammen umdrehten und an der Bar vorbei zu einer Feuerschutztür an der Rückwand marschierten, hinaus in ein Treppenhaus.

Der Schielende machte eine Aufwärtsgeste.

»Nach euch«, sagte Ryan.

Der Mann zuckte die Achseln und begann die Stufen hinaufzusteigen, gefolgt von seinem Begleiter und als Letztem Ryan, der vor sich hin grimassierte. Wut war das Letzte, was er jetzt gebrauchen konnte, aber er fühlte sie trotzdem in sich aufsieden. Wut auf diese zwei Männer mit ihrem Schweigen, Wut auf ihre Freundin Ameena Najib, Wut auf sich selbst, dass er die Glock nicht dabeihatte. Und darunter, wie immer, die andere, ältere Wut.

Am Ende der Treppe war wieder eine Tür. Die beiden Männer murmelten miteinander.

»Können wir das irgendwie beschleunigen?«, fragte Ryan.

Der Größere öffnete die Tür, die auf ein weites, leeres Flachdach hinausführte, und im gleichen Augenblick drehte sich der andere Mann ruckartig um und stieß Ryan die Faust ins Gesicht.

Ray parkte auf dem Parkplatz des Barbican Centre und ging in dem warmen, feuchten Wind, der selbst hier, so tief in der Stadt, entfernt nach Meer roch, zu Fuß durch die Aldersgate Street, Cloth Street und Long Lane, vorbei an Friseurläden und Sushibars bis zu einer unscheinbaren schwarzen, stark verwitterten Tür. Er drückte den Klingelknopf. Nichts geschah. Die Tür öffnete sich nicht.

Auf dem Gehsteig stand Ryans Peugeot, sehr schief. Unter dem Scheibenwischer klemmte ein gelber Strafzettel.

Ray rief Nadim an.

»Er ist irgendwo da drin«, sagte sie.

»Das Problem ist, ich komm nicht rein. Kannst du vielleicht eine Nummer ausfindig machen und da mal anrufen?«

Erneut klingelte er. Nichts. Er trat zurück an die Bordsteinkante und sah an der Hauswand hoch, und in dem Moment näherte sich ein Mann der Tür und gab einen Code ein. Mit ein paar Schritten war Ray bei ihm.

»Nur für Mitglieder, sorry«, sagte der Mann, und Ray ließ seine Dienstmarke blinken, worauf der Mann doch lieber auf seinen Clubbesuch verzichtete und sich verzog.

Im Eingangsbereich war ein Lift, und Ray drückte den Knopf und wartete.

Nichts geschah. Er sah auf die Uhr, wartete noch etwas länger, drückte dann nochmals. Wieder nichts. Mit einem Seufzer stieß er die Tür zum Treppenhaus auf und machte sich an den Aufstieg.

Der Stoß ließ Ryan quer übers Dach schlittern. Er machte eine Rückwärtsrolle – etwas, das er in seiner Kickboxzeit vor fünfzehn Jahren gelernt hatte –, sprang auf die Füße, erhielt gleich den nächsten Schlag ins Gesicht und ging wieder zu Boden. Er schmeckte Staub und Blut. Er war wieder ein Kind, auf dem PVC-Boden des Trailers, wo sein Vater ihn mit dem Stiefel bearbeitete – spürte wieder die Scham von damals, weniger wegen der Tritte, als weil ihm das Gesöff aus dem Krug seines Vaters ins Gesicht schwappte. Eine Schuhspitze krachte ihm in die Rippen, sodass er nach hinten taumelte und sich mit der Hand abfangen musste, um nicht mit einem gewölbten gläsernen Oberlicht zu kollidieren. Er rappelte sich auf, keuchend, blinzelnd. Der Größere holte erneut aus, und er machte einen geduckten Satz vorwärts, rammte ihm die Faust in die Leistengegend, verlagerte das Gewicht dann nach hinten, um den Fuß hochzuschwingen. Durch die Drehung sah er den zweiten Typ nicht, der ihm die Beine wegtrat, und krachte wieder zu Boden, wurde von hinten hochgehievt, hing benommen vornüber, den Kopf auf der Brust, und bekam von dem Großen zwei Hiebe verpasst. Seine Arme waren auf den Rücken gebogen. Es tat säuisch weh. Seine Sicht wurde klar genug, dass er die Londoner Skyline ahnte, seltsam flimmerig, und mitbekam, wie der Große ein Stück wegging, eine Eisenstange vom Boden aufhob und damit auf ihn zukam.

Ray stieg die letzte Treppe hoch und musste kurz verschnaufen. Automatisch knöpfte er sich die Jacke zu – ein amerikanischer Sportblazer, Wollmischgewebe – und bürstete sich übers Revers. Als er gerade hineingehen wollte, klingelte sein Handy, und er blieb noch einmal stehen, um den Anruf anzunehmen.

»Babe?«
»Ich wollte bloß mal hören. Wie läuft's bei dir?«
»Alles gut. Ich bin in London.«
»Viel zu tun?«
»Das werde ich gleich rausfinden.«
»Wo bist du? Ich höre Musik.«
»Irgend so ein Lokal.«
»Also dann, bis später. Lieb dich.«
»Ich dich auch.«

Noch im Treppenhaus stehend, probierte er es ein letztes Mal bei Ryan, erhielt keine Antwort und steckte das Handy weg. Mit einem Seufzer zupfte er beide Jackenärmel zurecht und zog die Tür auf. Die Musik schwoll an.

Kein Mensch beachtete ihn. Er suchte den Raum mit den Augen ab. Ging langsam zwischen den Tischen hindurch auf die Bar zu. Niemand. Er wartete einen Moment, ging dann um die

Bar herum und sah sich dort um. Die Musik dröhnte, die Mädchen tanzten, die Männer saßen gelangweilt in ihren Nischen.

Er rief wieder bei Nadim an. »Ich seh ihn nirgends. Bist du sicher, dass er hier ist?«

»Irgendwo im Gebäude.«

Er seufzte. »Warum muss er es einem so schwer machen?«

Von irgendwoher kam ein lautes Prasseln und Klirren, und er fuhr herum und rannte durch die nahe Feuerschutztür.

Ryan duckte sich, sodass auch der zweite Schlag mit der Eisenstange ihn verfehlte und in das Oberlicht krachte, versetzte dem Mann, der ihn festhielt, einen Stoß mit dem Hinterkopf und wand sich aus seinem Griff. Eines seiner Augen war zugeschwollen; er sah die Männer, die schon wieder auf ihn zukamen, wie von weit weg, ohne Tiefe.

»Ich sag euch was«, krächzte er. »Wir belassen's beim Unentschieden, wie klingt das?«

Dann rangelten sie alle drei wild miteinander, ihre Bewegungen ruckhaft und ungelenk wie bei einem schlecht geschnittenen Video. Er hatte nicht den Platz, einen seiner Tritte anzubringen. Er bekam einen Ellbogen in die Nase gerammt und fühlte sie brechen, dann wurden die Beine unter ihm weggekickt. Wieder auf den Knien, das Gesicht gegen den Beton gedrückt, rang er nach Luft. Noch mehr Dreck, noch mehr Blut. Ein neuerlicher Tritt streckte ihn flach auf den Boden, wo er keuchend lag, gekrümmt wie eine Garnele, und wusste, er würde nicht wieder hochkommen.

Die beiden Männer redeten erregt miteinander. Noch in seinem einäugigen, benommenen Zustand nahm er kleine Nuancen wahr – den Vorwurf in ihren Stimmen, die Panik in ihren Gesichtern. Sie hatten Angst vor dem, was sie gleich tun würden. Einer von ihnen trat näher und stand dann über ihm, immer noch murrend, während er mit einem leisen Klirrgeräusch etwas Blitzendes aus seinem Gürtel zog; im nächsten Augenblick flog hinter ihm mit hohlem Scheppern eine Tür auf, und der Mann warf sich mit geweiteten Augen herum.

Ryan versuchte etwas zu rufen. Er würgte ein wenig Blut hervor, und sein Kopf wurde klarer.

Als er wieder stand, sah er Ray mit beiden gleichzeitig sparren, auf den Zehen tänzelnd, antäuschend, kleine Hiebe vollführend. Ryan hob die Eisenstange auf, umfasste sie mit beiden Händen wie einen Golfschläger und drosch sie dem einen gegen den Hinterkopf. Der klatschte zu Boden wie ein Steak aufs Schneidebrett. Dadurch abgelenkt, kassierte der andere von Ray einen Schlag zwischen die Augen und landete mit rudernden Armen auf seinem Freund. Ryan zog auch ihm eins über, und da lag er still.

Mehrere Sekunden hörte man nichts als ihr Keuchen, stoßweise und rau, während Ryan und Ray einander anstarrten, vorgebeugt, Hände auf die Knie gestürzt.

»Die haben angefangen«, sagte Ryan.

Ray gab einen unverbindlichen Laut von sich.

»Nur falls die dich das fragen. Weißt schon, beim IOPC.« Er hob die Hand zu seinem Gesicht und betastete es. »Meine Nase ist komplett im Arsch.«

»Mach dir nichts draus. Die war eh dein Schwachpunkt.« Ray war mit dem Ärmel seines Blazers beschäftigt, der sichtbar gelitten hatte.

Einer der Männer am Boden begann zu stöhnen, und Ryan wies mit dem Kinn zu ihnen hinunter. »Legst du ihnen vielleicht mal Handschellen an?«

»Wie kommst du darauf, dass ich Handschellen dabeihabe?«

»Ich hab jedenfalls keine.«

»Dann nimm eben deine Schnürsenkel.«

»Wie wär's mit deinen Scheißschnürsenkeln?«

Ray hob einen Fuß, um Ryan seine Chelseaboots zu zeigen – hellbraune Slip-on-Stiefeletten, der Klassiker von Jack & Jones –, und Ryan begann die Bänder aus seinen Adidas-Schuhen zu ziehen.

»Übrigens«, sagte er.

»Ja?«

»Danke. Ich dachte, vielleicht krieg ich ja noch diese berühmte zweite Luft. Aber dann dachte ich, wahrscheinlich eher doch nicht.«

Als beide kunstgerecht verschnürt waren, sah Ryan hinab auf die gefesselten Männer. »Vielleicht kriegen wir ja noch was aus ihnen raus, bevor die Verstärkung anrückt. Das sind die zwei, die ich vor dem Haus von Ameena getroffen hab.«

Er pflanzte sich vor dem Größeren der zwei auf und sagte so laut und überdeutlich wie zu einem Schwerhörigen: »Verstehst du Englisch? Was läuft hier? He, Abdul, ich rede mit dir. Was für eine Geschichte läuft da mit Ameena Najib? Hallo!«

Der Mann starrte ihn aus blutunterlaufenen Augen an. »Fick dich.«

»Ist das so eine Dschihadkacke, oder wie?«

Der Mann blickte verächtlich auf Ryan, der ihm urplötzlich den Finger ins Auge stach, sodass er mit einem Aufschrei nach hinten kippte.

»Ups, sorry. Ich hab mich nicht immer ganz im Griff. Aggressionsbewältigung und so. Kann Ray bestätigen. Oder, Ray?«

»Leider ja«, sagte Ray aus vollem Herzen. »Er ist ein Psychopath.«

Das Gesicht des Mannes verzerrte sich leicht.

»Also. Ameena Najib.«

Der Mann begann zappelnd herumzurutschen, und Ryan stellte ihm den Fuß auf den Kehlkopf.

»Ray? Wie lang haben wir noch?«

»Zehn Minuten. Möglicherweise auch mehr.«

»So lang tu ich mir diesen Mist nicht an.«

Er trat dem Mann mit Wucht auf die Hand, und man hörte einen Finger brechen. Der Mann heulte auf.

»Ameena Najib«, sagte Ryan ihm ins Ohr.

Er setzte den Fuß auf seine andere Hand, und der Mann stieß etwas hervor, mehr ein Jaulen als Worte.

»Auf Englisch!«, herrschte Ryan ihn an.

Der andere Mann sagte, verzweifelt, überhastet: »Er sagt, warum haben wir sie nicht in den Bergen verrecken lassen.«

Ryan trat einen Schritt zurück und sah Ray an.

Die beiden Männer wechselten wütende Worte auf Arabisch.

Ray sagte zu Ryan: »Warte mal. Das sind keine Terroristen. Sie macht nicht gemeinsame Sache mit ihnen. Du interpretierst das völlig falsch. Das sind die Schlepper, die sie aus Syrien herausgebracht haben.«

»Wir haben ihr geholfen!«, rief der Mann. »Und die Schlampe hat uns gedroht!«

»Hast du die Akte gelesen?«, wollte Ray von Ryan wissen.

»Nicht so gründlich. Nur, dass sie irgendwie endlos unterwegs war.«

»Sechs Monate. Keine Ahnung, zu wievielt sie anfangs waren, aber die meisten sind auf dem Weg gestorben. Ich glaube, ihre Schwester war eine davon. Ein Kind noch. Sie haben ihren Leichnam einfach liegen lassen.« Er schaute auf die zwei Männer am Boden. »Möchte nicht wissen, was sie mit ihr gemacht haben, als sie sie schließlich hier hatten.«

»Wie meinst du?«

»In der Regel lassen sie die Frauen für sich arbeiten.«

Ryan schnürte es plötzlich die Luft ab. Seine Augen verschleierten sich. Er sah seine eigene Schwester, zusammengekrümmt auf dem räudigen Stück Teppich im Trailer, sah Shel, in der Wohnung liegend wie eine weggeworfene Schaufensterpuppe, und die alte Angst und Wut schossen in ihm hoch wie ein Brechreiz. Neues Adrenalin flutete ihm die Adern, überschwemmte alles. Er packte die Eisenstange, und Ray stürzte zu ihm und fiel ihm in den Arm.

»Ryan! Es reicht! Was machst du da? Ryan!«

Vor Ryans Gesicht schien ein Visier heruntergeklappt zu sein. Ray und er rangen miteinander; die entsetzten Männer am Boden versuchten wegzurobben, so gut sie konnten. Dann wieder das hohle Krachen, mit dem die Eisentür aufflog, Schritte donnerten über das Dach. Sie ließen ab voneinander, als sie die Verstärkung sahen, und Ryan riss sich los und lief mit langen Schritten zur Tür und die Treppe hinunter.

38

Den Saffron Hill hoch, in die Warner Street und dann weiter zur Gray's Inn Road kurvten sie tollkühn durch den stockenden Verkehr Richtung Norden.

»Muss das sein!« Ray hielt sich am Türgriff fest. »Fährst du immer so?«

»Das ist die Karre. Die läuft nur über fünfzig.«

»Schon mal von Tempolimit gehört?«

»Die Batterie kackt sonst ab. Willst du, dass wir liegen bleiben?«

Auf der Euston Road ging es stockend westwärts, durch rote Ampeln und Ströme entgegenkommender schwarzer Taxis, die Ryan wild anhupte und mit aggressiven Gesten aus dem Weg scheuchte. Auf dem Westway beschleunigte er, und der Motor fing zu rasseln an.

»Wir hätten doch lieber mein Auto nehmen sollen«, sagte Ray.

»Keine Zeit. Meins stand vor der Tür.«

»Mit dem Auge dürftest du eigentlich gar nicht fahren.«

»Ich find's gut. Ist alles so schön verschwommen.«

Der Motor jaulte und scheppterte, und Ray wurde hin und her geworfen, während sie sich brachial durch den Verkehr kämpften.

»Ich dachte schon, du willst die umbringen, vorhin.«

»Wollte ich auch.«

Nach der Überführung bei White City nahmen sie Fahrt auf. Jetzt sprachen sie über Ameena. Bei Ryan hatte sie behauptet, die Tote nicht zu kennen. Dabei wusste sie ganz genau, wer Sophie war: die Geliebte des Mannes, der sie in seinen Clubs geschunden und ausgebeutet hatte.

»Du hast ihr Gesicht auf dem Bild ja gesehen.« Mit einer Kopfbewegung deutete Ryan zur Rückbank, wo das Foto aus dem Club lag, noch in seinem Rahmen, der seine unsanfte Entfernung von der Wand nicht ganz heil überstanden hatte. »Und ob sie sie gekannt hat! Gekannt und gehasst.«

»Wir sind die ganze Zeit davon ausgegangen, dass der Täter ein Mann sein muss.«

»Wegen der Kraft, ja. Wir hätten mehr an die Wut denken sollen.«

Sie wechselten einen Blick.

Ray rief in Barnabas Hall an und ließ Claire wissen, dass sie unterwegs ins College waren, um mit Ameena zu sprechen. »Sagen Sie ihr, sie soll auf keinen Fall gehen, bevor wir da sind.«

Ryan trat das Gaspedal durch. »In ihrer Akte ist eine Lücke. Diese ersten zehn Monate in England. Ich hab sie deswegen gefragt, aber nichts aus ihr rausgekriegt.«

»Ich weiß.« Ray nickte. »Nadim konnte auch nichts finden. Jedes laufende Verfahren, das Ameenas Flüchtlingsstatus betrifft, wird natürlich unter Verschluss gehalten.« Nach einem Moment des Nachdenkens sagte er, er kenne eine Frau ziemlich hoch oben im Innenministerium, zuständig für Zuwanderung und Asyl. »Wir waren zusammen auf dem College.«

»Das war klar, Raymundo. Mit wem warst du nicht auf dem College?«

Ray rief an und hinterließ eine Nachricht. Sie fuhren hinaus aus London durch den Kieselrauputz von Acton, die grauen Baumreihen von Perivale, die windzerzauste Ebene von Northolt und dachten an Ameena Najib, daran, wie sehr sie Sophie Barbery gehasst haben musste.

Vierzig Meilen entfernt saß Ryan junior in Mantel und Fäustlingen auf dem PVC-Boden eines Wohnwagens und beobachtete den Mann im Sessel. Der Mann starrte ihn an. Er hatte Augen wie ein Tier, wachsam und hart. Ab und zu trank er aus einem Plastikkrug, aber die Tieraugen hörten nie auf zu schauen, auch wenn er den Krug vor dem Gesicht hatte. Am Spülbecken weinte eine alte Frau. In der Kita hatten sie Ryan gesagt, das sei seine Oma, aber warum sie jetzt weinte, wusste er nicht. Sie machte ein zischelndes Geräusch wie eine Bratpfanne.

Er wusste nicht, wer der Mann war.

Er wusste nicht, wo sein Daddy und Tante Jade waren.

Er wusste nicht, wo er hier war, aber er fand es scheußlich. Aus dem Krug von dem Mann da roch es schlecht, wie nach Pipi. Ryan spürte, wie seine Mundwinkel zu zittern anfingen, als ob er gleich weinen müsste, aber er kämpfte dagegen an.

Die Frau hickste und murmelte dem Mann etwas zu, über irgendwen, den sie doch nur sehen wollte, und auch wenn er den Sinn nicht verstand, hatte er doch das Gefühl, dass er ihn verstehen sollte. Der Mann sagte nichts. Die Tieraugen schauten ihn starr an, und Ryans Lippen bebten, und die Frau machte weiter ihr Geräusch, und dann plötzlich begriff er, was es war: sie hatte Angst vor dem Mann. Und jetzt verzerrten sich seine Mundwinkel doch.

Durch den Einschnitt des Chiltern Gap schossen sie die lang gezogene Bobkurve der M40 hinab zur Ebene, vorbei an schattengestreiften Feldern unter der tief stehenden Sonne. Ray erhielt einen Anruf aus den Vereinigten Arabischen Emiraten: Goodmans Reise sei bis nach al-Ain nachverfolgt worden, an der Grenze zu Oman, wohin er per Leihwagen aus Abu Dhabi gefahren war. Für die kommenden drei Nächte gab es eine Hotelreservierung auf seinen Namen in Abu Dhabi, wo die Zayid-Moschee stand.

»Al-Medina hat ein Haus in al-Ain«, sagte Ray.

»Oberarsch, sag ich doch.«

Danach kam der Rückruf von Rays Bekannter aus dem Innenministerium, und sie lauschten über die Freisprechanlage, während sie durch die hereinbrechende Dämmerung auf den diffusen Lichtschein von Oxford zufuhren.

Ihre Worte zeichneten ein Bild von schwer zu überbietender Düsterkeit. Ameenas Vater hatte etwas über dreizehn Millionen Syrische Pfund an Männer gezahlt, die er nie zuvor getroffen hatte, damit sie seine Töchter – Ameena, zweiundzwanzig, und Anushka, dreizehn – von Syrien nach England brachten. Seine drei Söhne waren bereits tot. Die beiden Mädchen verließen Aleppo in einem Minibus und überquerten die türkische Grenze bei Kilis. Von dort ging es nonstop die Küste entlang nach Antalya und durch Denizli auf der direkteren Route bis zur Hafenstadt Izmir ganz im Westen. In Izmir saßen sie einen Monat lang fest. Anushka wurde krank, und ihnen ging das Geld aus, sodass sie sich welches von den Männern leihen mussten, was natürlich an Bedingungen geknüpft war. Schließlich versuchten sie die Überfahrt zum griechischen Festland. Zwanzig Leute legten in einem Schlauchboot ab; fünf landeten an einem Felsenstrand ein Stück südlich des Dörfchens Kymi. Dort saßen sie noch einen Monat fest und schliefen in Höhlen. Wieder ging ihnen das Geld aus, wieder mussten sie sich welches leihen und die entsprechenden Bedingungen akzeptieren. Anushka erkrankte ein zweites Mal und starb, kaum dass sie die Weiterreise begonnen hatten; ihre Leiche wurde in den albanischen Bergen zurückgelassen, oberhalb von Berat. Von der ursprünglichen Gruppe waren nur noch drei übrig, doch andere schlossen sich ihnen an, mit denen zusammen sie in Lastwagen durch Montenegro, Bosnien, Österreich, Deutschland bis nach Calais gekarrt wurden. Kaum in England angelangt, bekam Ameena die Rechnung der Schleuser präsentiert und musste ihre Schulden in diversen Londoner Clubs abarbeiten, als illegale Einwanderin in einer Stadt, durch deren Straßen Transporter mit der Aufschrift *Raus aus England oder rein in den Knast* patrouillierten. Sie dürfe sich unter gar keinen Umständen an die Obrigkeit wenden, schärfte man ihr ein. Was die meisten Mädchen wohl auch nie taten. Ameena aber war anders. Zehn Monate nach ihrer Ankunft in London tauchte sie eines Morgens bei der Flüchtlingshilfe in der Belgrave Road auf, mit einem Herrenmantel über ihrem Nachthemd, und wurde zu einer sicheren Adresse gebracht, um dort die Auswertung ihres Falls durch das Innenministerium abzuwarten.

Wem die Clubs denn gehörten, fragte Ray.

Hassan Awad war vierunddreißig, gebürtiger Syrer mit britischem Pass, seit sieben Jahren wohnhaft in London. Er besaß drei Clubs und zwei »Unterhaltungslokale« im Rotlichtviertel. Zweimal war er in ein Betrugsverfahren verwickelt gewesen, einmal wegen Drogenhandels festgenommen worden, und auch Interpol hatte sich bereits für seine Aktivitäten interessiert. Seit sechs Monaten ermittelte die National Crime Agency gegen ihn wegen des Verdachts auf Menschenhandel, aber nun war die Behörde auf formale Schwierigkeiten gestoßen, und es konnte gut sein, dass es gar nicht erst zur Anklage kam.

»Hat Ameena als Zeugin ausgesagt?«

»Ja, hat sie. Sehr mutig. Man wird sicher versucht haben, sie einzuschüchtern.«

»Aber herauskommen wird dabei nichts?«

Ein Seufzer. »Wahrscheinlich nicht.«

»In ihrer Akte stand, dass sie unter Beobachtung steht?«

Noch ein Seufzer. »Das stimmt. Wir fürchten, sie könnte sich radikalisiert haben.«

»Ja, Scheiße, was erwartet ihr denn?«, fragte Ryan, und Ray beendete das Gespräch, ehe er noch mehr sagen konnte.

Sie fuhren an Sandhills und dem Park & Ride vorbei.

»Was glaubst du, was passiert ist, Ray?«

»Falls sie an dem Abend plötzlich vor Sophie stand?«

»Die Freundin von dem Zuhälterobermufti. Latscht da einfach durchs College.«

»Wie vom Himmel gefallen.«

»Muss ein ziemlicher Schock gewesen sein.«

»Als hätte Gott sie Ameena geschickt.«

»Wir wissen ja, wie sie ausflippen kann.«

»Du meinst, sie hat sie gesehen, ist ihr ins Torhaus gefolgt und hat sie zur Rede gestellt?«

»Motiv, Mittel, Gelegenheit, Ray. Dass sie beim Torhaus war, wissen wir. Vielleicht wollte sie Sophie ja bloß sagen, dass Gott sie und ihren Sklaventreiberfreund richten wird. Es kommt zum Streit, die Sache läuft aus dem Ruder. Bei dieser ganzen Wut, die sie hat.«

»Hast du nicht gesagt, sie war um acht Uhr dort? Das wäre zu früh für den Mord.«

»So um acht rum, ja. Wird aber nur von Jason bestätigt, und der ist ein Trottel. Was ist, wenn er um zwanzig Minuten daneben lag? Und die Rechtsmedizin sagt ja eh, dass die Todeszeit nicht ganz sicher ist.«

Sie fuhren durch St Clement's. Ryan öffnete das Handschuhfach und kramte ein Paar Klettmanschetten heraus.

»Meine Schnürsenkel hab ich verbraucht, also nimm lieber die mit.«

»Wir werden keine Handschellen brauchen.«

»Du hast doch gesehn, wie sie hochgeht.«

»Wenn wir da sind«, sagte Ray, »lass bitte mich mit ihr reden.«

Drei Meilen entfernt brach Ryan junior in Tränen aus. Er wollte es nicht, er versuchte sie zurückzuhalten, aber die Schluchzer erfüllten ihn wie ein gewaltiger Schluckauf, der sich Luft machen musste. Die alte Frau lag am Boden, sie war hingefallen, als der Mann sie geschlagen hatte. Ihr Gesicht war nass und rot. Sie hatte einen Arm gehoben und hielt ihn nun hoch, als wüsste sie nicht, wohin damit. Der Mann stand schwankend über ihr. Ryan schaute nicht mehr auf seine Augen, sondern auf seine Hände, rau und knotig wie Wurzelballen.

Er roch den Krug noch, aber sehen konnte er ihn nicht mehr, weil er weggerollt war.

Mit den Schluchzern brachen auch die Worte aus ihm heraus: »Ich ... will ... zu ... meinem ... Daddy.«

Die Hände des Mannes schwangen bedrohlich tief, als er sich umwandte. »Ich geb dir gleich dein' scheiß Daddy.«

Jetzt weinte er haltlos. »Scheiße ... sagt man nicht.«

Der Mann kam auf ihn zu.

Sie fuhren die High Street entlang.

»Wie, *warum*? Weil wir keine Eskalation brauchen können«, sagte Ray.

»Ich lass es nicht eskalieren.«

»Das sah aber eben anders aus. Du warst kurz davor, die beiden zu erschlagen mit dieser Eisenstange – du hast es selbst zugegeben.«

»Das war bloß Verarsche, Mann.«

»Du hast dich einfach nicht im Griff.«

»Komisch, das hat der Bischof von Salisbury auch gesagt, als ich ihn vom Turm der Kathedrale schmeißen wollte.«

Ray sah ihn von der Seite an.

»Nee, Spaß.« Er beschleunigte wieder. »Hätte ihn gar nicht die Treppe raufgekriegt. Zu schwer.«

Sie warteten bei der Fußgängerampel vor St Mary's. »Ach ja, das hätte ich fast vergessen«, sagte Ray, »vorhin kam eine Nachricht für dich von der Kita, wegen Ryan. Du hättest ihn abholen sollen.«

Ryan starrte ihn an. »Wieso sagst du das jetzt erst?«

»Na ja, erstens war ich damit beschäftigt, dir das Leben zu retten, und …«

»Fuck!«

»Nur die Ruhe, alles gut, sie haben gesagt, seine Großeltern kommen ihn abholen.«

Ryan stieg so hart auf die Bremse, dass Rays Kopf gegen die Windschutzscheibe stieß.

»*Was* hast du gesagt?« Ryans Stimme war kaum wiederzuerkennen.

Ray schaute verblüfft. »Dass seine Großeltern ihn …«

Er wurde gegen die Tür gedrückt, als Ryan abrupt auf die Gegenfahrbahn schwenkte und das Gaspedal durchtrat.

»Ryan?«

Wild hupend jagten sie zwischen den Autos durch, schossen bei St Aldates durch Rot, dass die Fußgänger auseinanderspritzten.

»*Ryan!*«

Sie erreichten das Ende der Blue Boar Street, rasten nur Sekunden später an der Dienststelle vorbei, immer weiter beschleunigend, während andere Wagen sich auf den Gehsteig retteten und Ray sich am Türgriff festklammerte und ihn anschrie.

»Sagst du mir vielleicht mal, was los ist?«

»Sein Großvater ist ein Psychopath. Der bringt ihn eher um als sonst irgendwas.«

Ray öffnete den Mund und schloss ihn nach einem Blick auf Ryans Gesicht wieder. Mit schepperndem Motor bretterten sie die Abingdon Road entlang, die meiste Zeit auf der falschen Seite.

Ray fummelte schließlich das Blaulicht aufs Dach und forderte Verstärkung an. Als sie reifenquietschend um die Kurve am Ende der Straße schlitterten, klingelte sein Handy.

»Babe, ich ruf dich zurück.«

»Ich bin beim Einkaufen. Ich dachte ... Bist du das, die Sirene? Wo seid ihr denn?«

»Wir sind da!«, schrie Ryan.

»Hinksey Point«, sagte Ray schnell. »Ist grad nicht so gut. Ryan ist ... Sein Sohn ist ... Später.«

Sie knatterten über die Eisenbahnbrücke, bogen in die Einfahrt zum Trailerpark und kamen mit kreischenden Bremsen zum Stehen.

39

Ryan hetzte den Asphaltweg zwischen den Wohnwagen entlang, Ray dicht hinter ihm. Ein paar Jugendliche, die auf Motorrädern herumlümmelten, schauten ihnen nach; einer rief irgend etwas von wegen FBI. Oben auf dem Ring fegten Scheinwerferstrahlen über den Himmel.

Der schlabberige Trainingsanzug behinderte Ryan beim Laufen. Die offenen Turnschuhe flogen ihm von den Füßen. Leise wimmernd stolperte er weiter, bis er den Wohnwagen erreichte und sich gegen die verschlossene Tür warf, auf sie einhieb, laut brüllend. Von drinnen war ein dünnes Jammern zu hören, das gleich erstickt wurde, und er rüttelte wie rasend am Griff, trommelte mit Fäusten und Unterarmen gegen das Aluminium.

Ray holte ihn ein. »Polizei!«, rief er. »Aufmachen!«

Einen Moment lang blieb drinnen alles still, dann ein schriller Schrei: »Daddy!«

»*Ry! Ryan!*« Ryan schlug wie ein Besessener an die Tür, aber sie gab nicht nach.

Eine kleine Menschenmenge hatte sich angesammelt und beobachtete sie schweigend.

Jetzt warfen Ray und Ryan sich zusammen gegen das Türblatt, und mit einem metallischen Knirschen schwang es nach innen.

Ray zog Ryan zurück. »Warte!«

Ryan versuchte wütend, sich loszureißen, aber Ray hielt ihn fest umklammert und sprach ihm aus nächster Nähe ins Gesicht.

»So gehst du da nicht rein. *Ryan!* Hörst du mich? Du wartest hier draußen, hast du verstanden?«

Ryan kämpfte verzweifelt, aber Ray lockerte seinen Griff nicht. »Warte hier auf mich!«, wiederholte er. »Ich bring ihn raus. Ihm passiert nichts, ich verspreche es dir.«

Mit einem Mal hörte Ryan auf, sich zu wehren. Er weinte jetzt unverhohlen, die Zähne in die Unterlippe vergraben, und Ray ließ ihn los und stieg die Stufen zum Wohnwagen hinauf.

Es war nur ein einziger Raum, vorn die Küchenzeile, weiter hinten die Sitzecke. Auf dem Boden dazwischen lag eine Frau; sie versteckte ihr blutendes Gesicht, als schämte sie sich, als Ray an ihr vorbei auf den Mann zutrat, der Ryan am Kragen hochhielt wie ein schlecht eingewickeltes Paket. In der anderen Hand hatte er eine leere Flasche. Sein Gesicht war fahl und eingefallen, ein Totengesicht, die Augen erloschen.

Ryan gab einen kleinen Jammerlaut von sich, und Ray lächelte ihn an und legte den Finger auf die Lippen.

»Lassen Sie das Kind los«, sagte er ruhig.

Der Mann rührte sich nicht, aber sein Griff verstärkte sich; Ray sah, wie die Haut sich über den knotigen gelben Knöcheln spannte.

Er hielt seine Marke hoch. »Lassen Sie das Kind los. Jetzt.«

Nichts deutete darauf hin, dass der Mann ihn auch nur gehört hatte. Ray sprach weiter beruhigend auf ihn ein, sagte ihm, dass er das Kind loslassen würde, dass Ryan nichts passieren würde, dass die Frau auf dem Boden versorgt werden würde, dass alles in Ordnung kommen würde.

»Aber als Erstes müssen Sie das Kind loslassen.« Ray tat einen weiteren Schritt auf ihn zu.

Der Mann hob die Hand mit der Flasche darin, und Ray blieb stehen, die Augen auf die des Mannes gerichtet, in denen nichts als dumpfe Böswilligkeit lag. Einen Moment herrschte Stille, wie der letzte leere Sekundenbruchteil vor dem Zerbersten einer Glasscheibe. Dann trat Ray noch einen Schritt vor.

»Sie lassen ihn jetzt los«, sagte er leise.

Noch ein weiterer langsamer Schritt, und mit einer Art Feixen – das ihn plötzlich aussehen ließ wie eine ältere Version seines Sohnes – ließ der Mann Ryan junior fallen. Ray packte das Kind und trug es eilig zur Tür hinaus und zu Ryan, der draußen stand, neben ihm die wie aus dem Nichts aufgetauchte Diane.

»Daddy!«

Mit großen Augen klammerte sich Ryan junior an seinen Vater, der mit ihm auf dem Arm ein Stück wegging und mit unstetem, aufgescheuchtem Blick an ihm herumklopfte. Diane legte sich die Hand aufs Herz, und Ray nickte, ging wieder hinein und las dem Mann seine Rechte vor.

Der ließ ihn nicht eine Sekunde aus den Augen. Schließlich sagte er mit schwerer, spuckiger Stimme: »Was für 'ne Art Polizist willstn du überhaupt sein?«

»Detective Inspector.«

»Scheißnigger bleibste trotzdem.«

Ray legte ihm die Manschetten aus Ryans Wagen an und schob ihn nach draußen. Ryan und sein Sohn waren nirgends zu sehen. In der Ferne hörte er Sirenen. Dann stieß die Frau im Wohnwagen einen schwachen Ruf aus, und er ließ den Mann an der Tür stehen und eilte zu ihr. Sie lag immer noch am Boden, nach Luft ringend jetzt. Ihr Gesicht war voll alter Blutergüsse; eine tiefe Wunde am Haaransatz blutete frisch. Als er sich über sie beugte, strich sie ihm mit der Hand übers Gesicht und murmelte irgendetwas Undeutliches.

»Alles gut«, sagte er. »Es ist vorbei.«

Von draußen hörte er plötzlich Diane schreien.

Ein Stück entfernt war Ryan dabei, seinem Vater den Kopf einzuschlagen. Er schwang einen Ziegelstein und drosch ihn mit dumpfem Klatschen ein ums andere Mal ins Gesicht des Alten, der taumelte und fauchte. Ray rannte hin, packte ihn, und sie rangen verbissen, wobei Ryan immer wieder mit dem Stein ausholte, bis Ray ihn endlich wegziehen konnte.

»Aufhören! Ryan!«

Er schien ihn gar nicht zu hören. Er wehrte sich erbittert.

»*Ryan!*«

»Alles gut«, keuchte Ryan und versuchte sich loszureißen.

»Stopp!«

Hinter dem Nachbartrailer spähte Diane hervor, Ryan junior auf dem Arm, und zog sich hastig wieder zurück. Zwei Uniformierte kamen den Asphaltweg entlang auf sie zugerannt.

»Ryan, die Verstärkung ist da. Du musst jetzt aufhören.«

Ryan nickte, schwer atmend, während Ray ihn weiter im Clinch hielt. Nach und nach wurde sein Gezappel schwächer. »Geht schon wieder.« Dann schlaffte sein Körper plötzlich komplett ab, er schwankte in Rays Armen, immer noch keuchend, während Ray den Polizisten Anweisungen zurief.

Ein Haufen Jugendlicher vom Trailer Park hatte sich versammelt, teils gaffend, teils mit ihren Handys zugange. Ein Rettungswagen fuhr vor.

»So. Anfall vorbei«, sagte Ryan mit ruhiger Stimme.

Ray ließ ihn los, ohne den Blick von ihm zu wenden.

»Ry fehlt nichts«, teilte ihm Ryan mit.

»Ich weiß.«

»Deine Frau kümmert sich.«

»Genau.«

»Sie bringt ihn zu meiner Schwester. Die müsste inzwischen wieder daheim sein.«

Ray nickte. »Du fährst besser mit.«

»Braucht's nicht. Ich bin jetzt wieder normal.«

Ray musterte ihn skeptisch. Sehr normal wirkte er nicht.

»Das ist so bei mir, ich komm schnell wieder runter. Echt. Fahren wir zum College.«

»Das ist Schwachsinn. Überleg doch. Was ist mit deiner Mutter?«

»Die seh ich dann in der Klinik.«

Bevor Ray antworten konnte, bekam er einen Anruf und trat zur Seite, um ihn anzunehmen. »Was?«, sagte er. »Wann? ... Nein, wir sind noch nicht im College. Kam noch was dazwischen. Wie lange? ... Kann das nicht warten? Himmel noch mal.«

Er wandte sich zu Ryan um. »Wir haben al-Medina erreicht. Er will über Goodman reden. Nadim hat ein Videogespräch für mich arrangiert.«

»Ich setz dich bei der Dienststelle ab.«

Ray sah ihn prüfend an. »Ich finde immer noch, du solltest lieber heimfahren, Ryan.«

»Und was wird dann mit Ameena? Im Ernst, Ray. Jetzt, wo wir wissen, wie perfekt alles passt! Was ist, wenn wir bis morgen warten, und dann ist sie plötzlich getürmt?«

»Wir müssen reden«, sagte Ray. »Über das, was da eben passiert ist.«

»Später. Kein Problem. Jetzt fahren wir erst mal.«

Diane kam zu ihnen herüber, und Ryan drückte seinen Sohn noch einmal fest an sich. »Bleib schön brav bei der netten Dame, ja? Sie bringt dich zu Tante Jade. Nicht für lange. Ich bin bald zurück.«

Der Junge nickte. Er hob den Kopf und spitzte die Lippen, und Ryan küsste ihn und wandte sich dann Ray zu. »Komm, packen wir's.« Er ging vor zu seinem Wagen.

Ray und Diane flüsterten einen Moment miteinander.

»Wieso bist du überhaupt hier?«

»Ich war gleich um die Ecke, bei Sainsbury's. Als du gesagt hast, es ist was mit dem Kleinen, bin ich ohne nachzudenken hierhergefahren. Ist bei dir alles in Ordnung?«

Er sah zu Ryan hin, der mit dem Anlasser kämpfte. »Bei mir schon. Aber er steckt in der Tinte. Er kapiert's nur noch nicht. Bei der Menge an Zeugen …«

»Aber kann man da nicht …«

»Er hat schon ein Disziplinarverfahren am Hals. Es sah aus, als ob er ihn umbringen wollte.«

Ryan hatte es geschafft, den Wagen zu starten, und rief jetzt nach Ray. Der warf Diane noch einen Blick zu und ging, und sie stand da, mit Ryan junior an der Hand, und schaute ihm nach.

40

Claire ging mit Ryan durch den New Court zum Senior Common Room, wo Ameena den Teetisch für die Dozenten hätte decken sollen, aber sie war nicht da.

»Hast du ihr unsere Nachricht ausgerichtet?«

»Ja.«

»Und was hat sie gesagt?«

»Gar nichts, glaube ich. Aber sie wusste, dass ihr sie sprechen wollt.« Leicht befangen sah sie ihn an. »Alles in Ordnung mit dir? Was ist mit deinem Auge passiert?«

»Da ist eine Stiefelspitze reingedonnert.«

Sie zog eine Grimasse, halb mitleidig, halb entsetzt.

»Du solltest die Stiefelspitze sehen. Würd mich nicht wundern, wenn sie im Krankenhaus gelandet ist.«

Sie lächelte nicht. »Bist du ganz sicher, dass alles in Ordnung ist? Du kommst mir so …«

»Ist 'n komischer Tag, das ist alles.« Er verschränkte die Hände hinter dem Rücken, damit sie sein Zittern nicht sah. Er hatte ein ständiges Schwindelgefühl und einen Dauerton im Ohr. Ab und zu überfiel ihn die Erinnerung an Ryans Schrei aus dem Trailer; an sehr viel mehr konnte er sich nicht erinnern.

Er begleitete sie zurück zur Quästur, um in Ameenas Tagesplan nachzusehen. 14 Uhr: Personalversammlung im Speisesaal für die offizielle Bekanntgabe des Diebstahls 14:30 Uhr: Musikzimmer herrichten für den Empfang am Abend. 15:30 Uhr: Tee anrichten im SCR. 16:00 Uhr: Burton Suite, Tischdecken fürs Dinner. 16:30 Uhr: Kapelle für die Abendandacht herrichten. Aber an keinem dieser Orte war sie.

»Das verstehe ich nicht«, sagte Claire. »Was ist da los? Wo kann sie denn sein?«

Ryan schwieg einen Moment und versuchte seine Gedanken zu sammeln. Irgendetwas war vorgefallen. »Wo ist ihr Spind?«, fragte er schließlich.

Die Personalspinde befanden sich im Lagerraum, dem muffigen, unverputzten Gewölbe gleich bei der Stable-Yard-Tür. Wie Jason ihnen schon gesagt hatte, wurde hier alles Mögliche aufbewahrt, Geräte, Kraftstoff, Altkleider, kistenweise Werkzeug für alle nur denkbaren Verwendungszwecke. Unter den hohen Bogenfenstern am hinteren Ende hingen die Spinde, einer davon einen Spalt offen.

Der von Ameena Najib.

»Das ist ja merkwürdig«, sagte Claire.

Im Spind fanden sich ein Rucksack, Handschuhe und Kopftuch, ein Täschchen mit Toilettenartikeln, ein zerlesenes arabisches Gebetbuch, zwei Packungen Paracetamol – und mehrere Fotokopien obszöner Mohammed-Karikaturen, die Ryan hervorzog und Claire unter die Nase hielt.

Sie betrachtete sie verblüfft.

»Das ist vor paar Tagen schon mal passiert«, sagte er. »Sie ist da schon total wild geworden; jetzt tickt sie wahrscheinlich so richtig aus.«

»Jemand schmuggelt ihr so was in ihren Spind, um sie zu ärgern?«

»Sie glaubt, es ist Ashley.« Er durchsuchte den Rucksack. »Ha, was ist das denn?« Er brachte einen Schlüsselbund zum Vorschein.

»Das sind die, die neulich verschwunden sind«, sagte Claire sofort.

Ryan war schon zur Tür hinaus und rannte in Richtung Speisesaal, die Stufen hinab zur Küche; Claire mit ihren hohen Absätzen folgte etwas verhaltener. Als sie in der Küche ankam, fragte er bereits das Personal aus.

Nein, die Karikaturen hätten sie noch nie gesehen. Nein, sie wüssten nicht, wo Ameena war. Abgehauen vielleicht?, meinte eine der Mitarbeiterinnen.

»Wie, abgehauen?«

Die junge Frau zuckte die Achseln. »Sie kam vorhin rein und hat ihren Kittel hingeschmissen.« Sie deutete auf das achtlos hingeknüllte Kleidungsstück auf einer der Arbeitsflächen.

»Wann war das?«

»So vor einer halben Stunde.«

»Hat irgendwer sie weggehen sehen?«

Jemand hatte sie noch bei dem Besteckschrank an der Ecke neben der Tür gesehen, und tatsächlich stand eine der Schubladen offen. Die Messerschublade.

Ryan schaute von einem zum anderen. »Ashley«, sagte er, »ich kann Ashley nicht sehen. Wo ist sie heute?«

»Zu Hause«, sagte Claire. »Hat sich krankgemeldet.«

Und jetzt sprang die Dreckskarre nicht an. Immer wieder starb sie ihm ab, und er schlug fluchend auf das Lenkrad, während Leonard Gamp ihm stillvergnügt aus der Pförtnerloge zusah. Ihm war immer noch schwindlig, sein Auge brannte wieder, und das Summen in seinen Ohren war lauter geworden, aber darum konnte er sich jetzt nicht kümmern. Er dachte an Ameena Najib, mit dem Messer aus der Besteckschublade. Unterwegs nach Hause, wo Ashley Turner im Bett lag.

Er schlug wieder auf das Lenkrad, als Leonard Gamp durchs Seitenfenster zu ihm hineinäugte: »Jetzt haben Sie ihn absaufen lassen!« Er war kurz davor auszusteigen und dem Kerl eine zu scheuern, als ein anderer Wagen neben ihm hielt, am Steuer Kent Dodge, der das Fenster herunterließ und sich leutselig erkundigte: »Probleme mit dem Anlasser?«

Er staunte nicht schlecht, als Ryan herübergerannt kam, die Fahrertür aufriss und ihn auf den Beifahrersitz abdrängte. Aus seinem Mund kam eine Reihe unverständlicher Blöklaute.

»Schnauze«, sagte Ryan und brauste, ohne sich um den Schrecken in Kents eulenhafter Miene zu kümmern, los, über den Oriel Square und mit Schwung auf die High Street.

»Ich glaube«, ließ Kent sich in leidlich ruhigem Ton vernehmen, »ich sollte Ihnen sagen, dass dies ein Leihwagen ist, der ...«

Bamm, flog er gegen die Tür, als sie mit Vollgas in die St Aldates Street bogen; seine Gesichtszüge entgleisten bei jedem Beinahzusammenstoß, von denen es einige gab, denn Ryan scherte zum Überholen gnadenlos in den Gegenverkehr aus. An der Kreuzung Thames Street schlitterten sie mit quietschenden Reifen um einen abbiegenden Doppeldeckerbus herum und weiter in Richtung Folly Bridge, so rasant, dass sich mehrere Radfahrer von ihren Rädern auf den schmalen Gehsteig retten mussten.

Kent begann vor sich hin zu murmeln, irgendwelche Beschwörungsformeln oder Gebete, die abbrachen, als Ryans Handy klingelte und er es ihm in den Schoß warf.

»Kann ja nicht auch noch telefonieren beim Fahren«, sagte er. »Polizeilich verboten.«

»Hallo?«, meldete Kent sich zaghaft. »Hallo? ... Nein, hier spricht Kent Dodge. Ich bin Amerikaner. Ich ...« Er hörte zu. »Doch. Er ist hier. Aber er fährt.«

Ein Aufschrei entfuhr ihm, als sie ungebremst um die Neunziggradkurve in die Western Road schleuderten und knirschend zum Stehen kamen.

»Ja«, sagte er, als seine Stimme ihm wieder gehorchte, etwas kurzatmig und den Tränen nahe. »Auf Wiederhören.« Er reichte Ryan das Handy. »Detective Superintendent Waddington.«

Ryan ließ ihn, wo er war, und rannte, das Telefon ans Ohr gedrückt, in den Hof an der Seite des Collegegebäudes.

Die Chefin begriff die Situation augenblicklich. »Rettung und Verstärkung sind unterwegs«, sagte sie. »Bleiben Sie dran. Ich will wissen, was los ist.«

Leise ins Handy redend, lief er die Stufen zur Haustür hoch. »Türe ist offen. So, ich geh rein. Flur, alles okay. Jetzt das Wohnzimmer ... Scheiße.«

»Was?«

»Chaos. Stühle umgeworfen. Tisch zerschlagen.« Hastig schlich er weiter, sich nach allen Seiten umsehend. »Küche jetzt. Scherben überall. Shit! Hier muss es ganz schön gescheppert haben.«

»Irgendeine Spur von Ashley?«

»Nichts.« Er ging durchs Wohnzimmer zurück und zur Treppe. »So, nächste Etage.« Auf halbem Weg blieb er stehen. »Da oben steht eine Tür offen. Hören kann ich nichts. Könnte ihr Zimmer sein. Okay, ich geh rein.«

Es wurde still.

»Was ist?«, tönte es aus dem Hörer. »Was ist? Ryan? *Ryan?*«

Endlich kam Ryans Stimme wieder. »Ich komm zu spät, tut mir leid.«

»Ist sie tot?«

»Tja, so muss man's wohl sagen.«

Wieder eine Pause.

»Irgendeine Spur von Ameena?«, fragte die Chefin dann.

»Sorry, ich rede unklares Zeug. Das Opfer ist Ameena.«

»Ameena?«

»Erwürgt, wie's aussieht. Genau wie Sophie Barbery.«

Er sah hinüber zur Tür, wo Kent Dodge aufgetaucht war, aschfahl im Gesicht. Der Amerikaner warf einen Blick auf Ameena, seine Augen verdrehten sich, und er sank in sich zusammen.

41

Ryan stand mit Ray vor der Einfahrt zum Revier, zu der Streifenwagen und Polizeibusse mit Blaulicht ein und aus fuhren, vorbei an dem Rudel von Journalisten, die mit ihren Mikros und Kameras am Straßenrand warteten wie Trainspotter. Die Nachricht hatte sich verbreitet; noch mehr Journalisten warteten auf der anderen Seite der Folly Bridge, wo die Lichter der Rettungswagen rhythmisch im Dunkeln blinkten.

Ryans erste Frage galt Ryan junior. Der Junge sei schon bei Jade, sagte ihm Ray. Er nickte zerstreut, als würde er gar nicht richtig zuhören, und sprach nervös und hibbelig weiter, beschrieb die Szene in der Western Road.

»Du hättest ihr Gesicht sehen sollen, Ray.«

»Hat das nicht Zeit bis morgen, Ryan?«

Ryan achtete nicht auf ihn. »Diese raushängende Zunge. Alles verfärbt. Und die Augen aus dem Kopf gequollen wie … wie übergekocht.«

Jetzt stieg Ray doch ein. »Also wie bei Sophie.«

»Genau.«

»Derselbe Täter?«

»Muss ja wohl.«

»Aber warum Ameena?«

»Um sie zum Schweigen zu bringen, würde ich sagen.«

»Weil sie etwas über Sophies Mörder wusste?«

»Vielleicht hat sie ja was gesehen.«

Er sah auf und begegnete Rays forschendem Blick. »Was ist?«
»Ist mit dir alles in Ordnung, Ryan?«
»Ja. Nein. Bloß …« Er verstummte und klemmte die Hände, die nicht aufhören wollten zu zittern, fest unter die Achselhöhlen. Ein vages Angstgefühl regte sich in ihm, aber er drängte es zurück. Er wusste, es gab Dinge, denen er sich stellen musste, aber sie waren zu gewichtig, zu schmerzhaft. Er konnte nicht an seinen Sohn denken, ohne dass die Panik ihn einholte, also flüchtete er sich in Spekulationen über Ameena Najib.

»Mal angenommen, sie hat ihn gesehen. Den Täter.«
»Warum hat sie dann nichts davon gesagt?«
»Vielleicht war ihr nicht klar, was sie da gesehen hatte, bis jetzt. Oder …« Er unterbrach sich. »Was war das noch für ein abgefahrenes Zeug, das sie uns im SCR erzählt hat? Über irgendwelche … was hat sie gesagt, *Schänder*?«

Ray erinnerte sich: »*Es gibt Menschen hier, die das Heilige Buch schänden – ich habe sie gesehen.*«

»Genau. Was hat sie damit gemeint, sag?«

Er konnte das Zittern in seinen Händen nicht mehr unterdrücken; durch den Stoff seiner Trainingsjacke hindurch fühlte er sie schlackern, egal, wie fest er sie einklemmte.

Wieder sah Ray ihn so zweifelnd an.
»Was denn?«

Ray wandte peinlich berührt den Blick ab.

Ryan redete weiter, als sei das Reden die einzige Chance, alles andere von sich wegzuhalten. »Ihr Handy lag da, Ray, am Boden neben ihr, vielleicht hat sie ja noch jemand anrufen wollen. Oder? Um ihm zu sagen, was ihr noch eingefallen war. Und ihr Laptop, Ray. Hab ich das schon gesagt? Ihr Laptop war aufgeklappt. Bei irgend so einer arabischen Seite – religiös, keine Ahnung.« Er verschränkte die Arme, es überlief ihn wie Schüttelfrost. »Ray? Mann,

Ray, hörst du mir überhaupt zu? Das ist echt scheiße alles, aber wir sind ganz nah dran, ich weiß es.«

Er fing Rays Blick auf – wieder diesen peinlich berührten Seitwärtsblick.

»Was ist denn los?«

Erst da sah er die Uniformierten. Zu dritt standen sie vor ihm, und einer sagte: »Ryan Wilkins, ich nehme Sie fest wegen des Verdachts auf schwere Körperverletzung an Ryan Wilkins senior in Hinksey Point. Sie haben das Recht zu schweigen, aber alles, was Sie sagen, kann gegen Sie …«

Weiter kam er nicht; Ryan packte ihn beim Revers, und die anderen zwei Beamten gingen dazwischen.

»Spinnt ihr? Das Schwein hat meinen Sohn gekidnappt!«

Ray versuchte einzugreifen und wurde weggezogen.

Dem zeternden Ryan wurden die Arme auf den Rücken gebogen. Noch als sie ihm Handschellen anlegten und ihn abführten, verdrehte er den Kopf und warf Ray beschwörende Blicke zu. Blitzlichter wetterleuchteten in der Straße auf; einige der Journalisten hatten den Tumult mitbekommen. Als Ray sich umwandte, um hineinzugehen, wartete die Chefin schon in der Tür; schweren Herzens setzte er sich in Bewegung.

42

Sie aßen spät zu Abend: eine Tajine mit Harissa und Zuckererbsen, dazu Sauerteigbrot. Ray stellte einen süffigen Sauvignon Blanc auf den Tisch, von dem sie jeder ein halbes Glas tranken, nach mehr war ihnen nicht. Sie saßen da und sahen sich an.

»Ich bin stolz auf dich«, sagte sie. »Du bist da rein und hast ihn rausgeholt.«

Ray nickte seufzend.

»Droht ihm denn jetzt wirklich Gefängnis?«

»Leider ja.«

»Aber es gibt doch wohl mildernde Umstände …«

»Die Situation war unter Kontrolle. Sein Vater war schon in Handschellen. Es gibt ein Dutzend Zeugen, von denen die meisten aussagen werden, es sah aus, als ob er ihn umbringen wollte. Und so sah's ja auch aus.« Er schob sein Glas weg. »Mit seiner Polizeilaufbahn war's das auf jeden Fall. Ich an seiner Stelle würde mir jetzt Sorgen um meinen Sohn machen.«

»Wie meinst du das?«

»Ich kann ihm nur einen verständnisvollen Anwalt wünschen. Gewalttätige Väter kriegen schnell mal das Sorgerecht entzogen.«

»Er wollte ihn doch nur beschützen!«

Ray zuckte die Achseln und wandte den Blick ab.

»Du findest, er hat sich das alles selbst zuzuschreiben, oder?«

»Alles vielleicht nicht.«

»Ray?«

»Ihm fehlt nun mal jegliche Selbstbeherrschung.«

»Bei seinem Sohn beherrscht er sich. Ich hab noch nie so einen in sich ruhenden kleinen Jungen gesehen.« Sie bekam feuchte Augen. »Du hast ihn doch selbst erlebt. Sowie er seinen Daddy sah, hat er sich in Sicherheit gefühlt.«

Ray seufzte. »Es kommt noch so viel anderes dazu – die Sache mit dem Bischof in Salisbury, sein Ausraster hier am College, der ihm das Disziplinarverfahren eingetragen hat. Es ist ja nicht so, als hätte keiner ihm eine Chance gegeben. In Wiltshire ist er um den Rausschmiss rumgekommen. Und die Chefin hat ihn hier schon zweimal rausgepaukt. Um ehrlich zu sein, sie hat fast ihr ganzes politisches Kapital seinetwegen verspielt und sich damit keine Freunde gemacht. Würde mich nicht wundern, wenn man ihr sogar einen Strick daraus dreht. Jetzt sind ihr jedenfalls die Hände gebunden. Und ich habe auch nicht den Kopf für ihn frei; ich muss mich auf den Fall konzentrieren. Da ist jetzt alles völlig verworren.«

Ein Schweigen trat ein.

»Aber was *wird* denn dann aus ihm?«

Ray schüttelte nur den Kopf. Er stand auf und begann, den Tisch abzuräumen.

»Daddy?«

»Ja?«

»Du drückst schon wieder so fest.«

»Sorry. Besser so?«

»Bisschen. Danke.«

Sie lagen zusammen unter der Steppdecke mit dem Treckermuster und schauten zur Decke hoch.

»Wir unterhalten uns grade, oder, Daddy?«

Ryan drückte erneut zu, bremste sich dann und tätschelte stattdessen alles, was er von ihm zu fassen bekam – den Bauch, die Arme, die Zehen unter dem Frotteestoff des Schlafanzugs, das weiche, feine Haar, das Näschen mit den perfekten kleinen Nasenflügeln –, bis der Junge anfing, zu kichern und zu zappeln, und ein bisschen Milch aus seiner Flasche hervorsprudelte.

Er hatte noch nichts von dem erwähnt, was ihm in Hinksey Point widerfahren war; auf Ryans Fragen antwortete er nicht. Wie mochte er das Erlebte wohl verarbeiten? Wie tief hatte es sich in sein Gedächtnis eingegraben? Unter dem besorgten Blick seines Vaters lag er friedlich da und nuckelte an seinem Fläschchen.

Die Geschehnisse im Trailer – Ryan konnte an nichts anderes denken, wenn sich von denken überhaupt sprechen ließ bei diesem brodelnden Mischmasch aus ohnmächtiger Wut, Angst und vor allem Schuldgefühlen. Seine Dienstsuspendierung, die ihm ein paar Stunden zuvor von der Chefin mitgeteilt worden war, spielte keine Rolle dabei; sie war unwichtig.

»Hör zu, Ry«, sagte er. »Ich weiß selber, dass ich ein Vollpfosten bin.«

Ryan junior zögerte, unsicher, ob »Vollpfosten« ein verbotenes Wort war.

»Aber so was wie heute wird nie, nie wieder passieren. Das verspreche ich dir. Ehrenwort.«

Sein Sohn betrachtete gelassen die Zimmerdecke.

»Es macht nichts, wenn du nicht drüber reden willst.«

Sein Sohn sagte noch immer nichts.

»Aber wo ich dich gesehen hab, wie Ray dich da rausgebracht hat, da wusste ich, ich pass ab jetzt besser auf dich auf, immer und immer und immer. Verstehst du? Ich lass dich nie wieder allein.«

Er sah nach, was für eine Wirkung diese Ansprache auf seinen Sohn hatte, der mit vorgeschobenem Schmollmündchen an seiner Milchflasche saugte, die Augen halb geschlossen.

Eine Weile lagen sie schweigend da.

Dann nahm Ryan junior die Flasche aus dem Mund und sagte wie beiläufig: »Es roch nicht so gut.«

»Was?«

»Das in dem Krug da. Das mochte ich nicht. Aber ich mag Ray«, sagte er. »Der ist nett. Überhaupt nicht wie Maulwurf.« Er schob sich die Flasche wieder in den Mund. Bald darauf rutschte sie ihm aus der Hand, als er einschlief.

Ich hab so ein Scheißglück, dachte Ryan.

Und dann, gut konditioniert, fügte er laut hinzu: »Sorry.«

43

Am nächsten Morgen fuhr Ryan wie üblich zu seiner Schwester. Jetzt wo er suspendiert war, hätte er es auch sein lassen können, aber es fühlte sich richtiger an so. Er trank mit Jade in der Küche Tee, während Ryan junior im Wohnzimmer fernsah.

»Wie kann man nur so bescheuert sein!«

Er drehte den Teebecher hin und her.

»Hast du's wieder mal geschafft, was?«

»Ist ja gut. Jetzt reit nicht noch drauf rum.«

»Und was passiert jetzt, du Superhirn?«

»Wenn's gut geht, kommt er in den Bau. Freiheitsberaubung, häusliche Gewalt, was weiß ich.«

»Und du? Kommst du auch in den Bau?«

»Mann, Jade, ich hab nur getan, was jeder Vater getan hätte.«

»Ryan! Du hast ihn beinah totgeschlagen mit diesem Ziegel!«

»Stimmt. Und weißt du was?«

»Was?«

»Das Einzige, was mich dabei stört, ist das ›beinah‹.«

»Du bist echt ein dermaßener Knallkopf. Noch Tee?«

»Ich weiß nicht, wie du dieses Zeug runterbringst. Wir wollten eh auf den Spielplatz.«

»Wie geht's ihm inzwischen?«

»Gut. Erstaunlich. Er redet immer nur von Ray und Diane, das ist Rays Frau. Kein Wort davon, was im Trailer passiert ist.«

»Du kannst so froh sein, dass du ihn hast.«

»Das weiß ich selber.«

»Was wird jetzt mit deinem Disziplinarverfahren?«

»Weiß nicht. Hab ich noch nicht drüber nachgedacht. Das könnt jetzt ... keine Ahnung. Muss erst mit der Chefin sprechen. Vielleicht legt ja Ray ein gutes Wort für mich ein.«

»Meinst du?«

»Er ist okay. Ein bisschen sehr von sich überzeugt, aber, hey, er ist da rein und hat Ry rausgeholt. Weißt du, was Ry mir erzählt hat?«

»Was?«

»Sie hatten ein Kind, das gestorben ist. Das muss so hart sein. Tut mir jedenfalls echt leid für ihn.«

»Und der Fall, an dem ihr gerade dran seid?«

»Keine Ahnung. Vielleicht kann ich irgendwie ... ach, ich weiß auch nicht. Das Komische ist, eigentlich haben wir da auch Land unter, aber irgendwie hatte ich das Gefühl, langsam passt alles zusammen. Vielleicht sollte ich die Chefin anrufen, sie fragen, ob ich dabeibleiben kann, bis wir den Fall gelöst haben. Hab ja nichts zu verlieren.«

Er rief seinen Sohn, der aus dem Wohnzimmer hereingestapft kam, noch in Anorak und Mütze, seinen üblichen feierlichen Ausdruck im Gesicht.

»Die Frau war nett gestern, mit den Wuschelhaaren, oder, Daddy?«

»Hmm. Sollen wir jetzt auf den Spielplatz gehen?«

»Au ja. Sie hat mir ein Bonbon geschenkt.«

»Warum hat sie dir ein Bonbon geschenkt?«

Darüber sinnierte er länger. »Weil ich brav war?«

»Also brav bist du immer. So brav wie nur was. Außer wenn du vorm Einschlafen nicht aufhörst zu quatschen.«

»Können wir jetzt quatschen, Daddy?«

»Wenn wir auf dem Spielplatz sind.«
»Au ja.«

Auf dem Spielplatz war es windig, und die Geräte waren nass. Es war noch früh; sie waren die Einzigen dort. Er saß auf einer Bank und dachte an Ameena Najib – ihre dunklen Augen schockartig aufgerissen, wie die von Sophie – und fragte sich wieder, ob sie in der Nacht von dem Mord an Sophie jemanden gesehen haben konnte, einen »Schänder«.

Ryan rief ihm etwas zu, kleine, aufgeregte Zwitscherlaute, während er mit wehendem Anorak von den Schaukeln zum Klettergerüst und weiter zur Wippe rannte. Nun stieg er die Sprossen zur Rutschbahn hinauf, mit der Ernsthaftigkeit und übertriebenen Akkuratesse eines Pantomimen. Regenwolken ballten sich über den grauen Dächern von Kennington, dann plötzlich brach von irgendwoher die Sonne durch, teilte die Wiese hinter dem Spielplatz in unwirklich leuchtendes Grün und tintenschwarzen Schatten, und er saß da, fummelte nervös mit dem Handy herum und grübelte, ob er die Chefin nun anrufen sollte oder nicht.

Am Ende verwarf er die Idee und jagte stattdessen Ryan um den Sandkasten, und als er stehen blieb, um zu verschnaufen, stand am Tor die Chefin und beobachtete ihn. Im ersten Moment hielt er sie für eine Ausgeburt seiner Fantasie. Dann setzte er Ryan auf das Karussell und ging zu ihr hinüber.

»Woher wussten Sie, dass ich hier bin?«
»Ich bin die Polizei. Ich kann Leute ausfindig machen.«

Sie setzten sich zusammen auf die Bank, die Chefin alert und kerzengerade in ihrer Uniform. An ihrer Wange zuckte ein Muskel. Ryan sah sie von der Seite an.

»Das wollt ich schon immer mal fragen. Was haben Sie eigentlich? Arthritis?«

»Ischias.«

»Das ist brutal. Jade hat das manchmal auch – mit gerade mal dreißig.«

Die Chefin sagte nicht, wie alt sie war.

»Netter Junge«, bemerkte sie nach einer Weile.

»Ja. Und echt superschlau – Sie sollten ihn mal hören. Haben Sie Kinder?«

»Fünf. Lauter Jungen.«

»Wow. Fast eine halbe Fußballmannschaft.«

»Sie sind schon erwachsen. Aus dem Fußballalter raus.«

Ein langes Schweigen trat ein, durchbrochen nur von Ryans zwitschernden Rufen vom Klettergerüst, wo er die zweithöchste Stufe erklommen hatte.

»Ich hab über Ameena nachgedacht, und ich ...«

»Sie werden entlassen. Ich wollte es Ihnen lieber persönlich sagen.«

»Oh. Okay ...«

»Es tut mir leid. Aber die Entscheidung liegt nicht bei mir.«

»Hmm. Tja. Hab ich mir wohl selber eingebrockt, was?« Er wischte sich über die Nase und schniefte. »Sich selbst der größte Feind und so.« Er nickte vor sich hin. »Aber ein Einspruch – kann man vielleicht Einspruch einlegen?«

»Nein, leider. Und ich halte es für sehr unwahrscheinlich, dass Sie jemals wieder bei der Polizei arbeiten werden.«

»Komm ich vor Gericht?«

»Schon möglich.«

Ryan junior winkte übermütig von der höchsten Stufe des Klettergerüsts, und er zwang sich zurückzuwinken.

»Ich hab Ihnen Referenzen ausgestellt«, sagte die Chefin.

»Ah ja. Danke. Auch für ...«

»Wofür?«

»Dass Sie sich beim IOPC für mich eingesetzt haben.«

»Sie wissen, dass ich dazu nichts sagen kann.« Sie stand auf, wobei sie fast unmerklich das Gesicht verzog, und strich ihre Uniform glatt. »Tut mir wirklich leid, dass es vorbei ist. Aber ich bin verpflichtet, Sie zu warnen: Versuchen Sie nicht, Ray zu kontaktieren oder in irgendeiner Form weiterzuermitteln. Damit schaden Sie sich nur noch mehr.«

»Hier geht's aber nicht um mich oder darum, was mir schaden kann, stimmt's?«

Einen Augenblick sahen sie sich schweigend an.

»Es geht um zwei ermordete Frauen«, sagte er. »Und den Schweinehund, der sie umgebracht hat.«

Sie nickte kaum wahrnehmbar, drehte sich um und ging, leicht das Bein nachziehend, zum Tor hinaus und über die Wiese davon, eine schmale, aufrechte Gestalt in untadeliger Uniform, und Ryan ging über den Asphaltweg zurück zu seinem Sohn, der erwartungsvoll zu ihm hersah und winkte.

44

Rays neuer Partner hieß Watkins, nicht Wilkins. Ray und die Chefin warteten in ihrem Büro auf ihn und redeten über Scheich al-Medina, mit dem Ray am Abend zuvor per Videolink gesprochen hatte.

»Er hat Goodman nicht getroffen, sagt er, und auch nicht das geringste Interesse daran. Er wusste angeblich nicht einmal, dass Goodman sich in den Emiraten aufhält.«

»Und glauben Sie ihm das?«

»Ja.« Die Antipathie des Scheichs gegen den englischen Arabisten war bei dem Gespräch immer wieder durchgeklungen. »So wie ich ihm auch glaube, dass er kein Interesse an dem Barnabas-Koran hat. Der Koran ist eine heilige Reliquie der Schiiten; er war jahrelang im Besitz der Imam-Ali-Moschee im Irak, einem schiitischen Schrein. Al-Medina ist Sunnit.«

»Trifft sich Goodman also mit einem anderen Abnehmer?«

»Das wissen wir nicht. Er ist irgendwo in Abu Dhabi, allerdings nicht in dem Hotel, das er gebucht hat.«

»Verhalten sich die Emirate kooperativ?«

»Absolut. Aber ausfindig gemacht haben sie ihn noch nicht.«

Die Chefin setzte sich hinter ihren Schreibtisch. Im Flur waren Schritte zu hören. »Übrigens«, sagte sie, »ich muss Ihnen dringend von jedem weiteren Kontakt zu Ryan abraten, solange das Verfahren gegen ihn läuft.«

»Er hat nicht …«

»Ich brauche nicht zu wissen, was er getan oder nicht getan hat. Ich will es Ihnen nur mitgeteilt haben.«

»Seine Ideen werden uns fehlen«, sagte Ray.

Die Chefin sah ihn kühl an.

Er hob die Hände. »Verstehe schon.«

Es klopfte an der Tür, und DI Robin Watkins kam herein. Er war ihnen aus Berkshire zugeteilt worden, ein blasser, bärtiger Rothaariger mit etwas vorquellenden Augen, ruhig, fleißig und gewissenhaft. Wie Ray hatte auch er in Oxford studiert. Anders als Ray pflegte er einen formlosen Kleidungsstil – Stoffhose, Baumwollhemd. Nach knapper Vorstellung machten sie ihn mit der Entwicklung des Falls und den bisherigen Fortschritten vertraut; Ray redete, die Chefin warf ab und zu etwas ein, und Robin hörte zu, schweigend und mit leicht glubschigem Blick.

In ihrem vorläufigen Bericht bestätigte die Rechtsmedizin, dass Ameena sehr wahrscheinlich von derselben Person getötet worden war, die auch Sophie ermordet hatte.

»Die erste Frage, die sich stellt: warum?«

Robin beugte sich vor. »Laut Zeitachse war Ameena an dem Abend, an dem Sophie Barbery ermordet wurde, in etwa am selben Ort. Sie könnte also etwas gesehen haben. Deshalb musste der Mörder sie zum Schweigen bringen.«

Ray nickte. »Das muss unser erster Ansatzpunkt sein. Sie war im College, sie war sogar im Torhaus, um den Sack mit den Kleidern zu holen. Gut möglich, dass sie etwas Verdächtiges bemerkt oder sogar den Täter gesehen hat.«

»Ohne sich dessen bewusst zu sein?«

»Bis gestern.«

»Aber warum? Was ist gestern passiert?«

Ray umriss ihre beiden aktuellen Ermittlungsansätze: einmal die Erstellung eines möglichst präzisen Bewegungsprofils für

Ameena am Abend des ersten Mordes – wo sie gewesen war, mit wem sie gesprochen hatte, was sie gesehen hatte und so fort. Und dann ging es darum, die letzten Momente ihres Lebens zu rekonstruieren, herauszufinden, wen sie übers Handy kontaktiert hatte, wonach sie im Netz gesucht hatte und was immer sonst relevant sein mochte.

»Ryan glaubt, sie hat versucht, jemandem noch etwas mitzuteilen. Das wäre also eine Arbeitshypothese. Irgendetwas muss gestern im College passiert sein – vielleicht im Zusammenhang mit den Karikaturen, vielleicht aber auch nicht –, das bei ihr eine Erinnerung an den Mordabend freigesetzt hat. Etwas so Aufwühlendes, dass sie alles stehen und liegen gelassen hat und nach Hause geeilt ist, um irgendwen anzurufen.«

»Wer könnte das sein?«

»Jemand auf der arabischen Halbinsel – Genaueres wissen wir noch nicht.«

»Wie passen die Schlepper da ins Bild?«

»Das wissen wir auch noch nicht. Die Fahndung nach Hassan Awad läuft jedenfalls.«

»Aber Ashley Turner hat mit alldem nichts zu tun?«

»Mit den Karikaturen vielleicht, aber Ashley war gar nicht im Haus, als Ameena heimkam, sondern bei ihrer Schwester in Carterton. Es deutet auch nichts darauf hin, dass Ameena es in irgendeiner Weise auf sie abgesehen hatte. In der Küche von Barnabas Hall haben keine Messer gefehlt. Als Ameena nach Hause kam, hat sie sofort damit begonnen, Seiten auf ihrem Laptop aufzurufen und zu telefonieren. Womit wir wieder bei der ursprünglichen Frage wären: Was hat Ameena am Abend des Mordes gesehen?«

Die Chefin fragte Robin, ob er dazu noch etwas anzumerken habe. Er verneinte. Damit war das Meeting beendet.

Zur gleichen Zeit überquerte Ryan den Cabot Square auf dem Weg zu seiner Anhörung beim IOPC. An der South Colonnade 10 wurde er von zwei Uniformierten in Empfang genommen, die ihm sein Handy abnahmen, ihn diverse Formulare unterschreiben ließen und ihn schließlich in den zwölften Stock eskortierten. Dort führte man ihn in einen Glaskasten, der in der Mitte eines betriebsamen Großraumbüros stand wie ein leeres Aquarium auf einer Bühne vor zahlreich versammeltem Publikum. Er kam sich vor – und sah aus – wie ein in Gewahrsam genommener Hooligan. In dem Glaskasten erwarteten ihn seine Pflichtverteidigerin, Tracy Turner, flott und forsch im dunkelblauen Hosenanzug, sowie die drei mit seinem Fall befassten Beamten, Chefermittler Alec Todd, Justiziarin Meg Ayers und Personalchefin Tisi Phou. Sobald sie alle Platz genommen hatten, bauten sich zwei Uniformierte an der Tür auf.

Das Aufnahmegerät wurde eingeschaltet, einer nach dem anderen stellte sich vor, worauf Todd begann, Sinn und Zweck des Verfahrens zu erläutern, nämlich einer Beschwerde von Sir James Osborne, Provost von Barnabas Hall in Oxford, nachzugehen, laut der DI Wilkins von der Thames Valley Police mehrfach gegen den polizeilichen Verhaltenskodex verstoßen habe. Es gehe hier nicht, so betonte Todd, um die mutmaßliche Körperverletzung jüngeren Datums, die Gegenstand eines gesonderten Verfahrens sein würde. Lange Auszüge aus dem Polizeikodex zum Thema Diversität und Menschenrechte wurden verlesen. Todd hatte eine belegte, schnupfige Stimme, doch er ließ es sich nicht nehmen, jede Zeile langsam und feierlich zu Gehör zu bringen, während seine Kollegen unverwandt auf ihre eigenen Bildschirme blickten, wie es ihnen vielleicht antrainiert worden war, und Ryan gelangweilt dasaß.

»Irgendwelche Anmerkungen, bevor wir fortfahren?«

»Ja.«

»Und zwar?«

»Es muss *Ryan* Wilkins heißen.«

Und auf Todds irritiertes Zögern hin: »Es gibt nämlich noch einen DI Wilkins. Mit dem sollten Sie mich besser nicht verwechseln. Er heißt Ray und ist immer korrekt.«

Ohne weiteren Kommentar zählte Todd nun die verschiedenen Fälle ungebührlichen Verhaltens auf, die DI *Ryan* Wilkins zur Last gelegt wurden, beginnend mit der Betitelung von Sir James als, Zitat, »schmieriger alter Bock«.

»Mein Mandant«, warf Tracy Turner ein, »ist nicht verpflichtet, irgendwelche persönlichen Erinnerungen zu bestätigen oder abzustreiten, für die es keine Zeugen gibt.«

»Wir haben Zeugen.«

»Er *ist* ein schmieriger alter Bock«, sagte Ryan.

Tracy Turner sah von weiteren Hilfestellungen ab, und Todd fuhr mit den Anklagepunkten fort. Wie üblich schaltete Ryan sehr bald auf Durchzug. Der Ausgang der Anhörung stand ohnehin fest, und nach den Ereignissen des Vortags hatte er erst recht nichts mehr zu verlieren. Den Blick ins Leere gerichtet, gab er nur automatische Antworten auf die vorhersehbaren Fragen, die genau wie all die anderen waren, die er zu anderen Zeiten in anderen Räumen über sich hatte ergehen lassen, vorgebracht in genau dem gleichen pseudo-unpersönlichen Anschuldigungston. Er konnte nicht aufhören, an Michelle zu denken, die so oft zusammen mit ihm verhört worden war oder draußen wartete, bis sie drankam. Michelle Toomey, halbwüchsiges Unterschichtsgör aus dem englischen Südwesten, schmal und schlaksig mit nackten Beinen, schorfiger Haut und einem gerissenen Lächeln. Von dreizehn bis neunzehn, Jahre der Unschuld immer am Rande des Chaos, waren sie unzertrennlich gewesen, lachend und taumelnd wie ungeübte

Eisläufer, als müssten sie nie erwachsen werden – ewige Kinder, denen nie etwas Schlimmeres zustoßen würde als aufgeschlagene Knie.

Vage registrierte er, dass Todd seine Ausführungen beendet hatte und die Justiziarin, Ayers, jetzt am Zug war.

Sie waren fast weniger ein Liebespaar gewesen als vielmehr eine Einheit, sechs Jahre lang: mal in Hinksey Point, mal in irgendeiner billigen Absteige, mal in besetzten Häusern kampierend, mal in aufgelassenen Lagerhäusern, mal in Bars und Clubs unterwegs, mal bei Raves unter freiem Himmel.

Irgendwann überließ Ayers der Personalchefin Phou das Wort – nur ein weiterer trivialer Störfaktor in Ryans innerer Abgeschiedenheit.

Denn wie sich herausstellte, blieben sie nicht ewig Kinder, waren nicht unzertrennbar und mussten mehr erleiden als aufgeschlagene Knie. Zunächst war es nur, dass er kein Gras rauchen mochte und sie schon; als sie dann mit den Pillen anfing, gab es immer öfter Streit; er spürte die Verwandlung in ihr wie am eigenen Körper. Dann wurde sie schwanger; er dachte, es würde sie einander wieder näherbringen, aber das Gegenteil war der Fall. Kaum war Ryan auf der Welt, fing sie wieder mit den Pillen an – Ecstasy erst, dann Spice und H. Er sah zu, wie sie binnen weniger Monate zu einer Fremden mutierte. In den Clubs, auf den Raves, selbst wenn sie sich in den Armen lagen, war ihr Gesicht zwar dasselbe, aber der Ausdruck darauf nicht mehr ihrer. Als würde sie nach und nach in der Menge verschwinden. Oder war es für sie er, der verschwand? Sie sprach nicht mit ihm, sah ihn nicht an, erkannte ihn nicht mal – lag nur da und starrte durch ihn hindurch, bis das Rotlicht des Clubs zum Blaulicht des Krankenwagens wurde und ihre Züge sich verzerrten im letzten, endgültigen Schock.

In seinen Ohren summte es, während Phou zum Ende kam. Wie Sophie Barberys totes Gesicht, wie Ameena Najibs totes Gesicht blieb auch das von Michelle Toomey gefangen in diesem letzten Krampf, diesem letzten furchtbaren Fehler. Er hatte sie nicht beschützt, hatte es nicht geschafft, sie zu retten. Er hatte untätig zugesehen. Schuldgefühl wallte in ihm auf, auch das nur zu vertraut.

Er beugte sich vor, zur Verblüffung seiner Gegenüber. »Hören Sie«, sagte er, »wir haben hier einen Fall mit zwei ermordeten Frauen, okay? Lassen Sie mich den noch zu Ende bringen. Danach können Sie mit mir machen, was Sie wollen. Nur geben Sie mir vorher noch Zeit.«

Im Raum breitete sich eine Betretenheit aus, als hätte er gerade einen fahren lassen.

Todd sagte: »Sie werden doch sicher verstehen, dass das nicht geht.«

»Der Scheißkerl, der das getan hat, läuft immer noch frei rum«, sagte Ryan. »Macht euch das nichts aus?«

Sie packten ihre Laptops in die Aktentaschen, vermieden jeden Augenkontakt.

»Sie sind tot«, sagte er hilflos. Er war aufgesprungen. »Er hat sie ermordet, einfach so, als ob sie Dreck wären. Bitte, lassen Sie mich das noch zu Ende bringen. Ich war so nah dran, wirklich!«

Selbst seine Anwältin wich seinem Blick aus, und er stand da, unbeachtet wie ein Kind, während die Erwachsenen ihre Sachen wegräumten. Er hielt es nicht mehr aus. Er drehte sich um und wollte zur Tür gehen.

»Noch nicht«, sagte Phou. »Die Eskorte wird Sie abholen.«

Ungeduldig deutete Ryan auf die Polizisten, die draußen Wache standen. »Nein«, sagte sie. »Es müssen dieselben sein, die Sie hergebracht haben. Vorschrift.«

»Scheißegal. Sehen doch eh alle gleich aus.«

Phou räusperte sich missbilligend, und Ryan setzte sich wieder hin, wischte sich nervös die Nase.

Und schaltete neuerlich ab.

Dann forderten sie ihn auf, sich zu erheben. War eine Minute vergangen oder eine Stunde? Er hätte es nicht sagen können. Erst hörte er sie gar nicht; er war weit weg, abgedriftet in eine Grauzone der Ungewissheit, in der drei tote Gesichter ihm etwas mitzuteilen versuchten, etwas Offensichtliches.

Die gleiche Schönheit, zur Hässlichkeit verzerrt.

Der gleiche Schmerz.

Die gleiche Wut.

Er konnte sie kaum auseinanderhalten. Schlagartig erwachte er aus seiner Trance und sprang auf die Füße. »Hey! Sie da! Geben Sie mal Ihr Handy her.«

Phou sah ihn verdutzt an. »Wie bitte?«

»Die haben mir meins abgenommen. Ich muss jemand anrufen. Ganz dringend. Mir ist da grade was eingefallen.«

Er war so aufgeregt, dass er zitterte. Phou drehte sich, ohne ihn weiter zu beachten, um und ging.

»Verdammte Scheiße!«, schrie er. »Ich muss Ray anrufen!«

Zwei Uniformierte betraten den Glaskasten.

»Wie krank seid ihr eigentlich«, brüllte er, als sie ihn in die Mitte nahmen und abführten, interessiert beobachtet von den Männern und Frauen an ihren Schreibtischen. Und er begriff, dass es immer so lief und immer so laufen würde, und hörte auf sich zu wehren und ließ sich willenlos außer Sicht schaffen.

Ray war noch im Büro, als sein Telefon klingelte. Es war sieben Uhr abends, im Revier herrschte Ruhe. Robin ihm gegenüber arbeitete sich noch immer gewissenhaft durch den Forensikbericht zu dem Mord an Ameena. Ray sah auf sein Handy; Ryan versuchte es jetzt schon zum fünften Mal, und nach kurzem Zögern ging er hinaus und meldete sich.

»Was soll das?«, flüsterte er, während er durch den Flur ging. »Du weißt doch, dass ich nicht mit dir reden darf.«

»Keine Sorge, Kumpel, ich will nur quatschen. Wie geht's, wie steht's? Wie macht sich der Neue? Der Bericht von der Forensik schon da?«

Ray ging durch die Tür am Ende des Korridors und die Treppe hinunter. Er war allein, sah aber trotzdem nach allen Seiten, bevor er antwortete. »Ja. Robin geht ihn gerade durch. Hör zu, du musst das wirklich bleiben lassen.«

»Robin? Ist das der Neue? Wie ist er denn so?«

»Ganz okay.«

»Also, wer waren diese Islamisten, die sie anzurufen versucht hat?«

»Im Ernst, Ryan. Kannst du jetzt mal loslassen?«

»Nein. Wer waren die?«

Ray seufzte. »Eine Gruppe von Studierenden, die Proteste organisieren. Wir haben jetzt die volle Auswertung von Ameenas Handy vorliegen. Sie hatte sie offenbar an dem Abend kontaktiert, als sie vor al-Medina die Hosen runtergezogen haben. Und kurz vor ihrem Tod hat sie sie wieder zu erreichen versucht, kam aber nicht durch. Sie hat auf die Voicemail gesprochen, dass sie etwas Schreckliches erfahren hätte, und das Gleiche auch als Textnachricht geschickt.«

»*Etwas Schreckliches?*«

»Ja. Keine Erklärung.«

»Und was ist mit ihrem Laptop?«

Ameena habe sich auf verschiedenen islamischen Websites eingeloggt, erklärte Ray, hauptsächlich religiösen, aber auch touristischen, alle auf Arabisch. Auf diesen Websites hatte sie sich durch

Bilder von Moscheen, religiösen Artefakten, Büchern, Gemälden, Schriftrollen und Pilgerstätten geklickt, aber was genau sie gesucht und ob sie es gefunden hatte, war nicht klar. »Und wir wüssten nicht, wo da eine Verbindung zu Sophie sein sollte.«

»Vielleicht gibt's einfach keine.«

»Wie?«

»Mir ist da ein Gedanke gekommen. Weil wir doch ums Verrecken keinen Grund finden konnten, warum Sophie umgebracht wurde. Vielleicht gab es keinen.«

»Was soll das heißen?«

»Vielleicht war die Zielperson in Wahrheit Ameena.«

Schweigen.

»Aber warum wurde dann Sophie umgebracht?«

»Na ja, weil diese Ausländerinnen halt alle gleich aussehen.«

»Verdammt, Ryan!«

»Meine Rede, Ray: Die meisten Verbrechen passieren, weil irgendwer Scheiße baut. Überleg doch. Ameena ist abends im College unterwegs, sieht den Täter, ohne sich darüber klar zu sein – aber der Täter sieht *sie*, und weil er kein Risiko eingehen will, geht er ihr nach. Aber es ist dunkel, neblig, es regnet, er kennt sich vielleicht nicht so gut aus. Er denkt schon, er hat sie verloren, da sieht er sie auf einmal in ihrer Jeans und dem Küchenkittel über den Hof laufen. Sie hat sogar diese komische kleine Kappe auf, die wie Ameenas Turban aussieht. Also folgt er ihr zum Torhaus, schlüpft hinter ihr durch die Tür, und, zack!, hat er sie. Nur hat er leider die Falsche erwischt.«

Eine längere Pause trat ein, während Ray dies überdachte. »Meinst du wirklich? Ich bin mir da nicht so sicher. Aber es beantwortet auch nicht unsere Hauptfrage. *Wen* hat sie an dem Abend gesehen? *Was* hat er gemacht? Da tappen wir noch völlig im Dunkeln.«

»Ja, aber ich hab mir überlegt …«

»Vielleicht solltest du nicht so viel rumgrübeln. Du hast eine stressige Zeit hinter dir. Du musst echt mal Pause machen.«

»Nein, hör zu, Ray …«

»Ganz im Ernst. Lass gut sein.«

Noch im Sprechen vernahm er über sich im Treppenhaus ein Geräusch, leise und dennoch bedacht, und als er hochschaute, stand da die Chefin und blickte auf ihn herab.

»Wieder Ihre Frau, Ray?«

Er schob das Handy in die Jackentasche und stieg die Treppe hinauf, folgte ihr in ihr Büro und wartete an der Tür, bis sie am Schreibtisch Platz genommen hatte.

»Keinerlei Kontakt, habe ich gesagt. Gegen ihn läuft ein Ermittlungsverfahren.«

Er stand da und schwieg.

»Jeder Kontakt mit ihm ist jetzt explizit regelwidrig.«

Er nickte.

Es entstand eine lange Pause. In der Miene der Chefin regte sich nichts. Er wusste, wie genau sie es mit den Vorschriften nahm; wie, wenn sie es für geboten hielt, sie mit aller Härte durchzusetzen?

»Und?«, meinte sie schließlich, »was hatte er zu sagen?«

45

Im Lagerraum nahm Jason Birch ein fast leeres Deospray aus dem Spind und stopfte es in seine Schultertasche. Einen Moment hielt er inne, blickte sich wehmütig im Raum um – unverputzte, ewig feuchte Wände, Blechspinde mit notorisch quietschenden Scharnieren, dazu das vertraute Geklapper und Gemurmel aus der Küche nebenan –, dann langte er wieder in seinen Spind, holte eine angebrochene Chipstüte heraus und verstaute sie sorgfältig neben dem Deo. Er wollte nichts zurücklassen, wenn er jetzt auf und davon ging.

Während er langsam seine Tasche vollpackte, musste er immerzu an Ameena denken. Er hatte das abergläubische Gefühl, dass sie ganz nah war, so als wäre sie aus der Küche gekommen und stünde nun hinter ihm, stumm und nicht weniger verachtungsvoll als zu Lebzeiten. Sie stand da und wartete nur darauf, ihn anzuklagen. Er widerstand dem Drang, sich umzudrehen, verbannte jeden Ausdruck aus seinem Gesicht und alle komplizierten Gedanken aus seinem Hirn und konzentrierte sich mit aller Kraft auf seinen Spind. Er angelte nach den Arsenal-Fanzines ganz hinten – und hätte fast aufgeschrien, als jemand hinter ihm hüstelte.

Sie saßen auf Hockern inmitten der Lagerregale, zwischen denen Jason hilfesuchend hin und her schaute, während der Bulle von ihm verlangte, sich so genau wie nur möglich an alles zu erinnern, was Ameena ihm am Abend des ersten Mordes erzählt hatte – besonders Dinge, die sie in irgendeiner Weise verstört haben könnten. Es war der Bulle mit dem Pflaster über der Nase und den stechenden Augen, der immer so unerwartete Fragen stellte.

»Ich hab heut früh schon mit 'nem Detective gesprochen. So 'nem großen, rothaarigen.«

»Und jetzt redest du mit mir.«

Jason brach der Schweiß aus. »Ja, aber ihm hab ich auch schon gesagt, dass ich mich nicht richtig erinnern kann.«

Das beeindruckte den Bullen wenig. »Fangen wir mit dem alten Raffzahn an. Der hat sie irgendwie aus dem Tritt gebracht, hast du gesagt.«

»Der Scheich, ja.«

»Wodurch?«

»Weiß nicht.«

»Hat sie irgendwas beobachtet, was er gemacht hat? Oder ihn irgendwas sagen hören?«

Jason vollführte eine Reihe hilfloser Gesten, und der Bulle sah ihn bohrend an. »Ja, ja, ich denk ja schon nach. Sie hat gesagt, dass er ... ja, er hat telefoniert, als sie mit den Getränken reinkam. Kann also schon sein, dass sie da was gehört hat. Und ich hab zu ihr gesagt: ›Egal, wie viele Frauen er in seinem Harem ...‹«

»Was du gesagt hast, interessiert niemand, Jason.«

Schweiß rann in Jasons Nabel. Erneut hatte er das unheimliche Gefühl, dass Ameena ungeduldig die Augen verdrehte. Eine Reaktion, die er nur allzu oft bei seinen Gesprächspartnern auslöste.

Anscheinend war er wieder mit Sprechen dran. Ohne große Überzeugung sagte er: »Also gemocht hat sie ihn jedenfalls nicht. Sie hatte ganz schön Manschetten vor dem.«

Der Bulle wurde langsam ungeduldig. »Was sie von ihm aufgeschnappt hat, will ich wissen!«

Darauf wusste Jason keine Antwort. »Er ist ein Schänder«, fiel ihm plötzlich ein.

Das schien den Bullen schon mehr zu interessieren. »Sei ruhig«, sagte er. »Rühr dich nicht. Ich muss nachdenken.«

Jason hielt ganz still und versuchte, lautlos zu atmen. Der Bulle saß da wie weggetreten. Verstohlen wischte er sich über die Stirn und versuchte, sein Arsenal-Shirt vom Bauch wegzuzupfen.

Ryan war in eine innere Welt abgedriftet, wo die Dinge nicht so abgegrenzt waren und deutlicher zutage traten. Bilder und Geräusche, ein kleines, edel möbliertes Zimmer, ein Mann am Telefon, ein Mädchen mit einem Tablett voller Gläser. Arabische Sätze, die das Mädchen versteht. Was hatte sie mitgehört? Irgendwas, was ihr Angst gemacht hatte. Einen Namen? Menschen, Städte, Orte, die ihr etwas sagten, Damaskus ... ihre Heimatstadt.

»Hat sie Kafr Jamal erwähnt?«, fragte er abrupt.

»Wen?«

»Eine Stadt.«

»Nein.«

Lächerlich. Sie fürchtete sich nicht vor al-Medina. *Er* fürchtete sich vor *ihr* – er hatte ihr seinen Leibwächter hinterhergeschickt. Auf jeden Fall aber waren sowohl der Scheich als auch der Leibwächter längst wieder in Arabien gewesen, als Ameena umgebracht worden war.

Wieder nahm er Jason ins Visier, der die letzten Minuten damit zugebracht hatte, seinem Gesicht einen Ausdruck gekränkter Unschuld zu geben, mit dem er erst recht verdächtig aussah.

»Ich hab Ihnen alles erzählt, was ich weiß«, äußerte Jason hoffnungsvoll.

Ryan nickte. »Vergiss mal den Scheich. Gehen wir noch ein bisschen weiter zurück. Wo bist du ihr begegnet?«

Jason dachte so scharf nach, dass er fast zu atmen vergaß. »Drüben bei der Great Hall.«

»Genauer!«

»Sie hockte da irgendwie so in einem Winkel.«

»Wieso das?«

»Weiß nicht. Verstört eben, hab ich ja schon gesagt. Sie hatte ihr Handy in der Hand, deshalb hab ich gesagt, dass sie da sicher kein Netz hat. Um ihr zu helfen, verstehen Sie?«

»Und dann?«

»Nichts. Wir haben geredet.«

»Ich warne dich, Jason.«

»Ja gut, okay, das von dem Scheich hab ich ja schon gesagt.«

»Jetzt vergiss endlich den Scheich. Hat sie sonst noch wen erwähnt?«

»Ich kann mich echt nicht erinnern.«

»Wenn du das noch einmal sagst, Jason …«

»Ach so, ja, der Provost. Den hat sie auch noch erwähnt. Wie der sie angeschaut hat.«

»Den kannst du auch vergessen. Sie war dabei, wie ihre Familie ermordet wurde, sie hat ihre Schwester in einem Laster sterben sehen, da macht sie sich wohl kaum ins Hemd, wenn jemand sie mal schief anschaut.«

Jasons teigiges Gesicht verzog sich angestrengt. »Aber sonst war da keiner.«

»Wo war sie denn noch an dem Abend? Bevor sie zum Torhaus ist?«

Jasons Miene hellte sich auf. »Sie hatte sich verlaufen! In diesen ganzen engen neuen Gängen da.«

»Wo, da?«

»In der Conference Suite. Aber da ist sonst nichts passiert.«

»Wo in der Conference Suite?«

»Weiß nicht genau. In der Kunstsammlung.«

Ryan schwieg einen Moment.

»In der Kunstsammlung?«

Jason war schon wieder im Hintertreffen. Er wischte sich mit dem Ärmel über die Stirn. »Sie hat nur aus Versehen reingeschaut, hat sie gesagt.«

Der Bulle stand von seinem Hocker auf und tat einen Schritt auf ihn zu. Jasons Stimme rutschte gleich ins Falsett vor Schreck. »Sie hat bloß die Tür aufgemacht und Goodman gesehen, aber er hat nichts gesagt, und sie ist gleich weiter, hat sie gesagt, sie war eh spät dran.«

Alarmiert hielt er inne. Die Augen des Bullen überzogen sich glasig, so wie er es einmal bei einem Fisch beobachtet hatte, und blickten im nächsten Moment umso stechender.

»Okay, Jason, jetzt konzentrier dich noch mal. Überleg ganz genau. Dieses Wort, das Ameena verwendet hat, ›Schänder‹.«

Jason, kein Held bei Prüfungen jedweder Art, zog den Kopf ein. »Ja? Ich weiß gar nicht mal, was das ist, irgendein Schweinkram, oder?«

»Hat sie gesagt: ›Schänder des Heiligen Buchs‹?«

Er atmete auf. »Genau! Das hatte ich vergessen. ›Schänder des Heiligen Buchs‹, das war's. Was das heißt, weiß ich nicht, aber ...«

Von dem Bullen waren nur noch die davonhastenden Schritte draußen auf den Steinfliesen zu hören.

Ray saß mit der Chefin, dem Polizeivizepräsidenten, dem Einsatzjuristen, dem Pressesprecher und weiteren ranghohen Beamten um den Besprechungstisch, als sein Handy klingelte. Er sah aufs Display, drückte den Anruf weg und hörte weiter dem Pressesprecher zu, der über die rufschädigenden Auswirkungen der Unruhen in Blackbird Leys referierte.

Sein Handy klingelte wieder, und er schaltete es ab, ohne hinzusehen. Die Chefin warf ihm einen Blick zu, er setzte eine unbeteiligte Miene auf, und beide wandten sie ihre Aufmerksamkeit wieder dem Pressesprecher zu.

Unmittelbar darauf klingelte das Handy der Chefin. Sie hörte kurz zu, drehte sich zu ihm um und sagte leise: »Nadim braucht Sie, Ray. Ja, jetzt gleich.«

Er wusste, dass Nadim heute nicht im Büro war. Mit einem Nicken entschuldigte er sich, ging hinaus und rief Ryan noch vom Ende des Gangs zurück.

»Himmel noch mal! Nicht bei der Arbeit! Was ist jetzt wieder?«

»Ray! Der Schänder!«

»Was?«

»Der Schänder des Heiligen Buchs!«

»Ich weiß nicht, was …«

»Goodman, dieser Oberwichser!«

Ray beeilte sich, ins Treppenhaus zu kommen. »Brüll nicht so. Man hört dich durchs ganze Haus.«

»Dann hör endlich zu. Ameena war ziemlich außer sich an dem Abend. Das hat Jason noch mal gesagt.«

»Das wissen wir doch. Robin hat schon mit ihm gesprochen. Wir knöpfen uns al-Medina noch mal vor.«

»Das könnt ihr euch sparen. Bevor sie bei al-Medina ankam, hatte sie sich in der Conference Suite verlaufen. Ist aus Versehen in die Kunstsammlung geraten. Und wer war da drin?«

»Na ja, Goodman, nehme ich an.«

»Der gerade *womit* zugange war?«

Ray schwieg.

»Schänder des Heiligen Buchs«, setzte Ryan hinzu.

Ray sagte langsam: »Du meinst, Ameena ist dazugekommen, als er den Koran gestohlen hat?«

»Vom Timing her würde es hinkommen. Wann wurde das Ding zum letzten Mal gesehen? An dem Nachmittag, oder?«

»Richtig.«

»Und wann ist sie Hals über Kopf nach Hause? Gleich nachdem der Diebstahl offiziell bekannt gegeben wurde. Also kurz nach drei. Da hat sie plötzlich begriffen, was sie an dem Abend gesehen hat. Was für Zeug war das noch mal, was sie sich auf dem Laptop angeschaut hat, als sie heimkam?«

»Bilder. Religiöse Stätten. Artefakte.«

»Auch Bilder von dem College-Koran?«

Ray blies die Backen auf. »Eins war von dem College-Koran, ja.«

»Komm schon, Ray. Überleg doch mal. Wenn sie gesehen hat, wie er ihn eingepackt hat, kam sie vielleicht nicht gleich darauf, dass er ihn stehlen wollte, aber es muss sie doch schockiert haben. Schänder des Heiligen Buchs. Dass er es einfach so genommen und in eine Kiste getan hat. Und Goodman, dieser Wichser, wusste natürlich, dass sie Alarm schlagen würde, wenn ihr klar wird, was sie da gesehen hat. Also ist er ihr gleich hinterher, fanatisch, wie er ist – ich bin das Recht, und keiner stellt sich mir in den Weg! Nur hat er dummerweise Sophie erwischt.« Er hatte sich völlig außer Puste geredet. »Ray!«, stieß er hervor. »Es passt echt alles zusammen!«

Ray ließ sich nicht mitreißen. »Du vergisst da etwas.«

»Was?«

»Goodman war bereits in den Vereinigten Emiraten, als Ameena ermordet wurde. Er kann sie nicht umgebracht haben.«

Ryans Atemzüge beruhigten sich nur langsam.

»Tut mir leid«, sagte Ray. »Meinst du nicht, es wird langsam Zeit, einen Schlussstrich zu ziehen?«

»Und dich und die Karotte einfach machen lassen?«

»Ganz im Ernst. Du dürftest dich eigentlich gar nicht in Barnabas Hall aufhalten.«

»Wie kommst du darauf, dass ich im Barnabas bin?«

Im Hintergrund hörte Ray die Barnabas-Uhr die Stunde schlagen. »Hast du heute Nachmittag nicht deine zweite Anhörung?«

»Ich fahr gleich los. Aber tust du mir einen Gefallen? Check doch noch mal nach wegen Goodman.«

»Er ist in die Vereinigten Emirate geflogen. Das wissen wir.«

»Schon, aber …«

»Und er ist immer noch dort. Nadim verfolgt sein Bewegungsprofil.«

»Check einfach noch mal nach, mehr sag ich ja gar nicht. Lass jetzt nicht locker.«

»Ich darf das nicht länger mitmachen«, sagte Ray. »Tut mir leid, Ryan.«

»Ray! Kumpel!«

»Das reicht jetzt. Fahr zu deiner Anhörung. Ruf nicht wieder an.«

Ryan ging in den New Court und umrundete zweimal den Hof, um sich abzureagieren. Die Sandsteinmauern der Bibliothek mit ihrer edlen Blässe, die violett im Winterlicht schimmernden Fenster der Kapelle taten nichts dazu, ihn zu beruhigen. Blicklos starrte er einen Moment auf die Rasenfläche in der Hofmitte und trabte dann hinüber zur Pförtnerloge.

Er schlug an die Scheibe. Leonard Gamp sah ihn und setzte sofort eine gekränkte Miene auf.

»Kent Dodge«, sagte Ryan. »Wo hängt der ab?«

Gamp ließ sich Zeit mit der Antwort, so als erwöge er, gar nicht zu antworten. »Solche Informationen geben wir normalerweise nicht heraus.«

»Ich haue nervigen alten Schnöseln normalerweise auch nicht in die Fresse, aber manchmal schon«, entgegnete Ryan.

Gamp lächelte sehr, sehr dünn. »New Court, Aufgang III«, sagte er schließlich. »Da war sein Zimmer«, sagte er nach einer weiteren Pause. »Aber«, setzte er mit aufreizender Langsamkeit hinzu, »er verlässt uns heute, es könnte also sein, dass Sie ihn bereits verpasst haben. In dem Fall kann ich Ihnen auch nicht weiterhelfen.« Und damit stand er auf und verschwand schleppenden Schritts hinter den Wandschirm an der Rückwand seiner Loge.

Ryan ging zurück in den New Court, und das Erste, was er sah, war Kent Dodge mit einer Reisetasche. Kent schien ihn im selben Moment entdeckt zu haben, denn er zögerte, als wollte er kehrtmachen, aber Ryan grüßte schon von Weitem, sodass er sich gezwungen sah, näher zu kommen.

»Ich bin etwas im Stress«, sagte er, ehe Ryan noch mehr sagen konnte. »Wenn es Ihnen also nichts ausmacht ...«

»Eine Frage bloß. Dauert nicht lang.«

Kent schaute resigniert. »Ich möchte nicht unhöflich sein, aber jedes Mal, wenn ich Ihnen helfe, kriege ich Ärger. Mit dem College liege ich schon im Streit wegen meiner Battels-Rechnung, meine Leihwagenfirma verlangt Zusatzzahlungen wegen der Lackschäden, und ...«

»Hat Goodman mit al-Medina darüber geredet, dass er ihm den Koran abkaufen soll?«

Kent Dodge blieb stumm.

»Bei dem Dinner«, sagte Ryan. »Als er mit ihm Arabisch gesprochen hat. Hat er da so was in der Richtung gesagt?«

Kent Dodge setzte seine Tasche ab und überlegte. »Nicht so direkt.«

»Was soll das heißen?«

»Ich meine, zu der Zeit habe ich es jedenfalls nicht so verstanden.«

»Aber jetzt schon?«

»Nur weil Sie davon angefangen haben. Nein. Soweit ich mich erinnere, erkundigte er sich lediglich nach Mitteln und Wegen, wie der Scheich oder irgendeine Institution wie zum Beispiel eine Moschee mit Barnabas Hall eine Einigung über einen eventuellen Erwerb des Korans erzielen könnte.«

»Zum Verkauf stand er also.«

»Nur in der Theorie. Wie gesagt, der Scheich hatte kein Interesse.«

»Das ist nicht der Punkt.«

Kent schüttelte den Kopf. »Hören Sie, ich mochte Goodman nicht besonders, er war extrem unfreundlich und unlocker, und das mit der Rückführung des Korans war ein richtiger Fimmel von ihm, aber dass er deswegen etwas Gesetzwidriges getan hätte, das kann ich mir nicht vorstellen.«

Über den Hof schallte ein Ruf. Jason Birch, ebenfalls mit Reisetasche, kam auf sie zugeeilt.

»Bin ich froh, dass ich Sie noch erwische«, sagte er. »Mir ist grade noch was eingefallen. Ich weiß nicht, ob es wichtig ist.«

»Sag's einfach.«

»Ich weiß gar nicht, ob ich's richtig verstanden hab.«

»Steh ruhig zu deiner Dummheit, Jason.«

»Also, als sie sagte, dass sie Goodman gesehen hat, hat sie so was Komisches mit ihren Händen gemacht.« Er legte Daumen und Zeigefinger zu Kreisen zusammen und hielt sie sich vor die Augen. »Hat mich irgendwie gewundert.«

Ryan sah ihn an. »Das ist das Zeichen für Brille, Jason. Kennt jeder.«

»Ja, aber …«

»Aber was?«

»Goodman hat doch gar keine Brille. Komisch, oder? Und irgendwie glaub ich, sie hat auch noch was anderes gesagt – ich komm nur nicht drauf.«

Ryans Blick wurde hart. »Streng dich an, Jason.«

»Tu ich doch, ehrlich.«

»Dann streng dich noch mehr an.«

»Ich streng mich so an, dass mir schon ganz schlecht ist.« In seinem teigigen Gesicht vollzog sich ein gequältes Mienenspiel.

Kent räusperte sich. »Wissen Sie«, sagte er zu Ryan, »wenn Sie all diese Fragen an Goodman haben, warum fragen Sie ihn dann nicht einfach selbst?«

»Weil er abgehauen ist, darum. Verschwunden. Hat das Land verlassen und sich verdünnisiert, das Wiesel.«

Kent runzelte die Stirn. »Das wundert mich jetzt.«

Ryan fixierte ihn scharf. »Wieso?«

»Na ja, ich hab ihn gestern in der Cornmarket Street gesehen.«

Ryan klappte den Mund auf, klappte ihn wieder zu, drehte sich um und rannte zum Tor hinaus.

Die Stirn noch immer in tiefe Falten gelegt, sagte Jason: »Wenn ich mich bloß erinnern könnte, was sie noch gesagt hat. Ich bin *so* nah dran!«

»Also aus *meiner* Zeit hier«, sagte Kent, »gibt es eine Menge Dinge, die ich mit dem größten Vergnügen vergessen werde.«

Es wurde Nachmittag, ehe Ray Ryans Nachricht abhörte. Er und Robin hatten einige Stunden lang die Bilder ausgewertet, die Ameena kurz vor ihrer Ermordung auf dem Laptop angesehen hatte. Drei der Bilder zeigten Korane, einer davon der aus der Barnabas-Sammlung: aufgeschlagene vergilbte Pergamentseiten, bedeckt mit ebenmäßigen schwarzen Schriftreihen voll dekorativer

Kringel und Schlaufen, die von kleineren Schlaufen in Rot verziert waren. Der englische Kommentar vermerkte Datierung, Provenienz und die Bedeutung in der schiitischen Geschichte. Auch auf den Marktwert wurde verwiesen. Doch wozu Ameena die Seiten aufgerufen hatte, blieb unklar; ihre Internetrecherche war hektisch verlaufen, als hätte sie etwas gesucht und nicht gefunden. Viel mehr hatten Rays und Robins Nachforschungen nicht ergeben, und nun war Robin zur Western Road aufgebrochen.

Als er allein war, spielte Ray Ryans neue Nachricht ab. Danach saß er eine Weile nur da, sinnfrei mit der Kante seines Handys an der Schreibtischkante herumklopfend. Schließlich verließ er sein Büro und ging hinunter zu Nadim.

»Ray! Wie geht's? Wie macht sich dein neuer Partner?«

»Passt schon.«

Sie zwinkerte. »Du vermisst doch nicht etwa den alten?«

Er ließ sich nicht darauf ein. »Frage: Goodman ist doch noch in den Vereinigten Emiraten, oder?«

Sie zögerte. »Das ist die Arbeitshypothese, ja.«

Er zögerte gleichfalls. »Was meinst du mit Arbeitshypothese?«

»Wir glauben, er hält sich in oder um Abu Dhabi auf, aber ehrlich gesagt haben wir ihn aus den Augen verloren. Die Typen aus den Emiraten versuchen, ihn wieder aufzuspüren.«

»Haben wir denn kein GPS?«

»Ist nach al-Ain leider verlorengegangen.« Sie sah ihn neugierig an. »Wieso?«

Einen Moment stand er stirnrunzelnd da, während eine vage Sorge sehr langsam konkreter wurde. »Irgendeine Chance, dass er wieder in England ist?«

Nadim zog die Brauen hoch. »Sehr unwahrscheinlich.«

»Aber möglich?«

»Na ja, wir haben die Daten der eingehenden Flüge noch nicht überprüft, und falls die in den Emiraten eine Ausreise übersehen haben, dann könnte es schon sein.«

Er fluchte unterdrückt. »Wie schnell lässt sich das nachholen?«

»Ohne seine Reisedaten zu kennen, dauert das. Er hätte ja von überallher einfliegen können. Was ist denn, Ray? Wie kommst du darauf, dass er wieder zurück sein könnte?«

»Ryan hat mir eine Nachricht hinterlassen, dass jemand in Barnabas Hall ihn gestern auf der Cornmarket Street gesehen haben will.«

»Ich dachte, Ryan ist von dem Fall abgezogen?«

Ray war schon dabei, ihn anzurufen. Keine Antwort.

»Ist er heute Nachmittag nicht bei seiner Anhörung?«, sagte Nadim.

Ray sah auf die Uhr, lief mit langen Schritten im Büro auf und ab. »Das ist doch grotesk!«, sagte er schließlich. »Hast du Goodmans Oxforder Adresse?«

Sandford-on-Thames liegt knapp fünf Meilen südlich von Oxford, ein paar Häuserzeilen parallel zur Durchgangsstraße nach Dorchester. Goodmans Straße hieß River View, ein schmales Sträßchen in Hanglage mit Ziegelhäuschen wie aus dem Bilderbuch, ursprünglich erbaut für die Arbeiter der nahe gelegenen Papierfabrik, heutzutage aber zu Apartments umgewandelt und mit Blick auf die malerische Schleuse.

Ray parkte seinen Wagen auf dem Gras, ging zum letzten Haus in der Reihe und klopfte an die Tür.

Keine Antwort.

Durch den Briefkastenschlitz konnte er Dielenbretter ausmachen, lindgrüne Tapeten und gerahmte Fotografien historischer Szenen. Auf der Fußmatte ein Berg von Briefen und Postwurfsendungen.

Er versuchte es an dem Gatter seitlich vom Haus. Abgesperrt. Die Nachbarin bestätigte Goodmans Abwesenheit. »Er ist vor ein paar Tagen gefahren. Wollte eine ganze Weile weg sein, hat er gesagt. Auf jeden Fall bis nach Weihnachten.«

Ray setzte sich in seinen Wagen und dachte nach. Die Sorge nagte immer stärker. Schließlich legte er den Rückwärtsgang ein, wendete und fuhr zu Barnabas Hall.

Es war sein erster Besuch in der Quästur. Er ging durch den Kreuzgang hinter dem New Court, die Arkaden kalt und farblos im schwindenden Licht des Nachmittags, dann durch den Old Court und unter dem Torbogen hindurch in einen kleinen Garten im Schatten der Kapellenmauer. An seinem Ende lag eine Reihe ausgebauter Gesindehäuschen; er duckte sich durch die mittlere Tür und fand Claire am Schreibtisch in einem Raum mit niedriger Decke.

»Hallo.« Sie errötete leicht, als sie Ryans Partner erkannte.

Ray erklärte, weshalb er da war.

»Soweit ich weiß, ist er im Ausland.«

»Ich muss es nur überprüfen.«

Sie ließ ihn in alle Kontaktdaten Einsicht nehmen, die das College von Goodman hatte, und sie erwiesen sich als identisch mit denen, über die Ray bereits verfügte.

»Na gut«, sagte Ray. »Dann müsste ich mal mit Kent Dodge sprechen.«

»Da haben Sie leider auch kein Glück. Er hat das College ebenfalls verlassen. Gerade erst heute Nachmittag.«

»Haben Sie seine Telefonnummer?«

Er ging in das Gärtchen hinaus, um anzurufen, ließ es dort endlos ins Leere klingeln und kehrte zurück zu Claire. Kurzzeitig hatte er das Gefühl, beim besten Willen nicht mehr tun zu können.

Doch die Sorge hörte nicht auf zu nagen, und wenn er etwas war, dann beharrlich.

»Haben Sie noch andere Kontaktdaten von ihm?«

»Ich fürchte, nein.«

Er biss die Zähne zusammen. »Nachsendeadresse?«

»Auch nicht.«

»Wissen Sie, wo er hinwollte?«

»Leider nein. Wie dringend ist es denn?«

»Ich weiß noch nicht.«

Grübelnd stand er da, während Claire online auf die Suche ging.

»Hier ist seine Website von der Kunstgeschichtsfakultät in Harvard«, sagte sie. »Von da ist er zu uns gekommen. Vielleicht versuchen Sie es dort mal. Könnte ja sein, dass die noch eine andere Privatnummer von ihm haben.«

»Ist gut. Danke.«

Ray trat wieder in den Garten hinaus. Das Tageslicht war nun fast ganz verschwunden; Schatten krochen an den Mauern der Kapelle hoch und lagerten über den Rabatten. Ein unsichtbarer Vogel sang, monoton und durchdringend. Ray sprach mit zwei verschiedenen Verwaltungskräften, die nichts über das Personal in den Geisteswissenschaften zu sagen wussten, bevor er endlich mit dem Sekretariat der Fakultät verbunden wurde. Inzwischen war er schon ziemlich gereizt.

»Britische Polizei. Ich weiß, dass Dr. Dodge sich in England aufhält, aber ich muss dringend mit ihm sprechen.«

Nur ließ sich das Problem damit nicht aus der Welt schaffen.

»Nein«, sagte er. »Bitte. Sie haben mich nicht verstanden. Wenn Sie die Nummer nicht herausgeben dürfen, dann rufen Sie ihn bitte umgehend selbst an und sagen ihm, dass er mich kontaktieren soll.«

»Mister«, entgegnete die Dame. »Sie hören mir nicht zu. Ich *habe* keine Nummer von Dr. Dodge. Und zwar deshalb, weil es bei uns keinen Dr. Dodge *gibt*.«

Er stutzte. »Wie? Aber er ist doch Mitglied Ihrer Fakultät?«

»Das sagen *Sie*. *Ich* hab noch nie von ihm gehört.« Und sie legte auf.

Ray ging wieder zu Claire hinein.

»Und? Sind Sie weitergekommen?«

Er sah sie nachdenklich an. »Er war hier mit einem Fulbright-Stipendium, richtig?«

»Genau.«

»Dafür muss es doch irgendwelche Unterlagen geben.«

»Sicher.«

»Kann ich die mal sehen?«

Er scrollte durch die verschiedenen Dokumente – das Antragsformular, ein Lebenslauf mit Kents Foto, mehrere Briefe, darunter ein Empfehlungsschreiben von einem Professor Solomon Weissman an der Universität von Michigan.

Diesmal machte er sich nicht die Mühe, nach draußen zu gehen. Es war ein kurzes Gespräch. Die Fakultät für Kunst und Architektur in Michigan hatte keinen Professor Weissman unter ihren Dozenten und auch nie einen gehabt.

Ein langes Schweigen trat ein, nachdem er aufgelegt hatte. Die nagende Sorge hatte Reißzähne entwickelt. Mit Claire zusammen starrte er auf das Foto von Kent Dodge. Dann beugte er sich mit einem Ruck vor.

»Was ist?«, fragte Claire.

Er schüttelte den Kopf. »Etwas, das Ryan gesagt hat.«

»Über Kent?«

»Nein, über Goodman.«

»Was denn?«

»Jason hat ihm gesagt, dass Goodman keine Brille trägt.«

Sie musste sich einen Moment lang besinnen. »Stimmt«, sagte sie. »Goodman trägt keine Brille.«

Ray wandte sich wieder dem Bildschirm zu, von dem Kent Dodges Eulenaugen sie durch runde, schwarz gerahmte Brillengläser anblickten.

46

Michael Chiffolo stellte sein Fahrrad in den überfüllten Fahrradständern vor dem Freizeitzentrum ab, wo es niemandem auffallen würde, hievte sich die Tasche über die Schulter und bog in die Field Avenue ein. Es war düster in der Straße; die im Zuge der Unruhen zu Bruch gegangenen Lampen waren noch immer nicht repariert. Die Kleinbusse und Pick-ups am Straßenrand zeichneten sich nur schattenhaft vor den würfelförmigen Schemen der Häuser ab, denen das ungewisse Licht etwas Temporäres gab, als wären sie Container am Hafenkai, aufgestapelt für den baldigen Abtransport. Er blieb kurz stehen, um seine Brille zu putzen, aber auch, um eine vage Beklemmung abzuschütteln, und als er gleich darauf weiterging, stimmte ihn die Aussicht auf dieses allerletzte Risiko, das er als Kent Dodge einging, regelrecht übermütig.

Kent war nicht seine erste erfundene Identität. Es hatte andere gegeben, schon von Kindheit an. In St. Louis, Missouri, wo sein Start ins Leben eher glücklos verlief, war es für ihn das Natürlichste der Welt, die Wohnung über dem Pornobuchladen und seine trinkend im Sessel sitzende Mutter zu verleugnen, ebenso wie die Leerstelle, wo sein Vater hätte sein sollen. Freunde zu finden und Lügen zu erfinden fiel ihm gleichermaßen leicht; beides war Teil der gleichen Welt, und er gab sich stets höflich, clever und aufrichtig. Die Leute vertrauten ihm. Er war eins mit seiner Rolle, hatte gute Manieren, und die Menschen waren geradezu versessen darauf, das zu glauben, was ihnen gelegen kam. Anfangs ging es ihm nicht mal ums Geld; er wollte nur ein anderes Leben. Mit dreizehn ergatterte er ein Waisen-Stipendium für eine Privatschule, ein Betrug, der fast ein Jahr lang nicht aufflog. Während dieser Zeit entwickelte sich seine Hassliebe zum Bildungsbürgertum, dem er nie angehören würde. Besonders alles Akademische hatte es ihm angetan. Seine schulischen Leistungen waren mittelmäßig, aber mit achtzehn wurde er aufgrund sorgfältig gefälschter Zeugnisse zum Studium an der Truman State University zugelassen (mit voller Kostenübernahme für die Kinder von Kriegsveteranen). Nach zwei Semestern folgte ein Jahr an der Universität von Missouri, dann ein kurzer, aber wunderbarer Monat an der Duke University, der ihm die Gewissheit gab, dass er, wenn er schon nicht zum Kreis dieser intelligenten, vertrauensseligen Leute gehörte, sie zumindest glauben machen konnte, dass dem so sei.

Sein Interesse am Geld erwachte später, als er sich, ausgestattet mit plausiblen Qualifikationen, für eine Reihe von Reise- und Forschungsstipendien bewarb und mit ungläubigem Staunen feststellte, wie herrlich einfach es sich ohne Mühe oder Verantwortung von einem Kurzzeitposten zum nächsten hangeln ließ: zunächst innerhalb von Nordamerika, später dann auch im Ausland, wo Empfehlungsschreiben von Ivy-League-Professoren besonders gut ankamen und freundliche Kollegen aus dem Mittleren Westen wärmstens willkommen geheißen wurden. Natürlich hasste er sie auch, diese gedankenlos vom Glück Begünstigten. Er lachte sich ins Fäustchen, wenn er an ihren altehrwürdigen Tafeln saß und sich ihre aufwendigen Speisenfolgen schmecken ließ, deren Rechnungen er nie bezahlen würde; wenn er Flugtickets von ihrem Geld kaufte und seine Hotelkosten aus ihren Stipendientöpfen beglich. In Paris brachte eine zufällige Unterhaltung mit einem Antiquitätenhändler ihn darauf, wie wertvoll der Zugang zu Bibliotheken voll rarer Erstausgaben war, etwa dem Institut Henri Poincaré oder der Bibliothèque de la Sorbonne. Aus den Archiven des islamischen Kunstmuseums im Emirat Schardscha beschaffte er sich altislamische Münzen und Koranmanuskripte, an denen private Sammler in Berlin und Cincinnati interessiert waren. Und hier in Oxford hatte sich ihm die größte Chance von allen geboten.

Krude gesagt, war sein Hauptmotiv das Geld. Es würde ihm ein neues Leben ermöglichen. Keine Anträge auf Stipendien und Fördermittel mehr, nur noch entspanntes Parlieren mit den Akademikern, die er so liebte und hasste. Aber auf perverse Weise meinte er es dem College – diesem aufgeblasenen Provost und seiner überheblichen Frau – auch schuldig zu sein, das Ding zu klauen, und sei es nur, um sie von ihrem hohen Ross herunterzuholen. So jämmerlich, wie es um die Sicherheit im College bestellt war, brauchte er nur ein wenig Wagemut und seine übliche Chuzpe. Womit er dabei nicht gerechnet hatte, war die Erregung, mit der der Kitzel der Gefahr ihn erfüllte, seine beinah rauschhafte Lust am Risiko.

Denn natürlich war die Sache fast sofort schiefgegangen und zu einem Possenspiel dummer Zufälle geraten. Zuerst dieses Trampel von Migrantin, die just in der Sekunde hereinplatzen musste, als er den Koran aus dem Schaukasten nahm – nachdem er, bei all seiner Vorsicht, vergessen hatte abzuschließen –, und die, welche Farce, zu der Handvoll Leuten gehörte, die das Buch als das einordnen konnten, was es war. Dann dieses andere Mädchen im Küchenkittel, der ersten zum Verwechseln ähnlich und scheinbar eiligst unterwegs zum Torhaus, um dem Provost brühwarm von ihrer Beobachtung zu berichten. Selbst in seinem Adrenalinrausch war zu ihm durchgedrungen, wie empört und überrascht sie war – mindestens so überrascht wie er, als er seinen Irrtum erkannte.

Tagelang war er danach auf der Lauer gelegen, um herauszufinden, ob dem ersten Küchenmädchen aufgehen würde, wobei sie ihn da ertappt hatte. Ein bisschen Provokation mit den Karikaturen – um sie labil und überspannt wirken zu lassen –, dazu noch die Schlüssel in ihrem Spind, doch all dies endete abrupt, als der Diebstahl, mit wahrhaft ironischem Timing, ein klein wenig zu früh ans Licht kam, einen Tag, bevor er sich ins Ausland absetzen konnte. Daraufhin, wie im Slapstick, die verzweifelte Jagd, um sie einzuholen, als sie nach Hause floh; die Genugtuung, sie endlich zum Schweigen zu bringen (nicht ganz so überrascht wie ihre Vorgängerin, wenn auch um kein Haar weniger empört), gefolgt – absurdes Theater war kein Ausdruck dafür! – von der erzwungenen Rückkehr zum Tatort mit dem durchgeknallten englischen Polizisten, so bizarr, dass er sich kaum das Lachen verbeißen konnte.

Und die Komödie ging immer noch weiter, denn nun war unerwartet dieser fette Hausmeister ins Spiel gekommen. Aber langsam war Schluss mit lustig. Der Mann musste mundtot gemacht werden, bevor er sich womöglich doch erinnerte, was das Küchenmädchen ihm erzählt hatte.

Er warf einen Blick auf die Uhr, während er die Field Avenue entlangging; die Zeit reichte gerade noch, bevor er zum Flughafen musste, um den Flug nach Kuala Lumpur zu erreichen, wo sein Käufer ihn erwartete. Es war dunkel und still in der Straße, aber bei dem letzten Haus in der Reihe brannte im Erdgeschoss Licht. Er überquerte die rissige Betoneinfahrt und nahm sich noch einen Moment Zeit, um sich ein letztes Mal in der Rolle des ernsthaften, umgänglichen, uninteressanten Kent Dodge einzufinden, bevor er an die Türscheibe klopfte.

Ryan öffnete ihm.

47

»Er ist grade kurz weg, Kumpel. Holt nur schnell Zigaretten. Kommen Sie solang rein.«

Ehe er sich versah, hatte er die Tür hinter sich geschlossen und folgte dem Detective durch den engen Flur, an der Treppe vorbei in das kleine Wohnzimmer, dessen einziges Mobiliar aus einem durchgesessenen schwarzen Ledersessel und einem großen Hängeschrank mit riesigem Flachbildschirm bestand. So ähnlich musste man sich in einer Gefängniszelle fühlen, ging es ihm durch den Kopf, und er runzelte die Stirn. Dass der Polizist da war, irritierte ihn, aber es ängstigte ihn nicht. Mit Angst fing er gar nicht erst an. Angst würde ihn aus dem Tritt bringen, und das durfte nicht sein.

»Ich wollte nur das hier schnell abgeben.« Er hielt das Arsenal-Heft hoch, das er vorsichtshalber aus Jason Birchs Spind hatte mitgehen lassen. »Aber deswegen zu warten lohnt sich nicht. Ich bin auf dem Weg zum Flughafen, müssen Sie wissen. Grüßen Sie ihn von mir, ja?«

Einen Moment lang sahen sie sich an. Wie üblich sah der Detective weit mehr nach Räuber als nach Gendarm aus, weißes Pack, hätten sie daheim gesagt, mager und abgerissen in Jogginghose, Bomberjacke und verkehrt herum aufgesetzter Basecap, wie sie in den USA schon seit Jahren keiner mehr trug.

»Klaro, mach ich«, sagte der Detective, »kein Problem.«

Kent wandte sich schon zum Gehen, als der andere weitersprach.

»Was haben Sie jetzt eigentlich mit dem Koran vor? Nur so aus Neugier?«

Sehr langsam drehte er sich wieder um. Lächelte fragend. Lächeln war wichtig.

»Wie bitte?«

Der Detective kratzte sich durch die Hose den Schritt; es hätte ihn nicht groß gewundert, wenn er ein Päckchen Gras aus der Tasche gezogen und versucht hätte, es ihm zu verticken. Ihn schauderte leicht; mit den Jahren war er doch etwas anspruchsvoller geworden, was Umgangsformen betraf.

»Haben Sie schon 'nen Käufer? Oder bieten Sie ihn da unten an? Die fackeln nicht lang in diesen Ländern – schneiden Ihnen wahrscheinlich die Kehle durch.«

Halb wartete er noch, halb hatte er sich schon entschieden. Er spürte den vertrauten Kick des Adrenalins, dieses Kribbeln in den Armen, aber er zwang sich, stillzustehen und den Kopf zu schütteln. »Ich weiß nicht, was Sie …«

»Das war gar nicht Goodman, der den Koran geklaut hat. Sie waren das.«

»Ich kann Ihnen leider nicht ganz folgen.« Noch während er sprach, hatte er das beunruhigende Gefühl, dass er nicht mehr aufhören konnte zu lächeln. Er beugte sich vor und legte das Arsenal-Heft auf der Armlehne des Sessels ab. Ein hübsches Detail. »Also, ich lass das mal hier.«

Aber der Detective hörte einfach nicht auf zu reden. »Sie hatten Zugang zur Sammlung – haben Sie mir selber gesagt. Und Sie sind einen Tick zu spät zu dem Umtrunk gekommen, oder? So gegen viertel vor. Der Provost ist grade los zu seinem Anruf, als Sie kamen. Also nix Alibi für die Tatzeit. Da hätten wir Sie drauf festnageln müssen, aber Sie haben uns ja echt gut abgelenkt mit diesen Geschichten über den Provost, der zum Torhaus gegangen sein soll, und Goodmans arabisches Palaver mit dem alten Raffzahn. Aber dann hat Jason vorhin das mit der Brille gesagt, und da hat's bei mir endlich klick gemacht. Goodman trägt nämlich keine. Sie schon.«

Das triumphierende Grinsen war schwer zu ertragen, also nahm er die Brille ab und begann sie zu putzen. Er hielt immer gern alles sauber – legte Wert auf all die dummen kleinen Rituale, die ihn für andere normal erscheinen ließen, bis es zu spät war. Er setzte die Brille wieder auf, öffnete den Reißverschluss an seiner Tasche und sah kurz hinein.

»Ich weiß, was Sie denken«, sagte der Detective.

Jetzt lächelte er wieder. »Ach, wirklich?«

»Sie denken, ich hab keine Beweise, ich bluffe nur. Aber mir ist noch eine Sache eingefallen, an die ich vorher nicht gedacht hab. Nämlich, warum Ameena an dem Abend im Torhaus war.«

Er heuchelte höfliches Interesse. »Und warum war sie dort?«

»Weil sie diesen Sack für die Kleidersammlung abholen sollte.«

Wieder dieser leise Adrenalinkick. Er wusste jetzt, wie es weitergehen würde. Er dehnte schon mal ein bisschen die Finger.

Und der Detective redete und redete – er konnte einfach nicht den Mund halten. »Die von der Rechtsmedizin haben ja immer gesagt, dass sie den Todeszeitpunkt nicht exakt festlegen können – eher viertel nach als halb jedenfalls. Soll heißen, als Ameena kam, hatten Sie Sophie schon umgebracht.«

Die Anspannung war unerträglich, doch er schüttelte milde den Kopf. »Ich konnte Ihnen schon vorhin nicht folgen, aber jetzt bin ich heillos verwirrt.«

»Sie hatten sie nicht bloß umgebracht, sondern auch noch Zeit gehabt, ihren Kittel zu entsorgen.« Er grinste. »Geniale Idee, ihn in einen Sack voller abgeranzter alter Klamotten zu stopfen. Und ein paar Minuten später kommt Ameena und nimmt ihn mit –

wie eine Komplizin, die das belastende Material beseitigt. Nette kleine Impro. Ex und hopp!«

»Wie ...?«

»Schwer zu beweisen, ich weiß. Nur dass der Kleidersack danach nie weggebracht wurde. Er stand die ganze Zeit im Lager. Und schauen Sie mal, was ich da drin gefunden hab.«

Er bückte sich, kramte in einem Rucksack und förderte einen Asservatenbeutel zutage, der einen verknitterten Küchenkittel enthielt.

»Und wissen Sie was? Das ist der Hit: Da ist Blut dran. Sehen Sie? Zehn zu eins, dass es Ihres ist. Also? Beweis erbracht, würd ich mal sagen.«

Es war ein Rückschlag, gar keine Frage. Aber mit so etwas konnte er umgehen. Das war ja gerade das Schöne am Improvisieren. Noch eine Hürde mehr, die überwunden sein wollte? Schaffen wir! Die ganze Zeit, während der Detective vom Leder gezogen hatte, war das Lächeln nicht aus Chiffolos Gesicht gewichen. Jetzt war es breiter denn je, wie mit Klebstreifen festgepappt. »Tja, du kennst dich aus, was?«, sagte er. »Muss ja ein irres Gefühl sein, du Pisser.«

Der Proll grinste immer noch selbstzufrieden.

»Aber jetzt geht's hier Mann gegen Mann, da siehst du leider alt aus, du unbewaffneter englischer Polizist!«

Er musste fast lachen, als der Blödmann reflexhaft in die Hosentasche griff und die Hand leer wieder herauszog.

Er langte in seine Reisetasche und brachte das Tranchiermesser zum Vorschein, das er aus der Collegeküche hatte mitgehen lassen.

Komisch, der Typ reagierte nicht, stand bloß da, die Hände in den Taschen vergraben, und kratzte sich den Schritt. Prollig bis zuletzt.

»Ich nehm diesen Flug, und kein hirnampu…« Das Lächeln verrutschte ihm kurz. Irgendwas stimmte nicht. Irgendwas lief hier verkehrt, ein falscher Ton hatte sich eingeschlichen, wie der kaum merkliche Schatten eines Gefühls, das einem sagt, dass man träumt und gleich aufwachen wird.

Er fuhr herum, blind mit den Armen rudernd, doch da schlug Ray hinter ihm schon zu, und er ging zu Boden.

»Scheiße, Mann«, beschwerte sich Ryan, als sie dastanden und auf die Gestalt am Boden hinunterblickten. »Wieso hat das so lange gedauert? Ich dachte schon, du kommst nicht mehr.«

»Fang nicht schon wieder an.«

»Ich hab die Hintertür offen gelassen und alles. Du hättest bloß …«

»Mein Gott, jetzt hör schon auf. Legst du ihm Handschellen an, oder was?«

»Wie denn? Ich bin ja nicht mal mehr Bulle. Leg du sie ihm an.«

»Glaubst du, ich hatte Zeit, mir welche einzustecken?«

»Dann fragen wir halt Jason.«

Ray rief nach ihm, und gleich darauf ertönten auf der Treppe Schritte. Jason erschien, bleich im Gesicht, und trottete gehorsam davon, um etwas zum Festbinden zu suchen.

»Haben wir ihn doch noch geschnappt, was, Ray? Raymond?«

»Ja.«

»Eine Verwechslung, genau wie ich's gesagt hab.«

»Ja.«

»Und Ausländer ist er auch, da hab ich noch mal einen gut bei dir.«

Ray schüttelte nur seufzend den Kopf.

»Keine Sorge«, sagte Ryan. »War das letzte Mal, dass du mit mir arbeiten musst. Hat alles sein Gutes, wie?«

Auch darauf sagte Ray nichts.

Jason kam wieder herunter, und sie fesselten Kent Dodges Hände mit einem Handyladekabel, standen dann eine Zeit lang schweigend da, bis aus der Ferne endlich näher kommende Sirenen zu hören waren.

»Ach ja«, sagte Ray.

»Was?«

»Das wollte ich dich die ganze Zeit schon fragen. Was war denn nun mit dem Bischof von Salisbury?«

Ryan zwinkerte und schniefte, fuhr am Gummizug seiner Trainingshose entlang. »Ganz ehrlich jetzt?«

Ray nickte.

»Er ist am Bordstein ausgerutscht.«

»Wie?«

»Na ja, wir haben uns ziemlich gefetzt, das schon, aber angerührt hab ich ihn nicht. Er ist einfach nur hintenübergekippt. Drei Zeugen haben ausgesagt, sie hätten mich auf ihn einprügeln sehen.« Er zuckte die Achseln. »Ist halt so, Ray, die Leute sehen, was sie sehen wollen. Wie bei Kent Dodge hier. Ich bin ein Schwachkopf, das weiß ich selber, aber nicht der Schwachkopf, für den alle mich halten.«

Dann krachte die Haustür auf, die Spezialeinheit kam mit gezückten Waffen hereingestürmt, und jeder weitere Gesprächsansatz ging unter in ihrem Gebrüll nach Ruhe.

Drei Monate später

Im Sprechzimmer des Untersuchungsgefängnisses saß Michael Chiffolo hinter einer Plexiglasscheibe und sprach mit seinem Anwalt über den anstehenden Gerichtstermin, dessen Datum noch nicht feststand.

Seit dem tätlichen Angriff auf seinen vorigen Anwalt vor einem Monat war ihm keine Nähe zu Besuchern mehr gestattet. Er hatte sich die Haare und den Bart wachsen lassen, was ihm etwas Unzuverlässiges, Verwahrlostes gab. Statt seiner üblichen Chinos und Thomas-Pink-Hemden trug er nun Jogginghosen und T-Shirts. Im Sitzen wiegte er sich vor und zurück, und wenn er redete, begann er überlaut und geriet dann sehr bald ins Stocken. Nachdem er so lange andere gespielt hatte, war er jetzt darauf reduziert, er selbst zu sein, und das ertrug er nicht mehr. Sein Anwalt hatte keine guten Nachrichten mitgebracht: Was den Küchenkittel betraf, schien nichts auf polizeiliche Kontamination von Beweismaterial hinzudeuten.

»Soll das heißen, der Arsch wusste, was er tut?«

»In dem Fall sieht es ganz so aus«, meinte der Anwalt.

»Dann finden Sie verdammt noch mal was anderes!« Chiffolos Bein wippte nervös.

Trotz wiederholter Anfragen hatte das US-Konsulat es abgelehnt, ihm einen amerikanischen Anwalt zu stellen. Man hatte ihm weder rechtlichen noch finanziellen Beistand gewährt. Alles, was sie angeboten hatten, waren regelmäßige Besuche durch einen

Geistlichen seiner Wahl. Die britische Polizei unterdessen erhielt Amtshilfe von den Kollegen in Frankreich und Abu Dhabi.

»Machen Sie gefälligst Ihren Job, Arschloch«, sagte er.

Schweigend saßen sie da und starrten sich durch die Trennscheibe an.

Mit seinem Gast, Batyr Khodjajew, Eigentümer des größten Zementwerks in Usbekistan, saß der Provost von Barnabas Hall in der Collegekapelle und lauschte englischen Madrigalen. Der Gesang war superb, doch er fand keine Ruhe; der Usbeke war so ausdruckslos, so wortkarg, man wurde nicht schlau aus ihm. Der Mann hatte die ärgerliche Angewohnheit, Gegenstände in die Hand zu nehmen – das Tafelsilber am High Table zum Beispiel – und schweigend zu inspizieren. Schwerer wog, dass just gestern Gerüchte über finanzielle Unregelmäßigkeiten in Khodjajews Zementwerk laut geworden waren; eine internationale Kommission unter amerikanischer Leitung war offenbar dabei, »Korruption auf höchster Ebene« zu untersuchen. Seitdem hatte er schon ein Dutzend besorgter E-Mails von Kollegen erhalten.

Der Gesang kulminierte in einem strahlenden Finale, das sich in kontemplativem Frieden auflöste. Der Provost geleitete Khodjajew hinaus in den Nieselregen und durch den Fellows' Garden zum Torhaus, wo ein traditioneller English Cream Tea auf sie wartete. Leider würde seine Frau nicht dabei sein; sie hatte ihren Besuch bei ihrer Schwester in Kent noch einmal verlängert. Bildete er sich das nur ein, oder hatte sie bei ihrem letzten Telefonat noch kühler geklungen? Sie war über jedes vernünftige Maß wütend geworden, als sie herausfand, dass er das Foto von dem Gaudy vor zehn Jahren hatte abhängen lassen, das ihn lüstern grinsend neben der attraktiven Studentin Sophie Barbery zeigte – dabei hatte er ihr doch versichert, dass nichts zwischen ihnen gewesen war als ein harmloses kleines Knistern. Das Abhängen war eine reine Vorsichtsmaßnahme gewesen, während die aufdringlichen Schnüffler im College ihr Unwesen trieben.

Khodjajew war stehen geblieben, um mit gewohnt abschätzigem Ausdruck eine der altmodischen Laternen zu begutachten, und der Provost konnte sich gerade noch verkneifen, ihm zu erzählen, dass sie schon seit Monaten kaputt war. Nach einem Moment setzten sie schweigend ihren Weg fort.

In ihrem Büro in der Polizeidienststelle St Aldates legte Detective Superintendent Waddington den Telefonhörer auf und besann sich einen Moment. Soeben hatte man ihr von höchster Stelle mitgeteilt, dass man ihrer Dienste nicht länger bedurfte. Die ihr angebotene Beraterfunktion hatte sie abgelehnt, und so blieb ihr nun nichts weiter zu tun, als ihr Ausscheiden aus dem Amt publik zu machen.

Janine kam mit einer Tasse Tee herein. Die Chefin dankte ihr und erkundigte sich nach ihrem kleinen Jungen. Wieder allein, zog sie ihre Jacke stramm und setzte sich gerader hin; der unterschwellige Schmerz, der sie nie verließ, nagte und nervte, und wie üblich beachtete sie ihn nicht. Sie griff zum Hörer und rief den Leiter der Pressestelle an.

Die fünf überlebenden Mitglieder von Ameena Najibs Familie saßen in ihrem Behelfsquartier zwischen den Ruinen ihres Hauses: Amira, die Jüngste, die Zwillinge Fatima und Latifa, ihre Mutter Iman und ihr Vater Jamal. Sie saßen auf Teppichen und Kissen, die sie aus dem alten Haus gerettet hatten. Der Boden war aus Beton, die Wände aus Schlackensteinen, Grau in Grau. Fenster gab es keine, nur ein mit durchsichtigem Plastik verhängtes Loch in der Wand, hinter dem ihre Schlafstätten waren. In einer Ecke war ein Drahtgestell fürs Geschirr angebracht, in einer anderen stand ein Stuhl mit einem Fernseher, an den Wänden hingen Müllsäcke mit den restlichen Habseligkeiten. Sie saßen da und reichten ein Foto der Verstorbenen herum, zu dem sie für Ameenas Seele reihum die Fatiha aufsagten, die Eingangssure des Korans. Es gab jedoch keinen Leichnam zu waschen und zu bestatten, kein Begräbnis und keine Totenklage, keinen geschlachteten Hammel, kein Bulgur für die Armen. Sie hatten eben erst von Ameenas Tod erfahren, die doch längst beerdigt war, weit weg in dem fernen Land, von dem sie sich Sicherheit für sie erhofft hatten.

Aus dem Fond seiner Limousine betrachte Emir Scheich Fahim bin Sultan al-Medina unter schweren Lidern hervor die pittoresken Häuserfassaden von Cambridge, durch dessen schmale Straßen er zum Pembroke College fuhr, um dort mit dem Rektor die Einrichtung eines Lehrstuhls für Human Flourishing zu besprechen. Was er sah, fand seine Billigung. Nach seiner Oxford-Erfahrung gab er Cambridge den Vorzug – es war kleiner, überschaubarer, besser einschätzbar. Seine vorsorglichen Anfragen zum Thema Sicherheit waren zur vollen Zufriedenheit seines neuen Leibwächters beantwortet worden, der auf dem Beifahrersitz ebenfalls die Straßen im Auge behielt, das Funkgerät dicht am Mund. Der alte Leibwächter, der gekündigt hatte, kurz bevor er als Verräter entlarvt wurde, war noch nicht aufgespürt worden, doch das war nur eine Frage der Zeit.

Der Wagen schwenkte von der Pembroke Street auf den kleinen Parkplatz, der vorausschauend von allen anderen Fahrzeugen freigehalten worden war, und der Rektor höchstpersönlich trat vor, um sie willkommen zu heißen.

DI Ray Wilkins verließ das Jugendamt in Rose Hill, wo er eine Stunde mit einer Mitarbeiterin des Zentrums für Familienhilfe verbracht hatte, um eine freiwillige Stellungnahme zugunsten von Ryan Wilkins' fortgesetztem Sorgerecht für seinen Sohn Ryan abzugeben. Das Zentrum für Familienhilfe hatte sich der Wilkins' angenommen und diverse Fürsorgeoptionen für den kleinen Jungen erwogen, inklusive der von Pflegeeltern. Es hatte sich hingezogen, aber nun hatte man Ray versichert, dass man nach eingehender Prüfung des Falls übereingekommen sei, den Jungen am besten bei seinem Vater zu lassen. Eine Entscheidung, die sich mit etwas Glück sogar auf das Berufungsverfahren gegen Ryans Dienstentlassung auswirken konnte, das kürzlich eingeleitet worden war.

Im Auto legte er erst Bach auf, wechselte dann aber kurzentschlossen zu Smokey Robinson. Auf dem Ring, gleich hinter der Autofabrik, begann er laut mitzusingen.

Ein paar Wochen waren vergangen, seit ihm das IOPC offiziell »mangelnde Fähigkeit zur Durchsetzung von adäquaten Verhaltensstandards bei ihm Unterstellten« attestiert hatte. Robin Watkins war nach einer kurzen, nicht weiter bemerkenswerten Dienstpartnerschaft nach Berkshire zurückgekehrt. Abgelöst wurde er von einer Kollegin namens Livvy, deren pointierte Diktion und überkorrekte Art Ray etwas schwierig fand.

Nun, da obendrein die Chefin den Dienst quittierte, kam er sich fast ein bisschen einsam vor.

Daheim ging er in die Küche, um Diane, die gerade Butterhühnchen machte, einen Kuss zu geben. Er probierte vom Spargel-Zucchini-Salat und erzählte von seinem Termin bei der Familienhilfe und von der Chefin, bis er merkte, dass sie nicht zuhörte.

Er sah sie an. »Was ist los?«

»Ich bin schwanger«, sagte sie.

In Paris öffnete Sophie Barberys jüngerer Bruder, der dreiundzwanzigjährige Michel, das Päckchen, das von dem Familienanwalt in Damaskus gekommen war. Seit Sophies Tod war er das einzige überlebende Familienmitglied, mit Ausnahme seiner Großmutter, die sich mit Geschäftsdingen nie abgegeben hatte.

Ehe er sich an das Lesen der Dokumente machte, dachte er kurz an seine Schwester, die er kaum gekannt hatte. Sie war so viel älter als er, und er war die meiste Zeit im Internat gewesen. In den Erzählungen der anderen hatte es oft so geklungen, als sei sie ein schlechtes Beispiel, frivol, ja gefährlich. Er selbst dagegen hatte sie von ihren wenigen, aber eindrücklichen Begegnungen als eine junge Frau von lässiger Eleganz in Erinnerung, witzig, frech, mit einem hellen, spontanen Lachen. Er dachte an ihr eintägiges Gastspiel bei einem Familienurlaub in St Tropez, bei dem sie ihn abends in einen Club mitgenommen und ihm ein Bier spendiert hatte. Danach waren sie noch am Hafen spazieren gegangen, und sie war flapsig über London und die Leute dort hergezogen. »*Vis la vie sans regrets*«, hatte sie gesagt. »Man weiß nie, was passieren wird.« Und sie hatte ihn ausgelacht, weil er sie so ernst nahm, obwohl er selbst damals schon empfand, dass sie auch deshalb lachte, um ihre eigene Ernsthaftigkeit zu überspielen.

Auf dem Spielplatz stieg Ryan junior wieder auf die Rutsche.

»Guck mal, Daddy! Guckst du?«

Bolzengerade in seiner roten Latzhose rutschte er in Zeitlupe bis zur Mitte und blieb dort sitzen. »Die Rutsche geht nicht«, bemerkte er sachlich.

Ryan, sein Telefon am Ohr, winkte ihm zu. »Ja, Wilkins hier. Ja, wegen dem Securityjob.« Mit gesenktem Kopf in sein Handy sprechend, umrundete er den Spielplatz. »Genau«, sagte er. »Kripo. Detective Inspector ... Nein. Entlassen ...«

Ryan junior rief wieder nach ihm, von der Schaukel aus jetzt, seine Stimme hell wie Vogelschilpen, und er winkte und zischte dann in sein Telefon: »Ja, so *nennt* sich das, unehrenhaft … Ja, aber wenn Sie lesen würden, was da steht … Ja, dann lesen Sie's halt noch mal.« Wütend starrte er auf das Display. »Sie können doch lesen, oder? Wissen Sie was, lecken Sie mich am Arsch … Ja, danke, dass *Sie* mir *meine* Zeit gestohlen haben.«

Er ließ sich auf eine Bank fallen und schloss die Augen, und als er sie wieder öffnete, saß Ryan junior neben ihm, die Beine waagerecht vor sich ausgestreckt. Er hielt ihm die Hand hin, und sein Sohn nahm sie.

»Daddy …«

»Ja, ja, ich weiß. Dass du mich von da drüben überhaupt hören konntest! Du musst ja Elefantenohren haben.«

»Ich hab *überhaupt* keine Ele…«

»War auch nicht in echt gemeint.«

»Daddy?«

»Was?«

»Eine Unterhaltung ist immer was Schönes.«

»Mit dir, ja.« Er schob das Handy in die Hosentasche. »Aber so ein paar Kretins gibt's, mit denen will ich nie wieder ein Wort reden.«

»Was sind Kretins, Daddy?«

»Leute, die sich nicht unterhalten können.«

In einträchtigem Schweigen saßen sie da. Es war ein kühler Abend, der blassblaue Himmel mit Wolkenstreifen verschleiert, die Luft windstill. Zwei Jugendliche schlenderten vorbei. Der eine gab mit seinen neuen Sportschuhen an. »Die ham so krass viel gekostet, das glaubst du nicht, Digga.« Er warf mit einem Stein, und ein Vogel im Gebüsch protestierte kehlig.

»Weißt du, was ich finde?«, sagte Ryan.

»Was?«

»Manchmal ist es auch ganz schön ohne Reden.«

Er hatte noch zwanzig Stunden gemeinnützige Arbeit abzuleisten, aber daran dachte er nicht. Er dachte nicht an seinen Vater, der auf Kosten des Steuerzahlers einsaß, oder an seine Mutter, die sinnlos bei Jade rumjammerte; auch nicht an die mies bezahlten Securityjobs, die er eh nie bekam, oder die schlechten Erfolgsaussichten seiner Berufung gegen die Dienstentlassung.

Er dachte an gar nichts. Er drückte die Hand seines Sohns.

»Du und ich, Partner«, sagte er. »Da geht nichts drüber.«

Danksagung

Alle Bücher sind letztlich Gemeinschaftsprodukte, und es ist mir eine große Freude, all diejenigen zu nennen, die zur Entstehung dieses Romans beigetragen haben. Mein Dank gebührt: meinem Agenten Anthony Goff, der mir seit nunmehr dreißig Jahren unschätzbare Unterstützung zukommen lässt. Meinem Weltklasseverleger bei riverrun, Jon Riley, der noch vor mir die Idee zu diesem Buch hatte. Seiner Lektorin Jasmine Palmer, deren Effizienz alles so viel leichter gemacht hat. Und Penelope Price, deren ausgezeichnete Redaktion mich auf so vielen Seiten vor mir selbst gerettet hat.

Dank auch an meine Tochter Eleri, die mir unerbittlich (und im Großen und Ganzen taktvoll) all meine peinlichen Schnitzer aufgezeigt hat, sowie an meinen Sohn Gwilym für sein ermutigendes Brummeln aus dem Off. Und zum Schluss natürlich an Eluned, meine Frau, die es schon ihr halbes Leben lang mit mir aushält.